LES

AUTEURS GRECS

EXPLIQUÉS D'APRÈS UNE MÉTHODE NOUVELLE

PAR DEUX TRADUCTIONS FRANÇAISES

Cette tragédie a été expliquée littéralement et annotée par M. Benloew, ancien doyen de la Faculté des lettres de Dijon, et traduite en français par M. Dellaguet, ancien professeur de rhétorique.

...

40663. — Imprimerie LAHURE, rue de Fleurus, 9, à Paris.

LES
AUTEURS GRECS

EXPLIQUÉS D'APRÈS UNE MÉTHODE NOUVELLE

PAR DEUX TRADUCTIONS FRANÇAISES

L'UNE LITTÉRALE ET JUXTALINÉAIRE PRÉSENTANT LE MOT A MOT FRANÇAIS
EN REGARD DES MOTS GRECS CORRESPONDANTS
L'AUTRE CORRECTE ET PRÉCÉDÉE DU TEXTE GREC

avec des arguments et des notes

PAR UNE SOCIÉTÉ DE PROFESSEURS

ET D'HELLÉNISTES

SOPHOCLE

ANTIGONE

PARIS
LIBRAIRIE HACHETTE ET Cⁱᵉ
79, BOULEVARD SAINT-GERMAIN, 79

1899

AVIS

RELATIF A LA TRADUCTION JUXTALINÉAIRE

On a réuni par des traits les mots français qui traduisent un seul mot latin.

On a imprimé en *italique* les mots qu'il était nécessaire d'ajouter pour rendre intelligible la traduction littérale, et qui n'ont pas leur équivalent dans le latin.

Enfin, les mots placés entre parenthèses, dans le français, doivent être considérés comme une seconde explication, plus intelligible que la version littérale.

LES
AUTEURS GRECS

EXPLIQUÉS D'APRÈS UNE MÉTHODE NOUVELLE

PAR DEUX TRADUCTIONS FRANÇAISES

L'UNE LITTÉRALE ET JUXTALINÉAIRE PRÉSENTANT LE MOT A MOT FRANÇAIS
EN REGARD DES MOTS GRECS CORRESPONDANTS
L'AUTRE CORRECTE ET PRÉCÉDÉE DU TEXTE GREC

avec des arguments et des notes

PAR UNE SOCIÉTÉ DE PROFESSEURS

ET D'HELLÉNISTES

SOPHOCLE
ANTIGONE

PARIS
LIBRAIRIE HACHETTE ET Cie
79, BOULEVARD SAINT-GERMAIN, 79
—
1899

AVIS

RELATIF A LA TRADUCTION JUXTALINÉAIRE

On a réuni par des traits les mots français qui traduisent un seul mot latin.

On a imprimé en *italique* les mots qu'il était nécessaire d'ajouter pour rendre intelligible la traduction littérale, et qui n'ont pas leur équivalent dans le latin.

Enfin, les mots placés entre parenthèses, dans le français, doivent être considérés comme une seconde explication, plus intelligible que la version littérale.

ARGUMENT ANALYTIQUE

D'ANTIGONE.

———

Après le combat où Étéocle et Polynice sont tombés sous les coups l'un de l'autre, l'armée de Polynice a fui pendant la nuit. Thèbes est délivrée, et Créon, devenu roi par la mort d'Étéocle, défend, sous les peines les plus sévères, que les honneurs de la sépulture soient rendus à Polynice. C'est un ennemi de la patrie, c'est un traître dont les restes doivent servir de pâture aux chiens et aux oiseaux de proie. Mais Antigone, sœur de Polynice, ne peut se soumettre à ce cruel arrêt. Bravant les menaces du tyran, elle recouvre de terre le corps de son frère chéri, et, surprise par les gardes de Créon lorsqu'elle accomplissait ce pieux devoir, elle est condamnée à être enterrée vivante pour prix de son audace. En vain Hémon, fils de Créon et fiancé d'Antigone, intercède auprès de son père pour obtenir sa grâce ; en vain Tirésias, grand prêtre d'Apollon, menace-t-il le roi de la colère des dieux, s'il persiste dans sa défense ; Créon ne veut rien entendre ; mais bientôt son obstination va recevoir un châtiment terrible. Hémon, désespéré de la rigueur de son père, s'est donné la mort sur le corps de sa fiancée, et Eurydice, femme de Créon, n'a pu survivre à la mort de ses enfants.

SOPHOCLE

ANTIGONE

—

PERSONNAGES DE LA PIÈCE.

ANTIGONE.
ISMÈNE.
LE CHOEUR (composé de vieillards thébains).
CRÉON.
UN GARDE.
HÉMON.
TIRÉSIAS.
UN MESSAGER.
EURYDICE.
UN SECOND MESSAGER.

ΑΝΤΙΓΟΝΗ. Ὦ κάρα	ANTIGONE. O tête
κοινὸν	commune (consanguine)
αὐτάδελφον Ἰσμήνης,	de-sœur-germaine d'Ismène,
ἆρα οἶσθα ὅτι Ζεὺς τελεῖ	sais-tu que Jupiter accomplit
ὁποῖον οὐχὶ κακῶν	lequel non des maux (tous les maux)
τῶν ἀπὸ Οἰδίπου	venant d'Œdipe,
νῷν ζώσαιν ἔτι;	nous vivant encore?
ἔστι γὰρ οὐδὲν	car il n'est rien
οὔτε ἀλγεινὸν,	ni douloureux,
οὔτε ἄτερ ἄτης οὔτε αἰσχρὸν	ni sans notre crime ni honteux,
οὔτε ἄτιμον,	ni déshonorant
ὁποῖον οὐ κακῶν	que non parmi les maux
τῶν σῶν τε καὶ ἐμῶν	les tiens et les miens,
ἐγὼ οὐν ὄπωπα	moi je n'aie vu.

Καὶ νῦν; τί τοῦτ' αὖ φασὶ πανδήμῳ πόλει
κήρυγμα θεῖναι τὸν στρατηγὸν ἀρτίως;
Ἔχεις τι[2], κεἰσήκουσας; ἤ σε λανθάνει
πρὸς τοὺς φίλους στείχοντα τῶν ἐχθρῶν κακά[3];   10

ΙΣΜΗΝΗ.

Ἐμοὶ μὲν οὐδεὶς μῦθος, Ἀντιγόνη, φίλων
οὔθ' ἡδὺς, οὔτ' ἀλγεινὸς ἵκετ', ἐξ-ὅτου
δυοῖν ἀδελφοῖν ἐστερήθημεν δύο,
μιᾷ θανόντων ἡμέρᾳ διπλῇ χερί[4]·
ἐπεὶ δὲ φροῦδός ἐστιν Ἀργείων στρατὸς   15
ἐν νυκτὶ τῇ νῦν, οὐδὲν οἶδ' ὑπέρτερον[5]
οὔτ' εὐτυχοῦσα μᾶλλον, οὔτ' ἀτωμένη.

ΑΝΤΙΓΟΝΗ.

Ἤδη καλῶς, καί σ' ἐκτὸς αὐλείων πυλῶν
τοῦδ' οὕνεχ' ἐξέπεμπον, ὡς μόνη κλύοις.

ΙΣΜΗΝΗ.

Τί δ' ἔστι; δηλοῖς γάρ τι καλχαίνουσ' ἔπος.   20

ΑΝΤΙΓΟΝΗ.

Οὐ γὰρ τάφου νῶν τὼ κασιγνήτω Κρέων
τὸν μὲν προτίσας, τὸν δ' ἀτιμάσας ἔχει;

Et aujourd'hui quel nouvel édit le roi vient-il de faire publier dans
toute la ville? En es-tu instruite? ou bien ignores-tu qu'on menace nos
amis de les traiter en ennemis?

ISMÈNE. Antigone, aucune nouvelle agréable ou fâcheuse sur nos
amis, n'est parvenue jusqu'à moi, depuis la perte de nos deux frères
expirés en un jour sous les coups l'un de l'autre; l'armée des Argiens
a disparu cette nuit, et je ne vois plus rien qui doive ajouter à notre
bonheur ou à nos maux.

ANTIGONE. Je le sais, et je t'ai appelée hors du palais, pour n'être
entendue que de toi.

ISMÈNE. Qu'y a-t-il? tu parais agitée de quelque inquiétude.

ANTIGONE. Eh quoi! Créon ne vient-il pas d'accorder la sépulture à l'un de nos frères, et de la refuser indignement à l'autre? Il a,

Καὶ νῦν τί τοῦτο	Et maintenant quelle *est* cette
κήριγμα	proclamation
φασὶ τὸν στρατηγὸν	qu'ils disent le chef
θεῖναι αὖ ἀρτίως·	avoir faite encore dernièrement
πόλει πανδήμῳ;	à la ville avec-tout-son-peuple ?
Ἔχεις	Tiens-tu
καὶ εἰσήκουσάς τι ;	et as-tu-entendu quelque chose ?
ἢ κακὰ τῶν ἐχθρῶν	ou les maux des ennemis
στείχοντα πρὸς τοὺς φίλους	s'avançant vers les amis
λανθάνει σε ;	échappent-ils à toi ?
ΙΣΜΗΝΗ. Ἀντιγόνη,	ISMÈNE. Antigone,
οὐδεὶς μὲν μῦθος	d'un côté aucun discours
φίλων	concernant les amis
οὔτε ἡδὺς οὔτε ἀλγεινὸς	ni agréable ni douloureux
ἵκετο ἐμοὶ,	n'est venu à moi,
ἐξ ὅτου ἐστερήθημεν	depuis que nous fûmes privées
δύο δυοῖν ἀδελφοῖν	toutes deux de *nos* deux frères
θανόντων μιᾷ ἡμέρᾳ	morts en un jour
χερὶ διπλῇ ·	d'une main double ;
ἐπεὶ δὲ	de l'autre côté, depuis
στρατὸς Ἀργείων	que l'armée des Argiens
ἐστὶ φροῦδος ἐν νυκτὶ τῇ νῦν	est partie dans la nuit présente,
οἶδα οὐδὲν ὑπέρτερον	je ne sais rien d'ultérieur,
οὔτε εὐτυχοῦσα	*moi* n'étant ni heureuse,
οὔτε ἀτωμένη μᾶλλον.	ni affligée davantage.
ΑΝΤΙΓΟΝΗ. Καὶ	ANTIGONE. Aussi
ἐξέπεμπόν σε	j'ai fait-sortir toi
ἤδη καλῶς·	maintenant précisément
ἐκτὸς πυλῶν αὐλείων	des portes du-vestibule
οὕνεκα τοῦδε,	à cause de ceci,
ὡς μόνη κλύοις.	afin que seule tu entendes.
ΙΣΜΗΝΗ. Τί δέ ἐστι;	ISMÈNE. Mais qu'est-ce ?
δηλοῖς γὰρ	car tu montres
καλχαίνουσα ἔπος τι.	*toi* agitée *devant dire* quelque pa
ΑΝΤΙΓΟΝΗ. Κρέων γὰρ	ANTIGONE. Car Créon [role
οὐκ ἔχει;	n'est-il pas
τὼ κασιγνήτω νῶν	les deux frères de nous
τὸν μὲν προτίσας;	ayant-de-préférence honoré *l'*un
τάφου,	de la sépulture,
ἀτιμάσας τὸν δέ ;	ayant déshonoré (privé) l'autre ?

Ἐτεοκλέα [1] μὲν, ὡς λέγουσι, σὺν δίκῃ
χρησθεὶς δικαίᾳ καὶ νόμῳ, κατὰ χθονὸς
ἔκρυψε, τοῖς ἔνερθεν ἔντιμον νεκροῖς·   25
τὸν δ' ἀθλίως θανόντα Πολυνείκους νέκυν
ἀστοῖσί φασιν ἐκκεκηρῦχθαι τὸ μὴ
τάφῳ καλύψαι, μηδὲ κωκῦσαί τινα,
ἐᾶν δ' ἄκλαυστον, ἄταφον, οἰωνοῖς γλυκὺν
θησαυρὸν εἰσορῶσι [2] πρὸς χάριν βορᾶς.   30
Τοιαῦτά φασι [3] τὸν ἀγαθὸν Κρέοντα σοὶ
κἀμοὶ [4], λέγω γὰρ κἀμὲ, κηρύξαντ' ἔχειν,
καὶ δεῦρο νεῖσθαι ταῦτα τοῖσι μὴ εἰδόσι
σαφῆ προκηρύξοντα· καὶ τὸ πρᾶγμ' ἄγειν
οὐχ ὡς [5] παρ' οὐδέν· ἀλλ', ὃς ἂν τούτων τι δρᾷ,   35
φόνον προκεῖσθαι δημόλευστον ἐν πόλει.
Οὕτως ἔχει σοι ταῦτα, καὶ δείξεις τάχα,
εἴτ' εὐγενὴς πέφυκας, εἴτ' ἐσθλῶν κακή [6].

dit-on, par un arrêt équitable et légitime, enseveli Étéocle avec les honneurs dûs aux mânes. Mais pour le malheureux Polynice, on assure que Créon a fait publier dans la ville la défense de l'ensevelir ou de le pleurer. Abandonné sans honneur, sans tombeau, son corps doit servir de pâture aux oiseaux dévorants. Voilà ce que le généreux Créon t'ordonne ainsi qu'à moi, oui à moi-même, et tu vas le voir paraître pour déclarer hautement ses volontés à ceux qui les ignorent. Il attache un grand prix à cette défense; car quiconque osera désobéir, sera condamné à périr au milieu de la ville, lapidé par les mains du peuple. Voilà ce que j'avais à te dire; et bientôt tu feras voir si tu es digne de ta race, ou si tu démens le noble sang dont tu es issue.

Ἔκρυψε μὲν	Il a caché, il est vrai,
κατὰ χθονὸς	dans la terre,
Ἐτεοκλέα,	Etéocle,
ὡς λέγουσι	comme ils disent
σὺν δίκῃ δικαίᾳ	avec une justice juste,
καὶ νόμῳ	et avec l'usage,
χρησθεὶς	étant sommé (mû) par cela même
ἔντιμον	honoré ainsi
τοῖς νεκροῖς ἔνερθεν·	auprès des morts dans les enfers ;
φασὶ δὲ	mais ils disent
ἐκκεκηρῦχθαι	avoir été proclamé
ἀστοῖσι	aux citoyens
τὸ μή τινα καλύψαι τάφῳ	personne ne couvrir d'un tombeau
μηδὲ κωκῦσαι	ni pleurer
τὸν νέκυν θανόντα ἀθλίως	le corps mort misérablement
Πολυνείκους,	de Polynice,
ἐᾶν δὲ ἄταφον,	mais de le laisser sans-sépulture,
ἄκλαυστον,	sans-pleurs,
θησαυρὸν γλυκὺν οἰωνοῖς	un trésor doux aux oiseaux
εἰςορῶσι	qui le regardent
πρὸς χάριν βορᾶς.	pour le plaisir de la pâture.
Φασὶ τὸν ἀγαθὸν Κρέοντα	Ils disent le bon Créon
ἔχειν κηρύξαντα τοιαῦτα	être ayant proclamé de telles choses
σοὶ καὶ ἐμοί,	à toi et à moi,
λέγω γὰρ καὶ ἐμέ,	car je nomme aussi moi,
καὶ νεῖσθαι δεῦρο	et venir ici
προκηρύξοντα	devant proclamer
ταῦτα σαφῆ	ces choses claires
τοῖσι μὴ εἰδόσι·	à ceux qui ne savent pas ;
καὶ ἔχειν τὸ πρᾶγμα	et tenir l'affaire
οὐχ ὡς παρὰ οὐδέν·	non comme pour rien ;
ἀλλὰ φόνον	mais une mort
δημόλευστον	de-lapidation-par-le-peuple
προκεῖσθαι ἐν πόλει	menacer dans la ville celui
ὃς ἂν δρᾷ τι τούτων.	qui ferait quelqu'une de ces choses
Ταῦτα ἔχει οὕτως σοι,	Ces choses sont ainsi pour toi ;
καὶ δείξεις τάχα	et tu montreras promptement
εἴτε πέφυκας εὐγενής,	si tu es bien-née,
εἴτε κακὴ	ou si tu es vile
ἐσθλῶν.	venant de nobles parents.

ΙΣΜΗΝΗ.

Τί δ', ὦ ταλαίφρων, εἰ τάδ' ἐν τούτοις, ἐγὼ
λύουσ' ἂν ἢ 'φάπτουσα προσθείμην πλέον [1];   40.

ΑΝΤΙΓΟΝΗ.

Εἰ ξυμπονήσεις, καὶ ξυνεργάσει, σκόπει.

ΙΣΜΗΝΗ.

Ποῖόν τι κινδύνευμα; ποῦ γνώμης ποτ' εἶ;

ΑΝΤΙΓΟΝΗ.

Εἰ τὸν νεκρὸν ξὺν τῇδε κουφιεῖς χερί [2].

ΙΣΜΗΝΗ.

Ἦ γὰρ νοεῖς θάπτειν σφ', ἀπόρρητον πόλει;

ΑΝΤΙΓΟΝΗ.

Τὸν γοῦν ἐμὸν καὶ τὸν σόν, ἢν σὺ μὴ θέλῃς,   45
ἀδελφόν. Οὐ γὰρ δὴ προδοῦσ' ἁλώσομαι.

ΙΣΜΗΝΗ.

Ὦ σχετλία, Κρέοντος ἀντειρηκότος;

ΑΝΤΙΓΟΝΗ.

Ἀλλ' οὐδὲν αὐτῷ τῶν ἐμῶν εἴργειν μέτα.

ΙΣΜΗΝΗ.

Οἴμοι· φρόνησον, ὦ κασιγνήτη, πατὴρ
ὡς νῶν [3] ἀπεχθὴς δυσκλεής τ' ἀπώλετο,   50
πρὸς αὐτοφώρων ἀμπλακημάτων διπλᾶς
ὄψεις ἀράξας αὐτὸς αὐτουργῷ χερί·
ἔπειτα μήτηρ καὶ γυνή, διπλοῦν ἔπος,
πλεκταῖσιν ἀρτάναισι λωβᾶται βίον·

ISMÈNE. Hélas! infortunée, s'il en est ainsi, que peut servir ma soumission ou ma désobéissance?

ANTIGONE. Vois si tu veux me seconder et agir avec moi.

ISMÈNE. Que veux-tu faire? quel est ton dessein?

ANTIGONE. Tes mains m'aideront-elles à porter le cadavre?

ISMÈNE. Quoi! tu prétends l'ensevelir, malgré la défense publiée dans la ville?

ANTIGONE. Oui, j'ensevelirai celui qui est mon frère et le tien, quoique tu le méconnaisses : jamais on ne m'accusera de trahison.

ISMÈNE. O malheureuse! et la défense de Créon?

ANTIGONE. Il n'a point le droit de m'éloigner de ma famille.

ISMÈNE. Hélas! songe, ô ma sœur, que notre père mourut chargé de haine et d'opprobre après s'être puni des crimes qu'il reconnut lui-même, en s'arrachant les yeux de ses propres mains : sa mère, en même temps son épouse et sa mère, termina ses jours par un lien

ΙΣΜΗΝΗ. Ὦ ταλαίφρων
τί δὲ προςθείμην ἂν ἐγὼ πλέον
λύουσα ἢ ἐφάπτουσα
ἢ τάδε ἐν τούτοις;
ΑΝΤΙΓΟΝΗ. Σκόπει
εἰ ξυμπονήσεις
καὶ ξυνεργάσει.
ΙΣΜΗΝΗ. Ποῖόν τι
κινδύνευμα;
ποῦ ποτε γνώμης εἶ;
ΑΝΤΙΓΟΝΗ. Εἰ κουφιεῖς
τὸν νεκρὸν
σὺν τῇδε χερί.
ΙΣΜΗΝΗ. Ἦ γὰρ νοεῖς
θάπτειν σφε,
ἀπόῤῥητον πόλει;
ΑΝΤΙΓΟΝΗ.
Τὸν γοῦν
ἐμὸν ἀδελφὸν
καὶ ἢν σὺ μὴ θέλῃς, τὸν σόν.
Οὐ γὰρ δὴ ἁλώσομαι
προδοῦσα.
ΙΣΜΗΝΗ. Ὦ σχετλία,
Κρέοντος ἀντειρηκότος;
ΑΝΤΙΓΟΝΗ. Ἀλλὰ
μέτα οὐδὲν αὐτῷ
εἴργειν τῶν ἐμῶν.
ΙΣΜΗΝΗ. Οἴμοι,
φρόνησον, ὦ κασιγνήτη,
ὡς πατὴρ ἀπώλετο νῷν
ἀπεχθὴς δυσκλεής τε
αὐτὸς ἀράξας
χερὶ αὐτούργῳ
διπλᾶς ὄψεις
πρὸς ἀμπλακημάτων
αὐτοφώρων.
Ἔπειτα μήτηρ καὶ γυνή,
διπλοῦν ἔπος,
λωβᾶται βίον
ἀρτάναισι πλεκταῖσι·

ISMÈNE. O malheureuse,
mais qu'ajouterais-je moi davantage
en dénouant ou en nouant
si ces choses sont dans ces circons-
ANTIGONE. Réfléchis [lances?
si tu seras compagne-du-travail
et coopéreras.
ISMÈNE. A quelle espèce
d'entreprise-dangereuse? [tes-tu)
où donc de réflexion es-tu (que médi-
ANTIGONE. Si tu soulèveras
le corps-mort
avec (le joignant à) cette main.
ISMÈNE. Tu médites donc
d'enterrer lui,
ceci étant interdit à la ville?
ANTIGONE.
Certainement
je médite d'enterrer mon frère,
et quoique tu ne veuilles pas, le tien.
Car assurément je ne serai pas con-
ayant trahi. [vaincue
ISMÈNE. O téméraire,
Créon l'ayant défendu?
ANTIGONE. Mais
Il n'appartient en rien à lui,
de m'écarter des miens.
ISMÈNE. Hélas!
songe, ô ma sœur,
que notre père a péri à nous
étant détesté et en-déshonneur,
lui-même ayant frappé
d'une main elle-même-active
ses deux yeux,
à cause des crimes
surpris-par-lui-même.
Puis sa mère et sa femme,
un double titre,
détruit sa vie
par des cordes nouées;

τρίτον δ', ἀδελφὼ δύο μίαν καθ' ἡμέραν 55
αὐτοκτονοῦντε, τὼ ταλαιπώρω, μόρον
κοινὸν κατειργάσανθ' ὑπ' ἀλλήλοιν χεροῖν.
Νῦν δ' αὖ μόνα δὴ νὼ λελειμμένα, σκόπει
ὅσῳ[1] κάκιστ' ὀλούμεθ', εἰ, νόμου βίᾳ,
ψῆφον τυράννων ἢ κράτη παρέξιμεν. 60
Ἀλλ' ἐννοεῖν χρὴ τοῦτο μὲν, γυναῖγ' ὅτι
ἔφυμεν, ὡς πρὸς ἄνδρας οὐ μαχουμένα·
ἔπειτα δ', οὕνεκ' ἀρχόμεσθ' ἐκ κρεισσόνων,
καὶ ταῦτ' ἀκούειν, κἄτι τῶνδ' ἀλγίονα.
Ἐγὼ μὲν οὖν αἰτοῦσα τοὺς ὑπὸ χθονὸς 65
ξύγγνοιαν ἴσχειν, ὡς βιάζομαι τάδε,
τοῖς ἐν τέλει βεβῶσι πείσομαι. Τὸ γὰρ
περισσὰ πράσσειν οὐκ ἔχει νοῦν οὐδένα.

ΑΝΤΙΓΟΝΗ.

Οὔτ' ἂν κελεύσαιμ', οὔτ' ἂν, εἰ θέλοις ἔτι
πράσσειν, ἐμοῦ γ' ἂν ἡδέως δρῴης μέτα[2]. 70
Ἀλλ'[3] ἴσθ' ὁποῖά σοι δοκεῖ. Κεῖνον δ' ἐγὼ

fatal : nos deux frères en un seul jour, s'égorgeant l'un l'autre, hélas ! ont péri sous leurs propres coups. Et nous, restées seules de notre famille, vois quelle mort plus affreuse encore nous est réservée, si, rebelles à la loi, nous bravons l'édit et la puissance de nos tyrans. Songe d'ailleurs que nous ne sommes que des femmes, incapables de combattre des hommes; et qu'enfin, soumises à des maîtres plus puissants que nous, nous devons supporter ces rigueurs et de p us cruelles encore. Quant à moi, priant les mânes de me pardonner si je cède à la violence, je me soumettrai à ceux qui sont armés du pouvoir. Car c'est le comble de la folie d'entreprendre ce qui est au-dessus de nos forces.

ANTIGONE. Je ne te presse plus ; et quand même maintenant tu voudrais t'unir à moi, je refuserais ton secours. Mais vois ce que tu

τρίτον δὲ δύο ἀδελφὼ	et en-troisième-lieu *nos* deux frères
αὐτοκτονοῦντε	se tuant-eux-mêmes
κατὰ μίαν ἡμέραν	en un jour
τὼ ταλαιπώρω, κατειργάσαντο	les malheureux, accomplirent
μόρον κοινο ὑπὸ χεροῖν	*leur* sort commun par les mains
ἀλλήλοιν.	l'un-de-l'autre.
Νῦν δὲ	Maintenant d'un autre côté
σκόπει αὖ	songe encore,
ὅσῳ ὀλούμεθα	à quel point nous périrons
κάκιστα	*le* plus misérablement,
νὼ λελειμμένα	nous-deux abandonnées
μόνα δὴ	seules aujourd'hui
εἰ παρέξιμεν ψῆφον	si nous transgressons le décret
ἢ κράτη τυράννων	ou les ordres des princes,
βίᾳ νόμου.	en violation de la loi.
Ἀλλὰ χρὴ ἐννοεῖν	Mais il faut considérer
τοῦτο μὲν, ὅτι ἔφυμεν	d'un côté cela, que nous sommes nées
γυναῖκε,	femmes-toutes-deux,
ὡς οὐ μαχουμένα	comme ne devant pas lutter
πρὸς ἄνδρας·	contre des hommes;
ἔπειτα δὲ	puis d'un autre côté
ἀκούειν καὶ ταῦτα	obéir aussi en ces choses
καὶ ἀλγίονα	et en de plus douloureuses
ἔτι τῶνδε	encore que celles-ci,
οὕνεκα ἀρχόμεσθα	parce que nous sommes gouvernées
ἐκ κρεισσόνων.	par de plus puissants.
Ἐγὼ μὲν οὖν πείσομαι	Moi au moins donc j'obéirai
τοῖς βεβῶσιν	à ceux qui sont-établis
ἐν τέλει,	en magistrature
αἰτοῦσα τοὺς ὑπὸ χθονὸς	priant ceux sous terre
ἰσχειν ξύγγνοιαν,	d'avoir indulgence,
ὡς βιάζομαι τάδε.	car je suis violentée en ces choses.
Τὸ γὰρ πράσσειν περισσὰ	Car le faire des choses outre-mesure
οὐκ ἔχει οὐδένα νοῦν.	n'a aucun sens.
ΑΝΤΙΓΟΝΗ.	ANTIGONE.
Οὔτε ἂν κελεύσαιμι	Je ne voudrais ordonner
οὔτ' ἂν δρῴης ἂν	ni tu n'agirais
μετὰ ἐμοῦ γε ἡδέως,	avec moi de-façon-à-m'être-agréable,
εἰ θέλοις, ἔτι πράσσειν.	si tu voulais encore agir.
Ἀλλὰ ἴσθι ὁποῖα	Mais sache quelles choses
δοκεῖ σοι.	semblent-bonnes à toi.

θάψω. Καλόν μοι τοῦτο ποιούσῃ θανεῖν.
Φίλη μετ' αὐτοῦ κείσομαι, φίλου μέτα,
ὅσια πανουργήσασ'· ἐπεὶ πλείων χρόνος,
ὃν δεῖ μ' ἀρέσκειν τοῖς κάτω, τῶν ἐνθάδε. 75
Ἐκεῖ γὰρ αἰεὶ κείσομαι. Σοὶ δ' εἰ δοκεῖ,
τὰ τῶν θεῶν ἔντιμ' ἀτιμάσασ' ἔχε.

ΙΣΜΗΝΗ.

Ἐγὼ μὲν οὐκ ἄτιμα ποιοῦμαι· τὸ δὲ
βίᾳ πολιτῶν δρᾶν ἔφυν ἀμήχανος.

ΑΝΤΙΓΟΝΗ.

Σὺ μὲν τάδ' ἂν προύχοι'· ἐγὼ δὲ δὴ τάφον 80
χώσουσ' ἀδελφῷ φιλτάτῳ πορεύσομαι.

ΙΣΜΗΝΗ.

Οἴμοι ταλαίνης ὡς ὑπερδέδοικά σου.

ΑΝΤΙΓΟΝΗ.

Μή μου προτάρβει· τὸν σὸν ἐξόρθου πότμον.

ΙΣΜΗΝΗ.

Ἀλλ' οὖν προμηνύσεις γε τοῦτο μηδενὶ
τοὔργον· κρυφῇ δὲ κεῦθε· σὺν δ' αὕτως ἐγώ. 85

veux faire. Pour moi, je l'ensevelirai. Il sera glorieux de mourir après l'avoir fait. Je reposerai avec un frère chéri, et j'aurai rempli mon devoir; car j'ai plus longtemps à plaire aux morts qu'aux vivants, puisque je dois reposer avec eux à jamais. Toi, si tu le veux, méprise les lois les plus sacrées.

ISMÈNE. Ce n'est point par mépris, ma sœur; mais braver la volonté d'une ville entière, je n'en ai pas le courage.

ANTIGONE. Allègue ces vains prétextes; moi, je vais élever une tombe aux restes d'un frère chéri.

ISMÈNE. Ah! malheureuse, que je tremble pour toi!

ANTIGONE. Ne crains rien pour ma vie; songe à la tienne.

ISMÈNE. Mais au moins ne découvre ton projet à personne; cache-le avec soin : pour moi, il restera enfermé dans mon sein.

Ἐγὼ δὲ θάψω κεῖνον.
Καλόν μοι θανεῖν
ποιούσῃ τοῦτο.
Κείσομαι μετὰ αὐτοῦ
φίλη
μετὰ φίλου
πανουργήσασα
ὅσια,
ἐπεὶ πλείων χρόνος,
ὃν δεῖ με ἀρέσκειν
τοῖς κάτω τῶν ἐνθάδε
Ἐκεῖ γὰρ κείσομαι ἀεί.
Εἰ δὲ δοκεῖ σοι,
ἔχε ἀτιμάσασα
τὰ ἔντιμα
τῶν θεῶν

ΙΣΜΗΝΗ. Ἐγὼ μὲν
οὐ ποιοῦμαι ἄτιμα,
ἔφυν δὲ
ἀμήχανος
τὸ δρᾷν
βίᾳ πολιτῶν.

ΑΝΤΙΓΟΝΗ. Σὺ μὲν
προὔχοιο ἂν τάδε·
ἐγὼ δὲ πορεύσομαι
χώσουσά
δὴ τάφον
ἀδελφῷ φιλτάτῳ.

ΙΣΜΗΝΗ. Οἴμοι,
ὡς ὑπερδέδοικα σοῦ
ταλαίνης.

ΑΝΤΙΓΟΝΗ. Μὴ προτάρβει
μοῦ·
ἐξόρθου τὸν σὸν πότμον.

ΙΣΜΗΝΗ. Ἀλλὰ
προμηνύσεις γε
μηδενὶ τοῦτο τὸ ἔργον·
κεῦθε δὲ κρυφῇ
ἐγὼ δὲ σὺν
αὔτως.

Or moi j'enterrerai celui-ci.
Il est beau à moi de mourir
faisant cela.
Je reposerai avec lui
chère *à lui*
avec lui *qui m'est* cher,
ayant fait-d'une-manière-coupable
de saintes choses,
puisque plus considérable *est* le temps
pendant lequel il faut moi plaire
à ceux d'en-bas qu'à ceux-ici.
Car là-bas je reposerai toujours.
Mais s'il semble-bon à toi,
reste ayant déshonoré
les choses en-honneur
auprès des dieux.

ISMÈNE. Moi d'un côté
je ne *les* regarde-pas-comme méprisa-
mais je suis-naturellement   [bles,
sans moyens
pour le agir
en violation des citoyens.

ANTIGONE. Que toi en-effet
prétextes ces choses :
mais moi je partirai
devant-entasser (ériger)
maintenant une tombe
à mon frère très-cher.

ISMÈNE. O malheureuse *que je suis*
que je crains-pour toi
malheureuse !

ANTIGONE. Ne tremble pas
pour moi :
redresse ton sort.

ISMÈNE. Mais enfin
tu n'indiqueras-d'avance au-moins
à-personne cette action ;
mais cache-*la* furtivement
moi de l'autre côté conjointement
de-même (je la cacherai).

ΑΝΤΙΓΟΝΗ.

Οἴμοι, καταύδα. Πολλὸν ἐχθίων ἔσει
σιγῶσ', ἐὰν μὴ πᾶσι κηρύξῃς τάδε.

ΙΣΜΗΝΗ.

Θερμὴν ἐπὶ ψυχροῖσι καρδίαν ἔχεις.

ΑΝΤΙΓΟΝΗ.

Ἀλλ' οἶδ' ἀρέσκουσ' οἷς μάλισθ' ἀδεῖν με χρή.

ΙΣΜΗΝΗ.

Εἰ καὶ δυνήσει γ'· ἀλλ' ἀμηχάνων ἐρᾷς.   90

ΑΝΤΙΓΟΝΗ.

Οὐκοῦν, ὅταν δὴ μὴ σθένω, πεπαύσομαι.

ΙΣΜΗΝΗ.

Ἀρχὴν δὲ θηρᾶν οὐ πρέπει τἀμήχανα.

ΑΝΤΙΓΟΝΗ.

Εἰ ταῦτα λέξεις, ἐχθαρεῖ μὲν ἐξ ἐμοῦ,
ἐχθρὰ δὲ τῷ θανόντι προσκείσει δίκῃ.
Ἀλλ' ἔα με καὶ τὴν ἐξ ἐμοῦ δυσβουλίαν   95
παθεῖν τὸ δεινὸν τοῦτο· πείσομαι γὰρ οὐ
τοσοῦτον οὐδὲν, ὥστε μὴ οὐ καλῶς θανεῖν.

ΙΣΜΗΝΗ.

Ἀλλ', εἰ δοκεῖ σοι, στεῖχε· τοῦτο δ' ἴσθ', ὅτι
ἄνους μὲν ἔρχει, τοῖς φίλοις δ' ὀρθῶς φίλη.

ΧΟΡΟΣ.

(Στροφὴ α'.)

Ἀκτὶς ἀελίου, τὸ κάλ-   100
λιστον ἑπταπύλῳ φανὲν

ANTIGONE. Non, non : cours le révéler ; tu m'offenseras bien plus de le taire, que de le publier.

ISMÈNE. Tu poursuis avec ardeur ce qui glace mon cœur d'effroi.

ANTIGONE. Mais je sais que je satisfais ceux à qui je dois plaire.

ISMÈNE. Oui, si tu peux réussir ; mais c'est vouloir une chose impossible.

ANTIGONE. Eh bien ! je m'arrêterai quand je ne pourrai plus agir.

ISMÈNE. Il faudrait avant tout ne point tenter ce qui est impossible.

ANTIGONE. Si tu continues ce langage, tu allumeras ma haine, et tu mériteras celle du frère que je pleure. Laisse-moi avec ma témérité braver le sort qui m'attend ; quels que soient les maux que j'éprouve, je mourrai toujours avec gloire.

ISMÈNE. Eh bien ! puisque tu le veux, pars, sœur imprudente et pourtant fidèle à tes amis.

LE CHŒUR. Soleil aux rayons d'or, œil du jour, enfin Thèbes aux

ΑΝΤΙΓΟΝΗ. Οἴμοι,
καταύδα·
ἐσεῖ πολλὸν ἐχθίων
σιγῶσα·
ἐὰν μὴ κηρύξῃς
τάδε πᾶσιν.
  ΙΣΜΗΝΗ. Ἔχεις καρδίαν
θερμὴν ἐπὶ ψυχροῖσι.
  ΑΝΤΙΓΟΝΗ. Ἀλλὰ οἶδα
ἀρέσκουσα
οἷς χρή με
ἁδεῖν μάλιστα.
  ΙΣΜΗΝΗ. Εἰ καὶ
δυνήσει γε·
ἀλλὰ ἐρᾷς ἀμηχάνων.
  ΑΝΤΙΓΟΝΗ. Οὐκοῦν
πεπαύσομαι
ὅταν δὴ μὴ σθένω.
  ΙΣΜΗΝΗ. Οὐδὲ πρέπει
ἀρχὴν
θηρᾶν τὰ ἀμήχανα.
  ΑΝΤΙΓΟΝΗ. Εἰ λέξεις
ταῦτα,
ἐχθαρεῖ μὲν ἐξ ἐμοῦ
προσκείσει δὲ
τῷ θανόντι ἐχθρὰ δίκῃ.
Ἀλλὰ ἔα με
καὶ τὴν δυσβουλίαν ἐξ ἐμοῦ
παθεῖν τοῦτο τὸ δεινόν.
Οὐ γὰρ πείσομαι
οὐδὲν τοσοῦτον
ὥστε μὴ οὐ θανεῖν καλῶς.
  ΙΣΜΗΝΗ. Ἀλλὰ στεῖχε,
εἰ δοκεῖ σοι·
ἴσθι δὲ τοῦτο,
ὅτι ἔρχει ἄνους μὲν
ὀρθῶς δὲ φίλη
τοῖς φίλοις.
  ΧΟΡΟΣ. Ἀκτὶς ἀελίου,
τὸ κάλλιστον φάος

ANTIGONE. Mon Dieu,
déclare-la;
tu seras de beaucoup plus odieuse
en te taisant,
si tu ne divulgues pas
ces choses à tous.
ISMÈNE. Tu as le cœur
ardent dans des choses qui-glacent.
ANTIGONE. Mais je sais
étant agréable *à ceux*
auxquels il faut moi
plaire le plus.
ISMÈNE. Si encore
tu pouvais au-moins,
mais tu désires des choses impossibles.
ANTIGONE. Donc
je m'*en* désisterai,
quand en-effet je n'aurai-pas-la-force
ISMÈNE. Mais il ne convient pas
dès le principe
de poursuivre les *choses* impossibles.
ANTIGONE. Si tu diras
ces choses,
tu seras haïe d'un côté de moi,
de l'autre côté tu reposeras-à-côté
du mort odieuse avec raison.
Mais souffre moi
et le funeste-projet *venant* de moi
essuyer ce désastre.
Car je ne souffrirai
rien de si-grand (affreux)
de-manière-à ne pas mourir bien.
ISMÈNE. Eh bien, va
s'il semble-bon à toi.
Mais sache cela,
que tu pars insensée, il est vrai,
mais réellement amie
à tes amis.
CHŒUR. Rayon du soleil
la plus belle clarté

Θήβα τῶν προτέρων φάος,
ἐφάνθης ποτὲ, χρυσέας
ἁμέρας βλέφαρον,
Διρκαίων[1] ὑπὲρ ῥεέθρων μολοῦσα,   105
τὸν λεύκασπιν ἀπ' Ἀργόθεν[2]
φῶτα βάντα πανσαγίᾳ,
φυγάδα[3] πρόδρομον ὀξυτέρῳ
κινήσασα χαλινῷ·
ὃν[4] ἐφ' ἁμετέρᾳ γᾷ Πολυνείκης   110
ἀρθεὶς νεικέων ἐξ ἀμφιλόγων,
ὀξέα κλάζων[5] αἰετὸς ἐς γᾶν
ὣς ὑπερέπτα,
λευκῆς χιόνος πτέρυγι στεγανὸς,
πολλῶν μεθ' ὅπλων,   115
ξὺν θ' ἱπποκόμοις κορύθεσσιν.
        (Ἀντιστροφὴ α'.)
Στὰς δ' ὑπὲρ μελάθρων, φονώ-
σαισιν ἀμφιχανὼν κύκλῳ
λόγχαις ἑπτάπυλον στόμα[6],
ἔβα, πρίν ποθ' ἁμετέρων   120
αἱμάτων γένυσιν[7]
πλησθῆναί τε, καὶ στεφάνωμα πύργων

sept portes te voit reparaître plus éclatant que jamais, tes feux ont
éclairé les sources de Dircé, et ces guerriers venus d'Argos, avec
leurs armes et leurs boucliers étincelants, ont fui d'une course rapide
en agitant les rênes de leurs coursiers. A leur tête, Polynice, enflé de
ses prétentions douteuses, venait assaillir nos campagnes, semblable à
l'aigle qui, en poussant des cris aigus, fond sur la terre en déployant
ses ailes aussi blanches que la neige; autour de lui s'agitaient des
milliers d'armes et de casques à la crinière flottante. Planant sur nos
demeures, il menaçait de toutes parts nos sept portes de ses lances
avides de carnage; mais il a fui avant d'avoir pu s'abreuver de notre
sang, avant que Vulcain et ses flammes aient envahi le faîte de nos

τῶν προτέρων	des clartés antérieures,
φανὲν	apparue.
Θήβᾳ ἑπταπύλῳ,	à Thèbes aux-sept-portes ;
ἐφάνθης ποτὲ	tu t'es montré enfin,
βλέφαρον	paupière
ἡμέρας χρυσέας,	du jour doré,
μολοῦσα	étant venu
ὑπὲρ ῥεέθρων	à travers les flots
Διρκαίων,	de-Dircé,
κινήσασα	ayant poussé
χαλινῷ ὀξυτέρῳ	d'une bride plus vigoureuse
φῶτα τὸν λεύκασπιν,	l'homme au-bouclier-blanc
βάντα ἀπὸ Ἀργόθεν	venu d'Argos
πανσαγίᾳ,	en armure-complète,
φυγάδα,	fugitif
πρόδρομον·	à-la-course-éperdue,
ὃν Πολυνείκης	*avec* lequel Polynice
ὑπερέπτα	s'abattit
ἐπὶ ἁμετέρᾳ γᾷ, ἀρθεὶς	sur notre terre, excité
ἐκ νεικέων ἀμφιλόγων	par des querelles aux-discours-ambi-
ὡς ἀετὸς	comme un aigle |gus
κλάζων ὀξέα	criant-*des-cris* aigus
ἐς γᾶν	*tourné* vers la terre,
στεγανὸς πτέρυγι	couvert d'une aile
χιόνος λευκῆς	de neige blanche
μετὰ πολλῶν ὅπλων	avec beaucoup d'armes
ξύν τε κορύθεσσιν	et avec des casques
ἱπποκόμοις.	aux-crinières-de-cheval.
(Ἀντιστροφή.)	*Antistrophe.*
Στὰς δὲ ὑπὲρ μελάθρων	Mais se dressant sur-*nos* maisons,
ἀμφιχανὼν	ayant-entouré-la-bouche-ouverte
κύκλῳ	en-cercle
στόμα ἑπτάπυλον	l'issue des-sept-portes
λόγχαις	de lances
φονώσαισιν,	avides-de-carnage
ἔβα,	il s'en alla
πρίν ποτε πλησθῆναί τε	avant de s'être rassasié *une-fois*
ἀμετέρων αἱμάτων	*de* notre sang
γένυσιν	avec les mâchoires,
καὶ Ἡφαιστον	et *avant* la flamme

ANTIGONE.   2

πευχάενθ' ἥφαιστον ἑλεῖν.
Τοῖος ἀμφὶ νῶτ' ἐτάθη
πάταγος Ἄρεός, ἀντιπάλῳ[1]
δυσχείρωμα δράκοντι.
Ζεὺς γὰρ μεγάλης γλώσσης κόμπους
ὑπερεχθαίρει· καί σφας ἐσιδὼν
πολλῷ ῥεύματι προσνισσομένους
χρυσοῦ, χαναχῆς, ὑπεροπτείας[2],
παλτῷ ῥιπτεῖ πυρί, βαλβίδων[3]
ἐπ' ἄκρων ἤδη
νίχην ὁρμῶντ' ἀλαλάξαι[4].

(Στροφὴ β'.)
Ἀντιτύπα δ' ἐπὶ γᾷ πέσε τανταλωθεὶς
πυρφόρος, ὃς τότε μαινομένᾳ ξὺν ὁρμᾷ
βαχχεύων ἐπέπνει[5]
ῥιπαῖς ἐχθίστων ἀνέμων.
Εἶχε δ' ἄλλα τὰ μὲν,
ἄλλα δ' ἐπ' ἄλλοις ἐπενώμα στυφελίζων μέγας Ἄρης
δεξιόσειρος[6].
Ἑπτὰ λοχαγοὶ γὰρ ἐφ' ἑπτὰ πύλαις

125

130

135

140

tours. Il a fui : la voix bruyante de Mars retentissant à ses côtés, a chassé ce dragon ennemi. Car Jupiter déteste l'orgueil et la jactance. Voyant les Argiens se précipiter à grands flots, fiers de leurs armes d'or qu'ils agitent avec bruit, il lance sa foudre et renverse celui qui déjà se préparait à crier victoire du haut de nos murailles.

Il tombe avec fracas sous le coup qui l'a frappé, ce forcené qui tout à l'heure s'élançait sur nous, respirant la fureur et la vengeance. Tel fut son sort ; pour les autres, le redoutable Mars de son bras puissant leur envoie la mort sous mille formes différentes. Les sept chefs qui marchaient vers nos sept portes contre autant de chefs

πευχάεντα	de-picéa
ἑλεῖν	avoir saisi
στεφάνωμα πύργων.	le couronnement des tours.
Τοῖος πάταγος	Un tel fracas
Ἄρεος	de Mars
ἐτάθη	s'étendit
ἀμφὶ νῶτα,	autour de *leur* dos,
δυσχείρωμα	chose invincible
δράκοντι ἀντιπάλῳ.	au dragon opposé.
Ζεὺς γὰρ ὑπερεχθαίρει	Car Jupiter hait-violemment
κόμπους	les vanteries
γλώσσης μεγάλης	d'une langue grande (orgueilleuse)
καὶ ἐσιδών σφας	et ayant vu eux
προσχισσομένους	approchant
πολλῷ ῥεύματι	dans un puissant torrent
χρυσοῦ, καναχῆς,	d'or, de fracas,
ὑπεροπτείας,	d'orgueil,
ῥιπτεῖ πυρὶ παλτῷ	il renverse d'un feu lancé
ὁρμῶντα ἤδη	celui qui s'apprête déjà
ἀλαλάξαι νίκην	à crier victoire
ἐπὶ ἄκρων βαλβίδων.	sur le haut des barrières.
(Στροφή.)	*Strophe.*
Πυρφόρος δὲ πέσε	Mais portenr-du-feu il tomba
τανταλωθείς	lancé
ἐπὶ γᾷ ἀντιτύπᾳ	contre la terre qui-*le*-fait-rebondir,
ὃς τότε	*lui* qui alors
ξὺν ὁρμᾷ μαινομένᾳ	avec un élan insensé
βακχεύων	se livrant-à-une-fureur-bacchique
ἐπέπνει ῥιπαῖς	haletait avec des jets (un souffle)
ἀνέμων ἐχθίστων	de vents très-hostiles.
Μέγας δὲ Ἄρης	Mais le grand Mars
δεξιόσειρος,	allié-propice,
εἶχε τὰ μὲν	conduisait ces choses
ἄλλα,	dans une autre *voie*,
στυφελίζων δὲ	mais en s'élançant-avec-violence
ἐπενώμα	il dirigeait
ἄλλα ἐπὶ ἄλλοις.	d'autres *choses* contre d'autres.
Ἑπτὰ λοχαγοὶ γὰρ	Car les sept chefs
ταχθέντες	rangés
ἐπὶ ἑπτὰ πύλαις	près des sept portes

ταχθέντες ἴσοι πρὸς ἴσους, ἔλιπον
Ζηνὶ Τροπαίῳ πάγχαλκα τέλη·
πλὴν τοῖν στυγεροῖν, ὣ πατρὸς ἑνὸς
μητρός τε μιᾶς φύντε, καθ' αὑτοῖν   145
δικρατεῖς λόγχας στήσαντ', ἔχετον
κοινοῦ θανάτου μέρος ἄμφω.
                (Ἀντιστροφὴ β'.)
Ἀλλὰ γὰρ ἁ μεγαλώνυμος ἦλθε Νίκα
τᾷ πολυαρμάτῳ ἀντιχαρεῖσα Θήβᾳ.
        Ἐκ μὲν δὴ πολέμων   150
    τῶν νῦν θέσθε λησμοσύναν,
        θεῶν δὲ ναοὺς χοροῖς
παννυχίοις πάντας ἐπέλθωμεν· ὁ Θήβας δ'
    ἐλελίχθων¹ Βάκχιος ἄρχοι.
Ἀλλ' ὅδε γὰρ δὴ βασιλεὺς χώρας   155
δ ² Μενοικέως, θεῶν νεοχμὸς νεαραῖς
ἐπὶ συντυχίαις χωρεῖ, τινὰ δὴ
μῆτιν ἐρέσσων, ὅτι σύγκλητον

thébains, ont laissé leurs armes d'airain à Jupiter vainqueur. Mais, hélas! ces deux infortunés, enfants du même père, enfants de la même mère, tournant l'un contre l'autre leurs lances victorieuses, ont partagé le même trépas.

Cependant la Victoire au nom glorieux est venue apporter la joie à la belliqueuse Thèbes. Bannissons donc le souvenir des combats : durant la nuit entière, formons des chœurs de danses dans les temples des dieux ; et que Bacchus, dieu de Thèbes, préside à nos jeux bruyants. Mais voici le nouveau roi de la contrée, le fils de Ménécée. Les événements que les dieux viennent de susciter l'amènent en ce

ἴσοι πρὸς ἴσους,	égaux contre égaux,
ἔλιπον	laissèrent
τέλη πάγχαλκα	des tributs tout-d'airain
Ζηνὶ τροπαίῳ	à Jupiter qui met en fuite,
πλὴν τοῖν στυγεροῖν	hormis les deux malheureux
ὦ φύντε	qui·tous-deux-nés
ἑνὸς πατρὸς	d'un père
μιᾶς τε μητρὸς	et d'une mère
στήσαντε	ayant placé (dirigé)·
λόγχας δικρατεῖς	*leurs* lances toutes-deux-victorieuses,
κατὰ αὑτοῖν	contre-eux-mêmes (l'un contre l'autre)
ἔχετον ἄμφω	ont tous deux
μέρος	le partage
θανάτου κοινοῦ.	d'une mort commune.
(Ἀντιστροφή.)	*Antistrophe.*
Ἀλλὰ γὰρ Νίκα	Mais alors la Victoire
ἁ μεγαλώνυμος	au-grand-nom
ἦλθεν	est venue
ἀντιχαρεῖσα Θήβα	se réjouissant-à-l'encontre de Thèbes
τᾷ πολυαρμάτῳ·	aux-chars-nombreux ;
θέσθε·μὲν·δὴ	établissez donc d'un côté
λησμοσύναν.	l'oubli
ἐκ πολέμων τῶν νῦν·	après les guerres d'à présent;
ἐπέλθωμεν δὲ	d'un autre côté entrons
πάντας ναοὺς	dans tous les temples
θεῶν	des dieux
χοροῖς	avec des danses
παννυχίοις·	qui-durent-toute-la-nuit;
Βαχχεῖος δὲ	et que Bacchus
ὁ·ἐλελίχθων Θήβας	qui-ébranle Thèbes
ἄρχοι.	préside.
Ἀλλὰ ὅδε γὰρ δὴ βασιλεὺς νεοχμὸς	Mais en effet c'*est* certes le roi nou-
χώρας,	du pays, [veau
ὁ Μενοικέως	le *fils* de Ménécée
χωρεῖ,	*qui* approche,
ἐρέσσων	ramant (agitant)
τινὰ δὴ μῆτιν	assurément quelque projet
ἐπὶ συντυχίαις νεαραῖσι	à l'occasion des événements récents
θεῶν,	des dieux,
ὅτι·προὔθετο	puisque il désigna

ΑΝΤΙΓΟΝΗ.

τήνδε γερόντων προὔθετο λέσχην
κοινῷ κηρύγματι πέμψας.   160

ΚΡΕΩΝ.

Ἄνδρες, τὰ μὲν δὴ πόλεος ἀσφαλῶς θεοὶ,
πολλῷ[1] σάλῳ σείσαντες, ὤρθωσαν πάλιν·
ὑμᾶς δ᾽ ἐγὼ πομποῖσιν ἐκ πάντων δίχα
ἔστειλ᾽ ἱκέσθαι· τοῦτο μὲν, τὰ Λαΐου
σέβοντας εἰδὼς εὖ θρόνων ἀεὶ κράτη·   165
τοῦτ᾽ αὖθις, ἡνίκ᾽ Οἰδίπους ὤρθου πόλιν,
κἀπεὶ διώλετ᾽, ἀμφὶ τοὺς κείνων ἔτι
παῖδας μένοντας ἐμπέδοις φρονήμασιν.
Ὅτ᾽ οὖν ἐκεῖνοι πρὸς διπλῆς μοίρας μίαν
καθ᾽ ἡμέραν ὤλοντο, παίσαντές τε καὶ   170
πληγέντες αὐτόχειρι σὺν μιάσματι,
ἐγὼ κράτη δὴ πάντα καὶ θρόνους ἔχω
γένους κατ᾽ ἀγχιστεῖα τῶν ὀλωλότων.
Ἀμήχανον δὲ παντὸς ἀνδρὸς ἐκμαθεῖν
ψυχήν[2] τε καὶ φρόνημα καὶ γνώμην, πρὶν ἂν   175
ἀρχαῖς τε καὶ νόμοισιν ἐντριβὴς φανῇ.

lieu. Il médite sans doute quelque projet; car il a convoqué cette as-
semblée de vieillards qu'un même ordre a réunis.

CREON. Vieillards, les dieux ont enfin calmé la tempête qu'ils avaient
déchaînée contre Thèbes; c'est vous, seuls d'entre tous les citoyens,
que j'ai voulu rassembler ici, connaissant votre respect pour le sceptre
et la puissance de Laïus, votre attachement à OEdipe pendant son règne,
et après sa mort votre fidélité envers ses fils. Mais, puisque le même
jour les a vus périr par un double trépas, expirant sous les coups de
leurs mains criminelles, le sceptre et la puissance de ceux qui ne sont
plus m'appartiennent par le droit de naissance. On ne peut connaître
l'âme, les sentiments et le caractère d'un homme, avant qu'il se soit
montré dans l'exercice de la puissance et des lois. Pour moi, je le dé-

τήνδε λέσχην	cette assemblée
σύγκλητον	convoquée
γερόντων,	de vieillards,
πέμψας	*les* ayant fait-venir
κηρύγματι κοινῷ.	par une proclamation commune.
ΚΡΕΩΝ. Ἄνδρες,	CRÉON. Hommes,
θεοὶ μὲν ὤρθωσαν	les dieux d'un côté ont redressé
δὴ πάλιν ἀσφαλῶς·	certainement de nouveau en-sûreté
τὰ πόλεως, σείσαντες	les choses de la ville *l'*ayant agitée
σάλῳ πολλῷ·	d'un trouble grand.
ἐγὼ δὲ	Moi d'un autre côté
ἔστειλα ὑμᾶς	i'ai envoyé-chercher vous,
δίχα ἐκ πάντων	séparément de tous
πομποῖσιν, ἱκέσθαι,	par des messagers, pour venir,
εἰδὼς τοῦτο μὲν	sachant d'abord ceci
σέβοντας εὖ ἀεὶ	*vous* respectant bien toujours
κράτη θρόνων	les commandements du trône
τὰ Λαΐου:	de Laïus;
τοῦτο αὖθις, ἡνίκα Οἰδίπους	puis cela, quand OEdipe
ὤρθου πόλιν,	gouvernait-bien là ville,
καὶ ἐπεὶ διώλετο,	et après qu'il eut péri,
μένοντας ἔτι	*vous* restant encore
φρονήμασιν ἐμπέδοις	dans *vos* sentiments constants,
ἀμφὶ τοὺς παῖδας κείνων.	autour des enfants de ceux-là.
Ὅτε οὖν ἐκεῖνοι ὤλοντο	Alors quand ceux-ci périrent
πρὸς μοίρας διπλῆς	d'une mort double
κατὰ μίαν ἡμέραν	en un jour
παίσαντές τε	et ayant frappé
καὶ πληγέντες	et ayant été frappés
σὺν μιάσματι αὐτόχειρι,	par un méfait de-leur-propre-main
ἐγὼ δὴ ἔχω	**moi désormais je tiens**
πάντα κράτη	tous les pouvoirs
καὶ θρόνους·	et les priviléges-du-trône
κατὰ ἀγχιστεῖα	d'après les droits-de-proximité
γένους τῶν ὀλωλότων.	de la race de ceux-qui-ont-péri.
Ἀμήχανον δὲ ἐκμαθεῖν	Cependant il *est* impossible de connaî-
ψυχήν τε καὶ φρόνημα	et l'âme et l'intelligence [tre
καὶ γνώμην παντὸς ἀνδρὸς	et l'esprit de tout homme
πρὶν ἂν φανῇ ἐντριβὴς	**avant qu'il se-soit-montré pratiquant**
ἀρχαῖς τε καὶ νόμοισιν.	et les commandements et les lois.

Ἐμοὶ γὰο, ὅστις πᾶσαν εὐθύνων πόλιν
μὴ τῶν ἀρίστων ἅπτεται βουλευμάτων,
ἀλλ' ἐκ φόβου του γλῶσσαν ἐγκλείσας ἔχει,
κάκιστος εἶναι νῦν τε καὶ πάλαι δοκεῖ   180
καὶ μεῖζον' ὅστις[1] ἀντὶ τῆς αὑτοῦ πάτρας
φίλον νομίζει, τοῦτον οὐδαμοῦ λέγω[2].
ἐγὼ γὰρ, ἴστω Ζεὺς ὁ πάνθ' ὁρῶν ἀεὶ,
οὔτ' ἂν σιωπήσαιμι τὴν ἄτην ὁρῶν
στείχουσαν ἀστοῖς ἀντὶ τῆς σωτηρίας,   185
οὔτ' ἂν φίλον ποτ' ἄνδρα δυσμενῆ χθονὸς
θείμην ἐμαυτῷ, τοῦτο γιγνώσκων, ὅτι
ἥδ' ἐστὶν ἡ σώζουσα, καὶ, ταύτης ἔπι
πλέοντες ὀρθῆς[3], τοὺς φίλους ποιούμεθα.
Τοιοῖς δ' ἐγὼ νόμοισι τήνδ' αὔξω πόλιν,   190
καὶ νῦν ἀδελφὰ τῶνδε κηρύξας ἔχω
ἀστοῖσι, παίδων τῶν ἀπ' Οἰδίπου πέρι.
Ἐτεοκλέα μὲν, ὃς πόλεως ὑπερμαχῶν
ὄλωλε τῆσδε, πάντ' ἀριστεύσας δορὶ,
τάφῳ τε κρύψαι, καὶ τὰ πάντ' ἐφαγνίσαι,   195

clare, tout homme chargé de gouverner une cité, s'il n'adopte pas les
résolutions les plus sages, s'il laisse enchaîner sa langue par la crainte,
je le regarde et l'ai toujours regardé comme un mauvais roi; et celui
qui préfère l'intérêt d'un ami à celui de la patrie, je le méprise. J'en
atteste Jupiter à qui rien n'est caché, jamais je ne tairai les maux qui
viendraient menacer la paix des citoyens; jamais je n'accorderai mon
amitié à l'ennemi de la patrie, persuadé que le salut de la patrie fait le
nôtre, et que, si nous prospérons avec elle, nous ne manquerous point
d'amis. C'est par de tels principes que je rendrai cette ville florissante;
c'est dans le même esprit que j'ai fait proclamer l'édit relatif aux
enfants d'OEdipe. Étéocle, qui est mort en combattant vaillamment
pour sa patrie, sera enfermé dans la tombe avec tous les honneurs

Ὅστις γὰρ	Car quiconque
εὐθύνων πᾶσαν πόλιν	dirigeant toute une ville
μὴ ἅπτεται	ne s'applique pas
βουλευμάτων	aux conseils
τῶν ἀρίστων,	les meilleurs,
ἀλλὰ ἔχει ἐγκλείσας	mais est renfermant
γλῶσσαν ἐκ φόβου του	sa langue par quelque peur
δοκεῖ ἐμοὶ εἶναι	paraît à moi être
κάκιστος νῦν τε	très-lâche et maintenant
καὶ πάλαι·	et depuis longtemps ;
καὶ ὅστις νομίζει	et quiconque estime
φίλον μείζονα	un ami plus important
ἀντὶ τῆς πάτρας αὐτοῦ	au lieu de la patrie de lui-même
λέγω τοῦτον οὐδαμοῦ ·	je ne nomme celui-ci nulle-part.
Ζεὺς γὰρ ἴστω	Car que Jupiter *le* sache.
ὁ ὁρῶν πάντα ἀεί,	qui voit toutes *les* choses toujours,
ἐγὼ οὔτε ἂν σιωπήσαιμι	ni je ne me tairais
ὁρῶν τὴν ἄτην	voyant le malheur
στείχουσαν ἀστοῖς	s'avançant vers les citoyens
ἀντὶ τῆς σωτηρίας,	au lieu du salut;
οὔτε ἂν θείμην ποτὲ	ni je n'établirais jamais
ἄνδρα δυσμενῆ χθονὸς	un homme ennemi du pays
φίλον ἐμαυτῷ,	ami à moi-même,
γιγνώσκων τοῦτο,	pensant ceci [sauve
ὅτι ἐστὶν ἥδε ἡ σώζουσα,	que c'est celui-ci (*le pays*) qui *nous*
καὶ ποιούμεθα τοὺς φίλους	et *que* nous nous faisons *nos* amis
πλέοντες ἐπὶ ταύτης ὀρθῆς.	en naviguant sur celui-ci debout.
Ἐγὼ αὔξω τήνδε πόλιν	Mais j'augmente cette ville
τοιοῖσδε νόμοισι.	de pareilles lois.
Καὶ νῦν ἔχω κηρύξας	Et maintenant je suis ayant proclamé
ἀδελφὰ τῶνδε	des *choses* semblables à celles-ci
ἀστοῖσι	aux citoyens
περὶ παίδων τῶν ἀπὸ Οἰδίπου.	sur les enfants d'OEdipe.
Κρύψαι τε τάφῳ	Et de couvrir d'un tombeau
Ἐτεοκλέα μὲν	d'un côté Etéocle
ὃς ὄλωλεν	qui a péri
ὑπερμαχῶν τῆσδε πόλεως;	combattant-pour cette ville
ἀριστεύσας δορὶ	ayant excellé avec la lance
πάντα	en toutes choses
καὶ ἐφαγνίσαι τὰ πάντα	et d'offrir-purement toutes les choses;

ἃ τοῖς ἀρίστοις ἔρχεται κάτω νεκροῖς·
τὸν δ' αὖ ξύναιμον τοῦδε, Πολυνείκην λέγω,
ὃς γῆν πατρῴαν καὶ θεοὺς τοὺς ἐγγενεῖς,
φυγὰς κατελθὼν, ἠθέλησε μὲν πυρὶ
πρῆσαι κατάκρας, ἠθέλησε δ' αἵματος   200
κοινοῦ πάσασθαι, τοὺς δὲ δουλώσας ἄγειν,
τοῦτον πόλει τῇδ' ἐκκεκηρῦχθαι τάφῳ
μήτε κτερίζειν μήτε κωκῦσαί τινα,
ἐᾷν δ' ἄθαπτον καὶ πρὸς οἰωνῶν δέμας
καὶ πρὸς κυνῶν ἐδεστὸν αἰκισθέντ' ἰδεῖν.   205
Τοιόνδ' ἐμὸν φρόνημα. Κοὔποτ' ἔκ γ' ἐμοῦ
τιμὴν προέξουσ' οἱ κακοὶ τῶν ἐνδίκων.
Ἀλλ' ὅστις εὔνους τῇδε τῇ πόλει, θανὼν
καὶ ζῶν ὁμοίως ἐξ ἐμοῦ τιμήσεται[1].

ΧΟΡΟΣ.

Σοὶ ταῦτ' ἀρέσκει, παῖ Μενοικέως Κρέον,   210
τὸν[2] τῇδε δύσνουν, καὶ τὸν εὐμενῆ πόλει.
Νόμῳ δὲ χρῆσθαι παντί πού γ' ἔνεστί σοι,
καὶ τῶν θανόντων, χὠπόσοι ζῶμεν, πέρι.

---

dus aux mânes des héros; mais pour son frère, pour Polynice, qui n'est revenu de son exil qu'avec le désir de livrer aux flammes sa patrie et les dieux de ses pères, qui a voulu s'abreuver du sang des Thébains, et les emmener en esclavage, j'ai fait publier dans la ville la défense de l'ensevelir ou de le pleurer; qu'abandonné sans sépulture, son corps soit la proie des chiens et des vautours, et devienne un spectacle d'horreur. Telle est ma volonté. Jamais le méchant n'obtiendra de moi les honneurs dus à l'homme vertueux; mais quiconque aura bien servi l'État, vivant ou mort je l'honorerai également.

LE CHOEUR. Tels sont tes décrets, fils de Ménécée, à l'égard de l'ami et de l'ennemi de la patrie. Morts et vivants, nous sommes tous également soumis à tes lois.

ἃ ἔρχεται κάτω	qui vont en-bas
τοῖς ἀρίστοις νεκροῖς	aux meilleurs morts,
ἐκκεκηρῦχθαι δὲ αὖ	mais de l'autre côté avoir été proclamé
τῇδε πόλει	à cette ville
τινὰ μήτε κτερίζειν	personne n'enterrer
τάφῳ	dans un tombeau
μήτε κωκῦσαι	ni pleurer
τὸν ξύναιμον τοῦδε,	le frère de celui-ci,
λέγω Πολυνείκην,	je dis Polynice,
τοῦτον, ὃς κατελθὼν φυγὰς	celui-ci, qui étant-revenu banni,
ἠθέλησε μὲν	voulut d'un côté
πρῆσαι πυρὶ κατάκρας	brûler avec le feu du haut en bas
γῆν πατρῴαν	la terre natale
καὶ θεοὺς τοὺς ἐγγενεῖς,	et les dieux indigètes,
ἠθέλησε δὲ πάσασθαι	et voulut de l'autre côté goûter
αἵματος κοινοῦ,	du sang commun,
ἄγειν δὲ τοὺς	et emmener ceux-ci
δουλώσας·	les ayant réduits-en-servitude ;
ἐᾶν δὲ ἄθαπτον,	mais de le laisser non enseveli,
καὶ αἰκισθέντα ἰδεῖν	et maltraité (dégoûtant) à voir,
δέμας ἐδεστὸν	corps devant-être-dévoré
πρὸς οἰωνῶν καὶ πρὸς κινῶν.	par les oiseaux et par les chiens.
Τοιόνδε ἐμὸν φρόνημα.	Telle est ma pensée,
Καὶ οὔποτε οἱ κακοὶ	et jamais les méchants
προέξουσι τῶν ἐνδίκων	n'auront-de-préférence aux justes
τιμὴν ἔκ γε ἐμοῦ.	de l'estime de moi au-moins.
Ἀλλὰ ὅστις εὔνους	Mais quiconque est bien-intentionné
τῇδε τῇ πόλει,	pour cette ville
τιμήσεται ἐξ ἐμοῦ	sera honoré par moi
ὁμοίως θανὼν καὶ ζῶν.	également mort et vivant.
ΧΟΡΟΣ. Ταῦτα	LE CHOEUR. Ces choses
ἀρέσκει σοι,	semblent-bonnes à toi,
Κρέον, παῖ Μενοικέως	Créon, fils de Ménécée,
τὸν δύσνουν	à l'égard de celui qui est malveillant
καὶ τὸν εὐμενῆ	et de celui qui est bien-intentionné
τῇδε πόλει.	pour cette ville.
Ἔνεστι δέ σοι	Or il est permis à toi
χρῆσθαι παντὶ νόμῳ πού γε	d'user de toute loi à-peu-près
καὶ περὶ τῶν θανόντων	et envers les morts
καὶ ὁπόσοι ζῶμεν.	et envers nous tous-qui vivons.

ΚΡΕΩΝ.

Ὡς ἂν σκοποὶ νῦν ἦτε τῶν εἰρημένων.

ΧΟΡΟΣ.

Νεωτέρῳ τῳ τοῦτο βαστάζειν πρόθες. 115

ΚΡΕΩΝ.

Ἀλλ’ εἴσ’ ἕτοιμοι τοῦ νεκροῦ τ’ ἐπίσκοποι.

ΧΟΡΟΣ.

Τί δῆτ’ ἂν ἄλλο τοῦτ’ ἐπεντέλλοις ἔτι;

ΚΡΕΩΝ.

Τὸ μὴ ’πιχωρεῖν τοῖς ἀπιστοῦσιν τάδε.

ΧΟΡΟΣ.

Οὐκ ἔστιν οὕτω μῶρος,² ὃς θανεῖν ἐρᾷ.

ΚΡΕΩΝ.

Καὶ μὴν ὁ μισθός γ’ οὗτος. Ἀλλ’ ὑπ’ ἐλπίδων 220
ἄνδρας τὸ κέρδος πολλάκις διώλεσεν.

ΦΥΛΑΞ³.

Ἄναξ, ἐρῶ μὲν οὐχ ὅπως τάχους ὕπο
δύσπνους ἱκάνω κοῦφον ἐξάρας πόδα.
Πολλὰς γὰρ ἔσχον φροντίδων ἐπιστάσεις,
ὁδοῖς κυκλῶν ἐμαυτὸν εἰς ἀναστροφήν. 225
Ψυχὴ γὰρ ηὔδα πολλά μοι μυθουμένη·
« Τάλας, τί χωρεῖς, οἷ μολὼν δώσεις δίκην;
« Τλήμων, μενεῖς αὖ; κεἰ τάδ’ εἴσεται Κρέων
« ἄλλου παρ’ ἀνδρός, πῶς σὺ δῆτ’ οὐκ ἀλγυνεῖ⁵;

CRÉON. Veillez donc à l’exécution de mes ordres.

LE CHOEUR. Charge de ce soin de plus jeunes que nous.

CRÉON. Des gardes sont déjà placés auprès du cadavre.

LE CHOEUR. Qu’as-tu donc à nous recommander encore?

CRÉON. Une sévérité inflexible pour ceux qui désobéiraient à mes lois.

LE CHOEUR. Personne n’est assez insensé pour désirer la mort.

CRÉON. Et tel sera en effet leur salaire. Mais souvent l’espoir du gain conduit l’homme à sa perte.

LE GARDIEN. Prince, je ne te dirai point que la rapidité de ma course m’a mis hors d’haleine ; car agité de mille pensées pendant la route, souvent je me retournais, prêt à revenir sur mes pas. J’entendais une voix secrète me dire à chaque instant : Malheureux, pourquoi courir au-devant du châtiment? Puis, au contraire :Infortuné, qui t’arrête? Et si Créon vient à l’apprendre d’une autre bouche, comment échapperas-tu à son courroux? Au milieu de ces réflexions, je

ΚΡΕΩΝ. Ὡς ἂν
νῦν ἦτε σκοποὶ
τῶν εἰρημένων.

ΧΟΡΟΣ. Πρόθες
τῷ νεωτέρῳ
βαστάζειν τοῦτο.

ΚΡΕΩΝ. Ἀλλὰ
ἐπίσκοποι νεκροῦ τέ
εἰσιν ἕτοιμοι.

ΧΟΡΟΣ. Τί δῆτα
τοῦτο ἄλλο
ἐπεντέλλοις ἂν ἔτι;

ΚΡΕΩΝ. Τὸ μὴ ἐπιχωρεῖν
τοῖς ἀπιστοῦσι τάδε.

ΧΟΡΟΣ. Οὐκ ἔστιν
οὕτω μῶρος
ὃς ἐρᾷ θανεῖν.

ΚΡΕΩΝ. Καὶ μὴν
ὁ μισθός γε οὗτος.
Ἀλλὰ τὸ κέρδος
διώλεσε πολλάκις
ἄνδρας ὑπὸ ἐλπίδων.

ΦΥΛΑΞ. Ἄναξ,
ἐρῶ μὲν οὐχ
ὅπως ἱκάνω δύσπνους
ὑπὸ τάχους·
ἐξάρας πόδα κοῦφον.

Ἔσχον γὰρ
πολλὰς ἐπιστάσεις φροντίδων,
κυκλῶν ἐμαυτὸν
ὁδοῖς εἰς ἀναστροφήν.
Ψυχὴ γὰρ ηὔδα
μυθουμένη πολλά μοι·
Τάλας, τί χωρεῖς
οἷ μολὼν
δώσεις δίκην;
τλήμων, αὖ μενεῖς;
καὶ εἰ Κρέων εἴσεται τάδε
παρα ἄλλου ἀνδρὸς,
πῶς σὺ δῆτα οὐκ ἀλγυνεῖ·

CRÉON. Pourvu que
maintenant vous soyez gardiens
des choses dites *par moi.*

LE CHOEUR. Propose
à quelqu'un de plus jeune
de se charger de cela.

CRÉON. Mais
des gardiens aussi du corps
sont prêts.

LE CHOEUR. Quelle *est* donc
cette autre chose
que vous ordonneriez-en-sus, encore?

CRÉON. De ne pas permettre [ses.
à ceux-qui-désobéissent en ces *cho-*

LE CHOEUR. Il n'est point d'*homme*
si fou
qui (qu'il) veuille mourir.

CRÉON. Et même
la solde au moins *est* celle-ci.
Mais le gain
a perdu souvent
les hommes par *ses* espérances.

LE GARDIEN. O roi,
en effet je ne dirai pas
que j'arrive hors-d'haleine
à cause de *ma* vitesse,
ayant levé un pied léger.

Car j'avais
de nombreuses stations de réflexions
me retournant moi-même
sur les chemins à la retraite.
Car l'âme parlait,
conversant beaucoup avec moi:
Malheureux, que vas-tu
où étant allé
tu donneras (subiras) punition?
infortuné, resteras-tu de l'autre côté?
et si Créon saura ces choses
de la part d'un autre homme,
comment toi donc ne souffriras-tu pas?

Τοιαῦθ᾽ ἑλίσσων¹ ἥνυτον σχολῇ βραδύς·   230
χοὔτως ὁδὸς βραχεῖα γίγνεται μακρά.
Τέλος γε μέν τοι δεῦρ᾽ ἐνίκησεν μολεῖν
σοί· κεῖ τὸ μηδὲν ἐξερῶ, φράσω δ᾽ ὅμως.
Τῆς ἐλπίδος γὰρ ἔρχομαι δεδραγμένος,
τὸ μὴ παθεῖν ἂν ἄλλο, πλὴν τὸ μόρσιμον.   235
          ΚΡΕΩΝ.
Τί δ᾽ ἐστιν, ἀνθ᾽ οὗ τήνδ᾽ ἔχεις ἀθυμίαν;
          ΦΥΛΑΞ.
Φράσαι² θέλω σοι πρῶτα τἀμαυτοῦ. Τὸ γὰρ
πρᾶγμ᾽ οὔτ᾽ ἔδρασ᾽, οὔτ᾽ εἶδον ὅστις ἦν ὁ δρῶν·
οὐδ᾽ ἂν δικαίως ἐς κακὸν πέσοιμί τι.
          ΚΡΕΩΝ.
Εὖ γε στοχάζει, κἀποφράγνυσαι κύκλῳ   240
τὸ πρᾶγμα³. Δηλοῖς δ᾽ ὥς τι σημανῶν νέον.
          ΦΥΛΑΞ.
Τὰ δεινὰ γάρ τοι προςτίθησ᾽ ὄκνον πολύν.
          ΚΡΕΩΝ.
Οὔκουν ἐρεῖς ποτ᾽, εἶτ᾽ ἀπαλλαχθεὶς ἄπει;
          ΦΥΛΑΞ.
Καὶ δὴ λέγω σοι. Τὸν νεκρόν τις ἀρτίως

n'avançais qu'avec lenteur, et ainsi le chemin le plus court devient
long. Enfin je me suis décidé à venir dans ce palais. Quoique je ne
puisse rien t'expliquer, je vais parler cependant. Car je viens soutenu
par l'espoir de ne souffrir que ce qui est ordonné par le destin.

CRÉON. Qu'y a-t-il? D'où vient le trouble qui t'agite?

LE GARDIEN. Je vais dire d'abord ce qui me regarde : je n'ai point
fait l'action, et j'ignore quel en est l'auteur. Il serait donc injuste de
m'en faire porter la peine.

CRÉON. Que de précautions! quel soin d'envelopper ton récit?
Mais tu me parais avoir quelque nouvelle à m'apprendre.

LE GARDIEN. On hésite toujours à remplir un fâcheux message.

CRÉON. Parle donc enfin, et retire-toi.

LE GARDIEN. Eh bien, j'obéis. On est venu tout à l'heure ensevelir

Ἑλίσσων τοιαῦτα
ἤνυτον
σχολῇ βραδύς.
Καὶ οὕτως ὁδὸς βραχεῖα
γίγνεται μακρά·
τέλος γε μέντοι
μολεῖν σοι δεῦρο ἐνίκησεν·
καὶ εἰ ἐξερῶ
τὸ μηδὲν,
ὅμως δὲ φράσω.
Ἔρχομαι γὰρ
δεδραγμένος τῆς ἐλπίδος
τὸ μὴ παθεῖν ἂν
ἄλλο, πλὴν
τὸ μόρσιμον.
ΚΡΕΩΝ. Τί δέ ἐστιν,
ἀντὶ οὗ ἔχεις
τήνδε ἀθυμίαν;
ΦΥΛΑΞ. Θέλω
φράσαι σοι
τὰ ἐμαυτοῦ πρῶτα,
οὔτε γὰρ ἔδρασα τὸ πρᾶγμα
οὔτε εἶδον, ὅστις ἦν ὁ δρῶν,
οὐδὲ ἂν πέσοιμι
δικαίως ἔς τι κακόν
ΚΡΕΩΝ. Εὖ γε
στοχάζει
καὶ ἀποφράγνυσαι κύκλῳ
τὸ πρᾶγμα.
Δηλοῖς δὲ
ὡς σημανῶν
τι νέον.
ΦΥΛΑΞ. Τὰ γάρ τοι δεινὰ
προστίθησι
πολὺν ὄκνον.
ΚΡΕΩΝ. Οὔκουν ἐρεῖς ποτὲ
εἶτα ἄπει
ἀπαλλαχθείς;
ΦΥΛΑΞ. Καὶ δή
λέγω σοι,

Roulant de pareilles choses
j'achevais *mon chemin*
à peine *étant* lent.
Et ainsi un chemin court
devient long.
Enfin du moins pourtant
venir à toi ici l'emporta
et quoique j'annonce
le rien (un fait inexplicable)
néanmoins cependant je *le* dirai.
Car je viens
entraîné par l'espérance
de ne pas souffrir probablement
autre chose, hormis
celle marquée-par-le-destin.
CRÉON. Mais qu'est-*ce*
en considération de quoi tu as
cet abattement?
LE GARDIEN. Je veux
dire à toi
les choses de moi d'abord.
Car je n'ai ni fait la chose
ni vu *celui* qui était faisant *elle*,
et je ne pourrais guère tomber
justement dans quelque mal
CRÉON. Bien en effet,
tu prends-les-précautions,
et tu barricades tout autour
l'affaire.
Mais tu montres *toi*
comme devant annoncer
quelque *chose* de nouveau.
LE GARDIEN. Mais certes *les choses*
ajoutent   [graves
une grande peur.
CRÉON. Ne parleras-tu pas enfin,
puis ne t'en iras-tu pas
t'étant acquitié?
LE GARDIEN. Tout-à-l'heure
je *le* dis à toi,

θάψας βέβηκε, κἀπὶ χρωτὶ διψίαν   245
κόνιν παλύνας, κἀφαγιστεύσας ἃ χρή·
        ΚΡΕΩΝ.
Τί φῄς; τίς ἀνδρῶν ἦν ὁ τολμήσας τάδε;
        ΦΥΛΑΞ.
Οὐκ οἶδ'. Ἐκεῖ γὰρ οὔτε του γενῇδὸς ἦ
πλῆγμ', οὐ δικέλλης ἐκβολή· στύφλος δὲ γῆ,
καὶ χέρσος ἀρρὼξ, οὐδ' ἐπημαξευμένη   250
τροχοῖσιν· ἀλλ' ἄσημος οὑργάτης τις ἦν.
Ὅπως δ' ὁ πρῶτος ἡμὶν ἡμεροσκόπος
δείκνυσι, πᾶσι θαῦμα δυςχερὲς παρῆν.
Ὁ μὲν γὰρ ἠφάνιστο, τυμβήρης μὲν οὐ·
λεπτὴ δ' ἄγος φεύγοντος ὡς, ἐπῆν κόνις.   255
Σημεῖα δ' οὔτε θηρὸς, οὔτε του κυνῶν
ἐλθόντος, οὐ σπάσαντος ἐξεφαίνετο.
Λόγοι δ' ἐν ἀλλήλοισιν ἐρρόθουν κακοὶ,
φύλαξ[2] ἐλέγχων φύλακα· κἂν ἐγίγνετο
πληγὴ τελευτῶσ', οὐδ' ὁ κωλύσων παρῆν·   260
εἷς γάρ τις ἦν ἕκαστος οὑξειργασμένος,

le mort, on a répandu sur lui de la poussière, et les cérémonies funèbres ont été accomplies.

CRÉON. Que dis-tu? Quel homme a eu cette audace?

LE GARDIEN. Je ne sais; la terre n'était ni entamée par la hache,
ni creusée par le hoyau; le sol, ferme et sans blessure, n'était pas non
plus sillonné par les roues d'un char; nul indice ne pouvait trahir le
coupable. Lorsque le premier des gardiens de jour nous eut avertis
cet événement nous parut un prodige funeste. Le corps était caché
sans être enseveli. On l'avait seulement couvert d'un peu de poussière, comme pour éviter le crime d'impiété. On ne voyait aucune
trace de bête féroce ou de chien qui fût venu le déchirer. Alors des
paroles menaçantes circulent parmi nous; un gardien en accuse un
autre; on était près d'en venir aux mains; personne n'était là pour
l'empêcher. Chacun paraissait coupable, nul n'était convaincu, et

τις βέβηκε, quelqu'un s'en est allé,
θάψας ἀρτίως τὸν νεκρὸν ayant enterré récemment le corps
καὶ παλύνας et ayant répandu
κόνιν διψίαν ἐπὶ χρωτὶ de la poussière aride sur la chair,
καὶ ἀφαγιστεύσας et ayant rempli-les-cérémonies
ἃ χρή. qu'il faut.
 ΚΡΕΩΝ· Τί φής; CRÉON. Que dis-tu?
τίς ἀνδρῶν ἦν lequel des hommes était
 τολμήσας τάδε; celui qui a osé ces choses?
 ΦΥΛΑΞ. Οὐκ οἶδα. LE GARDIEN. Je ne sais.
Ἐκεῖ γὰρ ἦν Car là n'était
οὔτε πλῆγμά του γενῆδος ni coup de quelque hache
οὐκ ἐκβολὴ δικέλλης· ni excavation de hoyau ;
γῆ δὲ στύφλος mais la terre était dure,
καὶ χέρσος ἀῤῥὼξ et sauvage, non brisée,
οὐδὲ ἐπημαξευμένη τροχοῖσιν, et non sillonnée par les roues,
ἀλλὰ ὁ ἐργάτης mais l'auteur-de-l'action
ἦν τις ἄσημος. était quelqu'un sans-indice.
Ὅπως δὲ Mais aussitôt que
ὁ πρῶτος ἡμεροσκόπος la première sentinelle-du-jour
δείκνυσιν ἡμῖν, montre à nous la chose,
θαῦμα δυσχερὲς un étonnement désagréable
παρῆν πᾶσιν. se présenta à tous.
Ὁ μὲν γὰρ ἠφάνιστο, Car celui-ci avait disparu,
οὐ μὲν τυμβήρης· non, il est vrai, mis-au-tombeau; [nue
ἐπῆν δὲ κόνις λεπτὴ· mais il était-dessus une poussière me-
ὡς φεύγοντος ἄγος. comme de celui qui fuit un sacrilége
Ἐξεφαίνετο δὲ σημεῖα Mais il ne paraissait de traces
οὔτε θηρὸς οὔτε του κυνῶν· ni de bête ni de quelqu'un des chiens
Ἐλθόντος, οὐ σπάσαντος. étant-venu ni ayant-traîné.
Λόγοι δὲ κακοὶ Cependant des propos mauvais
ἐῤῥόθουν ἐν ἀλλήλοισι, retentirent parmi les uns les autres,
φύλαξ ἐλέγχων φύλακα· gardien accusant gardien;
καὶ πληγὴ et une rixe
ἐγίγνετο ἂν τελευτῶσα, serait arrivée finissant (à la fin),
ὁ δὲ κωλύσων et celui qui devait empêcher
οὐ παρῆν· n'était pas présent;
εἰς γὰρ ἕκαστός τις car un chacun quel qu'il fût
ἦν était pour les autres
ὁ ἐξειργασμένος celui-qui-l'avait-fait

κοὐδεὶς ἐναργής, ἀλλ' ἔφυγε τὸ μὴ εἰδέναι[1].

Ἦμεν[2] δ' ἕτοιμοι καὶ μύδρους αἴρειν χεροῖν,
καὶ πῦρ διέρπειν, καὶ θεοὺς ὀρκωμοτεῖν,
τὸ μήτε δρᾶσαι, μήτε τῳ ξυνειδέναι   265
τὸ πρᾶγμα βουλεύσαντι, μήτ' εἰργασμένῳ.
Τέλος δ', ὅτ' οὐδὲν ἦν ἐρευνῶσιν πλέον,
λέγει τις εἷς, ὃς πάντας ἐς πέδον κάρα
νεῦσαι φόβῳ προὔτρεψεν. Οὐ γὰρ εἴχομεν
οὔτ' ἀντιφωνεῖν, οὔθ' ὅπως δρῶντες καλῶς   270
πράξαιμεν. Ἦν δ' ὁ μῦθος, ὡς ἀνοιστέον
σοὶ τοὖργον εἴη τοῦτο, κοὐχὶ κρυπτέον.
Καὶ ταῦτ' ἐνίκα, κἀμὲ τὸν δυςδαίμονα
πάλος καθαιρεῖ[3] τοῦτο τἀγαθὸν λαβεῖν.
Πάρειμι δ' ἄκων[4] οὐχ ἑκοῦσιν, οἶδ' ὅτι.   275
Στέργει γὰρ οὐδεὶς ἄγγελον κακῶν ἐπῶν.

ΧΟΡΟΣ.

Ἄναξ, ἐμοί τοι, μή τι καὶ θεήλατον
τοὖργον τόδ', ἡ ξύννοια βουλεύει πάλαι.

tous échappaient, grâce à cette incertitude. Nous étions prêts à saisir le fer rouge, à marcher à travers les flammes, à prendre les dieux à témoin et à jurer que nous étions innocents, et aussi étrangers au projet qu'à l'exécution du crime. Enfin, voyant toutes nos recherches inutiles, un de nous ouvre un avis qui, nous frappant de crainte, nous fit à tous baisser la tête. Car nous n'avions rien à opposer, et nous ne savions comment le suivre sans péril. C'était de te faire un récit fidèle et de ne te rien cacher. Cet avis l'emporta, et c'est moi, malheureux, que le sort a chargé de ce triste message. Je suis donc ici contre mon gré, et sans doute aussi contre le tien : car on n'aime point celui qui apporte de fâcheuses nouvelles.

LE CHŒUR. O roi, plus je réfléchis, plus je crois reconnaître ici la main des dieux.

xαὶ οὐδεὶς ἐναργὴς	et personne manifeste,
ἀλλὰ ἔφυγε	mais il échappa
τὸ μὴ εἰδέναι.	à ce qu'on ne le sût.
Ἦμεν δὲ ἕτοιμοι	Cependant nous étions prêts
xαὶ αἴρειν χεροῖν	et à soulever dans les mains
μύδρους	des fers-rougis
xαὶ διέρπειν πῦρ	et à traverser le feu
xαὶ ὁρκωμοτεῖν θεοὺς	et à jurer-par-serment les dieux
τὸ μήτε δρᾶσαι μήτε ξυνειδέναι	le ni avoir fait ni avoir-connaissance
τῷ βουλεύσαντι τὸ πρᾶγμα	avec celui qui avait projeté la chose
μήτε εἰργασμένῳ.	ni avec celui qui l'avait exécutée.
Τέλος δὲ,	Mais enfin,
ὅτε οὐδὲν πλέον ἦν	quand rien de plus n'était
ἐρευνῶσιν,	pour ceux-qui-exploraient,
εἷς τις λέγει	quelqu'un parle,
ὃς προὔτρεψε πάντας	qui nous força tous
νεῦσαι φόβῳ	de pencher de peur
χάρα ἐς πέδον	la tête vers la terre.
Οὐ γαρ εἴχομεν	Car nous n'avions
οὔτε ἀντιφωνεῖν,	ni à dire-contre cela,
οὔτε ὅπως ὁρῶντες	ni de-quelle-manière agissant
πράξαιμεν καλῶς.	nous pussions nous trouver bien.
Ὁ δὲ μῦθος ἦν	Mais le discours était,
ὡς τοῦτο τοὔργον	que ce fait
εἴη ἀνοιστέον σοι	était à rapporter à toi
xαὶ οὐχὶ κρυπτέον.	et non pas à cacher.
Καὶ ταῦτα ἐνίκα	Et ces idées l'emportèrent,
xαὶ πάλος καθαιρεῖ	et le sort condamne
ἐμὲ τὸν δυσδαίμονα	moi malheureux,
λαβεῖν τοῦτο τὸ ἀγαθόν	à accepter ce bien.
Οἶδα δὲ, ὅτι πάρειμι	Or je sais que je me présente
ἄκων	ne le voulant pas
οὐχ ἑκοῦσιν.	à vous qui ne le voulez pas.
Οὐδεὶς γὰρ στέργει	Car personne n'aime
ἄγγελον ἐπῶν κακῶν.	un messager de récits mauvais.
ΧΟΡΟΣ. Ἄναξ, ἐμοί τοι	LE CHOEUR. Roi, à moi certes,
ἣ ξύννοια βουλεύει πάλαι·	l'esprit réfléchit depuis longtemps
μὴ τόδε τοὔργον	si cet accident ne serait pas
xαί τ.	même quelque accident
θεήλατον.	envoyé-des-dieux.

ΑΝΤΙΓΟΝΗ.

ΚΡΕΩΝ.

Παῦσαι, πρὶν ὀργῆς κᾀμὲ μεστῶσαι λέγων,
μὴ 'φευρεθῇς ἄνους τε καὶ γέρων ἅμα.　　　　　　280
Λέγεις γὰρ οὐκ ἀνεκτὰ, δαίμονας λέγων
πρόνοιαν ἴσχειν τοῦδε τοῦ νεκροῦ πέρι.
Πότερον ὑπερτιμῶντες ὡς εὐεργέτην
ἔκρυπτον αὐτὸν, ὅστις ἀμφικίονας
ναοὺς πυρώσων ἦλθε κἀναθήματα　　　　　　　285.
καὶ γῆν ἐκείνων, καὶ νόμους διασκεδῶν;
ἢ τοὺς κακοὺς τιμῶντας εἰσορᾷς θεούς;
Οὐκ ἔστιν. Ἀλλὰ ταῦτα καὶ πάλαι πόλεως
ἄνδρες μόλις φέροντες ἐῤῥόθουν ἐμοὶ,
κρυφῇ κάρα σείοντες· οὐδ' ὑπὸ ζυγῷ　　　　　290
λόφον δικαίως εἶχον, ὡς στέργειν ἐμέ.
Ἐκ ¹ τῶνδε τούτους ἐξεπίσταμαι καλῶς
παρηγμένους μισθοῖσιν εἰργάσθαι τάδε.
Οὐδὲν γὰρ ἀνθρώποισιν, οἷον ἄργυρος,
κακὸν νόμισμ' ἔβλαστε. Τοῦτο καὶ πόλεις　　　295
πορθεῖ· τόδ' ἄνδρας ἐξανίστησιν δόμων·
τόδ' ἐκδιδάσκει καὶ παραλλάσσει φρένας
χρηστὰς πρὸς αἰσχρὰ πράγμαθ' ἵστασθαι βροτῶν·

CRÉON. Cesse de m'irriter par de pareils propos, si tu ne veux faire voir en toi la vieillesse unie à la folie. Oses-tu bien, en effet, dire que les dieux prennent soin de cet impie après sa mort? Auraient-ils voulu, en l'inhumant eux-mêmes, honorer comme un bienfaiteur celui qui venait brûler leurs temples et leurs offrandes, et détruire leurs pays et leurs lois? Vois-tu les dieux honorer les méchants? Non. Mais depuis longtemps quelques citoyens mécontents de mes ordres murmuraient en secret contre moi, en secouant la tête : leur front se courbait avec peine sous mon joug, et ils n'avaient pour moi que de la haine. Ce sont eux, je le sais, qui, par l'espoir des récompenses, auront séduit les coupables. Car il n'est point de métal plus funeste à l'homme que l'argent. C'est lui qui ravage les villes, qui chasse les citoyens de leurs foyers, qui corrompt les âmes vertueuses et les porte au vice; c'est lui qui a enseigné aux hommes

ΚΡΕΩΝ. Παῦσαι,
πρὶν μεστῶσαι λέγων
καὶ ἐμὲ ὀργῆς·
μὴ ἐφευρεθῆς·
ἄνους τε καὶ γέρων ἅμα.
Λέγεις γὰρ οὐκ ἀνεκτά,
λέγων δαίμονας ἴσχειν πρόνοιαν
περὶ τοῦδε τοῦ νεκροῦ.
Πότερον ἐκρυπτον αὐτὸν
ὑπερτιμῶντες
ὡς εὐεργέτην
ὅστις ἦλθε πυρώσων
νκοὺς ἀμφικίονας,
καὶ ἀναθήματα
καὶ γῆν ἐκείνων
καὶ διασκεδῶν νόμους ;
ἢ εἰσορᾷς θεοὺς
τιμῶντας τοὺς κακούς ;
οὐκ ἔστιν.
Ἀλλὰ ἄνδρες πόλεως
φέροντες μόλις
ταῦτα καὶ πάλαι
ἐρρόθουν ἐμοὶ
σείοντες κάρα κρυφῆ·
οὐδὲ εἶχον λόφον
ὑπὸ ζυγῷ δικαίως
ὡς στέργειν ἐμέ.
Ἐξεπίσταμαι καλῶς
τούτους παρηγμένους
μισθοῖς ἐκ τῶνδε
εἰργάσθαι τάδε.
Οὐδὲν γὰρ κακὸν νόμισμα
ἔβλαστεν ἀνθρώποισιν,
οἷον ἄργυρος.
Τοῦτο πορθεῖ καὶ πόλεις·
τόδε ἐξανίστησιν
ἄνδρας δόμων·
τόδε ἐκδιδάσκει καὶ παραλλάσσει
φρένας χρηστὰς βροτῶν
ἵστασθαι
πρὸς πράγματα αἰσχρά.

CRÉON. Cesse,
avant d'avoir rempli en parlant
aussi moi de colère
afin que tu ne sois pas trouvé
et insensé et vieux à la fois.
Car tu dis des choses non tolérables,
disant les dieux avoir soin
de ce mort.
Est-ce qu'ils ont caché lui
le comblant-d'honneurs
comme un bienfaiteur,
lui qui est venu, voulant-incendier
les temples entourés-de-colonnes
et les offrandes
et le pays de ceux-là, ·
et voulant-bouleverser les lois ?
ou vois-tu les dieux
honorant les méchants ?
Cela n'est pas.
Mais les hommes de la ville
supportant difficilement
ces choses déjà depuis-longtemps
murmuraient-contre moi
secouant la tête secrètement;
et ils n'avaient pas le cou
sous le joug convenablement
de manière à être-satisfaits de moi.
Je sais bien
ceux-ci amenés
au moyen de récompenses par ceux-là
avoir fait ces choses.
Car aucune mauvaise institution
n'a germé aux hommes,
telle que l'argent.
Ceci dévaste même les villes ;
ceci chasse
les hommes de *leurs* maisons ;
ceci forme et égare
les âmes honnêtes des mortels
à se tourner
vers des actions honteuses.

πανουργίας δ' ἔδειξεν ἀνθρώποις ἔχειν,

καὶ παντὸς ἔργου δυςσέβειαν εἰδέναι.   300

Ὅσοι δὲ μισθαρνοῦντες ἤνυσαν τάδε,

χρόνῳ ποτ' ἐξέπραξαν ὡς δοῦναι δίκην.

Ἀλλ' εἴπερ ἴσχει Ζεὺς ἔτ' ἐξ ἐμοῦ σέβας,

εὖ τοῦτ' ἐπίστασ', ὅρκιος δέ σοι λέγω,

εἰ μὴ τὸν αὐτόχειρα τοῦδε τοῦ τάφου   305

εὑρόντες ἐκφανεῖτ' ἐς ὀφθαλμοὺς ἐμοὺς,

οὐχ᾽ ὑμῖν Ἅδης μοῦνος ἀρκέσει, πρὶν ἂν

ζῶντες κρεμαστοὶ τήνδε δηλώσηθ' ὕβριν,

ἵν' εἰδότες τὸ κέρδος ἔνθεν οἰστέον,

τὸ λοιπὸν ἁρπάζητε, καὶ μάθηθ' ὅτι   310

οὐκ ἐξ ἅπαντος δεῖ τὸ κερδαίνειν φιλεῖν.

Ἐκ τῶν γὰρ αἰσχρῶν λημμάτων τοὺς πλείονας

ἀτωμένους ἴδοις ἂν ἢ σεσωσμένους.

ΦΥΛΑΞ.

Εἰπεῖν τι δώσεις, ἢ στραφεὶς οὕτως ἴω,

toutes les perfidies, toutes les impiétés. Mais ceux que l'appât du gain a rendus criminels en recevront un jour le juste châtiment. Oui, j'en jure par le respect dont j'honore Jupiter (et pour toi, retiens bien le serment que je fais), si vous ne découvrez pas le coupable, si vous ne l'amenez point devant mes yeux, la mort ne suffira point pour votre supplice; mais suspendus en l'air tout vivants, pour prix de votre audace, vous apprendrez par quelles voies vous devez désormais chercher à vous enrichir, et vous saurez enfin qu'il est des bornes que doit respecter votre avidité. Car des gains illégitimes sont plus souvent funestes qu'avantageux.

LE GARDIEN. Me permettras-tu de parler, ou faut-il me retirer aussitôt?

Ἔδειξε δὲ ἀνθρώποις	Puis il montra aux hommes
ἔχειν πανουργίας,	à avoir des finesses,
καὶ εἰδέναι δυσσέδειαν	et à savoir l'impiété
παντὸς ἔργου·	de toute action.
ὅσοι δὲ ἤνυσαν	Mais tous-ceux qui ont accompli
τάδε	ces choses
μισθαρνοῦντες	se-faisant-mercenaires,
ἐξέπραξαν	ont effectué
ὡς δοῦναι δίκην	de devoir donner (subir) punition
χρόνῳ ποτέ.	avec le temps enfin.
Ἀλλὰ εἴπερ Ζεὺς	Mais si Jupiter
ἴσχει ἔτι σέβας ἐξ ἐμοῦ	a encore vénération par moi
ἐπίστασο εὖ τοῦτο,	sache bien ceci,
λέγω δέ σοι	mais je le dis à toi
ὅρκιος,	lié par serment,
εἰ μὴ ἐκφανεῖτε	si vous ne révélez pas
ἐς ἐμοὺς ὀφθαλμοὺς	à mes yeux
τὸν αὐτόχειρα	celui qui-a-fait de-sa-propre-main
τοῦδε τοῦ τάφου	cette sépulture,
εὑρόντες,	l'ayant trouvé,
Ἅδης μοῦνος	la mort seule
οὐχ ἀρκέσει ὑμῖν	ne suffira pas à vous
πρὶν ἂν δηλώσητε	avant que vous ayez déclaré
τήνδε ὕβριν	cette insulte
ζῶντες κρεμαστοί,	vivant pendus,
ἵνα εἰδότες	afin que sachant
ἔνθεν τὸ κέρδος οἰστέον	d'où le profit est à remporter,
ἁρπάζητε τὸ λοιπὸν	vous le tiriez dorénavant de là
καὶ μάθητε	et que vous appreniez
ὅτι οὐ δεῖ φιλεῖν	qu'il ne faut pas aimer
τὸ κερδαίνειν	le faire-gain
ἐξ ἅπαντός.	de toute chose.
Ἴδοις γὰρ ἂν	Car tu pourrais voir
τοὺς πλείονας ἀτωμένους	de plus nombreux accablés-de-mau
ἐκ τῶν λημμάτων αἰσχρῶν	par suite de profits honteux
ἢ σεσωσμένους.	que sauvés.
ΦΥΛΑΞ. Δώσεις	LE GARDIEN. Permettras-tu
εἰπεῖν τι;	de dire quelque chose?
ἢ στραφεὶς	ou m'étant retourné
ἴω οὕτως;	m'en irai-je ainsi?

ΚΡΕΩΝ.

Οὐκ οἶσθα καὶ νῦν ὡς ἀνιαρῶς λέγεις;   315

ΦΥΛΑΞ.

Ἐν τοῖσιν ὠσὶν, ἢ 'πὶ τῇ ψυχῇ δάκνει;

ΚΡΕΩΝ.

Τί δὲ ῥυθμίζεις τὴν ἐμὴν λύπην ὅπου¹;

ΦΥΛΑΞ.

Ὁ δρῶν σ' ἀνιᾷ τὰς φρένας, τὰ δ' ὦτ' ἐγώ.

ΚΡΕΩΝ.

Οἴμ', ὡς λάλημα δῆλον ἐκπεφυκὸς εἶ.

ΦΥΛΑΞ.

Οὔκουν τόδ' ἔργον τοῦθ' ὁ ποιήσας ἐγώ.   320

ΚΡΕΩΝ.

Καὶ² ταῦτ' ἐπ' ἀργύρῳ γε τὴν ψυχὴν προδούς.

ΦΥΛΑΞ.

Φεῦ,

Ἦ δεινὸν, ᾧ δοκεῖ γε, καὶ ψευδῆ δοκεῖν.

ΚΡΕΩΝ.

Κόμψευε νῦν τὸ δόξαν· εἰ δὲ ταῦτα μὴ³
φανεῖτέ μοι τοὺς δρῶντας, ἐξερεῖθ' ὅτι
τὰ δειλὰ κέρδη πημονὰς ἐργάζεται.   325

ΦΥΛΑΞ.

Ἀλλ' εὑρεθείη μὲν μάλιστ'· ἐὰν δέ τοι
ληφθῇ τε καὶ μή (τοῦτο γὰρ τύχη κρινεῖ),
οὐκ ἔσθ' ὅπως ὄψει σὺ δεῦρ' ἐλθόντα με.
Καὶ νῦν γὰρ, ἐκτὸς ἐλπίδος γνώμης τ' ἐμῆς
σωθεὶς, ὀφείλω τοῖς θεοῖς πολλὴν χάριν.   330

CRÉON. Ne sais-tu pas déjà combien tes discours me fatiguent?
LE GARDIEN. Blessent-ils tes oreilles, ou ton cœur?
CRÉON. Que t'importe où je souffre?
LE GARDIEN. Le coupable blesse ton cœur; et moi, tes oreilles.
CRÉON. Ah! quel insigne bavard!
LE GARDIEN. Du moins ce n'est pas moi qui ai fait cette action.
CRÉON. Non sans doute, toi, qui pour de l'argent as vendu ta vie.
LE GARDIEN. Hélas! quel malheur, quand on a une opinion, de
s'arrêter à celle qui est fausse!
CRÉON. Argumente là-dessus à loisir; mais si vous ne m'amenez
le coupable, vous pourrez dire que des gains criminels engendrent
des supplices.
LE GARDIEN. Puisse-t-il être découvert! Mais qu'il le soit ou non,
car c'est le sort qui en décidera, jamais tu ne me verras reparaître
en ces lieux. Sauvé contre toute espérance, je dois aux dieux bien
des actions de grâces.

ΚΡΕΩΝ. Οὐκ οἶσθα
καὶ νῦν
ὡς λέγεις ἀνιαρῶς;;

CRÉON. Ne sais tu pas
même maintenant
combien tu parles désagréablement?

ΦΥΛΑΞ. Δάκνει
ἐν τοῖσιν ὠσὶν ἢ ἐπὶ τῇ ψυχῇ;

LE GARDIEN. Es-tu piqué
aux oreilles ou dans l'âme?

ΚΡΕΩΝ. Τί δὲ ῥυθμίζεις
τὴν ἐμὴν λύπην, ὅπου;

CRÉON. Mais pourquoi chantes-tu
ma douleur, où *elle se trouve?*

ΦΥΛΑΞ. Ὁ δρῶν
ἀνιᾷ σε τὰς φρένας,
ἐγὼ δὲ τὰ ὦτα.

LE GARDIEN Celui qui a fait l'action
afflige toi dans *ton* esprit,
mais moi dans *tes* oreilles.

ΚΡΕΩΝ. Οἴμοι, ὡς εἰ ἐκπεφυκὼς
λάλημα δῆλον.

CRÉON. Dieux! que tu es né
un bavard manifeste!

ΦΥΛΑΞ.
Οὔκουν ποιήσας ποτὲ
τό γε ἔργον τοῦτο.

LE GARDIEN.
Cependant n'ayant fait nullement
cette action-ci au moins.

ΚΡΕΩΝ. Καὶ ταῦτα
προδοὺς τὴν ψυχὴν
ἐπὶ ἀργύρῳ γε.

CRÉON. Et tout cela,
ayant livré *ton* âme
pour de l'argent certainement.

ΦΥΛΑΞ. Φεῦ,
ἢ δεινὸν
ᾧ δοκεῖ γε
δοκεῖν καὶ ψευδῆ.

LE GARDIEN. Ah!
que *c'est* malheureux,
à-qui (s'il) semble-bon certainement
de trouver-bon même ce-qui-est-faux.

ΚΡΕΩΝ. Κόμψευε
νῦν τὴν δόξαν·
εἰ δὲ μὴ φανεῖτέ μοι
τοὺς δρῶντας ταῦτα
ἐξερεῖτε ὅτι
τὰ κέρδη δειλὰ
ἐργάζεται πημονάς.

CRÉON. Parle élégamment
maintenant sur l'opinion :
mais si vous ne m'indiquez pas,
ceux qui ont fait ces choses,
vous direz-hautement que
les profits lâches
produisent des malheurs.

ΦΥΛΑΞ. Ἀλλὰ
μάλιστα μὲν εὑρεθείη
ἐὰν δέ τοι καὶ
μὴ ληφθῇ,
τύχη γὰρ κρινεῖ τοῦτο,
οὐκ ἔσται ὅπως
σὺ ὄψει με ἐλθόντα δεῦρο.
Καὶ νῦν γὰρ ὀφείλω
χάριν πολλὴν τοῖς θεοῖς,
σωθεὶς
ἐκτὸς ἐμῆς ἐλπίδος γνώμης τε.

LE GARDIEN. Eh bien!
oui à-la-vérité qu'il soit découvert,
mais pourtant si même
il ne peut être pris,
car le sort décidera cela,
il ne sera pas *possible* que
tu voies moi revenu ici.
Car même maintenant je dois
une reconnaissance grande aux dieux
ayant été sauvé
au-delà de mon espérance et opinion.

ΧΟΡΟΣ.

(Στροφὴ α'.)

Πολλὰ τὰ δεινὰ, κοὐδὲν ἀνθρώπου δεινότερον πέλει.
Τοῦτο καὶ πολιοῦ πέραν
πόντου χειμερίῳ νότῳ
χωρεῖ, περιβρυχίοισιν   335
περῶν ἐπ' οἴδμασιν·
θεῶν τε τὰν ὑπερτάταν, Γᾶν
ἄφθιτον, ἀκαμάταν ἀποτρύεται,
ἱλλομένων ἀρότρων ἔτος εἰς ἔτος,
ἱππείῳ γένει πολεῦον.   340

(Ἀντιστροφὴ α'.)

Κουφονόων τε φῦλον ὀρ-
νίθων ἀμφιβαλὼν ἄγει,
θηρίων τ' ἀγρίων ἔθνη,
πόντου τ' εἰναλίαν φύσιν [1]
σπείραισι δικτυοκλώστοις,   345
περιφραδὴς ἀνήρ·
κρατεῖ δὲ μηχαναῖς ἀγραύλου
θηρὸς ὀρεσσιβάτα, λασιαύχενά θ'
ἵππον [2] ἀέξεται ἀμφίλοφον ζυγὸν,
οὔρειόν τ' ἀδμῆτα ταῦρον.   350

LE CHŒUR. De toutes les merveilles de la nature, la plus étonnante, c'est l'homme. C'est lui qui, poussé par les vents orageux, traverse les mers blanchissantes, et fend les flots qui mugissent autour de lui; il fatigue la terre, cette déesse vénérable, immortelle, inépuisable, en déchirant son sein chaque année avec la charrue que traîne un laborieux coursier.

L'oiseau au vol rapide, et la bête farouche et l'habitant des eaux, ne peuvent échapper à l'industrie de l'homme, aux replis de ses filets noueux. Son adresse triomphe des monstres sauvages des montagnes, et amène sous le joug le coursier à l'épaisse crinière, et le taureau fougueux et indompte.

ΧΟΡΟΣ. Τὰ δεινὰ	LE CHOEUR. Les merveilles
πέλει πολλὰ	sont nombreuses,
καὶ οὐδὲν δεινότερον	et rien n'est plus merveilleux
ἀνθρώπου	que l'homme.
Τοῦτο χωρεῖ	Cet *être* s'avance
καὶ πέραν	même au-delà
πόντω πολιοῦ	de la mer blanchissante
νότῳ	avec le vent-du-Midi
χειμερίῳ, περῶν	amenant-des-orages, traversan
ὑπὸ οἴδμασι	malgré les vagues-gonflées
περιβρυχίοισιν,	rugissantes-autour,
ἀποτρύεταί τε	et il harasse
τὰν ὑπερτάταν θεῶν,	la suprême des déesses,
γᾶν ἄφθιτον,	la Terre impérissable,
ἀκαμάταν,	infatigable,
ἀρότρων	les charrues
ἰλλομένων	se-mouvant-autour
ἔτος εἰς ἔτος,	d'année en année,
πολεῦον	*la* remuant
γένει ἱππείῳ.	à l'aide de la race des-chevaux
(Ἀντιστροφὴ αʹ.)	Antistrophe I.
Ἄγει τε	Et il emmène
φῦλον ὀρνίθων	le peuple des oiseaux
κουφονόων,	au vol-rapide,
ἔθνη τε	et les générations
θηρίων ἀγρίων,	des bêtes sauvages
φύσιν τε εἰναλίαν πόντου	et la race marine de la mer
σπείραισι	dans des replis
δικτυοκλώστοις,	tissus-en-filet,
ἀμφιβαλὼν	*les* ayant enveloppés
ἀνὴρ περιφραδής.	l'homme industrieux.
Κρατεῖ δὲ θηρὸς	Et il s'empare de la bête
ἀγραύλου,	qui-habite-les-champs,
ὀρεσσιβάτα,	qui-gravit-les-montagnes,
μηχαναῖς,	par des ruses,
ἀέξεταί τε	et il augmente
ἵππον λασιαύχενα ζυγὸν	le cheval au cou velu du joug
ἀμφίλοφον	qui-descend-des-deux-côtés,
ταῦρόν τε οὔρειον	et le taureau de-la-montagne
ἀδμῆτα.	indompté.

(Στροφὴ β'.)

Καὶ φθέγμα, καὶ ἀνεμόεν
φρόνημα, καὶ ἀστυνόμους
ὀργὰς ἐδιδάξατο, καὶ
δυςαύλων πάγων αἴθρια
καὶ δύςομβρα φεύγειν βέλη   355
παντοπόρος· ἄπορος
ἐπ' οὐδὲν ἔρχεται
τὸ μέλλον· Ἅδα μόνον
φεῦξιν οὐκ ἐπάξεται·
νόσων δ' ἀμηχάνων φυγὰς   36o
ξυμπέφρασται.

(Ἀντιστροφὴ β'.)

Σοφόν τι τὸ μηχανόεν
τέχνας ὑπὲρ ἐλπίδ' ἔχων,
ποτὲ μὲν κακὸν, ἄλλοτ' ἐπ' ἐ-
σθλὸν ἕρπει· νόμους παρείρων [1]   365
χθονὸς, θεῶν τ' ἔνορκον δίκαν,
ὑψίπολις· ἄπολις,
ὅτῳ τὸ μὴ καλὸν
ξύνεστι, τόλμας χάριν.
Μήτ' ἐμοὶ παρέστιος   37o
γένοιτο, μήτ' ἴσον φρονῶν [2],
ὃς τάδ' ἕρδει

Il cultive la parole et les sciences sublimes : il connaît les lois qui régissent les cités; il sait préserver sa demeure des glaces de l'hiver et des traits de l'orage. Fécond en ressources, il porte sa prévoyance jusque dans l'avenir. Il a trouvé l'art d'échapper aux maladies les plus cruelles; mais son art est impuissant pour échapper à la mort.

Habile, industrieux au delà de toute croyance, il marche tantôt vers le bien, tantôt vers le mal : il use du pouvoir, pour mal interpréter les lois humaines et divines, digne d'en être privé, lorsque dans son audace il nourrit des projets criminels.

Qu'un tel homme ne partage ni mon foyer, ni ma pensée!

(Στροφὴ β'.)	*Strophe II.*
Ἐδιδάξατο καὶ φθέγμα,	Il a appris et la parole
καὶ φρόνημα ἀνεμόεν,	et la pensée rapide-comme-le-vent,
καὶ ὀργὰς	et des mœurs
ἀστυνόμους,	qui régissent-une-ville,
καὶ φεύγειν αἴθρια	et à fuir le séjour-en-plein-air
πάγων	*pendant* les gelées
δυσαύλων	funestes-à-ceux-qui-stationnent *ainsi*,
καὶ βέλη δύσομβρα	et les atteintes des-fortes-averses
παντοπόρος	ayant-des-ressources-à-tout :
ἔρχεται ἄπορος	il ne s'avance sans-ressource
ἐπὶ οὐδὲν	vers rien
τὸ μέλλον,	*de ce qui est* à-venir ;
μόνον	seulement
οὐκ ἐπάξεται	il n'amènera pas
φεῦξιν Ἀδα ·	un moyen-de-fuir la mort :
ξυμπέφρασται δὲ	mais il a imaginé
φυγὰς	des moyens-de-fuir
νόσων ἀμηχάνων.	des maladies intraitables.
(Ἀντιστροφὴ β'.)	*Antistrophe II.*
Ἔχων τὸ μηχανόεν τέχνας	Ayant dans l'industrie de l'art
τὶ σοφον	*quelque* chose d'habile,
ὑπὲρ ἐλπίδα,	au-dessus de *toute* espérance,
ἕρπει	il marche
ποτὲ μὲν ἐπὶ κακὸν,	tantôt vers le mal,
ἄλλοτε ἐσθλὸν ·	d'autres-fois vers le bien,
παρείρων	mal-combinant
νόμους χθονὸς	les lois du pays
δίκαν τε ἔνορκον	et le droit confirmé-par-serment
θεῶν,	des dieux,
ὑψίπολίς ·	puissant-dans-la-ville :
ἄπολις δὲ	mais indigne-d'une-ville
ὅτῳ ξύνεστι	*celui* à qui adhère
τὸ μὴ καλὸν	ce *qui* n'est pas bien,
χάριν τόλμας ·	pour cause d'audace,
μήτε γένοιτο	et qu'il ne devienne
παρέστιος ἐμοὶ	ni voisin-de-foyer à moi,
μήτε φρονῶν	ni désirant
ἴσον,	la même chose.
ὃς ἔρδει τάδε.	*lui* qui fait ces choses.

Ἐς ¹ δαιμόνιον τέρας ἀμφινοῶ
τόδε πῶς εἰδὼς ἀντιλογήσω
τήνδ' ² οὐκ εἶναι παῖδ' Ἀντιγόνην.   375
Ὦ δύστηνος, καὶ δυστήνου
πατρὸς Οἰδιπόδα, τί ποτ'; οὐ δή που
σέ γ' ἀπιστοῦσαν
τοῖς βασιλείοισιν ἄγουσι νόμοις,
καὶ ἐν ἀφροσύνη καθελόντες.   380

ΦΥΛΑΞ.

Ἥδ' ἔστ' ἐκείνη τοὔργον ἡ 'ξειργασμένη·
τήνδ' εἵλομεν θάπτουσαν. Ἀλλὰ ποῦ Κρέων;

ΧΟΡΟΣ.

Ὅδ' ἐκ δόμων ἄψορρος ἐς δέον περᾷ.

ΚΡΕΩΝ.

Τί δ' ἔστι; ποίᾳ ξύμμετρος προὔβην τύχῃ;

ΦΥΛΑΞ.

Ἄναξ, βροτοῖσιν οὐδέν ἐστ' ἀπώμοτον.   385
Ψεύδει γὰρ ἡ 'πίνοια τὴν γνώμην· ἐπεὶ
σχολῇ ³ γ' ἂν ἥξειν δεῦρ' ἂν ἐξηύχουν ἐγώ,
ταῖς σαῖς ἀπειλαῖς, αἷς ἐχειμάσθην τότε.
Ἀλλ' ἡ γὰρ ἐκτὸς ⁴ καὶ παρ' ἐλπίδας χαρὰ

Mais quel prodige vient frapper mes regards? Je n'en puis douter :
j'aperçois la jeune Antigone. Fille infortunée du malheureux OEdipe,
quoi! est-ce bien toi qu'on amène ici? Est-ce toi qui as enfreint la
défense du roi, et qu'on a trouvée coupable d'une telle imprudence?

LE GARDIEN. Oui, c'est celle qui a commis le crime. Nous l'avons
surprise ensevelissant le corps. Mais où est Créon?

LE CHOEUR. Le voici qui sort à propos de son palais.

CRÉON. Qu'y a-t-il de nouveau? J'arrive heureusement pour l'apprendre.

LE GARDIEN. Prince, l'homme ne peut jurer de rien; souvent
une première résolution est démentie par une autre. Je m'étais pro-
mis de ne plus revenir : tes menaces m'avaient effrayé. Mais par un
bonheur inespéré et que n'égale aucun plaisir, je reviens en dépit de

Ἀμφινοῶ	Je-suis-incertain
ἐς τόδε τέρα;	quant à ce prodige
δαιμόνιον,	surnaturel,
πῶς	de quelle façon
ἀντιλογήσω	je contesterai
τήνδε οὐκ εἶναι	celle-ci ne pas être
παῖδα Ἀντιγόνην,	la jeune Antigone,
εἰδώς.	*la* connaissant.
Ὦ δύστηνος;	O malheureuse,
καὶ πατρὸς δυστήνου;	et *fille de ce* père malheureux
Οἰδιπόδα	OEdipe,
τί ποτε;	qu'*y-a-t-il* donc?
οὐκ ἄγουσι δή που	ils n'amènent pas, sans doute.
σέ γε ἀπιστοῦσαν	toi certes désobéissant
τοῖς νόμοις βασιλείοις	aux décrets royaux
καὶ καθελόντες	et *t*'ayant surprise
ἐν ἀφροσύνῃ.	dans la démence.
ΦΥΛΑΞ. Ἥδε ἐστὶν ἐκείνη	LE GARDIEN. Celle-ci est celle
ἡ ἐξειργασμένη τὸ ἔργον·	qui a consommé l'œuvre ;
εἵλομεν τήνδε	nous avons surpris celle-ci
θάπτουσαν.	ensevelissant.
Ἀλλὰ ποῦ Κρέων;	Mais où *est* Créon?
ΧΟΡΟΣ. Ὁ δὲ περᾷ	LE CHOEUR. Celui-ci s'avance
ἄψορρος ἐκ δόμων	revenant de *sa* maison
ἐς δέον.	à propos.
ΚΡΕΩΝ. Τί δέ ἐστι ;	CRÉON. Qu'est-ce donc?
ποίᾳ τύχῃ	à quel accident
ξύμμετρος; προὔβην;	*étant* opportun me suis-je avancé?
ΦΥΛΑΞ. Ἄναξ,	LE GARDIEN. Roi;
οὐδέν ἐστιν ἀπώμοτον	rien n'est-à-désavouer-par-serment
βροτοῖσιν.	aux mortels ;
Ἡ γὰρ ἐπίνοια	car la réflexion-tardive
ψεύδει τὴν γνώμην·	convainc-de-mensonge l'opinion;
ἐπεὶ ἐγὼ ἐξηύχουν ἂν	puisque moi je me serais vanté
σχολῇ γε ἂν ἥξειν δεῦρό	à-peine certes de vouloir venir ici
ταῖς σαῖς ἀπειλαῖς,	à cause de tes menaces,
αἷς ἐχειμάσθην τότε.	dont j'ai été alarmé alors.
Ἀλλὰ γὰρ ἡ χαρὰ	Mais en effet la joie,
ἐκτὸς	en dehors
καὶ παρὰ ἐλπίδας;	et au-delà de *toutes les* espérances

ἔοικεν ἄλλη ¹ μῆκος οὐδὲν ἡδονῇ,   390
ἥκω, δι' ὅρκων καίπερ ὢν ἀπώμοτος·
κόρην ἄγων τήνδ', ἣ καθευρέθη τάφον
κοσμοῦσα. Κλῆρος ἐνθάδ' οὐκ ἐπάλλετο,
ἀλλ' ἔστ' ἐμὸν ² θοὔρμαιον, οὐκ ἄλλου, τόδε.
Καὶ νῦν, ἄναξ, τήνδ' αὐτὸς, ὡς θέλεις, λαβὼν,   395
καὶ κρῖνε, κἀξέλεγχ'· ἐγὼ δ' ἐλεύθερος
δίκαιός εἰμι τῶνδ' ἀπηλλάχθαι κακῶν.
         ΚΡΕΩΝ.
Ἄγεις δὲ τήνδε ³ τῷ τρόπῳ πόθεν λαβών;
         ΦΥΛΑΞ.
Αὕτη τὸν ἄνδρ' ἔθαπτε. Πάντ' ἐπίστασαι.
         ΚΡΕΩΝ.
Ἦ καὶ ξυνίης, καὶ λέγεις ὀρθῶς ἃ φής;   400
         ΦΥΛΑΞ.
Ταύτην γ' ἰδὼν θάπτουσαν ὃν σὺ τὸν νεκρὸν
ἀπεῖπας. Ἆρ' ἔνδηλα καὶ σαφῆ λέγω;
         ΚΡΕΩΝ.
Καὶ πῶς ὁρᾶται, κἀπίληπτος εὑρέθη;
         ΦΥΛΑΞ.
Τοιοῦτον ἦν τὸ πρᾶγμ'. Ὅπως γὰρ ἤκομεν,
πρὸς σοῦ τὰ δείν' ἐκεῖν' ἐπηπειλημένοι   405
πᾶσαν κόνιν σήραντες ἣ κατεῖχε τὸν

mes serments, et j'amène cette jeune fille, qui a été surprise pré-
parant une tombe au cadavre. Le sort cette fois ne fut point consulté.
C'est moi qui ai fait cette heureuse découverte, et moi seul. Maintenant, prince, qu'elle est entre tes mains, tu peux à ton gré l'inter-
roger et la convaincre. Pour moi, libre désormais, je mérite d'é-
chapper au châtiment.

CRÉON. Cette femme que tu amènes, comment, en quel lieu
l'as-tu arrêtée?

LE GARDIEN. Elle ensevelissait le mort; tu sais tout.

CRÉON. Comprends-tu bien ce que tu dis? Ton témoignage est-il
exact?

LE GARDIEN. Je l'ai vue ensevelissant le corps, malgré ta défense.
— Est-ce répondre avec clarté?

CRÉON. Et comment l'a-t-on aperçue? comment l'a-t-on prise sur
le fait?

LE GARDIEN. Voici comment la chose s'est passée : à peine re-
enus à notre poste, effrayés de ces terribles menaces, nous écartons
oute la poussière qui cachait le corps; nous découvrons avec soin le

ἔοικεν οὐδὲν	né ressemble en rien
ἀλλ᾽ ἡδονῇ μῆκος.	à un autre plaisir quant à la grandeur.
Ἥκω καίπερ ὢν	Je suis venu, quoique étant
ἀπώμοτος διὰ ὅρκων,	astreint-au-contraire par des serments
ἄγων τήνδε κόρην,	amenant cette jeune fille,
ἣ καθευρέθη	qui fut trouvée
κοσμοῦσα τάφον.	préparant la sépulture.
Ἐνθάδε κλῆρος οὐκ ἐπάλλετο,	Ici le sort ne fut pas secoué,
ἀλλὰ τόδε τὸ ἕρμαιον	mais cette trouvaille
ἐστὶν ἐμόν, οὐκ ἄλλου.	est mienne, non d'un autre.
Καὶ νῦν, ἄναξ,	Et maintenant, ô roi,
λαβὼν τήνδε	ayant pris celle-ci,
καὶ κρῖνε καὶ ἐξέλεγχε	et examine et convaincs-*la*
αὐτός, ὡς θέλεις·	*toi*-même, comme tu veux;
ἐγὼ δέ εἰμι δίκαιος	mais moi je suis en-droit
ἀπηλλάχθαι τῶνδε κάκων	d'être quitte de ces maux
ἐλεύθερος.	*devenu* libre.
ΚΡΕΩΝ. Τῷ τρόπῳ	CRÉON. De quelle manière
πόθεν λαβὼν τήνδε ἄγεις;	*et* d'où ayant pris celle-ci *l'*amènes-tu?
ΦΥΛΑΞ. Αὕτη	LE GARDIEN. Celle-ci
ἔθαπτε τὸν ἄνδρα·	enterrait l'homme;
ἐπίστασαι πάντα.	tu sais toutes les choses.
ΚΡΕΩΝ. Ἦ καὶ	CRÉON. Est-ce que aussi
ξυνίης	tu comprends
καὶ λέγεις ὀρθῶς ἃ φής;	et dis vrai les choses que tu dis?
ΦΥΛΑΞ. Ἰδὼν	LE GARDIEN. Ayant vu
ταύτην γε	celle-ci au moins
θάπτουσαν τὸν νεκρὸν,	ensevelissant le mort,
ὃν σὺ ἀπεῖπας.	que tu as défendu *d'ensevelir*.
Ἆρα λέγω	Est-ce que je dis
ἐνδῆλα καὶ σαφῆ;	des choses évidentes et claires?
ΚΡΕΩΝ. Καὶ πῶς ὁρᾶται	CRÉON. Et comment est-elle aperçue
καὶ εὑρέθη ἐπίληπτος;	et a-t-elle été trouvée *étant*-surprise?
ΦΥΛΑΞ. Τὸ πρᾶγμα	LE GARDIEN. La chose
ἦν τοιοῦτον.	était telle;
Ὅπως γὰρ ἥκομεν,	car sitôt que nous fûmes arrivés,
ἐπηπειλημένοι	étant-menacés
πρός σοῦ τὰ ἐκεῖνα δεινὰ,	par toi de ces horribles choses,
σήραντες πᾶσαν κόνιν,	ayant balayé toute la poussière
ἣ κατεῖχε τὸν νέκυν,	qui tenait (couvrait) le mort,

νέχυν, μυδῶν τε σῶμα γυμνώσαντες εὖ,
καθήμεθ᾽ ἄχρων ἐκ πάγων ὑπήνεμοι [1]
ὀσμὴν ἀπ᾽ αὐτοῦ, μὴ βάλοι, πεφευγότες,
ἐγερτὶ κινῶν ἄνδρ᾽ ἀνὴρ ἐπιρρόθοις   410
κακοῖσιν, εἴ τις τοῦδ᾽ ἀφειδήσοι πόνου.
Χρόνον τάδ᾽ ἦν τοσοῦτον, ἔς τ᾽ ἐν αἰθέρι
μέσῳ κατέστη λαμπρὸς ἡλίου κύκλος,
καὶ καῦμ᾽ ἔθαλπε. Καὶ τότ᾽ ἐξαίφνης χθονὸς [2]
τυφὼς ἀείρας σκηπτὸν, οὐράνιον ἄχος,   415
πίμπλησι πεδίον, πᾶσαν αἰκίζων φόβην
ὕλης πεδιάδος· [3] ἐν δ᾽ ἐμεστώθη μέγας
αἰθήρ· μύσαντες δ᾽ εἴχομεν θείαν νόσον.
Καὶ τοῦδ᾽ ἀπαλλαγέντος ἐν χρόνῳ μακρῷ,
ἡ παῖς ὁρᾶται, κἀνακωκύει πικρᾶς   420
ὄρνιθος ὀξὺν φθόγγον, ὡς ὅταν κενῆς
εὐνῆς νεοσσῶν ὀρφανὸν βλέψῃ λέχος· [4]
οὕτω δὲ χαὕτη, ψιλὸν ὡς ὁρᾷ νέκυν,
γόοισιν ἐξῴμωξεν, ἐκ δ᾽ ἀρὰς κακὰς

cadavre à demi corrompu, nous nous asseyons ensuite sur une des hauteurs voisines, à l'abri du vent et de l'odeur infecte qu'il nous aurait apportée, et par des paroles piquantes nous nous excitons mutuellement à la plus exacte vigilance. Nous sommes demeurés en cet état, jusqu'au moment où le disque éclatant du soleil, parvenu au milieu de sa course, embrasait l'air de ses feux. Alors un vent impétueux élève tout à coup un tourbillon qui obscurcit les cieux ; il couvre toute la plaine, et dépouille de leur feuillage les arbres dont elle est ombragée. Les airs sont remplis de ses ravages : pour nous, les yeux fermés, nous supportons le fléau déchaîné par le ciel. Lorsqu'enfin il s'est apaisé, nous voyons cette jeune fille : elle poussait des cris aigus et lamentables, comme un oiseau qui ne retrouve plus sa jeune couvée dans son nid désert. C'est ainsi qu'à l'aspect du cadavre dépouillé de sa poussière, elle éclate en gémissements et prononce de terribles imprécations contre les auteurs de cet outrage :

γυμνώσαντες τε εὖ	et ayant mis à nu bien
σῶμα μυδῶν,	le corps pourrissant,
καθήμεθα	nous nous asseyons
ἐξ ἄκρων πάγων	sur les sommets des collines,
ὑπήνεμοι,	à l'abri-du-vent,
πεφευγότες ὀσμὴν ἀπὸ αὐτοῦ,	fuyant l'odeur *venant* de lui,
μὴ βάλοι,	afin qu'elle ne nous frappe pas,
ἀνὴρ κινῶν ἄνδρα	l'homme excitant l'homme
ἐγερτὶ	à-la-vigilance
κακοῖσιν	par des *propos* injurieux
ἐπίῤῥόθοις,	lancés-par-l'un-contre-l'autre,
εἴ τις ἀφειδήσοι	si quelqu'un voulait négliger
τοῦδε πόνοῦ.	cette corvée (besogne).
Τάδε ἦν	Ces choses étaient (*duraient*)
τοσοῦτον χρόνον	autant de temps
ἔς τε κύκλος λαμπρὸς ἡλίου	jusqu'à ce que le cercle brillant du so-
κατέστη ἐν μέσῳ αἰθέρι	s'arrêtât au-milieu du ciel, [leil
καὶ καῦμα ἔθαλπε.	et que la chaleur brûlât.
Καὶ τότε ἐξαίφνης	Et alors tout-à-coup
τυφὼς ἀείρας χθονὸς	une tempête ayant soulevé du sol
σκηπτὸν,	un tourbillon,
ἄχος οὐράνιον,	tristesse qui-monte-aux-nues,
πίμπλησι πεδίον	remplit la plaine,
αἰκίζων πᾶσαν φόβην	tourmentant toute la crinière
ὕλης πεδιάδος.	du bois de-la-plaine.
Ἐν δὲ μέγας αἰθὴρ	Et au-milieu le grand éther
ἐμεστώθη.	se remplit.
Μύσαντες δὲ	Mais ayant-fermé-les yeux
εἴχομεν νόσον θείαν.	nous supportions le mal envoyé-des-
Καὶ τοῦδε ἀπαλλαγέντος	Et celui-ci s'étant éloigné [dieux.
ἐν χρόνῳ μακρῷ,	après un temps long,
ἡ παῖς ὁρᾶται,	la jeune fille est-aperçue,
καὶ ἀνακωκύει φθόγγον ὀξὺν	et elle se lamente de la voix perçante
ὄρνιθος πικρᾶς,	d'un oiseau affligé,
ὡς ὅταν βλέψῃ λέχος εὐνῆς κενῆς	comme quand il voit le lit du nid vide
ὀρφανὸν νεοσσῶν.	privé de *ses* petits.
θΰτω δὲ καὶ αὕτη	Ainsi aussi celle-ci
ὡς ὁρᾷ νέκυν ψιλὸν,	sitôt qu'elle voit le corps nu,
ἐξῴμωξε γόοισιν,	elle gémit avec des sanglots,
ἐξηρᾶτο δὲ ἀρὰς κακὰς	et proféra des souhaits de-malheur

ἤρᾶτο τοῖσι τοὔργον ἐξειργασμένοις. 425
Καὶ χερσὶν εὐθὺς διψίαν φέρει κόνιν,
ἐκ τ᾽ εὐκροτήτου χαλκέας ἄρδην πρόχου
χοαῖσι¹ τρισπόνδοισι τὸν νέκυν στέφει.
Χἠμεῖς δ᾽ ἰδόντες ἱέμεσθα, σὺν δέ νιν
θηρώμεθ᾽ εὐθὺς οὐδὲν ἐκπεπληγμένην. 430
Καὶ τάς τε πρόσθεν, τάς τε νῦν, ἠλέγχομεν
πράξεις· ἄπαρνος δ᾽ οὐδενὸς καθίστατο,
ἀλλ᾽ ἡδέως ἔμοιγε κἀλγεινῶς ἅμα.
Τὸ μὲν γὰρ αὐτὸν ἐκ κακῶν πεφευγέναι,
ἥδιστον· ἐς κακὸν δὲ τοὺς φίλους ἄγειν, 435
ἀλγεινόν. Ἀλλὰ πάντα ταῦθ᾽ ἥσσω λαβεῖν
ἐμοὶ πέφυκε τῆς ἐμῆς σωτηρίας.
                ΚΡΕΩΝ.
Σὲ² δὴ, σὲ τὴν νεύουσαν ἐς πέδον κάρα·
φῆς, ἢ καταρνεῖ μὴ δεδρακέναι τάδε;
                ΑΝΤΙΓΟΝΗ.
Καὶ φημὶ δρᾶσαι, κοὐκ ἀπαρνοῦμαι τὸ μή³. 440
                ΚΡΕΩΝ.
Σὺ⁴ μὲν κομίζοις ἂν σεαυτὸν, ᾗ θέλεις,
ἔξω βαρείας αἰτίας ἐλεύθερον·

et ses mains aussitôt répandent sur le mort une poussière sèche , qu'elle arrose par trois fois de libations épanchées du sein brillant d'un vase d'airain. A cette vue, nous courons à elle, nous la saisissons, sans qu'elle marque aucun effroi; nous l'interrogeons sur ce qui a précédé, sur ce qu'elle vient de faire; elle ne nie rien, et son aveu m'est à la fois agréable et douloureux. Car échapper soi-même au châtiment est un bonheur, y exposer ses amis, un tourment. Et cependant il est naturel que tous ces égards cèdent au soin de mon salut.

CRÉON. O toi qui baisses le front vers la terre, déclares-tu avoir fait cette action, ou le nies-tu?

ANTIGONE. Je déclare l'avoir faite, et ne le nie point.

CRÉON. Toi, libre du soupçon, qui pesait sur ta tête, porte tes

τοῖσιν ἐξειργασμένοις	contre ceux-qui-avaient-consommé
τὸ ἔργον.	l'œuvre.
Καὶ εὐθὺς φέρει	Et sur-le-champ elle porte
κόνιν διψίαν χερσὶ,	de la poussière aride entre ses mains,
στέφει τε τὸν νέκυν	et elle honore le corps
χοαῖσι	par des libations funèbres
τρισπόνδοισιν	trois-fois-versées
ἀρδην ἐκ πρόχου	du haut d'une aiguière
χαλκέας εὐκροτήτου.	d'airain bien-martelée.
Καὶ ἡμεῖς δὲ ἰδόντες	Et nous de l'autre côté l'ayant vue
ἱέμεσθα	nous nous élançons vers elle,
συνθηρώμεθα δὲ εὐθὺς	et nous saisissons tout-de-suite
νιν οὐδὲν ἐκπεπληγμένην.	elle nullement effrayée.
Καὶ ἠλέγχομεν πράξεις	Et nous l'accusions des actes
τάς τε πρόσθεν,	et de ceux-d'auparavant
τάς τε νῦν.	et de ceux de maintenant.
Καθίστατο δὲ	Mais elle se trouva
ἄπαρνος οὐδενὸς,	niant aucune chose
ἀλλὰ ἡδέως ἔμοιγε	certes agréablement à moi au moins
καὶ ἅμα ἀλγεινῶς.	et en même temps péniblement.
Τὸ μὲν γὰρ πεφευγέναι	Car d'un côté l'avoir échappé
αὐτὸν ἐκ κακῶν,	soi-même aux malheurs,
ἥδιστον,	est très-doux,
ἀλγεινὸν δὲ ἄγειν	d'un autre côté il est pénible de pous-
τοὺς φίλους ἐς κακόν.	ses amis dans le malheur. [ser
Ἀλλὰ πάντα ταῦτα	Mais toutes ces choses
πέφυκεν ἐμοὶ	sont à moi
ἥσσονα λαβεῖν	inférieures pour les prendre,
τῆς ἐμῆς σωτηρίας.	à mon salut.
ΚΡΕΩΝ. Σὲ δὴ	CRÉON. C'est toi
σὲ τὴν νεύουσαν·	à qui je parle, toi qui penches
κάρα ἐς πέδον·	la tête vers la terre,
φὴς ἢ καταρνεῖ	affirmes-tu ou nies-tu disant
μὴ δεδρακέναι τάδε ;	ne pas avoir fait ces choses?
ΑΝΤΙΓΟΝΗ. Καὶ φημὶ δρᾶσαι	ANTIGONE. Et je dis avoir fait
καὶ οὐκ ἀπαρνοῦμαι τὸ μή.	et je ne nie pas, disant non.
ΚΡΕΩΝ. Σὺ μὲν	CRÉON. Toi d'un côté
κομίζοις ἂν	tu peux transporter
σεαυτὸν ᾗ θέλεις ἐλεύθερον	toi-même où tu veux, libre
ἔξω αἰτίας βαρείας.	en dehors d'une accusation grave.

σὺ δ', εἰπέ μοι, μὴ μῆκος, ἀλλὰ σύντομα·
ᾔδης τὰ κηρυχθέντα, μὴ πράσσειν τάδε;
ΑΝΤΙΓΟΝΗ.
Ἤδη. Τί δ' οὐκ ἔμελλον; ἐμφανῆ γὰρ ἦν.   445
ΚΡΕΩΝ.
Καὶ δῆτ' ἐτόλμας τούςδ' ὑπερβαίνειν νόμους;
ΑΝΤΙΓΟΝΗ.
Οὐ γάρ τί μοι Ζεὺς ἦν ὁ κηρύξας[1] τάδε,
οὐδ'[2] ἡ ξύνοικος τῶν κάτω θεῶν Δίκη,
οἱ τούςδ' ἐν ἀνθρώποισιν ὥρισαν νόμους·
οὐδὲ σθένειν τοσοῦτον ᾠόμην τὰ σὰ   450
κηρύγμαθ' ὥςτ' ἄγραπτα κἀσφαλῆ θεῶν
νόμιμα δύνασθαι θνητὸν ὄνθ' ὑπερδραμεῖν.
Οὐ γάρ τι[3] νῦν γε κἀχθὲς, ἀλλ' ἀεί ποτε
ζῇ ταῦτα, κοὐδεὶς οἶδεν ἐξ ὅτου 'φάνη.
Τούτων ἐγὼ οὐκ ἔμελλον, ἀνδρὸς οὐδενὸς   455
φρόνημα δείσασ', ἐν θεοῖσι τὴν δίκην
δώσειν. Θανουμένη γὰρ ἐξῄδη (τί δ' οὔ;),
κεἰ μὴ σὺ προὐκήρυξας. Εἰ δὲ τοῦ χρόνου

---

pas où tu voudras; mais toi, explique-toi en peu de mots. Connais-
sais-tu la défense que j'avais fait publier?

ANTIGONE. Je la connaissais. Pouvais-je l'ignorer? Elle était publique.

CRÉON. Et pourtant tu as osé enfreindre cette loi?

ANTIGONE. Ce n'était ni Jupiter, ni la justice compagne des dieux
mânes, qui avaient publié une telle défense; non, ils n'ont pas dicté
aux hommes de semblables lois. Je n'ai pas cru que tes ordres eussent
assez de force pour que les lois non écrites, mais impérissables,
émanées des dieux dussent fléchir sous un mortel. Ce n'est pas d'aujourd'hui, ce n'est pas d'hier qu'elles existent; elles sont éternelles,
et personne ne sait quand elles ont pris naissance. Je ne devais donc
pas, effrayée des menaces d'un mortel, m'exposer à la vengeance des
dieux. Je savais, avant ton décret, que je devais mourir (c'est un
destin inévitable); mais si je meurs avant le temps, c'est un bonheur,
à mes yeux. Qui pourrait, en effet, au milieu des maux sans nombre

Σὺ δὲ εἰπέ μοι,	Mais toi dis-moi
μὴ μῆκος, ἀλλὰ σύντομα·	sans longueur, mais avec-conclsion,
ᾔδης τὰ κηρυχθέντα,	savais-tu les choses proclamées
μὴ πράσσειν τάδε;	de ne pas faire ces choses ?
ΑΝΤΙΓΟΝΗ. Ἤδη·	ANTIGONE. Je *les* savais.
Τί δὲ	Mais comment
οὐκ ἔμελλον;	ne devais-je pas *les savoir?*
ἦν γὰρ ἐμφανῆ.	car elles étaient publiques.
ΚΡΕΩΝ. Καὶ δῆτα ἐτόλμας	CRÉON. Et après-cela tu as osé
ὑπερβαίνειν τούςδε νόμους;	outre-passer ces lois?
ΑΝΤΙΓΟΝΗ. Οὐ γάρ τι	ANTIGONE. Car nullement
Ζεὺς ἦν ὁ κηρύξας	Jupiter n'était celui qui a proclamé
τάδε ἐμοὶ,	ces choses à moi,
οὐδὲ ἡ Δίκη	ni la Justice,
ξύνοικος τῶν θεῶν κάτω	compagne des dieux d'en bas
οἱ ὥρισαν τούςδε νόμους	qui ont fixé ces lois
ἐν ἀνθρώποισιν·	parmi les hommes,
οὐδὲ ᾠόμην	et je ne croyais pas
τὰ σὰ κηρύγματα	les proclamations
σθένειν τοσοῦτον	pouvoir tant,
ὥστε ὄντα θνητὸν	qu'étant mortel,
δύνασθαι ὑπερδραμεῖν	*toi* pouvoir transgresser
νόμιμα ἄγραπτα	les lois non-écrites
καὶ ἀσφαλῆ θεῶν	et infaillibles des dieux
Ταῦτα γὰρ ζῇ	Car celles-ci existent
οὔτι νῦν γε καὶ χθὲς,	non d'aujourd'hui certes et d'hier,
ἀλλὰ ἀεί ποτε,	mais éternellement,
καὶ οὐδεὶς οἶδεν	et personne ne sait
ἐξ ὅτου ἐφάνη.	depuis quel *temps* elles ont paru.
Ἐγὼ οὐκ ἔμελλον	Moi je ne devais pas
δώσειν τὴν δίκην	donner (subir) punition
τούτων ἐν θεοῖσι,	de ces choses, auprès des dieux,
δείσασα φρόνημα	n'ayant redouté la volonté
οὐδενὸς ἀνδρός.	d'aucun homme.
Ἐξῄδη γὰρ	Car je savais-bien
(τί δὲ οὔ)	(et comment ne pas *le savoir*)
θανουμένη,	*moi* devant-mourir,
καὶ εἰ σὺ	même si toi
μὴ προυκήρυξας.	ne *l'*avais pas fait-proclamer-d'avance.
Εἰ δὲ θανοῦμαι	Mais si je dois mourir

πρόσθεν θανοῦμαι, κέρδος αὔτ' ἐγὼ λέγω.

Ὅςτις γὰρ ἐν πολλοῖσιν, ὡς ἐγὼ, κακοῖς   460
ζῇ, πῶς ὅδ' οὐχὶ κατθανὼν κέρδος φέρει;
Οὕτως ἔμοιγε τοῦδε τοῦ μόρου τυχεῖν
παρ' οὐδὲν ἄλγος· ἀλλ' ἂν, εἰ τὸν ἐξ ἐμῆς
μητρὸς θανόντ' ἄθαπτον ἐσχόμην νέκυν,
κείνοις ἂν ἤλγουν· τοῖςδε δ' οὐκ ἀλγύνομαι.   465
Σοὶ δ' εἰ δοκῶ νῦν μῶρα δρῶσα τυγχάνειν,
σχεδόν[1] τι μώρῳ μωρίαν ὀφλισκάνω.

ΧΟΡΟΣ.

Δηλοῖ[2] τὸ γέννημ' ὠμὸν ἐξ ὠμοῦ πατρὸς
τῆς παιδός· εἴκειν δ' οὐκ ἐπίσταται κακοῖς.

ΚΡΕΩΝ.

Ἀλλ', ἴσθι τοι, τὰ σκλήρ' ἄγαν φρονήματα   470
πίπτει μάλιστα· καὶ τὸν ἐγκρατέστατον
σίδηρον ὀπτὸν ἐκ πυρὸς περισκελῆ[3]
θραυσθέντα καὶ ῥαγέντα πλεῖστ' ἂν εἰςίδοις·
σμικρῷ χαλινῷ δ' οἶδα τοὺς θυμουμένους
ἵππους καταρτυθέντας. Οὐ γὰρ ἐκπέλει   475

qui affligent ma vie, ne pas regarder la mort comme un bienfait? Aussi le sort qui m'attend ne me cause aucune douleur. Mais si j'avais laissé sans sépulture le fils de ma mère, ma douleur en serait vive ; ce que j'ai fait ne m'en cause aucune. Si donc tu taxes ma conduite de folie, cette accusation est peut-être celle d'un insensé.

LE CHOEUR. A ce caractère inflexible on reconnaît la fille de l'inflexible OEdipe ; elle ne sait point céder au malheur.

CREON. Mais sache que ces âmes si fières s'abattent aisément. On voit le fer dont le feu avait accru la dureté se rompre et se briser sans effort. Un faible frein suffit pour dompter les plus fougueux coursiers.

πρόσθεν τοῦ χρόνου — ayant le temps

ἐγὼ λέγω αὐτὸ κέρδος· — moi j'appelle ceci un profit.

Ὅστις γὰρ ζῇ — Car, quiconque vit

ὡς ἐγὼ ἐν κακοῖς; πολλοῖσι, — comme moi dans des maux nombreux,

πῶς ὅδε — comment celui-ci

οὐχὶ φέρει κέρδος, — ne remporte-t-il pas un avantage

κατθανών; — étant mort?

Οὕτω τυχεῖν τοῦδε τοῦ μόρου — Ainsi encourir cette destinée

ἐμοίγε παρὰ οὐδὲν ἄλγος· — est à moi certes comme aucune dou-

ἀλλὰ ἂν — mais   [leur;

εἰ ἐχόμην νέκυν — si j'avais enduré le mort

τὸν ἐξ ἐμῆς μητρὸς — qui est le fils de ma mère,

θανόντα — étant mort,

ἄθαπτον, — privé-de-sépulture,

ἤλγουν ἂν κείνοις· — je me serais affligée de ces choses;

τοῖσδε δὲ οὐκ ἀλγύνομαι. — mais de celles-ci je ne m'en afflige pas.

Εἰ δὲ δοκῶ σοι — Si cependant je semble à toi

τυγχάνειν — me trouver

δρῶσα μῶρα νῦν, — faisant des choses folles actuellement,

ὀφλισκάνω μωρίαν — je suis accusée de folie

σχεδόν τι μώρῳ. — peut-être par un fou.

ΧΟΡΟΣ. Τὸ γέννημα — LE CHOEUR. Le naturel

τῆς παιδὸς — de la-jeune-fille

δηλοῖ ὠμὸν — se montre inflexible

ἐκ πατρὸς ὠμοῦ, — venant d'un père inflexible;

οὐκ ἐπίσταται δὲ — et il ne sait point

εἴκειν κακοῖς. — céder aux malheurs.

ΚΡΕΩΝ. Ἀλλὰ ἴσθι τοι, — CRÉON. Mais sache bien,

τὰ φρονήματα ἄγαν σκληρὰ — les esprits trop durs

πίπτει μάλιστα· — s'abattent surtout;

καὶ εἰσίδοις ἂν — et tu pourrais voir

τὸν σίδηρον ἐγκρατέστατον — le fer le plus solide

περισκελῆ — très-dur

ὀπτὸν ἐκ πυρὸς — cuit par le feu

πλεῖστα θραυσθέντα καὶ ῥαγέντα. — le plus souvent broyé et brisé;

Οἶδα δὲ — je sais d'un autre côté

τοὺς ἵππους θυμουμένους — les chevaux irrités

καταρτυθέντας — étant remis-à-l'ordre

σμικρῷ χαλινῷ. — par un petit frein.

Οὐ γὰρ ἐκπέλει — Car il n'est-pas-permis

φρονεῖν μέγ', ὅςτις δοῦλός ἐστι τῶν πέλας[1]
Αὕτη δ' ὑβρίζειν μὲν τότ' ἐξηπίστατο,
νόμους ὑπερβαίνουσα τοὺς προκειμένους·
ὕβρις δ', ἐπεὶ δέδρακεν, ἥδε δευτέρα,
τούτοις ἐπαυχεῖν, καὶ δεδρακυῖαν γελᾶν.   480
Ἦ νῦν ἐγὼ μὲν οὐκ ἀνὴρ, αὕτη δ' ἀνὴρ,
εἰ ταῦτ' ἀνατὶ τῇδε κείσεται κράτη.
Ἀλλ' εἴτ' ἀδελφῆς, εἴθ' ὁμαιμονεστέρας[2]
τοῦ παντὸς ἡμῖν Ζηνὸς Ἑρκείου κυρεῖ,
αὐτή τε χἠ ξύναιμος οὐκ ἀλύξετον[3]   485
μόρου κακίστου. Καὶ γὰρ οὖν κείνην ἴσον
ἐπαιτιῶμαι τοῦδε βουλεῦσαι τάφου,
Καί νιν καλεῖτ'. Ἔσω γὰρ εἶδον ἀρτίως
λυσσῶσαν αὐτὴν, οὐδ' ἐπήβολον φρενῶν.
Φιλεῖ[4] δ' ὁ θυμὸς πρόσθεν ᾑρῆσθαι κλοπεὺς   490
τῶν μηδὲν ὀρθῶς ἐν σκότῳ τεχνωμένων.
Μισῶ γε μέν τοι χὤταν ἐν κακοῖσί τις
ἁλοὺς, ἔπειτα τοῦτο καλλύνειν θέλῃ.

L'orgueil sied mal à celui qui est esclave de ceux qui l'entourent. C'est donc peu pour cette insensée d'avoir osé m'outrager en violant mes lois; elle joint encore à son crime un second outrage; elle se glorifie et s'applaudit de son action. Mais ou j'ai cessé d'être homme, ou elle l'est devenue elle-même, si son audace demeure impunie. Oui, qu'elle soit fille de ma sœur, qu'elle me soit unie par des liens encore plus étroits, elle et sa sœur n'échapperont point au sort le plus terrible; car elle est sans doute complice du même crime. Qu'on la fasse venir. Je l'ai vue tout à l'heure dans le palais, égarée, hors d'elle-même. Souvent un cœur qui médite quelque forfait dans l'ombre se trahit lui-même avant l'exécution. Je hais surtout celui qui, convaincu d'un crime, cherche par des paroles à en colorer la noirceur!

φρονεῖν μέγα,	de penser hautainement
ὅστις ἐστὶ δοῦλος	à celui qui est esclave
τῶν πέλας.	de ses voisins.
Αὕτη δὲ ἐξηπίστατό	Mais celle-ci a su
ὑβρίζειν τότε μὲν	faire-un-outrage alors d'un côté
ὑπερβαίνουσα νόμους	en transgressant les lois
τοὺς προκειμένους.	promulguées.
Ἐπεὶ δὲ δέδρακεν,	De l'autre côté quand elle l'eut fait,
ἥδε δευτέρα ὕβρις,	celui-ci est le second outrage,
ἐπαυχεῖν τούτοις·	de se vanter de ces choses;
καὶ γελᾶν δεδρακυῖαν.	et de rire les ayant faites.
Ἦ νῦν ἐγὼ μὲν,	Or en vérité moi d'un côté
οὐκ ἀνὴρ,	je ne suis pas homme,
αὕτη δὲ ἀνὴρ,	de l'autre côté celle-ci est homme,
εἰ ταῦτα κράτη	si ces violences
κείσεται ἀνατὶ τῆδε.	doivent demeurer sans-punition pour
Ἀλλὰ εἴτε κυρεῖ	Mais soit qu'elle se trouve [celle-ci
ἀδελφῆς,	fille de ma sœur
εἴτε ὁμαιμονεστέρας ἡμῖν	ou d'une parenté plus proche à nous
τοῦ παντὸς	que tout ce que protége notre
Ζηνὸς Ἑρκείου,	Jupiter Herceus,
αὕτη τε καὶ ἡ ξύναιμος	et celle-ci et sa sœur
οὐκ ἀλύξετον	n'échapperont pas
κακίστου μόρου.	au plus mauvais sort.
Καὶ γὰρ οὖν	Car naturellement
ἀπαιτιῶμαι κείνην τοῦδε τάφου	j'accuse celle-là de cette sepulture,
βουλεῦσαι ἴσον.	d'en avoir formé-le-dessein également.
Καὶ καλεῖτέ νιν.	Aussi appelez-la.
Εἶδον γὰρ ἀρτίως ἔσω	Car j'ai vu tout-à-l'heure dans l'inté-
αὐτὴν λυσσῶσαν,	elle transportée-de-fureur, [rieur
οὐδὲ ἐπήβολον φρενῶν.	et n'étant pas maîtresse de ses sens.
Ὁ δὲ θυμὸς τῶν τεχνωμένων	Or l'esprit de ceux qui ne trament
μηδὲν ὀρθῶς	rien honnêtement
ἐν σκότῳ	dans l'ombre
φιλεῖ ᾑρῆσθαι	a coutume d'être surpris
κλοπεὺς πρόσθεν.	recéleur auparavant.
Μισῶ γε μέντο.	Je hais certes pourtant
καὶ ὅταν τις	aussi alors que quelqu'un
ἁλοὺς ἐν κακοῖσι	surpris dans ses crimes
θέλῃ ἔπειτα καλλύνειν τοῦτο.	voudra après colorer céla.

ΑΝΤΙΓΟΝΗ.

Θέλεις τι μεῖζον, ἢ κατακτεῖναί μ' ἑλών;

ΚΡΕΩΝ.

Ἐγὼ μὲν οὐδέν· τοῦτ', ἔχων, ἅπαντ' ἔχω.   495

ΑΝΤΙΓΟΝΗ.

Τί δῆτα μέλλεις; ὡς ἐμοὶ τῶν σῶν λόγων
ἀρεστὸν οὐδὲν, μηδ' ἀρεσθείη ποτέ [1].
οὕτω δὲ καὶ σοὶ τἄμ' ἀφανδάνοντ' ἔφυ.
Καίτοι πόθεν κλέος γ' ἂν εὐκλεέστερον
κατέσχον, ἢ τὸν αὐτάδελφον ἐν τάφῳ   500
τιθεῖσα; τούτοις τοῦτο πᾶσιν ἁνδάνειν
λέγοιτ' ἂν, εἰ μὴ γλῶσσαν ἐγκλείσοι φόβος.
Ἀλλ' ἡ τυραννὶς πολλά τ' ἄλλ' εὐδαιμονεῖ,
κἄξεστιν αὐτῇ δρᾶν λέγειν θ' ἃ βούλεται.

ΚΡΕΩΝ.

Σὺ τοῦτο μούνη τῶνδε Καδμείων ὁρᾷς.   505

ΑΝΤΙΓΟΝΗ.

Ὁρῶσι χοἴδε· σοὶ δ' ὑπίλλουσιν στόμα.

ΚΡΕΩΝ.

Σὺ δ' οὐκ ἐπαιδεῖ, τῶνδε χωρὶς εἰ φρονεῖς;

ΑΝΤΙΓΟΝΗ.

Οὐδὲν γὰρ αἰσχρὸν τοὺς ὁμοσπλάγχνους σέβειν.

ΚΡΕΩΝ.

Οὔκουν ὅμαιμος χὠ καταντίον θανών;

ANTIGONE. Te faut-il encore plus que ma mort?

CRÉON. Non, rien : elle me suffit.

ANTIGONE. Que tardes-tu donc? Car rien ne me plaît de ta bouche (et puisse-t-il en être toujours ainsi), et mes discours ne doivent pas être pour toi plus agréables. Cependant quelle gloire plus belle obtiendrais-je que d'avoir donné la sépulture à un frère? Tous ceux qui m'écoutent me combleraient eux-mêmes d'éloges, si leur langue n'était enchaînée par la crainte. Mais un des avantages des rois, c'est de pouvoir dire et faire ce qui leur plaît.

CRÉON. Tu es la seule des enfants de Cadmus à penser ainsi.

ANTIGONE. Ils pensent comme moi; mais ta présence leur ferme la bouche.

CRÉON. Eh bien! que ne rougis-tu d'agir autrement qu'eux?

ANTIGONE. On ne peut jamais rougir d'honorer un frère.

CRÉON. N'était-il donc pas ton frère, celui qui périt en combattant contre lui?

ΑΝΤΙΓΟΝΗ. Θέλεις
τί μεῖζον,
ἢ ἑλών με κατακτεῖναι;
ΚΡΕΩΝ. Ἐγὼ μὲν οὐδέν·
ἔχων τοῦτο, ἔχω ἅπαντα.
ΑΝΤΙΓΟΝΗ. Τί δῆτα μέλλεις;
ὡς οὐδὲν τῶν σῶν λόγων
ἀρεστόν ἐμοὶ,
μηδὲ ἀρεσθείη ποτέ·
οὕτω δὲ καὶ τὰ ἐμὰ
ἔφυ ἀφανδάνοντά σοι.
Καίτοι πόθεν κατέσχον ἂν
κλέος γε εὐκλεέστερον
ἢ τιθεῖσα τὸν αὐτάδελφον
ἐν τάφῳ;
τοῦτο λέγοιτο ἂν ἀνδάνειν
πᾶσι τούτοις, εἰ φόβος
μὴ ἐγκλείσοι γλῶσσαν.
Ἀλλὰ ἡ τυραννὶς εὐδαιμονεῖ
πολλά τε ἄλλα,
καὶ ἔξεστιν αὐτῇ
δρᾶν λέγειν τε
ἃ βούλεται.
ΚΡΕΩΝ. Σὺ μούνη
τῶνδε Καδμείων
ὁρᾷς τοῦτο.
ΑΝΤΙΓΟΝΗ. Καὶ οἵδε
ὁρῶσιν·
ὑπίλλουσι δὲ στόμα
σοί.
ΚΡΕΩΝ. Σὺ δὲ οὐκ ἐπαιδεῖ
εἰ φρονεῖς χωρὶς τούτων;
ΑΝΤΙΓΟΝΗ. Οὐδὲν γὰρ
αἰσχρὸν
σέβειν
τοὺς ὁμοσπλάγχνους.
ΚΡΕΩΝ. Οὔκουν
ὅμαιμος
καὶ ὁ θανὼν
καταντίον;

ANTIGONE. Veux-tu
quelque chose de plus considérable,
qu'ayant pris moi *me* tuer?
CRÉON. Moi en vérité rien ;
tenant cèci, je tiens toutes les choses.
ANTIGONE. Que tardes-tu donc?
car rien de tes discours
n'*est* agréable à moi,   [mais;
et ne puisse être trouvé agréable ja-
ainsi de l'autre côté aussi mes choses
sont faites étant-désagréables à toi.
Certes d'où obtiendrais-je
une gloire réellement plus-glorieuse,
qu'en plaçant *mon* frère-germain
dans le tombeau?
ceci serait dit-plaire
à tous ceux-là, si la crainte
n'enfermait pas *leur* langue.
Mais la royauté est-heureuse
et en beaucoup d'autres choses,
et *en ce qu*'il est permis à elle
de faire et de dire
les choses qu'elle veut.
CRÉON. Toi seule
parmi ces Cadméens
tu vois cela.
ANTIGONE. Aussi ceux-ci
le voient,
mais ils ferment la bouche
à cause de toi.
CRÉON. Mais n'as-tu-pas-honte,
si tu penses autrement que ceux-ci?
ANTIGONE. C'est qu'en rien
il n'*est* honteux
de respecter
ceux qui-sont-sortis-des-mêmes-en-
CRÉON. N'*était*-il donc pas [trailles.
frère-germain
aussi celui qui est mort
combattant contre *lui*?

ΑΝΤΙΓΟΝΗ

Ὅμαιμος ἐκ μιᾶς τε καὶ ταὐτοῦ πατρός.   510
ΚΡΕΩΝ.
Πῶς δῆτ' ἐκείνῳ δυςσεβῆ τιμᾷς χάριν¹;
ΑΝΤΙΓΟΝΗ·
Οὐ μαρτυρήσει ταῦθ' ὁ κατθανὼν νέκυς.
ΚΡΕΩΝ.
Εἴ τοί σφε τιμᾷς ἐξ ἴσου τῷ δυςσεβεῖ.
ΑΝΤΙΓΟΝΗ.
Οὐ γάρ τι δοῦλος, ἀλλ' ἀδελφὸς ὤλετο.
ΚΡΕΩΝ.
Πορθῶν γε τήνδε γῆν· ὁ δ', ἀντιστὰς ὕπερ.   515
ΑΝΤΙΓΟΝΗ.
Ὅμως ὅ γ' Ἅδης τοὺς νόμους τούτους ποθεῖ.
ΚΡΕΩΝ.
Ἀλλ' οὐχ ὁ χρηστὸς τῷ κακῷ λαχεῖν ἴσος.
ΑΝΤΙΓΟΝΗ.
Τίς οἶδεν, εἰ κάτω 'στὶν εὐαγῆ τάδε;
ΚΡΕΩΝ.
Οὔ τοί ποθ' οὑχθρὸς, οὐδ' ὅταν θάνῃ, φίλος.
ΑΝΤΙΓΟΝΗ.
Οὔ τοι συνέχθειν, ἀλλὰ συμφιλεῖν ἔφυν.   520
ΚΡΕΩΝ.
Κάτω νυν ἐλθοῦσ', εἰ φιλητέον, φίλει
κείνους· ἐμοῦ δὲ ζῶντος οὐκ ἄρξει γυνή.
ΧΟΡΟΣ.
Καὶ μὴν πρὸ πυλῶν² ἥδ' Ἰσμήνη

ANTIGONE. Il l'était, et naquit des mêmes parents.

CRÉON. Et pourquoi donc l'outrager par les honneurs rendus à l'autre?

ANTIGONE. Ce n'est pas le témoignage que j'attends de celui qui est dans la tombe.

CRÉON. Mais un impie reçoit de toi les mêmes honneurs que lui.

ANTIGONE. Il n'était point son esclave, mais son frère.

CRÉON. Il ravageait sa patrie; l'autre combattait pour elle.

ANTIGONE. Cependant ce sont ces lois que Pluton nous impose.

CRÉON. Le crime et la vertu ne doivent point avoir le même partage.

ANTIGONE. Qui sait si dans les enfers on approuve ces maximes?

CRÉON. Jamais un ennemi, pas même après la mort, ne devient un ami.

ANTIGONE. Je suis née pour partager l'amitié, et non pas la haine.

CRÉON. Va donc aux enfers; puisque tu as besoin d'aimer, aime ceux qui les habitent. Jamais, tant que je vivrai, une femme ne donnera ici des lois.

LE CHOEUR. Mais sur le seuil du palais je vois Ismène tout en

ΑΝΤΙΓΟΝΗ. Ὅμαιμος
ἐκ μιᾶς τε
καὶ τοῦ αὐτοῦ πατρός.

ANTIGONE. Frère-germain
et par une *mère*
et par un même père.

ΚΡΕΩΝ. Πῶς;
δῆτα τιμᾷς
χάριν δυσσεβῆ ἐκείνῳ;

CRÉON. Comment
alors honores-tu
d'un service impie celui-là?

ΑΝΤΙΓΟΝΗ. Ὁ νέκυς κατθανὼν
οὐ μαρτυρήσει ταῦτα.

ANTIGONE. Le mort qui a péri
ne déposera pas ces choses.

ΚΡΕΩΝ. Εἴ τοι τιμᾷς σφε
ἐξ ἴσου
τῷ δυσσεβεῖ.

CRÉON. Cependant si tu honores lui
à l'égal
de *cet* impie.

ΑΝΤΙΓΟΝΗ. Οὐ γάρ τι
ὤλετο δοῦλος,
ἀλλὰ ἀδελφός.

ANTIGONE. Aussi nullement
n'a-t-il péri *étant son* esclave,
mais *son* frère.

ΚΡΕΩΝ. Πορθῶν δὲ
τήνδε γῆν ·
ὁ δὲ ἀντιστὰς ὕπερ.

CRÉON. Cependant en dévastant
cette terre,
celui-ci en résistant pour *elle*.

ΑΝΤΙΓΟΝΗ. Ὅμως
ὁ γε Ἅδης ποθεῖ
τούτους τοὺς νόμους.

ANTIGONE. Cependant
Pluton au moins demande
ces lois.

ΚΡΕΩΝ. Ἀλλὰ
ὁ χρηστὸς
οὐκ ἴσος τῷ κακῷ
λαχεῖν.

CRÉON. Mais
le vertueux
n'*est* pas égal au misérable
pour recevoir-*sa*-part.

ΑΝΤΙΓΟΝΗ. Τίς οἶδεν,
εἰ τάδε ἐστὶν εὐαγῆ κάτω;

ANTIGONE. Qui sait
si ces *choses* sont saintes en-bas?

ΚΡΕΩΝ. Οὐ τοί ποτε
ὁ ἐχθρὸς φίλος,
οὐδὲ ὅταν θάνῃ.

CRÉON. Certes jamais ne *sera*
l'ennemi ami,
pas même quand il serait mort.

ΑΝΤΙΓΟΝΗ. Οὔτοι ἔφυν
συνέχθειν
ἀλλὰ συμφιλεῖν.

ANTIGONE. Certes je ne suis pas né
pour partager-la-haine,
mais pour partager-l'amour.

ΚΡΕΩΝ. Ἐλθοῦσά νυν κάτω
φίλει κείνους,
εἰ φιλητέον ·
ἐμοῦ δὲ ζῶντος
γυνὴ οὐκ ἄρξει.

CRÉON. Étant allée donc en-bas
aime ceux-là,
s'il faut aimer ;
mais moi *étant* vivant
femme ne gouvernera.

ΧΟΡΟΣ. Καὶ μὴν
Ἰσμήνη ἥδε
πρὸ πυλῶν,

CHOEUR. Mais aussi
Ismène *que* voici
devant les portes,

φιλάδελφα κάτω δάκρυ' εἰδομένη.
νεφέλη δ' ὀφρύων ὕπερ αἱματόεν   525
ῥέθος αἰσχύνει,
τέγγους' εὐῶπα παρειάν.

ΚΡΕΩΝ.

Σὺ δ', ἢ κατ' οἴκους, ὡς ἔχιδν', ὑφειμένη
λήθουσά μ' ἐξέπινες, οὐδ' ἐμάνθανον
τρέφων δύ' ἄτα, κἀπαναστάσεις θρόνων,   530
φέρ', εἰπὲ δή μοι, καὶ σὺ τοῦδε τοῦ τάφου
φήσεις μετασχεῖν, ἢ 'ξομεῖ τὸ μὴ εἰδέναι;

ΙΣΜΗΝΗ.

Δέδρακα τοὔργον, εἴπερ ἥδ' ὁμορροθεῖ,
καὶ ξυμμετίσχω καὶ φέρω τῆς αἰτίας.

ΑΝΤΙΓΟΝΗ.

Ἀλλ' οὐκ ἐάσει τοῦτό γ' ἡ δίκη σ', ἐπεὶ   535
οὔτ' ἠθέλησας, οὔτ' ἐγὼ 'κοινωσάμην.

ΙΣΜΗΝΗ.

Ἀλλ' ἐν κακοῖς τοῖς σοῖσιν οὐκ αἰσχύνομαι
ξύμπλουν ἐμαυτὴν τοῦ πάθους ποιουμένη.

ΑΝΤΙΓΟΝΗ.

Ὧν τοὔργον, Ἅιδης χοἰ κάτω ξυνίστορες·
λόγοις δ' ἐγὼ φιλοῦσαν οὐ στέργω φίλην.   540

larmes, tremblant pour sa sœur; un nuage couvre son front, ses traits sont altérés par une rougeur sanglante, et les pleurs baignent son beau visage.

CRÉON. Toi qui, cachée dans l'ombre de ce palais, cherchais, comme une vipère, à t'abreuver en secret de mon sang; je ne savais pas nourrir deux furies prêtes à renverser mon trône : parle, réponds-moi : diras-tu aussi avoir pris part à la sépulture, ou jureras-tu avoir tout ignoré?

ISMÈNE. Je suis coupable, si ma sœur me permet de le dire; j'ai pris part au crime, je dois partager l'accusation.

ANTIGONE. La justice ne te le permettra point, car tu n'as pas voulu me suivre, et moi, j'ai refusé ton secours.

ISMÈNE. Mais dans ton infortune, je ne crains point de m'associer à tes dangers.

ANTIGONE. Quels en sont les auteurs? Pluton et les mânes le savent : mais je n'aime point l'amitié qui ne se montre que dans les discours.

εἰδομένη κάτω	faisant couler en bas
δάκρυα φιλάδελφα·	des pleurs d'amour-de-sœur ;
νεφέλη δὲ ὑπὲρ ὀφρύων	et un nuage au-dessus de *ses* sourcils
αἰσχύνει ῥέθος	défigure *son* visage
αἱματόεν,	par *une rougeur* couleur-de-sang,
τέγγουσα	humectant
παρειὰν εὐῶπα.	*sa* joue belle-à-voir.
ΚΡΕΩΝ. Σὺ δὲ	CRÉON. Eh bien toi,
ἢ ὑφειμένη	qui t'étant-glissée-secrètement
κατὰ οἴκους,	dans *nos* demeures,
ὡς ἔχιδνα,	comme une vipère,
ἐξέπινές με	buvais moi (suçais mon sang)
λήθουσα	*étant* cachée,
οὐδὲ ἐμάνθανον	et je ne savais pas même
τρέφων δύο ἄτα,	nourrissant deux furies,
καὶ ἀπαναστάσεις	et insurrections
θρόνων,	contre *mon* trône :
φέρε, εἰπὲ δή μοι,	allons, dis maintenant à moi,
φήσεις καὶ σὺ	affirmeras-tu aussi
μετασχεῖν τοῦδε τοῦ τάφου,	avoir-pris-part à cette sépulture,
ἢ ἐξομεῖ τὸ μὴ εἰδέναι ;	ou nieras-tu-par-serment ne pas sa- [voir ?
ΙΣΜΗΝΗ. Δέδρακα τὸ ἔργον,	ISMÈNE. J'ai fait la chose,
εἴπερ ἥδε ὁμορροθεῖ,	si toutefois celle-ci y-consent,
καὶ ξυμμετίσχω τῆς αἰτίας	et je suis complice du crime
καὶ φέρω.	et j'*en* porte *les conséquences.*
ΑΝΤΙΓΟΝΗ. Ἀλλὰ ἡ δίκη	ANTIGONE. Mais la justice
οὐκ ἐάσει σε τοῦτό γε,	ne souffrira pas toi en cela au moins,
ἐπεὶ οὔτε ἠθέλησας,	puisque ni *toi* n'as voulu
οὔτε ἐγὼ ἐκοινωσάμην	ni moi ne *t*'ai rendu-participant.
ΙΣΜΗΝΗ. Ἀλλὰ οὐκ αἰσχύνομαι	ISMÈNE. Mais je n'ai-pas-honte
ἐν τοῖς σοῖσι κακοῖς	dans les tiens malheurs
ποιουμένη ἐμαυτὴν	faisant moi-même
ξύμπλουν τοῦ πάθους.	compagnon-navigateur de *ton* mal [heur.
ΑΝΤΙΓΟΝΗ. Ἅδης	ANTIGONE. Pluton
καὶ οἱ κάτω	et ceux aux-enfers
ξυνίστορες	*sont* témoins, *sachant*
ὧν τὸ ἔργον·	desquels *est* l'action.
ἐγὼ δὲ οὐ στέργω	Mais moi je ne me contente pas
φίλην,	d'une amie
φιλοῦσαι λόγοις.	qui-aime dans *ses* discours.

ΙΣΜΗΝΗ.

Μή τοι, κασιγνήτη, μ’ ἀτιμάσῃς τὸ μὴ οὐ
θανεῖν τε σὺν σοί, τὸν θανόντα θ’ ἁγνίσαι.

ΑΝΤΙΓΟΝΗ.

Μή μοι θάνῃς σὺ κοινά, μήθ’ ἃ μὴ ’θιγες
ποιοῦ σεαυτῆς. ¹ Ἀρκέσω θνήσκουσ’ ἐγώ.

ΙΣΜΗΝΗ.

Καὶ τίς βίος μοι, σοῦ λελειμμένη, φίλος;   545

ΑΝΤΙΓΟΝΗ.

Κρέοντ’ ἐρώτα. Τοῦδε γὰρ σὺ κηδεμών.

ΙΣΜΗΝΗ.

Τί ταῦτ’ ἀνιᾷς μ’, οὐδὲν ὠφελουμένη;

ΑΝΤΙΓΟΝΗ.

Ἀλγοῦσα μὲν δῆτ’, εἰ γέλωτ’ ἐν σοὶ γελῶ.

ΙΣΜΗΝΗ.

Τί δῆτ’ ἂν ἀλλὰ νῦν σ’ ἔτ’ ὠφελοῖμ’ ἐγώ;

ΑΝΤΙΓΟΝΗ.

Σῶσον σεαυτήν. Οὐ φθονῶ σ’ ὑπεκφυγεῖν.   550

ΙΣΜΗΝΗ.

Οἴμοι τάλαινα, κἀμπλάκω τοῦ σοῦ μόρου;

ΑΝΤΙΓΟΝΗ.

Σὺ μὲν γὰρ εἵλου ζῆν, ἐγὼ δὲ κατθανεῖν.

ΙΣΜΗΝΗ.

Ἀλλ’ οὐκ ἐπ’ ἀρρήτοις γε τοῖς ἐμοῖς λόγοις.

ΑΝΤΙΓΟΝΗ.

Καλῶς σὺ μὲν τοῖς· τοῖς δ’ ἐγὼ ’δόκουν φρονεῖν.

ΙΣΜΗΝΗ.

Καὶ ² μὴν ἴση νῦν ἐστὶν ἡ ’ξαμαρτία.   555

ISMÈNE. Ne me juge pas, ma sœur, indigne de mourir avec toi et
d'avoir honoré celui qui n'est plus.

ANTIGONE. Ne cherche point à mourir avec moi, et ne t'attribue
pas un ouvrage auquel tu n'as pas touché. C'est assez que je meure.

ISMÈNE. Et quelle vie, si je te perds, peut m'être encore chère ?

ANTIGONE. Demande à Créon ; tu as pour lui tant d'égards !

ISMÈNE. Pourquoi m'affliger par cette inutile raillerie ?

ANTIGONE. Ce n'est qu'à regret que je te raille ainsi.

ISMÈNE. Et quel autre moyen aurais-je à présent de te servir ?

ANTIGONE. Sauve tes jours ; je ne t'envie point ce bonheur.

ISMÈNE. Malheureuse que je suis ! ne pourrai-je partager ton sort ?

ANTIGONE. Tu as mieux aimé vivre, et moi mourir.

ISMÈNE. Mais ce n'est pas sans être avertie par mes discours.

ANTIGONE. Oui, les tiens t'ont semblé sages, et les miens me
semblent sages aussi.

ISMÈNE. Et cependant le crime fut égal entre nous.

ΙΣΜΗΝΗ. Κασιγνήτη,
μή τοί με ἀτιμάσῃς
τὸ μὴ οὐ θανεῖν τε σὺν σοὶ
ἁγνίσαι τε
τὸν θανόντα.
ΑΝΤΙΓΟΝΗ. Μὴ σὺ θάνῃς
κοινά μοι,
μήτε ποιοῦ σεαυτῆς,
ἃ μὴ ἔθιγες.
Ἀρκέσω θνήσκουσα
ἐγώ.
ΙΣΜΗΝΗ. Καὶ τίς βίος
φίλος μοι
λελειμμένη σοῦ;
ΑΝΤΙΓΟΝΗ. Ἐρώτα Κρέοντα·
σὺ γὰρ κηδεμὼν τοῦδε.
ΙΣΜΗΝΗ. Τί
ἀνιᾷς με ταῦτα,
ὠφελουμένη οὐδέν;
ΑΝΤΙΓΟΝΗ. Εἰ γελῶ γέλωτα
ἐν σοί,
ἀλγοῦσα μὲν δῆτα.
ΙΣΜΗΝΗ. Τί δῆτα ἀλλὰ
ἐπωφελοῖμι ἐγὼ ἂν νῦν σε;
ΑΝΤΙΓΟΝΗ. Σῶσον σεαυτήν.
Οὐ φθονῶ σε
ὑπεκφυγεῖν.
ΙΣΜΗΝΗ. Οἴμοι τάλαινα.
καὶ ἀμπλάκω τοῦ σοῦ μόρου;
ΑΝΤΙΓΟΝΗ. Σὺ μὲν γὰρ
εἵλου ζῆν,
ἐγὼ δὲ κατθανεῖν.
ΙΣΜΗΝΗ. Ἀλλὰ οὐκ
ἐπὶ λόγοις·
τοῖς ἐμοῖς ἀρρήτοις γε.
ΑΝΤΙΓΟΝΗ. Καλῶς
σὺ τοῖς μέν,
ἐγὼ τοῖσδε φρονεῖν ἐδόκουν.
ΙΣΜΗΝΗ. Καὶ μὴν
ἡ ἐξαμαρτία νῷν ἐστὶν ἴση.

ISMÈNE. Sœur,
ne me juge pas indigne cependant
de pouvoir et mourir avec toi
et honorer-par-les-rites-funèbres
le mort.
ANTIGONE. Que tu ne meures pas
en-commun-avec moi,
et ne fasses pas *apparlenir* à toi
les choses auxquelles tu n'as pas tou-
Je suffirai mourant   [ché.
moi (il suffira que je meure, moi).
ISMÈNE. Et quelle vie
sera chère à moi,
étant abandonnée de toi?
ANTIGONE. Demande à Créon;
car tu es pleine-de-soins pour celui-là.
ISMÈNE. Pourquoi
affliges-tu moi par ces choses,
n'*en* retirant-avantage aucun?
ANTIGONE. Si je ris un rire
contre toi
je ris certes souffrant.
ISMÈNE. Mais dans quelle chose donc
pourrais-je servir maintenant toi?
ANTIGONE. Sauve-toi toi-même.
Je n'envie pas toi
t'échapper (les moyens de salut).
ISMÈNE. Malheureuse que je suis
et je serais frustrée de ta mort?
ANTIGONE. C'est que toi d'un côté
tu as préféré vivre
moi de l'autre côté mourir.
ISMÈNE. Mais non pas
pour des paroles
miennes non-dites au moins.
ANTIGONE. Précisément
toi tu te semblais par celles-ci,
moi je me semblais par celles-là être
ISMÈNE. Et cependant [raisonnable.
le délit de nous est égal.

ΑΝΤΙΓΟΝΗ.

Θάρσει. Σὺ μὲν ζῇς· ἡ δ' ἐμὴ ψυχὴ πάλαι
τέθνηκεν, ὥστε τοῖς θανοῦσιν ὠφελεῖν.

ΚΡΕΩΝ.

Τὼ παῖδε φημὶ τώδε, τὴν μὲν ἀρτίως
ἄνουν πεφάνθαι, τὴν δ' ἀφ' οὗ τὰ πρῶτ' ἔφυ.

ΙΣΜΗΝΗ.

Οὐ γάρ ποτ', ὦ 'ναξ, οὐδ' ὃς ἂν βλαστῇ μένει   560
νοῦς τοῖς κακῶς πράσσουσιν, ἀλλ' ἐξίσταται.

ΚΡΕΩΝ.

Σοὶ γοῦν, ὅθ' εἵλου ξὺν κακοῖς πράσσειν κακά.

ΙΣΜΗΝΗ.

Τί γὰρ μόνῃ μοι τῆςδ' ἄτερ βιώσιμον;

ΚΡΕΩΝ.

Ἀλλ' « ἥδε » μέντοι μὴ λέγ'· οὐ γὰρ ἔστ' ἔτι.

ΙΣΜΗΝΗ.

Ἀλλὰ κτενεῖς [1] νυμφεῖα τοῦ σαυτοῦ τέκνου;   565

ΚΡΕΩΝ.

Ἀρώσιμοι γὰρ χἁτέρων εἰσὶν γύαι.

ΙΣΜΗΝΗ.

Οὐχ ὥς γ' ἐκείνῳ τῇδέ τ' ἦν ἡρμοσμένα.

ΚΡΕΩΝ.

Κακὰς ἐγὼ γυναῖκας [2] υἱάσιν στυγῶ.

ΙΣΜΗΝΗ.

Ὦ φίλταθ' Αἷμον, ὥς σ' ἀτιμάζει πατήρ.

ΚΡΕΩΝ.

Ἄγαν γε λυπεῖς, καὶ σὺ, καὶ τὸ σὸν λέχος.   570

ΙΣΜΗΝΗ.

[3] Ἦ γὰρ στερήσεις τῆςδε τὸν σαυτοῦ γόνον;

ANTIGONE. Rassure-toi, tu vis encore ; mais moi, depuis long-temps je suis morte à la vie, pour servir celui qui n'est plus.

CRÉON. Ces deux sœurs sont insensées, je n'en puis douter : l'une vient de le devenir, l'autre le fut toujours.

ISMÈNE. Prince, jamais la raison que la nature nous a donnée ne résiste à l'excès du malheur.

CRÉON. Certes tu n'avais pas la tienne, quand tu as voulu devenir complice d'un crime.

ISMÈNE. Seule et privée d'elle, comment pourrai-je supporter la vie?

CRÉON. Ne dis pas : elle, car elle n'existe plus.

ISMÈNE. Tu ferais donc mourir l'épouse destinée à ton fils?

CRÉON. Il peut trouver encore d'autres seins à féconder.

ISMÈNE. Et jamais des nœuds aussi bien assortis.

CRÉON. Je ne veux point pour mes fils de femmes perverses.

ISMÈNE. Cher Hémon, quel est pour toi le mépris de ton père!

CRÉON. C'est trop me fatiguer, toi et ton hymen.

ISMÈNE. Priveras-tu ton fils d'une telle épouse?

ΑΝΤΙΓΟΝΗ. Θάρσει.　ANTIGONE. Rassure-toi
Σὺ μὲν ζῆς · ἡ δὲ ἐμὴ ψυχὴ　Toi certes tu vis ; mais mon âme
τέθνηκε πάλαι　est morte depuis longtemps
ὥστε ὠφελεῖν τοῖς θανοῦσιν.　de manière à servir les morts
ΚΡΕΩΝ. Φημὶ　CRÉON. J'affirme
τώδε τὼ παῖδε　de ces-deux jeunes-filles
τὴν μὲν πεφάνθαι　l'une s'être montrée
ἄνουν ἀρτίως·　insensée tout-à-l'heure ,
τὴν δὲ ἀφ᾽ οὗ τὰ πρῶτα ἔφυ.　l'autre dès le premier-*moment où* elle
ΙΣΜΗΝΗ. Ὦ ἄναξ　ISMÈNE. O roi,　　　[est née.
οὐ γάρ ποτε νοῦς μένει　c'est que jamais la raison ne reste
τοῖς πράσσουσι κακῶς,　à ceux qui sont malheureux ,
οὐδὲ ὃς ἂν βλάστῃ,　pas même celle qui a germé naturelle-
ἀλλὰ ἐξίσταται.　mais elle s'altère.　　[ment
ΚΡΕΩΝ. Καὶ γοῦν,　CRÉON. *Elle s'altère, à toi* certes
ὅτε εἵλου　quand tu as entrepris
πράσσειν κακὰ　de faire de mauvaises choses
σὺν κακοῖς.　avec les mauvais.
ΙΣΜΗΝΗ. Τί γὰρ βιώσιμον　ISMÈNE. Mais quel agrément-de-vivre
μοὶ μόνῃ ἄτερ τῆσδε;　*reste-t-il* à moi seule sans celle-ci ?
ΚΡΕΩΝ. Ἀλλὰ μέντοι　CRÉON. Mais cependant
μὴ λέγε· ἥδε·　ne dis pas : celle-ci ,
οὐ γάρ ἐστιν ἔτι.　car elle n'est plus.
ΙΣΜΗΝΗ. Ἀλλὰ κτενεῖς　ISMÈNE. Eh quoi, tu tueras
νυμφεῖα τοῦ τέκνου σαυτοῦ;　la fiancée de l'enfant de toi-même ?
ΚΡΕΩΝ. Γύαι γὰρ　CRÉON. C'est que les champs
καὶ ἑτέρων　aussi des autres
εἰσὶν ἀρώσιμοι.　sont labourables.
ΙΣΜΗΝΗ. Οὐχ　ISMÈNE. Non pas
ἡρμοσμένα　convenablement (comme cela agréait
ὥς γε ἦν ἐκείνῳ τῇδέ τε.　comme *cela* était entre lui et celle-ci
ΚΡΕΩΝ. Ἐγὼ στυγῶ　CRÉON. Moi je déteste
γυναῖκας κακὰς υἱάσιν.　des femmes perverses pour *mes* fils.
ΙΣΜΗΝΗ. Ὦ Αἷμον φίλτατε,　ISMÈNE. O Hémon très-chéri,
ὡς πατὴρ ἀτιμάζει σε.　que ton père outrage toi.
ΚΡΕΩΝ. Λυπεῖς γε　CRÉON. Réellement tu fatigues
ἄγαν,　moi trop,
καὶ σὺ καὶ τὸ σὸν λέχος.　et toi et ton lit-nuptial.
ΙΣΜΗΝΗ. Ἦ γὰρ στερήσεις　ISMÈNE. Est-ce-que tu priveras
τὸν γόνον σαυτοῦ τῆσδε;　le fils de toi-même de celle-ci ?

ΚΡΕΩΝ.

Ἅδης ὁ παύσων τούςδε τοὺς γάμους ἔφυ.

ΙΣΜΗΝΗ.

Δεδογμέν᾽, ὡς ἔοικε, τήνδε κατθανεῖν.

ΚΡΕΩΝ.

Καὶ [1] σοί γε κἀμοί. Μὴ τριβὰς ἔτ᾽· ἀλλά νιν
κομίζετ᾽ εἴσω, δμῶες. Ἐκ δὲ τοῦδε χρὴ   575
γυναῖκας εἶναι τάςδε, μηδ᾽ ἀνειμένας.
Φεύγουσι γάρ τοι χοἰ θρασεῖς, ὅταν πέλας
ἤδη τὸν Ἅδην εἰσορῶσι τοῦ βίου.

ΧΟΡΟΣ.

(Στροφὴ α´.)

Εὐδαίμονες, οἷσι κακῶν
ἄγευστος αἰών. Οἷς γὰρ ἂν   580
σεισθῇ θεόθεν δόμος, ἄτας
οὐδὲν ἐλλείπει, γενεᾶς
ἐπὶ [2] πλῆθος ἕρπον·
ὅμοιον ὥςτε ποντίαις
οἴδμα δυςπνόοις ὅταν   585
Θρήσσῃσιν ἔρεβος ὕφαλον ἐπιδράμῃ πνοαῖς,
κυλίνδει βυσσόθεν κελαινὰν
θῖνα καὶ δυςάνεμον,
στόνῳ βρέμουσι δ᾽ ἀντιπλῆγες ἀκταί.

(Ἀντιστροφὴ α´.)

Ἀρχαῖα τὰ Λαβδακιδᾶν   590
οἴκων ὁρῶμαι πήματα

CRÉON. C'est Pluton qui devait briser ces nœuds.

ISMÈNE. Sa mort est donc arrêtée?

CRÉON. Tu l'as dit, et je l'ai résolu. Plus de retards; gardes, qu'on les emmène dans le palais : désormais elles doivent vivre comme des femmes, et ne plus errer en liberté. Car les audacieux eux-mêmes prennent la fuite, quand ils envisagent les approches de la mort.

LE CHŒUR. Heureux ceux qui n'ont jamais senti l'infortune! Car lorsque la main des dieux frappe une famille, les maux se succèdent sans cesse, et fondent sur toute sa postérité. Telle, quand les vents impétueux de la Thrace étendent sur les flots une obscurité profonde et bouleversent la mer, l'onde roule en bouillonnant un sable noir que les vents soulèvent du fond des abimes, et les vagues viennent battre à grand bruit les rivages qui retentissent.

Ainsi dans la famille des Labdacides, sur les antiques malheurs de

ΚΡΕΩΝ. Ἅδης ἔφυ
ὁ παύσων
τούςδε τοὺς γάμους.
ΙΣΜΗΝΗ. Δεδογμένα,
ὡς ἔοικε,
τήνδε κατθανεῖν.
ΚΡΕΩΝ. Καὶ σοί γε καὶ ἐμοί.
Μὴ τριβὰς ἔτι·
ἀλλὰ κομίζετέ νιν εἴσω,
ὁμῶες, χρὴ δὲ ἐκ τοῦδε
τάςδε εἶναι γυναῖκας,
μηδὲ ἀνειμένας.
Καὶ γάρ τοι οἱ θρασεῖς φεύγουσιν,
ὅταν εἰςορῶσι,
τὸν Ἅδην ἤδη πέλας τοῦ βίου.
ΧΟΡΟΣ. Εὐδαίμονες,
οἶσιν αἰὼν
ἄγευστος κακῶν.
Οἷς γὰρ δόμος
σεισθῇ ἂν
θεόθεν,
οὐδὲν ἄτας
ἐλλείπει, ἕρπον
ἐπὶ πλῆθος γενεᾶς.
ὁμοιον ὥστε οἴδμα,
ὅταν ἐπιδράμῃ
ἔρεβος ὕφαλον
πνοαῖς ποντίαις
δυσπνόοις
Θρήσσησι,
κυλίνδει θῖνα
κελαινὰν καὶ δυσάνεμον
βυσσόθεν·
ἀκταὶ δὲ
ἀντιπλῆγες
βρέμουσι στόνῳ.
　　　　(Ἀντιστροφή.)
Ὁρῶμαι
τὰ πήματα ἀρχαῖα
οἴκων Λαβδακιδᾶν

CREON. Pluton est
celui-qui-doit-mettre-un terme
à ces noces.
ISMÈNE. *Il a été* arrêté,
à ce qu'il paraît,
celle-ci *devoir* mourir.
CREON. Et par toi et par moi.
N'*y mettez* plus de retards;
mais emmenez-les dans l'intérieur.
ô esclaves; et il faut dès ce *moment*
celles-ci être femmes
et non pas en-liberté-de-sortir.
Car certes même les audacieux s'en-
quand ils voient　　　　[fuient,
la mort déjà proche de la vie.
CHOEUR. Heureux
ceux auxquels la vie
reste exempte de malheurs.
Car *à ceux* auxquels la maison
est ébranlée
par-un-dieu,
rien de funeste
ne reste-en-arrière s'avançant
vers la multitude de la postérité.
De même que la vague-gonflée
quand elle parcourt
la nuit au-fond-de-la-mer
poussée par les vents de-la-mer
très-violents
de-la-Thrace,
roule un sable
noir et agité-par-le-vent,
du fond;
et que les rivages
qui répercutent *les flots*
retentissent d'un bruit-gémissant
　　　　Antistrophe.
Je vois
les malheurs antiques
de la maison des Labdacides

φθιμένων ἐπὶ πήμασι πίπτοντ᾿·
οὐδ᾿ ἀπαλλάσσει γενεὰν
γένος, ἀλλ᾿ ἐρείπει
θεῶν τις, οὐδ᾿ ἔχει λύσιν.   595
Νῦν γὰρ ἐσχάτας ὑπὲρ
ῥίζας¹ ὃ τέτατο φάος ἐν Οἰδίπου δόμοις,
κατ᾿ αὖ νιν θεῶν φοινία τῶν
νερτέρων ἀμᾷ κόνις²,
λόγου τ᾿ ἄνοισ᾿, καὶ φρενῶν Ἐρινύς³.   600

(Στροφὴ β´.)

Τεὰν, Ζεῦ, δύνασιν τίς ἀνδρῶν
ὑπερβασία κατάσχοι⁴,
τὰν οὔθ᾿ ὕπνος αἱρεῖ ποθ᾿ ὁ παντογήρως,
οὔτ᾿ ἀκάμαντοι
θεῶν νιν μῆνες· ἀγήρῳ δὲ χρόνῳ⁵ δυνάστας   605
κατέχεις Ὀλύμπου
μαρμαρόεσσαν αἴγλαν.
Τό⁶ τ᾿ ἔπειτα, καὶ τὸ μέλλον,
καὶ τὸ πρὶν, ἐπαρκέσει
νόμος ὅδ᾿· οὐδὲν ἕρπει   610

ceux qui ne sont plus, je vois s'accumuler des malheurs nouveaux; ils se perpétuent d'âge en âge , et sous la main du dieu qui la frappe, elle ne trouve aucun relâche. Un instant l'espérance avait lui sur les derniers rejetons de la famille d'OEdipe ; et voici qu'une poussière sanglante jetée sur un cadavre, des paroles imprudentes et des transports furieux ont détruit cette espérance.

L'orgueil de l'homme, ô Jupiter, peut-il jamais triompher de ta puissance, toi qui braves le sommeil à qui rien ne résiste, et le temps qui entraîne tout dans son cours? A jamais exempt de vieillesse, tu règnes en souverain dans le palais éclatant de l'Olympe. Mais l'homme ne peut goûter un bonheur sans mélange. Le passé , le présent et

πίπτοντα	se précipitant
ἐπὶ πήμασι	à la suite des malheurs
φθιμένων.	de ceux-qui-sont-morts,
οὐδὲ γένος	et la génération
ἀπαλλάσσει γενεάν,	ne délivre (rachète) pas la génération
ἀλλά τις θεῶν	mais un des dieux
ἐρείπει,	s'acharne-à-sa-ruine
οὐδὲ ἔχει λύσιν.	et elle n'a pas de délivrance.
Νῦν γὰρ	Car maintenant,
φάος ὃ τέτατο	la lumière qui s'était répandue
ὑπὲρ ἐσχάτας ῥίζας,	sur l'extrémité de la racine
ἐν δόμοις Οἰδίπου,	dans la maison d'OEdipe,
αὖ κόνις	encore la poussière
φοινία	ensanglantée
τῶν θεῶν νερτέρων	des dieux des enfers
καταμᾷ νιν,	moissonne elle ;
ἄνοιά τε λόγου	et l'imprudence de langage,
καὶ Ἐρινὺς φρενῶν.	et la furie vengeresse du cœur.
(Στροφὴ β'.)	Strophe II.
Ζεῦ,	O Jupiter,
τίς ὑπερβασία	quel orgueil
ἀνδρῶν	des hommes
κατάσχοι	pourrait arrêter
τεὰν δύνασιν	ta puissance,
τὰν αἱρεῖ ποτὲ	que ne vainc jamais
οὔτε ὕπνος	ni le sommeil
ὁ παντογήρως,	qui-vieillit-tout,
οὐδὲ μῆνες	ni les mois
ἀκάμαντοι θεῶν νιν·	infatigables des dieux *vainquent* lui
κατέχεις δὲ	mais tu gouvernes
αἴγλαν μαρμαρόεσσαν	l'éclat rayonnant
Ὀλύμπου	de l'Olympe
δυνάστας	*en* souverain
ἀγήρως χρόνῳ	non-vieilli par le temps.
Ὅδε νόμος	Cette loi-ci
ἐπαρκέσει	sera-d'un-grand-secours
τό τε ἔπειτα	et immédiatement
καὶ τὸ μέλλον	et à l'avenir
καὶ τὸ πρίν·	et (comme) par le passé :
οὐδὲν ἕρπει	rien ne s'avance

Θνατῶν βιότῳ πάμπολύ γ' ἐκτὸς ἄτας

(Ἀντιστροφὴ β'.)

Ἁ γὰρ δὴ πολύπλαγκτος ἐλπὶς

πολλ ἷς μὲν ὄνασις ἀνδρῶν,

πολλοῖς δ' ἀπάτα κουφονόων ἐρώτων·

εἰδότι δ' οὐδὲν   615

ἔρπει, πρὶν πυρὶ θερμῷ πόδα τις προςαύσῃ [1].

Σοφίᾳ γὰρ ἔκ του

κλεινὸν ἔπος πέφανται,

τὸ κακὸν δοκεῖν ποτ' ἐσθλὸν

τῷδ' ἔμμεν, ὅτῳ φρένας   620

θεὸς ἄγει πρὸς ἄταν·

πράσσει δ' ὀλιγοστὸν χρόνον ἐκτὸς ἄτας.

Ὅδε μὴν Αἵμων, παίδων τῶν σῶν

νέατον γέννημ'· ἆρ' ἀχνύμενος

τῆς μελλογάμου [2]   625

τάλιδος ἥκει μόρον Ἀντιγόνης,

ἀπάτας λεχέων ὑπεραλγῶν;

ΚΡΕΩΝ.

Τάχ' εἰσόμεσθα μάντεων ὑπέρτερον.

l'avenir sont soumis à cette loi immuable. Souvent l'espérance in-
constante comble les vœux des mortels; souvent elle trompe leurs
imprudents désirs. Elle se glisse secrètement dans leurs cœurs au
moment où leur pied touche an bord de l'abîme. C'est une célèbre
maxime d'un sage que le mal se présente sous l'apparence du bien à
celui qu'un dieu pousse à sa perte, et que ses jours ne sont pas longtemps exempts de peines. Mais j'aperçois Hémon, le plus jeune de tes
enfants, qui, affligé sans doute du sort d'Antigone, s'approche en
gémissant sur son hymen déçu.

CRÉON. Nous le saurons bientôt mieux que les devins. Mon fils,

πάμπολύ γε   bien-loin au moins

ἐκτὸς ἄτας   en dehors du malheur

βιότῳ ὑνάτων   dans la vie des mortels.

(Ἀντιστροφὴ β')   *Antistrophe II.*

Ἁ γὰρ δὴ ἐλπὶς   Car assurément l'espérance

πολύπλαγκτος   à-la-course-errante

ὄνασις μὲν   *est un avantage*

πολλοῖς μὲν ἀνδρῶν   en vérité pour beaucoup d'hommes,

πολλοῖς δὲ   mais pour beaucoup *d'autres*

ἀπάτα   le désappointement

ἐρώτων κουφονόων.   de *leurs* désirs volages

Ἕρπει δὲ   Mais elle s'avance

εἰδότι οὐδὲν   vers *celui* qui-ne *le* sait en rien

πρίν τις προςαύσῃ   avant qu'on ait brûlé-tout-près

πυρὶ θερμῷ   du feu chaud

πόδα.   son pied.

Ἔπος γὰρ κλεινὸν   Car une parole célèbre

πέφανται   a été proférée

ἐκ του   par quelqu'un

σοφίᾳ·   avec sagesse :

τὸ κακὸν δοκεῖν ποτε   le mal sembler un-jour

ἔμμεν ἐσθλὸν τῷδε,   être le bien, à celui

ὅτῳ θεὸς   auquel le dieu

ἄγει φρένας πρὸς ἄταν   pousse les sens au crime.

Πράσσει δὲ   Puis il vit (passe)

χρόνον ὀλιγοστὲν   un temps minime

ἐκτός ἄτας.   en dehors du malheur.

Ὅδε μὴν Αἵμων,   Mais voici Hémon ;

νέατον γέννημα   le dernier rejeton

παίδων τῶν σῶν·   des enfants tiens ;

ἆρα ἥκει   *n'est-il pas* venu

ἀχνύμενος μόραν   s'affligeant du sort

τάλιδος,   de la jeune-fiancée,

τῆς μελλογάμου   qui-allait-être-mariée,

Ἀντιγόνης,   d'Antigone ,

ὑπεραλγῶν   vivement-ressentant

ἀπάτας λεχέων ;   le désappointement du lit-nuptial ?

ΚΡΕΩΝ. Τάχα   CRÉON. Tout-à-l'heure

εἰσόμεσθα   nous *en* saurons

ὑπέρτερον μάντεων.   plus long que les devins.

Ὦ παῖ, τελείαν ψῆφον ἆρα μὴ κλύων
τῆς μελλονύμφου, πατρὶ λυσσαίνων πάρει;   630
ἢ σοὶ μὲν ἡμεῖς πανταχῇ ὁρῶντες φίλοι;

ΑΙΜΩΝ.

Πάτερ, σός εἰμι· καὶ σύ μοι γνώμας ἔχων
χρηστὰς ἀπορθοῖς, αἷς ἔγωγ’ ἐφέψομαι.
Ἐμοὶ γὰρ οὐδεὶς ἀξίως ἔσται γάμος
μείζων φέρεσθαι σοῦ καλῶς ἡγουμένου.   635

ΚΡΕΩΝ.

Οὕτω γὰρ, ὦ παῖ, χρὴ διὰ στέρνων ἔχειν,
γνώμης πατρῴας πάντ’ ὄπισθεν ἑστάναι.
Τούτου γὰρ οὕνεχ’ ἄνδρες εὔχονται γονὰς
κατηκόους φύσαντες ἐν δόμοις ἔχειν,
ὡς καὶ τὸν ἐχθρὸν ἀνταμύνωνται κακοῖς,   640
καὶ τὸν φίλον τιμῶσιν ἐξ ἴσου πατρί.
Ὅστις δ’ ἀνωφέλητα φιτύει τέκνα,
τί τόνδ’ ἂν εἴποις ἄλλο πλὴν αὑτῷ πόνους
φῦσαι, πολὺν δὲ τοῖσιν ἐχθροῖσιν γέλων;
Μή νύν ποτ’, ὦ παῖ, τὰς φρένας γ’ ὑφ’ ἡδονῆς,   645

instruit de l'arrêt irrévocable porté contre celle qui devait être ton épouse, viens-tu faire éclater ta fureur contre un père? ou, quels que soient mes décrets, te suis-je toujours cher?

HÉMON. Mon père, je suis soumis à tes lois : ce sont tes sages avis qui me dirigent, et je suis prêt à les suivre. Il n'est point d'hymen que je doive préférer à tes justes volontés.

CRÉON. Oui, mon fils, sacrifier tout aux volontés d'un père, voilà des sentiments qu'il faut toujours porter dans ton cœur. Car les hommes ne désirent élever dans leurs maisons des enfants dociles que pour les voir partager leur haine pour leurs ennemis, et honorer leurs amis, ainsi qu'ils les honorent eux-mêmes. Mais quiconque a donné le jour à des enfants pervers, qu'a-t-il fait qu'engendrer des tourments pour lui-même et des sujets de joie pour ses ennemis? Que jamais, ô mon fils, l'attrait du plaisir et l'amour d'une femme n'égarent

Ὦ παῖ.	O enfant,
ἆρα μὴ πάρει	tu n'es pas ici (j'espère)
λυσσαίνων πατρὶ	transporté-de-rage contre *ton* père
κλύων ψῆφον τελείαν	en apprenant l'arrêt définitif
τῆς μελλονύμφου;	*porté* contre *ta* future-épouse ?
ἢ ἡμεῖς φίλοι	ou *serons*-nous chers
σοὶ μὲν	à toi au moins,
δρῶντες πανταχῇ;	agissant de-toutes-les-manières ?
ΑΙΜΩΝ. Πάτερ, εἰμὶ σός·	HÉMON. *Mon* père, je suis tien ;
καὶ σὺ ἀπορθοῖς μοι	tu diriges *mes affaires* à moi
ἔχων γνώμας χρηστὰς,	ayant des conseils bons,
αἷς ἐφέψομαι ἔγωγε.	que je suivrai moi.
Οὐδεὶς γὰρ γάμος ἀξίως	Car aucun mariage comme-de-raison
ἔσται μείζων ἐμοὶ	ne sera plus important pour moi
φέρεσθαι	à remporter
σοῦ ἡγουμένου καλῶς.	que toi *me* gouvernant bien.
ΚΡΕΩΝ. Ὦ παῖ,	CRÉON. O *mon* fils,
οὕτω γὰρ χρὴ	c'est ainsi qu'il faut
ἔχειν διὰ στέρνων	avoir dans le cœur (sentir)
πάντα ἑστάναι ὄπισθεν	toutes choses se tenir derrière
γνώμης πατρῴας.	la volonté paternelle.
Οὕνεκα γὰρ τούτου	Car à cause de cela
ἄνδρες εὔχονται	les hommes désirent
ἔχειν γονὰς κατηκόους	avoir des enfants soumis
ἐν δόμοις,	dans *leurs* maisons,
φύσαντες·	*les* ayant engendrés
ὡς καὶ ἀνταμύνωνται	et afin qu'ils *se* vengent
τὸν ἐχθρὸν κακοῖς,	de l'ennemi par les maux *qu'ils lui*
καὶ τιμῶσι τὸν φίλον	et qu'ils honorent l'ami [*font*
ἐξ ἴσου πατρί.	d'égalité avec le père.
Ὅστις δὲ φιτύει	Mais quiconque engendre
τέκνα ἀνωφέλητα	des enfants sans-utilité *pour lui*
τί ἄλλο εἴποις ἂν	quelle autre chose diras-tu
τόνδε φῦσαι	celui-ci avoir engendrée
πλὴν πόνους αὑτῷ,	que des tourments pour lui-même,
πολὺν δὲ γέλων	et un grand rire (sujet de moquerie)
τοῖσιν ἐχθροῖσιν;	pour *ses* ennemis ?
Ὦ παῖ,	O *mon* fils,
μὴ νύν ποτε ἐκβάλῃς	que jamais donc tu ne bannisses
τὰς φρένας γε ὑπὸ ἡδονῆς,	la raison, *entraîné* par la volupté,

γυναικὸς οὕνεκ', ἐκϐάλῃς, εἰδὼς ὅτι
ψυχρὸν παραγκάλισμα τοῦτο γίγνεται.
γυνὴ κακὴ ξύνευνος ἐν δόμοις. Τί γὰρ
γένοιτ' ἂν ἕλκος μεῖζον ἢ φίλος κακός;
Ἀλλὰ, πτύσας ὡσείτε δυσμενῆ, μέθες   65ο
τὴν παῖδ' ἐν Ἅδου τήνδε νυμφεύειν τινι.
Ἐπεὶ γὰρ αὐτὴν εἷλον ἐμφανῶς ἐγὼ
πόλεως ἀπιστήσασαν ἐκ πάσης μόνην,
ψευδῆ γ' ἐμαυτὸν οὐ καταστήσω πόλει,
ἀλλὰ κτενῶ. Πρὸς ταῦτ' ἐφυμνείτω Δία   655
ξύναιμον. Εἰ γὰρ δὴ τά γ' ἐγγενῆ φύσει [1]
ἄκοσμα θρέψω, κάρτα τοὺς ἔξω γένους.
Ἐν τοῖς γὰρ οἰκείοισιν ὅςτις ἔστ' ἀνὴρ
χρηστὸς, φανεῖται κἀν πόλει δίκαιος ὤν.
Καὶ τοῦτον ἂν τὸν ἄνδρα θαρσοίην ἐγὼ   660
καλῶς μὲν ἄρχειν, εὖ δ' ἂν ἄρχεσθαι θέλειν·
δορός τ' ἂν ἐν χειμῶνι προςτεταγμένον
μένειν δίκαιον κἀγαθὸν παραστάτην.
Ὅςτις δ' ὑπερϐὰς ἢ νόμους βιάζεται,

ta raison; et souviens-toi qu'une méchante femme pour épouse est
une triste possession. Et quel fléau plus grand qu'un indigne ami?
Bannis donc de ton cœur cette femme comme une ennemie cruelle;
et laisse-la chercher aux enfers un autre époux. Car, puisque je l'ai
convaincue d'avoir ouvertement, seule entre les Thébains, désobéi
à mes ordres, je ne me démentirai point aux yeux des citoyens : elle
mourra. Qu'elle invoque à loisir Jupiter, le protecteur des droits du
sang. Si je nourris la rébellion dans mes proches, que sera-ce des
étrangers? Quiconque sait bien gouverner sa famille, saura aussi
gouverner l'État avec justice. Un tel homme, je ne crains pas de le
dire, saura bien commander, et saura aussi bien obéir; dans les
orages de la guerre, il restera à son poste et sera pour ses alliés un
défenseur fidèle et courageux. Mais celui dont l'orgueil enfreint les

οὔνεκα γυναικὸς,
εἰδὼς ὅτι τοῦτο γίγνεται
παραγκάλισμα ψυχρὸν,
κακὴ γυνὴ
ξύνευνος ἐν δόμοις.
Τί γὰρ ἕλκος
μεῖζον ἂν γένοιτο,
ἢ κακὸς φίλος;
Ἀλλὰ μέθες τὴν παῖδα τήνδε
νυμφεύειν τινὶ ἐν Ἅδῃ
πτύσας ὡσείτε δυσμενῆ.
Ἐπεὶ γὰρ ἐγὼ εἷλον
αὐτὴν μόνην ἐκ πάσης πόλεως
ἀπιστήσασαν ἐμφανῶς,
οὔ γε καταστήσω ἐμαυτὸν
ψευδῆ πόλει,
ἀλλὰ κτενῶ.
Πρὸς ταῦτα ἐφυμνείτω
Δία ξύναιμον.
Εἰ γὰρ δὴ θρέψω
τά γε ἐγγενῆ
φύσει ἄκοσμα,
κάρτα
τοὺς ἔξω γένους·
ὅστις γάρ ἐστι ἀνὴρ
χρηστὸς
ἐν τοῖς οἰκείοισιν,
φανεῖται ὢν δίκαιος
καὶ ἐν πόλει.
Καὶ ἐγὼ θαρσοίην ἂν
τοῦτον τὸν ἄνδρα
ἄρχειν μὲν καλῶς,
θέλειν δὲ ἂν
ἄρχεσθαι εὖ,
μένειν τε ἂν παραστάτην
δίκαιον καὶ ἀγαθὸν
προςτεταγμένον
ἐν χειμῶνι δορός.
Ὅστις δὲ ὑπερβὰς
ἢ βιάζεταί νόμους.

à cause d'une femme,
sachant, que ceci est
un objet-de-caresses qui-glace,
qu'une mauvaise femme
qui-partage-notre-lit dans la maison.
Car quelle plaie
plus grande y-aurait-il,
qu'un mauvais ami ?
Laisse donc cette jeune-personne
épouser quelqu'un aux enfers
l'ayant repoussée comme une enne-
Car, puisque moi j'ai surpris [mie.
elle seule de toute la ville
désobéissant ouvertement,
au moins je ne montrerai pas moi
menteur à la ville,
mais je la tuerai.
Sur cela qu'elle implore
Jupiter protecteur-des-droits-du-sang
Car assurément si j'élève
ceux-qui-sont-mes-parents
par la naissance dans-la-désobéissance
à-plus-forte raison
ceux hors de ma famille :
car, quiconque est un homme
vigoureux
dans les choses domestiques,
se montrera étant juste
aussi dans les choses de la ville.
Et moi j'aurais-pleine-confiance,
cet homme
devoir gouverner bien d'un côté,
et de l'autre vouloir
être gouverné volontiers
et rester probablement un camarade
juste et bon
rangé-à-son-poste
dans la tourmente de la bataille.
Mais quiconque en passant outre
ou viole les lois .

ἢ τοὐπιτάσσειν τοῖς κρατοῦσιν ἐννοεῖ,   665
οὐκ ἔστ' ἐπαίνου τοῦτον ἐξ ἐμοῦ τυχεῖν.
Ἀλλ' ὃν πόλις στήσειε, τοῦδε χρὴ κλύειν,
καὶ σμικρὰ, καὶ δίκαια, καὶ τἀναντία[1].
Ἀναρχίας δὲ μεῖζον οὐκ ἔστιν κακόν.
Αὕτη πόλεις ὄλλυσιν· ἥδ' ἀναστάτους   670
οἴκους τίθησιν· ἥδε σὺν μάχῃ δορὸς[2]
τροπὰς καταῤῥήγνυσι· τῶν δ' ὀρθουμένων
σώζει τὰ πολλὰ σώμαθ' ἡ πειθαρχία..
Οὕτως ἀμυντέ' ἐστὶ τοῖς κοσμουμένοις,
κοὔ τοι γυναικὸς οὐδαμῶς ἡσσητέα.   675
Κρεῖσσον γὰρ, εἴπερ δεῖ, πρὸς ἀνδρὸς ἐκπεσεῖν·
κοὐκ ἂν γυναικῶν ἥσσονες καλοίμεθ' ἄν.

ΧΟΡΟΣ.
Ἡμῖν μὲν, εἰ μὴ[3] τῷ χρόνῳ κεκλέμμεθα,
λέγειν φρονούντως ὧν λέγεις δοκεῖς πέρι.

ΑΙΜΩΝ.
Πάτερ, θεοὶ φύουσιν ἀνθρώποις φρένας   680
πάντων, ὅσ' ἐστὶ, χρημάτων ὑπέρτατον.
Ἐγὼ δ' ὅπως σὺ μὴ λέγεις ὀρθῶς τάδε,

lois, ou qui prétend commander à ceux qui gouvernent, jamais je ne lui donnerai d'éloges. Celui que l'État a reconnu pour maître, dans les grandes comme dans les petites choses, quoi qu'il ordonne, il faut lui obéir. L'anarchie est le plus grand des maux. C'est elle qui renverse les villes, qui détruit les familles, qui dans les combats répand parmi les guerriers le désordre et la fuite. Mais l'obéissance est la sûreté des hommes sages. Sachons donc maintenir l'ordre dans l'État, et ne souffrons pas qu'une femme nous commande. Il vaut mieux, s'il le faut, céder à un homme, et qu'on ne dise pas que des femmes ont pu nous vaincre.

LE CHOEUR. Pour nous, si l'âge n'a point affaibli notre jugement, rien ne nous paraît plus sage que ce discours.

HÉMON. Mon père, les dieux ont donné aux hommes la raison, le plus précieux de tous les biens. Elle vient de parler par ta bouche, je

ἢ ἐννοεῖ τὸ ἐπιτάσσειν	on pense commander
τοῖς κρατοῦσιν,	à ceux qui gouvernent,
οὐκ ἔστι τούτον τυχεῖν	il n'y a pas de chance pour celui-ci
ἐπαίνου ἐξ ἐμοῦ.	des éloges de moi. [d'obtenir
Ἀλλὰ χρὴ κλύειν τοῦδε,	Mais il faut écouter celui,
ὃν πόλις στήσειε	que la ville aurait élevé au trône
καὶ σμικρὰ	et dans les petites choses,
καὶ δίκαια	et dans les choses justes,
καὶ τὰ ἐναντία.	et dans les choses opposées.
Οὐδέ ἐστι κακὸν	Et il n'est pas de mal
μεῖζον ἀναρχίας.	plus grand que l'anarchie.
Αὕτη ὄλλυσι πόλεις·	Celle-ci perd les villes;
ἥδε τίθησι οἴκους ἀναστάτους·	elle rend les maisons désertes,
ἥδε καταρρήγνυσι	elle en-rompant-les-rangs-cause
τροπὰς	les désertions
σὺν μάχῃ δορός·	dans la lutte de la lance.
ἡ δὲ πειθαρχία σώζει	Mais l'obéissance sauve
τὰ πολλὰ σώματα	la plupart des corps
τῶν ὀρθουμένων.	des hommes réglés.
Οὕτως ἐστὶν ἀμυντέα	C'est ainsi qu'il faut défendre
τοῖς κοσμουμένοις,	les choses bien-ordonnées,
καὶ οὔ τοι ἡσσητέα	et il ne faut se laisser-vaincre
οὐδαμῶς γυναικός.	nullement d'une femme.
Κρεῖσσον γὰρ,	Car mieux vaut,
εἴπερ δεῖ,	s'il faut,
ἐκπεσεῖν πρὸς ἀνδρός·	tomber du trône par un homme,
καὶ οὐκ ἂν καλοίμεθα ἂν	et probablement nous ne serions pas
ἥσσονες γυναικῶν.	plus-faibles que des femmes. [appelés
ΧΟΡΟΣ. Εἰ μὴ	LE CHOEUR. Si nous
κεκλέμμεθα	ne nous trompons pas
τῷ χρόνῳ,	à cause de notre âge,
δοκεῖς ἡμῖν μὲν	tu parais à nous au moins
λέγειν φρονούντως,	dire raisonnablement
περὶ ὧν λέγεις.	les choses sur lesquelles tu parles
ΑΙΜΩΝ. Πάτερ,	HÉMON. Mon père,
θεοὶ φύουσιν ἀνθρώποις	les dieux implantent aux hommes
φρένας ὑπέρτατον	la raison comme étant la plus-sublime
πάντων χρημάτων, ὅσα ἐστίν.	de toutes les choses qui existent.
Ἐγὼ δὲ οὔτε ἂν δυναίμην λέγειν	Or moi je ne pourrais dire
μήτε ἐπισταίμην,	ni ne voudrais savoir (dire),

οὔτ' ἂν δυναίμην, μήτ' ἐπισταίμην λέγειν·
γένοιτο μέντ' ἂν χἀτέρῳ καλῶς ἔχον.
Σοῦ δ' οὖν πέφυκα πάντα προσκοπεῖν, ὅσα   685
λέγει τις, ἢ πράσσει τις, ἢ ψέγειν ἔχει.
Τὸ γὰρ σὸν ὄμμα δεινὸν ἀνδρὶ δημότῃ,
λόγοις¹ τοιούτοις, οἷς σὺ μὴ τέρψει κλύων·
ἐμοὶ δ' ἀκούειν ἔσθ' ὑπὸ σκότου τάδε,
τὴν παῖδα ταύτην οἷ' ὀδύρεται πόλις,   690
πασῶν γυναικῶν ὡς ἀναξιωτάτη
κάκιστ' ἀπ' ἔργων εὐκλεεστάτων φθίνει·
ἥτις τὸν αὑτῆς αὐτάδελφον ἐν φοναῖς
πεπτῶτ' ἄθαπτον, μήθ' ὑπ' ὠμηστῶν κυνῶν
εἴασ' ὀλέσθαι, μήθ' ὑπ' οἰωνῶν τινος.   695
Οὐχ ἥδε χρυσῆς ἀξία τιμῆς λαχεῖν;
Τοιάδ' ἐρεμνὴ σῖγ' ἐπέρχεται φάτις.
Ἐμοὶ δὲ, σοῦ πράσσοντος εὐτυχῶς, πάτερ,
οὐκ ἔστιν οὐδὲν κτῆμα τιμιώτερον.
Τί γὰρ πατρὸς θάλλοντος εὐκλείας τέκνοις   700

ne puis, je ne saurais le nier. Mais d'autres aussi peuvent parler avec sagesse. Mon devoir est d'observer les actions, les paroles, les reproches dont tu peux être l'objet. Effrayé par ta présence, le citoyen tait les discours qui blesseraient tes oreilles : tandis que moi, je puis recueillir leurs secrets entretiens, entendre combien Thèbes gémit sur le sort de cette jeune fille. Quoi ! la femme la plus innocente, pour l'action la plus belle, va périr de la mort la plus horrible, elle qui n'a point souffert que son frère tué dans les combats restât sans sépulture, et devînt la proie des chiens dévorants et des vautours? Ne mérite-t-elle pas les honneurs les plus éclatants? Voilà les propos secrets qui circulent dans la ville. Pour moi, mon père, ta prospérité est mon bien le plus précieux. Et quel plus bel ornement pour un fils

ὅπως; σὺ λέγεις τάδε	que tu dis ces choses
μὴ ὀρθῶς.	point convenablement.
Γένοιτο μέντοι ἂν	Cependant il pourrait être
ἔγον καλῶς, καὶ ἑτέρῳ	un avis, qui-est bien, à un autre aussi.
Πέφυκα δὲ οὖν	Je suis donc fait
προσκοπεῖν σου πάντα,	pour épier pour toi toutes choses
ὅσα τις λέγει, ἤ τις πράσσει,	que l'on puisse dire ou l'on puisse faire
ἤ ἔχει ψέγειν.	où puisse avoir à blâmer.
Τὸ γὰρ σὸν ὄμμα	Car ton regard
δεινὸν ἀνδρὶ δημότῃ	est redoutable à l'homme du-peuple,
λόγοις τοιούτοις	voulant-tenir des discours tels,
οἷς σὺ μὴ τέρψει	dont tu ne serais pas délecté
κλύων.	en les entendant.
Ἔστι δὲ ἐμοὶ	Mais il est facile à moi
ἀκούειν τάδε	d'entendre ces choses
ὑπὸ σκότου	dans les ténèbres (secrètement)
οἷα πόλις ὀδύρεται	comme la ville pleure
ταύτην τὴν παῖδα,	cette jeune-fille,
ὡς φθίνει	disant qu'elle périt
κάκιστα	de-la-manière-la-plus-horrible,
ἀπὸ ἔργων εὐκλεεστάτων,	pour les actions les plus glorieuses;
ἀναξιωτάτη πασῶν γυναικῶν,	la plus innocente de toutes les femmes,
ἥτις μήτε εἴασε	laquelle ne souffrit pas
τὸν αὐτάδελφον αὑτῆς,	le frère-germain d'elle-même
πεπτῶτα ἐν φοναῖς	étant tombé dans les combats
ἄθαπτον,	privé-de-sépulture,
ὀλέσθαι μή τε ὑπὸ κυνῶν	être-maltraité ni par des chiens
ὠμηστῶν,	dévorant-des-chairs-crues,
μήτε ὑπό τινος οἰωνῶν·	ni par quelqu'un des oiseaux :
ἥδε οὐκ ἀξία	celle-ci n'est-elle pas digne
λαχεῖν τιμῆς χρυσῆς;	de recevoir une récompense d'or ?
Τοιάδε φάτις ἐρεμνὴ	Telle la rumeur obscure
ἐπέρχεται	marche-en-envahissant (se répand)
σῖγα·	silencieusement ;
οὐκ ἐστὶ δὲ ἐμοὶ, πάτερ,	mais il n'est à moi, mon père,
οὐδὲν κτῆμα τιμιώτερον	aucun bien plus précieux
σοῦ πράσσοντος εὐτυχῶς·	que toi te-trouvant heureux.
τί γὰρ ἄγαλμα	Car quelle image
μεῖζον εὐκλείας	plus grande de gloire
τέκνοις	y-a-t-il pour les enfants

ἄγαλμα μεῖζον, ἢ τί πρὸς παίδων πατρί[1];
Μὴ νῦν ἓν ἦθος μοῦνον ἐν σαυτῷ φόρει,
ὡς φὴς σὺ, κοὐδὲν ἄλλο, τοῦτ' ὀρθῶς ἔχειν[2].
Ὅςτις γὰρ αὐτὸς ἢ φρονεῖν μόνος δοκεῖ,
ἢ γλῶσσαν, ἣν οὐκ ἄλλος, ἢ ψυχὴν ἔχειν,   705
οὗτοι διαπτυχθέντες ὤφθησαν κενοί[3].
Ἀλλ' ἄνδρα, κἥν τις ᾖ σοφὸς, τὸ μανθάνειν·
πόλλ' αἰσχρὸν οὐδὲν, καὶ τὸ μὴ τείνειν ἄγαν.
Ὁρᾷς; παρὰ ῥείθροισι χειμάρροις ὅσα
δένδρων ὑπείκει, κλῶνας ὡς ἐκσῴζεται·   710
τὰ δ' ἀντιτείνοντ' αὐτόπρεμν' ἀπόλλυται.
Αὕτως δὲ ναὸς ὅςτις ἐγκρατὴς πόδα[4]
τείνας, ὑπείκει μηδὲν, ὑπτίοις, κάτω
στρέψας, τὸ λοιπὸν σέλμασιν ναυτίλλεται.
Ἀλλ'[5] εἶκε θυμοῦ καὶ μετάστασιν δίδου.   715
Γνώμῃ γὰρ εἴ τις κἀπ' ἐμοῦ νεωτέρου·
πρόςεστι, φήμ' ἔγωγε πρεσβεύειν πολὺ
φῦναι τὸν ἄνδρα πάντ' ἐπιστήμης πλέων·

que la gloire de son père, et pour un père que celle de ses enfants?
Ne te persuade donc pas que la sagesse règne dans tes seuls discours,
et non dans ceux des autres. Car ceux qui croient avoir seuls en partage la sagesse, l'éloquence et la raison, mis à découvert, ne possè-
dent plus rien. Mais le sage lui-même ne rougit jamais d'apprendre, et
de ne point se roidir contre les conseils. Vois sur le bord des torrents
grossis par les orages les arbres qui cèdent conserver leurs branches,
tandis que ceux qui résistent sont déracinés. De même, celui qui s'obs-
tine à tendre la voile malgré l'orage est bientôt réduit à naviguer sur
les débris de son vaisseau renversé. Calme donc ta colère et révoque ton
arrêt. Car si, malgré ma jeunesse, j'ai quelque prudence, le premier
des mortels, à mes yeux, est celui qui possède toutes les lumières

πατρὸς θάλλοντος,	qu'un père florissant.
ἢ τί πατρὶ	ou quelle pour le père
πρὸς παίδων;	plus grande que celle qu'il tire de ses
Μή νυν φόρει	Ne porte (n'adopte) donc pas [enfants
ἐν σαυτῷ ἓν μοῦνον ἦθος,	en-toi-même un seul mode-de-sentir
ἔχειν ὀρθῶς, τοῦτο	celui de croire être bien ce qui est
ὡς φὴς σὺ	comme tu dis, toi,
καὶ οὐδὲν ἄλλα.	et pas autre chose.
Ὅστις γὰρ δοκεῖ αὐτὸς	Car quiconque croit lui-même
ἢ φρονεῖν μόνος,	ou être-raisonnable seul,
ἢ ἔχειν γλῶσσαν ἢ ψυχὴν,	ou posséder une langue, ou une âme,
ἣν οὐκ ἄλλος,	qu'aucun autre ne possède,
οὗτοι ὤφθησαν κενοὶ	ceux-là ont-été-vus vides
διαπτυχθέντες.	étant dépliés.
Ἀλλὰ οὐδὲν αἰσχρὸν	Mais il n'est nullement honteux
ἄνδρα, καὶ ἢν ᾖ τις σοφός,	un homme, même s'il est habile,
τὸ μανθάνειν πολλὰ	apprendre de nombreuses choses,
καὶ τὸ μὴ τείνειν ἄγαν.	et ne pas se roidir trop.
Ὁρᾷς παρὰ ῥείθροισι	Tu vois près des torrents
χειμάρροις	grossis-par-les-pluies-d'hiver
ὡς, ὅσα δένδρων ὑπείκει	que, tous ceux des arbres qui cèdent
ἐκσώζεται κλῶνας·	conservent leurs branches,
τὰ δὲ ἀντιτείνοντα	mais ceux qui-tendent-contre
ἀπόλλυται αὐτόπρεμνα.	périssent avec-la-racine.
Αὔτως δὲ ὅστις	De même quiconque
ὑπείκει μηδὲν,	ne cède en-aucune-façon
τείνας πόδα ναὸς	ayant tendu le pied du vaisseau (la
ἐγκρατὴς	avec-violence, [bouline]
ναυτίλλεται τὸ λοιπὸν	navigue dorénavant
σέλμασιν ὑπτίοις	sur des bancs renversés
στρέψας κάτω.	les ayant retournés en bas.
Ἀλλὰ εἶκε θυμοῦ	Mais quitte ta colère
καὶ δίδου μετάστασιν.	et accorde un changement d'idée.
Εἰ γὰρ τις γνώμη	Car si quelque esprit
πρόσεστι καὶ ἐπὶ ἐμοῦ	se-trouve aussi dans moi,
νεωτέρου,	qui suis le plus jeune,
φημὶ ἔγωγε,	je dis moi,
πρεσβεύειν πολὺ	valoir-mieux beaucoup,
τὸν πάντα ἄνδρα φῦναι	tout homme naître
πλέων ἐπιστήμης.	étant rempli de science.

εἰ[1] δ' οὖν (φιλεῖ γὰρ τοῦτο μὴ ταύτῃ ῥέπειν),
καὶ τῶν λεγόντων εὖ καλὸν τὸ μανθάνειν.   720

ΧΟΡΟΣ.

Ἄναξ, σέ τ' εἰκὸς, εἴ τι καίριον λέγει,
μαθεῖν, σέ τ' αὖ τοῦδ'· εὖ γὰρ εἴρηται διπλᾶ.

ΚΡΕΩΝ.

Οἱ τηλικοίδε καὶ διδαξόμεσθα δὴ
φρονεῖν πρὸς ἀνδρὸς τηλικοῦδε τὴν φύσιν;

ΑΙΜΩΝ.

Μηδὲν τὸ μὴ δίκαιον· εἰ δ' ἐγὼ νέος,   725
οὐ τὸν χρόνον χρὴ μᾶλλον ἢ τἄργα σκοπεῖν.

ΚΡΕΩΝ.

Ἔργον γάρ ἐστι τοὺς ἀκοσμοῦντας σέβειν;

ΑΙΜΩΝ.

Οὐδ' ἂν κελεύσαιμ' εὐσεβεῖν ἐς τοὺς κακούς.

ΚΡΕΩΝ.

Οὐχ ἥδε γὰρ τοιᾷδ' ἐπείληπται νόσῳ;

ΑΙΜΩΝ.

Οὔ φησι Θήβης τῆςδ' ὁμόπτολις λεώς.   730

ΚΡΕΩΝ.

Πόλις γὰρ ἡμῖν ἁμὲ χρὴ τάσσειν ἐρεῖ;

ΑΙΜΩΝ.

Ὁρᾷς τόδ' ὡς εἴρηκας, ὡς ἄγαν νέος[2];

ΚΡΕΩΝ.

Ἄλλῳ γὰρ ἢ 'μοὶ χρή[3] γε τῆςδ' ἄρχειν χθονός;

---

de la raison ; mais comme elles se trouvent rarement réunies dans l'homme, il y a encore de la gloire à suivre de sages conseils.

LE CHŒUR. Prince, il te convient d'écouter ce qu'il y a de juste dans ce discours ; et toi aussi, écoute ton père ; car vous avez sagement parlé tous les deux.

CRÉON. Ainsi, à mon âge, nous recevrons des leçons de prudence d'un homme aussi jeune !

HÉMON. Ne crois que ce qui est juste. Si je suis jeune, ce n'est point mon âge, mais mes conseils qu'il faut examiner.

CRÉON. Ton avis est donc d'honorer ceux qui désobéissent aux lois ?

HÉMON. Je ne t'engagerai jamais à honorer les méchants.

CRÉON. Et n'est-ce point là son caractère ?

HÉMON. Ce n'est pas ce que pense le peuple de Thèbes.

CRÉON. Est-ce donc aux Thébains à me dicter les ordres que je dois donner ?

HÉMON. Vois-tu donc que tu parles en jeune homme ?

CRÉON. Et quel autre que moi doit commander dans cette contrée ?

Εἰ δὲ οὖν,
(τοῦτο γὰρ φιλεῖ
μὴ δέπειν ταύτῃ)
καλὸν καὶ τὸ μανθάνειν
τῶν λεγόντων εὖ.
ΧΟΡΟΣ. Ἄναξ,
εἰ λέγει τι καίριον,
εἰκός·
σέ τε μαθεῖν,
σέ τε αὖ τοῦδε·
εἴρηται γὰρ εὖ
διπλᾶ.
ΚΡΕΩΝ. Οἱ τηλικοίδε
καὶ διδαξόμεσθα δὴ
φρονεῖν πρὸς ἀνδρὸς
τηλικούδε τὴν φύσιν;
ΑΙΜΩΝ. Μηδὲν
τὸ μὴ δίκαιον·
εἰ δὲ ἐγὼ νέος
οὐ χρὴ σκοπεῖν
μᾶλλον τὸν χρόνον ἢ τὰ ἔργα.
ΚΡΕΩΝ. Ἔργον γάρ ἐστι
σέβειν τοὺς ἀκοσμοῦντας;
ΑΙΜΩΝ. Οὐδὲ ἂν κελεύσαιμι
εὐσεβεῖν
ἐς τοὺς κακούς.
ΚΡΕΩΝ. Οὐχ ἥδε
γὰρ ἐπείληπται
τοιᾷδε νόσῳ;
ΑΙΜΩΝ. Λεὼς
ὁμόπτολις
τῆσδε Θήβης οὔ φησι.
ΚΡΕΩΝ. Πόλις γὰρ ἐρεῖ ἡμῖν
ἃ χρὴ ἐμὲ τάσσειν;
ΑΙΜΩΝ. Ὁρᾷς;
ὡς εἴρηκας τόδε,
ὡς ἄγαν νέος;
ΚΡΕΩΝ. Χρὴ γὰρ
ἄλλῳ,
ἢ ἐμοί γε ἄρχειν τῆσδε χθονός;

Mais s'*il n'est pas ainsi*
(car cela aime
à ne pas pencher de ce côté)
il est bon aussi d'apprendre
de ceux qui parlent bien.
LE CHOEUR. O roi,
s'il dit quelque chose d'opportun,
il est raisonnable,
et toi le faire-renseigner,
et toi de l'autre côté par celui-ci,
car il a été parlé bien
de part et d'autre.
CRÉON. *Nous qui sommes* de-cet-âge,
apprendrons nous maintenant
à être-sensés par un homme
tel de nature (de cet âge)?
HÉMON. N'*apprends* pas
ce *qui n'est* pas juste;
mais si je *suis* jeune
il ne faut pas regarder
plutôt l'âge que les œuvres.
CRÉON. Une œuvre donc est
de vénérer ceux qui désobéissent?
HÉMON. Je ne t'exhorterai pas même
à être-plein-de-respect
pour les méchants.
CRÉON. Est-ce que celle-ci
n'a donc pas été saisie
par une pareille maladie?
HÉMON. Le peuple
habitant-la-même-ville
de cette Thèbes *le* nie,
CRÉON. Est-ce que la ville dira à nous
ce qu'il faut moi commander?
HÉMON. Vois-tu
que tu as dit cela
comme un trop jeune-*homme*?
CRÉON. Est-ce-qu'il appartient
à un autre
qu'à moi-même de gouverner ce pays?

ΑΙΜΩΝ.

Πόλις γὰρ οὐκ ἔσθ' ἥτις ἀνδρός ἐσθ' ἑνός.

ΚΡΕΩΝ.

Οὐ τοῦ κρατοῦντος ἡ πόλις νομίζεται;   735

ΑΙΜΩΝ.

Καλῶς ἐρήμης γ' ἂν σὺ γῆς ἄρχοις μόνος.

ΚΡΕΩΝ.

Ὅδ', ὡς ἔοικε, τῇ γυναικὶ συμμαχεῖ.

ΑΙΜΩΝ.

Εἴπερ γυνὴ σύ· σοῦ γὰρ οὖν προκήδομαι.

ΚΡΕΩΝ.

Ὦ παγκάκιστε, διὰ δίκης ἰὼν πατρί.

ΑΙΜΩΝ.

Οὐ γὰρ¹ δίκαιά σ' ἐξαμαρτάνονθ' ὁρῶ.   740

ΚΡΕΩΝ.

Ἁμαρτάνω γὰρ τὰς ἐμὰς ἀρχὰς σέβων;

ΑΙΜΩΝ.

Οὐ γὰρ σέβεις, τιμάς γε τὰς θεῶν πατῶν.

ΚΡΕΩΝ.

Ὦ μιαρὸν ἦθος καὶ γυναικὸς ὕστερον.

ΑΙΜΩΝ.

Οὐκ ἄν γ' ἕλοις ἥσσω γε τῶν αἰσχρῶν ἐμέ.

ΚΡΕΩΝ.

Ὁ γοῦν λόγος σοι πᾶς ὑπὲρ κείνης ὅδε.   745

ΑΙΜΩΝ.

Καὶ σοῦ γε, κἀμοῦ, καὶ θεῶν τῶν νερτέρων.

ΚΡΕΩΝ.

Ταύτην ποτ' οὐκ ἔσθ' ὡς ἔτι ζῶσαν γαμεῖς.

HÉMON. L'État n'est plus un État, dès qu'il est la propriété d'un seul homme.

CRÉON. L'État n'est-il point regardé comme appartenant à celui qui gouverne?

HÉMON. Oui, mais alors tu régnerais seul sur un pays désert.

CRÉON. On voit bien qu'il défend cette femme.

HÉMON. Oui, si tu es femme toi-même; car ce sont tes intérêts qu'avant tout je défends.

CRÉON. Fils dénaturé, tu accuses ton père?

HÉMON. Quand je lui vois faire une action injuste.

CRÉON. Suis-je donc injuste de soutenir mes droits?

HÉMON. Ce n'est pas les soutenir que de fouler aux pieds le respect des dieux.

CRÉON. Cœur perfide, subjugué par une femme!

HÉMON. Tu ne me verras jamais céder à de honteuses passions.

CRÉON. Tu ne parles cependant que pour elle.

HÉMON. Je parle pour toi, pour moi, pour les dieux des enfers.

CRÉON. Jamais tu ne l'épouseras vivante.

ΑΙΜΩΝ. Οὐ γάρ ἐστι πόλις,
ἥτις ἐστὶν
ἑνὸς ἀνδρός.

HÉMON. Mais ce n'est pas une ville,
celle qui est *la propriété*
d'un seul homme.

ΚΡΕΩΝ. Οὐχ ἡ πόλις
νομίζεται
τοῦ κρατοῦντος;

CRÉON. La ville
n'est-elle pas regardée
comme étant à celui qui *la* gouverne?

ΑΙΜΩΝ. Σύ γε
ἄρχοις ἂν καλῶς
μόνος γῆς ἐρήμης.

HÉMON. Certes toi
tu gouvernerais bien
seul un pays désert.

ΚΡΕΩΝ. Ὅδε ὡς ἔοικε,
συμμαχεῖ τῇ γυναικί

CRÉON. Celui-là, à ce qu'il paraît,
défend cette femme.

ΑΙΜΩΝ. Εἴπερ
γυνὴ σύ·
σοῦ γὰρ οὖν
προκήδομαι.

HÉMON. Si-toutefois
tu es femme toi,
car c'est de toi pourtant
que je prends-soin.

ΚΡΕΩΝ. Ὦ παγκάκιστε,
ἰὼν διὰ δίκης πατρί.

CRÉON. O le plus vil *des hommes*,
allant en procès avec *ton* père !

ΑΙΜΩΝ. Οὐ γὰρ ὁρῶ
σε ἐξαμαρτάνοντα
δίκαια.

HÉMON. C'est que je ne vois pas
toi étant-en-faute
pour de justes choses.

ΚΡΕΩΝ. Ἀμαρτάνω γὰρ
σέβων
τὰς ἐμὰς ἀρχάς;

CRÉON. Est-ce que je-suis-en-faute
ayant-soin
de mes pouvoirs?

ΑΙΜΩΝ. Οὐ γὰρ σέβεις
πατῶν
τιμάς γε τὰς θεῶν.

HÉMON. C'est que tu n'*en* as pas-soin,
foulant-aux-pieds
les honneurs *dus* aux dieux.

ΚΡΕΩΝ. Ὦ ἦθος μιαρὸν
καὶ ὕστερον
γυναικός.

CRÉON. O caractère impur,
et inférieur à (dominé par)
une femme!

ΑΙΜΩΝ. Οὐκ ἂν ἕλοις ἐμὲ
ἥσσω γε
τῶν αἰσχρῶν.

HÉMON. Tu ne surprendras pas moi
étant inférieur (esclave) réellement
de choses honteuses.

ΚΡΕΩΝ. Ὁ γοῦν λόγος ὅδε σοι
πᾶς ὑπὲρ κείνης.

CRÉON. Au moins ce discours à toi
est tout pour elle.

ΑΙΜΩΝ. Καὶ σοῦ γε
καὶ ἐμοῦ
καὶ θεῶν τῶν νερτέρων.

HÉMON. Certes aussi pour toi
et pour moi
et les dieux des-enfers.

ΚΡΕΩΝ. Οὐκ ἔσται
ὡς γαμεῖς ποτὲ
ταύτην ζῶσαν ἔτι·

CRÉON. Il ne sera pas
que tu épouses jamais
celle-ci vivant encore.

ΑΙΜΩΝ.

Ἥδ’ οὖν θανεῖται· καὶ θανοῦσ’ ὀλεῖ τινά[1].

ΚΡΕΩΝ.

Ἦ κἀπαπειλῶν ὧδ’ ἐπεξέρχει θρασύς;

ΑΙΜΩΝ.

Τίς δ’ ἔστ’ ἀπειλὴ, πρὸς κενὰς γνώμας λέγειν[2];   750

ΚΡΕΩΝ.

Κλαίων[3] φρενώσεις, ὢν φρενῶν αὐτὸς κενός.

ΑΙΜΩΝ.

Εἰ μὴ πατὴρ ἦσθ’, εἶπον ἂν σ’ οὐκ εὖ φρονεῖν.

ΚΡΕΩΝ.

Γυναικὸς ὢν δούλευμα, μὴ κώτιλλέ με.

ΑΙΜΩΝ.

Βούλει λέγειν τι, καὶ λέγων μηδὲν κλύειν;

ΚΡΕΩΝ.

Ἄληθες; ἀλλ’ οὐ, τόνδ’ Ὄλυμπον, ἴσθ’, ὅτι   755
χαίρων ἐπὶ ψόγοισι δεννάσεις ἐμέ.
Ἄγετε τὸ μῖσος, ὡς κατ’ ὄμματ’ αὐτίκα
παρόντι θνήσκῃ πλησία τῷ νυμφίῳ.

ΑΙΜΩΝ.

Οὐ δῆτ’ ἔμοιγε, τοῦτο μὴ δόξῃς ποτέ,
οὔθ’[4] ἥδ’ ὀλεῖται πλησία, σύ τ’ οὐδαμᾶ   760
τοὐμὸν προσόψει κρᾶτ’ ἐν ὀφθαλμοῖς ὁρῶν,
ὡς τοῖς[5] θέλουσι τῶν φίλων μαίνῃ ξυνών.

ΧΟΡΟΣ.

Ἀνὴρ, ἄναξ, βέβηκεν ἐξ ὀργῆς ταχύς.
Νοῦς δ’ ἔστι τηλικοῦτος ἀλγήσας βαρύς.

HÉMON. Elle mourra donc? Mais elle ne mourra pas seule.
CRÉON. Quoi! oses-tu bien me menacer?
HÉMON. Est-ce te menacer que de combattre des raisons frivoles?
CRÉON. Insensé, toi-même tu paieras cher tes leçons de sagesse.
HÉMON. Si tu n'étais mon père, je dirais que ta raison s'égare.
CRÉON. Vil esclave d'une femme, cesse de misérables propos.
HÉMON. Tu veux donc parler seul, et parler sans rien entendre?
CRÉON. En vérité? Mais souviens-toi, j'en jure par l'Olympe, que tu ne m'auras point impunément outragé par tes reproches. Qu'on amène cette femme odieuse, afin qu'elle expire à l'instant, sous les yeux et en présence de son amant.
HÉMON. Non, ce n'est point à mes yeux, garde-toi de le croire, ce n'est point en ma présence qu'elle périra; pour toi, tu ne me verras plus, et je te laisse exercer tes fureurs, au milieu des lâches amis qui les souffrent.
LE CHOEUR. O roi, il est sorti, transporté de colère. Un cœur comme le sien, dans son désespoir, est terrible.

ΑΙΜΩΝ. Ήδε οὖν θανεῖται·
καὶ θανοῦσα ὀλεῖ τινά..

HÉMON. Celle-ci mourra donc ;
et morte elle fera-périr quelqu'un.

ΚΡΕΩΝ. Ἦ καὶ ὧδε θρασὺς
ἐπεξέρχει ἐπαπειλῶν;

CRÉON. Et même si audacieux
tu t'avances menaçant ?

ΑΙΜΩΝ. Τίς δὲ ἔστιν ἀπειλὴ
λέγειν
πρὸς γνώμας κενάς;

HÉMON. Mais quelle est cette menace,
que de parler
contre des opinions futiles ?

ΚΡΕΩΝ. Φρενώσεις
κλαίων,
ὧν αὐτὸς κενὸς φρενῶν.

CRÉON. Tu enseigneras-la-sagesse
en pleurant,
étant toi-même dépourvu de sagesse.

ΑΙΜΩΝ. Εἰ μὴ ἦσθα πατὴρ
εἶπον ἂν
σὲ οὐκ εὖ φρονεῖν.

HÉMON. Si tu n'étais pas mon père,
j'aurais dit
toi ne pas bien être-dans-ton-sens.

ΚΡΕΩΝ. Ὢν δούλευμα
γυναικός,
μή με κώτιλλε.

CRÉON. Étant l'esclave
d'une femme,
ne m'étourdis-pas-par-ton-caquet.

ΑΙΜΩΝ. Βούλει λέγειν τι,
καὶ κλύειν μηδὲν, λέγων.

HÉMON. Tu veux dire quelque chose,
et n'entendre rien, quoique disant

ΚΡΕΩΝ. Ἀληθες;
Ἀλλὰ ἴσθι τόνδε Ὄλυμπον,
ὅτι οὐ δεννάσεις ἐμὲ
ἐπὶ ψόγοισι, χαίρων.
Ἄγετε τὸ μῖσος,
ὡς θνήσκη αὐτίκα
πλησία τῷ νυμφίῳ παρόντι,
κατὰ ὄμματα.

CRÉON. En vérité?
Mais sache par cet Olympe,
que tu n'outrageras pas moi
par tes reproches en te réjouissant.
Amenez la femme-odieuse
afin qu'elle meure sur-le-champ
proche de son fiancé présent,
devant ses yeux.

ΑΙΜΩΝ. Οὐ δῆτα πλησία ἔμοιγε
(μὴ δόξης ποτὲ τοῦτο)
οὔτε ἦδε ὀλεῖται
οὔτε προςόψει οὐδαμᾶ
τὸ ἐμὸν κρᾶτα
ὁρῶν ἐν ὀφθαλμοῖς.
ὡς μαίνῃ
ξυνὼν τοῖς θέλουσι
τῶν φίλων.

HÉMON. Certes point près de moi
(ne crois jamais cela)
ni celle-ci ne mourra
ni tu ne verras quelque part
ma tête
la regardant de ses yeux,
afin que tu te-mettes-en fureur
étant-avec ceux-qui-veulent être avec
de tes amis.   [toi

ΧΟΡΟΣ. Ἄναξ,
ὁ ἀνὴρ βέβηκε
ταχὺς ἐξ ὀργῆς.
Νοῦς δὲ τηλικοῦτος
ἀλγήσας ἐστὶν βαρύς.

LE CHOEUR. Ô roi,
l'homme s'en est allé
vite (emporté) par la colère.
Mais une âme dans-un-tel-état
étant-affligée est à redouter.

ΚΡΕΩΝ.

Δράτω[1], φρονείτω μεῖζον, ἢ κατ' ἄνδρ', ἰών·			765
τὰ δ' οὖν κόρα τάδ' οὐκ ἀπαλλάξει μόρου.

ΧΟΡΟΣ.

Ἄμφω γὰρ αὐτὰ καὶ καταχτεῖναι νοεῖς;

ΚΡΕΩΝ.

Οὐ τήν γε μὴ θιγοῦσαν· εὖ γὰρ οὖν λέγεις.

ΧΟΡΟΣ.

Μόρῳ δὲ ποίῳ καί σφε βουλεύει κτανεῖν;

ΚΡΕΩΝ.

Ἄγων ἔρημος ἔνθ' ἂν ᾖ βροτῶν στίβος,			770
κρύψω πετρώδει ζῶσαν ἐν κατώρυχι,
φορβῆς τοσοῦτον[2], ὡς ἄγος μόνον, προθεὶς,
ὅπως μίασμα πᾶσ' ὑπεκφύγῃ πόλις.
Κἀκεῖ τὸν Ἅδην, ὃν μόνον σέβει θεῶν
αἰτουμένη που τεύξεται τὸ μὴ θανεῖν,			775
ἢ γνώσεται γοῦν ἀλλὰ τηνικαῦθ', ὅτι
πόνος περισσός ἐστι τἀν Ἅδου σέβειν.

ΧΟΡΟΣ.

(Στροφὴ α.)

Ἔρως ἀνίκατε μάχαν,
Ἔρως, ὃς ἐν[3] κτήμασι πίπτεις,
ὃς ἐν μαλακαῖς παρειαῖς
νεάνιδος ἐννυχεύεις[4];			780
φοιτᾷς[5] δ' ὑπερπόντιος, ἔν τ'
ἀγρονόμοις αὐλαῖς·

CRÉON. Eh bien! qu'il agisse avec ses prétentions au-dessus de l'humanité. Pour ces deux femmes, il ne les délivrera point de la mort.

LE CHOEUR. Quoi! toutes deux tu veux les faire périr?

CRÉON. J'épargnerai celle qui n'a point touché le corps : tu as raison.

LE CHOEUR. Et quel supplice prépares-tu à l'autre?

CRÉON. Conduite dans un lieu désert où les hommes n'aient laissé aucune trace, je l'enfermerai vivante dans la profondeur d'un rocher souterrain, avec assez de nourriture pour éviter le sacrilége, et épargner à toute la ville le crime de sa mort. Qu'elle invoque alors Pluton, le seul dieu qu'elle honore; elle obtiendra peut-être de ne pas mourir, ou plutôt elle apprendra combien sont inutiles les honneurs que l'on rend aux mânes.

LE CHOEUR. Amour, invincible, indomptable amour, toi qui frappes l'homme puissant, toi qui reposes sur les joues délicates d'une jeune fille, toi qui traverses les mers et pénètres sous le chaume rusti-

KΡEΩN. Δράτω,
φρονείτω μεῖζον
ἢ κατὰ ἄνδρα
ἰών·
οὐδὲ οὖν ἀπαλλάξει· μόῤ οὐ
τὰ κόρα τάδε.
ΧΟΡΟΣ. Νοεῖς γὰρ
κατακτεῖναι καὶ αὐτὰ ἄμφω;
ΚΡEΩN. Οὐ τήνγε
μὴ θιγοῦσαν·
λέγεις γὰρ οὖν εὖ.
ΧΟΡΟΣ. Ποίω δὲ καὶ μόρῳ
βουλεύει κτανεῖν σφε;
ΚΡEΩN. Ἄγων,
ἵνθα ἂν ᾖ στίβος
ἔρημος βροτῶν,
κρύψω ζῶσαν
ἐν κατώρυχι πετρώδει,
προθεὶς
τοσοῦτον φορθῆς,
ὡς μόνον ἄγος
ὅπως πᾶσα πόλις
ὑπεκφύγῃ μίασμα.
Καὶ ἐκεῖ αἰτουμένη τὸν Ἄδην,
ὃν σέβει μόνον θεῶν,
τεύξεταί που τὸ μὴ θανεῖν,
ἢ γνώσεται γοῦν
ἀλλὰ τηνικαῦτα
ὅτι σέβειν τὰ ἐν Ἄδου
ἐστὶ πόνος περισσός.
ΧΟΡΟΣ. Ἔρως,
ἀνίκατε μάχαν,
Ἔρως, ὃς πίπτεις
ἐν κτήμασιν,
ὃς ἐννυχεύεις
ἐν παρειαῖς μαλακαῖς
νεάνιδος,
φοιτᾷς δὲ
ὑπερπόντιος
ἔν τε αὐλαῖς ἀγρονόμοις·

CRÉON. Qu'il fasse,
qu'il ait-des-prétentions plus grandes
que pour un homme
en-s'en-allant;
cependant il ne délivrera pas de *leur*
ces deux-jeunes-filles.   [sort
LE CHOEUR. Est-ce que tu as-l'inten-
de tuer même elles toutes-deux? [tion
CRÉON. Non certainement pas celle
qui-n'y a pas touché;
car enfin tu dis bien.
LE CHOEUR. Mais encore de quelle
penses-tu tuer elle?   [mort
CRÉON. *La* conduisant,
où est un sentier
abandonné des mortels,
je *la* cacherai vivante
dans le souterrain d'un-rocher,
ayant mis-devant *elle*,
autant de nourriture,
que seulement l'expiation *l'exige*,
afin que toute la ville
évite la souillure.
Et là implorant Pluton,
qu'elle adore seul des dieux,
elle obtiendra peut-être ne pas mourir,
ou elle apprendra du moins
sans doute alors
que vénérer les *êtres* aux enfers
est une peine inutile.
LE CHOEUR. Amour,
invincible au combat,
Amour, *toi* qui te précipites
sur les richesses,
qui reposes
sur les joues molles
de la jeune-fille,
et erres
au-delà-des-mers
et dans des cabanes agrestes;

καί σ' οὔτ' ἀθανάτων
φύξιμος[1] οὐδείς,   785
οὔθ' ἀμερίων ἐπ' ἀν-
θρώπων· ὁ δ' ἔχων, μέμηνεν.
    (Ἀντιστροφὴ α'.)
Σὺ καὶ δικαίων ἀδίκους
φρένας παρασπᾷς ἐπὶ λώβᾳ·
σὺ καὶ τόδε νεῖκος ἀνδρῶν   790
σύναιμον[2] ἔχεις ταράξας·
νικᾷ δ' ἐναργὴς βλεφάρων
ἵμερος εὐλέκτρου
νύμφας, τῶν μεγάλων
πάρεδρος ἐν ἀρχαῖς   795
θεσμῶν[3]. Ἄμαχος γὰρ ἐμ-
παίζει θεὸς Ἀφροδίτα.
Νῦν δ' ἤδη 'γὼ καὐτὸς θεσμῶν
ἔξω φέρομαι τάδ' ὁρῶν, ἴσχειν δ'
οὐκ ἔτι πηγὰς δύναμαι δακρύων,   800
τὸν[4] παγκοίταν ὅθ' ὁρῶ θάλαμον
τήνδ' Ἀντιγόνην ἀνύτουσαν.
    ΑΝΤΙΓΟΝΗ.
    (Στροφὴ β'.)
Ὁρᾶτέ μ', ὦ γᾶς πατρίας πολῖται
τὰν νεάταν ὁδὸν
στείχουσαν, νέατον δὲ φέγγος   805

que, ni les dieux immortels, ni l'homme qui ne vit qu'un jour, rien n'échappe à ta puissance; et le cœur que tu possèdes est en proie à la fureur.

C'est toi qui entraînes l'homme juste à l'injustice et au crime; c'est toi qui viens de susciter cette querelle entre le père et le fils. L'amour qu'inspirent les yeux d'une jeune beauté triomphe de tout : il préside avec les dieux aux lois de la nature : tels sont les jeux de l'invincible Vénus. Moi-même en ce moment, rebelle aux lois de Créon, je ne puis etenir la source de mes larmes, à la vue d'Antigone marchant vers demeure où dorment tous les mortels.

ANTIGONE. Citoyens de Thèbes ma patrie, voyez Antigone entrer

καὶ οὔτε οὐδεὶς	et ni aucun
ἀθανάτων	des immortels
φύξιμός σε,	n'est en-état-d'éviter toi
οὔτε ἐπὶ ἀνθρώπων	ni *aucun* parmi les hommes
ἀμερίων.	d'existence-éphémère.
Ὁ δὲ ἔχων,	Mais celui qui *t*'a
μέμηνεν.	est-saisi-de-fureur.

(Ἀντιστροφὴ α′)	*Antistrophe*
Σὺ καὶ παρασπᾷς	Toi aussi tu emportes
φρένος δικαίων	les sens des justes
ἐπὶ λώβᾳ	vers l'injustice
ἀδίκους·	*devenus ainsi* injustes
σὺ καὶ ἔχεις	toi aussi tu es
ταράξας;	ayant suscité
τόδε νεῖχος	cette querelle
σύναιμον ἀνδρῶν.	consanguine d'hommes (de parents).
Ἵμερος δὲ	Et le charme
ἐναργὴς βλεφάρων	éclatant des paupières
νύμφας εὐλέκτρου	de la jeune-fille ravissante
νικᾷ,	triomphe,
πάρεδρος	parèdre
τῶν θεσμῶν μεγάλων	des institutions grandes
ἐν ἀρχαῖς.	parmi les dieux-souverains.
Θεὸς γὰρ Ἀφροδίτα	Car la déesse Vénus
ἐμπαίζει ἄμαχος.	folâtre *au point d'être* irrésistible.
Νῦν δὲ ἤδη καὶ αὐτὸς	Mais déjà maintenant moi-même aussi
φέρομαι ἔξω θεσμῶν	je suis-emporté hors des lois
ὁρῶν τάδε,	voyant ces choses,
δύναμαι δὲ οὐκέτι	et je ne puis plus-longtemps
ἴσχειν πηγὰς δακρύων	retenir les sources de larmes.
ὅτε ὁρῶ	quand je vois
τήνδε Ἀντιγόνην	cette Antigone
ἀνύτουσαν	accomplissant *sa route* vers
τὸν θάλαμον παγκοίταν.	la couche tout-assoupissante.

(Στροφὴ β′)	*Strophe II.*
ΑΝΤΙΓΟΝΗ. Ὁρᾶτέ μ′,	ANTIGONE. Regardez-moi,
ὦ πολῖται	ô citoyens
γᾶς πατρίας,	de la terre paternelle,
στείχουσαν	allant
τὰν νεάταν ὁδόν,	*mon* dernier chemin,

λεύσσουσαν ἀελίου,
οὔ ποτ᾽ αὖθις· ἀλλά μ᾽ ὁ παγκοίτας
Ἅδας ζῶσαν ἄγει
τὰν Ἀχέροντος
ἀκτὰν, οὔθ᾽ ὑμεναίων   810
ἔγκληρον· οὔτ᾽ ἐπινυμφίδιός
πώ μέ τις ὕμνος
ὕμνησεν· ἀλλ᾽ Ἀχέροντι νυμφεύσω.

ΧΟΡΟΣ.

Οὐκοῦν κλεινὴ καὶ ἔπαινον ἔχουσ᾽
ἐς τόδ᾽ ἀπέρχει κεῦθος νεκύων,   815
οὔτε φθινάσιν πληγεῖσα νόσοις,
οὔτε ¹ ξιφέων ἐπίχειρα λαχοῦσ᾽,
ἀλλ᾽ αὐτόνομος, ζῶσα, μόνη δὴ
θνατῶν, Ἅιδαν καταβήσει.

ΑΝΤΙΓΟΝΗ.
(Ἀντιστροφὴ β᾽.)

Ἤκουσα δὴ λυγροτάταν ὀλέσθαι   820
τὰν ² Φρυγίαν ξέναν
Ταντάλου, Σιπύλῳ πρὸς ἄκρῳ,
τὰν, κισσὸς ὡς ἀτενὴς,
πετραία βλάστα δάμασεν· καί νιν
ὄμβρῳ τακομέναν,   825
ὡς φάτις ἀνδρῶν,
χιών τ᾽ οὐδαμὰ λείπει,

dans le sentier fatal, et pour la dernière fois contempler la clarté du soleil : je ne le verrai plus! Le dieu des enfers, dont tout est la proie, me conduit vivante aux rives de l'Achéron, avant que j'aie goûté les douceurs de l'hymen, avant que les chants d'hyménée aient retenti pour moi ; l'Achéron sera mon époux.

LE CHŒUR. Aussi que de gloire, que d'éloges vont t'accompagner dans ce sombre asile de la mort! Sans avoir eu à souffrir les lenteurs de la maladie ni la honte de l'esclavage, seule d'entre les mortels, tu descendras libre et vivante dans l'empire de Pluton.

ANTIGONE. Je sais de quelle mort déplorable la Phrygienne, fille de Tantale périt au sommet du Sipyle, où comme un lierre flexible le rocher croissant autour d'elle l'enveloppa. Et maintenant, exposée aux pluies, si j'en crois la renommée, sa tête est couverte de neiges

λεύσσουσαν δὲ	et voyant
νέατον φέγγος	le dernier éclat
ἀελίου,	du soleil ;
καὶ οὔποτε αὖθις·	et jamais ensuite ;
ἀλλὰ ὁ Ἄδας	mais Pluton ,
παγκοίτας	qui-assoupit-tous
ἄγει με ζῶσαν	conduit moi vivante
τὰν ἀκτὰν Ἀχέροντος,	vers le rivage de l'Achéron.
οὔτε ἔγκληρον	ni participant
ὑμεναίων·	au mariage ;
οὐδέ τις ὕμνος	ni aucun chant
ἐπινυμφίδιος	nuptial,
ὕμνησέ πώ με·	n'a chanté jamais moi ;
ἀλλὰ νυμφεύσω	mais j'épouserai
Ἀχέροντι.	l'Achéron.
ΧΟΡΟΣ. Οὐκοῦν ἀπέρχει	LE CHOEUR. Ainsi tu t'éloignes
ἐς τόδε κεῦθος νεκύων,	vers ce refuge des morts,
κλεινὴ καὶ ἔχουσα ἔπαινον,	célèbre , et ayant gloire ,
οὔτε πληγεῖσα	ni frappée
νόσοις φθινάσιν,	par des maladies qui-consument,
οὔτε λαχοῦσα	ni étant échue-en-partage à quelqu' un
ἐπίχειρα ξιφέων,	comme prix d'épée,
ἀλλὰ καταβήσει	mais tu descendras
Ἄδαν	aux enfers
αὐτόνομος	indépendante ,
ζῶσα	vivante,
μόνη δὴ θνατῶν.	seule assurément d'entre les mortels.
(Ἀντιστροφὴ β'.)	Antistrophe II.
ΑΝΤΙΓΟΝΗ. Ἤκουσα δὴ	ANTIGONE. J'ai bien entendu
τὰν Φρυγίαν ξέναν	la Phrygienne reçue-hospitalièrement
Ταντάλου	la fille de Tantale
ὀλέσθαι λυγροτάταν	avoir péri étant-bien-à-plaindre,
πρὸς ἄκρῳ Σιπύλῳ	sur l'extrême (sur le sommet du) Sipyle
τὰν βλάστα πετραία,	laquelle une germination de-rocher,
ὡς κισσὸς ἀτενής,	comme un lierre qui-étreint,
δάμασεν·	a domptée ;
καὶ, ὡς φάτις ἀνδρῶν,	et, comme est le bruit des hommes,
χιών τε λείπει	et la neige ne quitte
οὐδαμά νιν	jamais elle
τακομέναν ὄμβρῳ,	flétrie par la pluie,

τέγγει θ' ὑπ' ὀφρύσι παγκλαύστοις
    δειράδας [1]· ἅ με
    δαίμων ὁμοιοτάταν κατευνάζει.   830

ΧΟΡΟΣ.

Ἀλλὰ θεός τοι καὶ θεογεννής·
ἡμεῖς δὲ βροτοὶ καὶ θνητογενεῖς.
    Καίτοι φθιμένα μέγ' ἀκοῦσαι,
τοῖσιν [2] ἰσοθέοις ἔγκληρα λαχεῖν.

ΑΝΤΙΓΟΝΗ.

(Στροφὴ γ'.)

Οἴμοι, γελῶμαι. Τί με, πρὸς θεῶν πατρῴων,   835
οὐκ ὀλλυμέναν ὑβρίζεις,
    ἀλλ' [3] ἐπίφαντον;
Ὦ πόλις, ὦ πόλεως
πολυκτήμονες ἄνδρες,
ἰὼ Διρκαῖαι κρῆναι,   840
Θήβας τ' εὐαρμάτου ἄλσος, ἔμπας
ξυμμάρτυρας ὕμμ' ἐπικτῶμαι,
οἵα φίλων ἄκλαυστος, οἵοις
νόμοις πρὸς [4] ἔργμα τυμβόχωστον
ἔρχομαι τάφου ποταινίου·   845

éternelles, et de ses paupières s'échappent des pleurs qui baignent son sein sans jamais tarir. Le destin me prépare un semblable tombeau.

LE CHŒUR. Elle était déesse, et fille des dieux; mais nous ne sommes que des mortels, issus de mortels comme nous. Aussi ta mort sera-t-elle glorieuse, puisque ton sort est semblable à celui des demi-dieux

ANTIGONE. Hélas! on rit de ma misère! Pourquoi, au nom des dieux de la patrie, m'insulter avant ma mort, lorsque je n'ai point encore disparu de la terre? O ma patrie! ô fortunés citoyens! sources de Dircé! bois sacré de la belliqueuse Thèbes! je vous prends à témoin dans quel abandon, par quelles lois cruelles, je vais être ensevelie dans une prison qui doit me servir de tombeau. Ah! malheu-

τέγγει τε	et elle humecte
δειράδας	ses épaules
ὑπὸ ὀφρύσι	du-haut de ses sourcils (yeux)
παγκλαύστοις·	baignés-de-larmes ;
ᾷ ὁμοιοτάταν	à laquelle étant-très-semblable.
δαίμων κατευνάζει με.	le destin ensevelit moi
ΧΟΡΟΣ. Ἀλλὰ	LE CHŒUR. Mais
θεός· τοι	elle est cependant une déesse
καὶ θεογεννής·	et née-de-dieux ;
ἡμεῖς δὲ βροτοὶ	mais nous nous sommes des humains
κάι θνητογενεῖς.	et nés-de-mortels.
Καὶ μέγα	Et c'est une grande chose à toi
φθιμένᾳ	mourante
ἀκοῦσαι,	que d'entendre (d'être réputée)
λαχεῖν	avoir reçu-en-partage
ἔγκληρα	des-destinées-semblables
τοῖσιν ἰσοθέοις.	à celles des demi-dieux.
(Στροφὴ γ.)	Strophe III.
ΑΝΤΙΓΟΝΗ. Οἴμοι	ANTIGONE. Hélas ,
γελῶμαι.	je suis moquée (on se rit de moi).
Τί πρὸς θεῶν πατρῴων	Pourquoi, par les dieux de-la-patrie,
ὑβρίζεις με	insultes-tu moi
οὐκ ὀλλυμέναν,	n'étant pas morte encore,
ἀλλὰ ἐπίφαντον;	mais visible (vivante) ?
Ὦ πόλις·	O ville,
ὦ ἄνδρες	ô hommes
πολυκτήμονες	aux-nombreux-domaines
πόλεως,	de cette ville,
ἰὼ κρῆναι Διρκαῖα.	ah sources dircéennes
ἄλσος τε Θήβας·	et bois-sacré de Thèbes
εὐαρμάτου,	aux-beaux-chars,
ἐπικτῶμαι ἔμπας	je prends-en-sus cependant
ὕμμε ξυμμάρτυρας,	vous en témoins-avec moi,
οἷα ἄκλαυστος	quelle (comment) non-pleurée
φίλων	de mes amis
οἵαις νόμοις	d'après quelles lois
ἔρχομαι	je vais
πρὸς ἔργμα	vers le cachot
τυμβόχωστον	construit-en-forme-de-tombeau
τάφου ποταινίου.	du sépulcre étrange.

Ἰὼ δύστανος,

* * * *

μέτοικος, οὐ ζῶσιν, οὐ θανοῦσιν.

ΧΟΡΟΣ.

Προβᾶσ' ἐπ' ἔσχατον θράσους,
ὑψηλὸν[2] ἐς Δίκας βάθρον   850
προςέπεσες, ὦ τέκνον, πάλιν.
Πατρῷον ἐκτίνεις τιν' ἆθλον.

ΑΝΤΙΓΟΝΗ.

(Ἀντιστροφὴ γ´.)

Ἔψαυσας ἀλγεινοτάτας ἐμοὶ μερίμνας[3],
πατρὸς τριπόλιστον οἶκτον,
τοῦ τε πρόπαντος   855
ἁμετέρου πότμου
κλεινοῖς[4] Λαβδακίδαισιν.

Ἰὼ ματρῷαι λέκτρων
ἆται, κοιμήματά τ' αὐτογεννητ'
ἐμῷ πατρὶ δυσμόρου ματρὸς,   860
οἵων ἐγώ ποθ' ἁ ταλαίφρων
ἔφυν· πρὸς οὓς ἀραῖος, ἄγαμος,
ἅδ' ἐγὼ μέτοικος ἔρχομαι.
Ἰὼ δυσπότμων.
κασίγνητε[b] γάμων κυρήσας,   865
θανὼν ἔτ' οὖσαν κατήναρές με.

reuse ! qui ne dois habiter ni avec les vivants, ni avec les morts!

LE CHOEUR. Emportée par un excès d'audace sur le seuil élevé de la justice, tu es retombée en arrière : ô ma fille, tu expies sans doute les crimes de ton père !

ANTIGONE. Tu as réveillé pour moi les plus cruels souvenirs, le malheur d'un père qui a frappé trois générations, et cette fatalité qui a pesé sur l'illustre famille des Labdacides. Fatal hymen de ma mère! embrassement incestueux qui avez uni un père et une mère infortunée, et d'où je naquis pour le malheur ! Chargée d'imprécations, privée du bonheur de l'hymen, je vais rejoindre les auteurs de mes jours. Mon frère, ô quelle funeste union tu as formée ! En mourant, tu m'associes vivante à ton trépas.

Ἰὼ δύστανος   Oh malheureuse *que je suis*
μέτοικος,   devant habiter
οὐ ζῶσιν   non avec ceux-qui-vivent
οὐ θανοῦσιν.   non avec ceux-qui-sont-morts.
ΧΟΡΟΣ. Προβᾶσα   LE CHOEUR. T'étant avancée
ἐπὶ ἔσχατον θράσους; à l'extrémité de l'audace
ἐς βάθρον ὑψηλὸν   sur le seuil élevé
Δίκας,   de la Justice,
ὦ τέχνον,   ô *mon* enfant,
προςέπεσες πάλιν.   tu es tombée en arrière.
Ἐκτίνεις   Tu expies
τινὰ ἆθλον   quelque entreprise-criminelle
πατρῷον.   de-ton-père.

       (Ἀντιστροφὴ γ΄.)   *Antistrophe III*
ΑΝΤΙΓΟΝΗ. Ἔψαυσας   ANTIGONE. Tu as touché
μεςίμνας   des sujets-de-sollicitude
ἀλγεινοτάτας ἐμοι,   très-douloureux à moi,
οἶκτον   le sort-lamentable
τριπόλιστον   trois-fois-retourné (trois fois repro-
πατρὸς   de *mon* père   [duit)
τοῦτε πρόπαντος πότμου ἀμετέρου et de la complète ruine de nous,
κλεινοῖς Λαβδακίδαισιν. célèbres Labdacides.
Ἰὼ ἆται ματρῷαι   Hélas! malheurs maternels
λέκτρων   de la couche-nuptiale,
κοιμήματά τε   et étreintes
αὐτογέννητα   incestueuses
ματρὸς δυσμόρου   de *ma* mère infortunée
ἐμῷ πατρὶ   avec mon père
οἵων ἐγὼ   dont moi
ἀ ταλαίφρων   malheureuse
ἔφυν ποτέ·   je naquis un jour;
πρὸς οὓς ἔρχομα.   vers lesquels je vais
μέτοικος   changeant-de-demeure
ἅδε ἐγὼ,   dans-cette-position moi,
ἀραῖος,·   chargée-d'imprécations,
ἄγαμος.·   privée-du-mariage.
Ἰὼ κασίγνητε κυρήσας O frère qui-as obtenu
γάμων δυσπότμων,   des noces-infortunées,
θανὼν κατήναρές με   étant mort tu as tué moi
οὖσαν ἔτι.   existant encore.

ΑΝΤΙΓΟΝΗ.

ΧΟΡΟΣ.

Σέβειν[1] μὲν, εὐσέβειά τις·
κράτος δ', ὅτῳ κράτος μέλει,
παραβατὸν οὐδαμῇ πέλει
Σὲ δ' αὐτόγνωτος ὤλεσ' ὀργά.   870

ΑΝΤΙΓΟΝΗ.

(Ἐπῳδός.)

Ἄκλαυστος, ἄφιλος, ἀνυμέναιος,
ταλαίφρων ἄγομαι τάνδ'
ἑτοίμαν[2] ὁδόν. Οὐκ ἔτι
μοι τόδε λαμπάδος ἱερὸν ὄμμα
θέμις ὁρᾶν ταλαίνᾳ·   875
τὸν δ' ἐμὸν πότμον ἀδάκρυτον[3]
οὐδεὶς φίλων στενάζει.

ΚΡΕΩΝ.

Ἆρ' ἴστ', ἀοιδὰς καὶ γόους πρὸ τοῦ θανεῖν,
ὡς οὐδ' ἂν εἷς παύσαιτ' ἄν, εἰ χρείη λέγειν;
Οὐκ ἄξεθ' ὡς τάχιστα, καί, κατηρεφεῖ   880
τύμβῳ περιπτύξαντες, ὡς εἴρηκ' ἐγώ,
ἄφετε, μόνην, ἔρημον; εἴτε χρὴ θανεῖν,
εἴτ' ἐν τοιαύτῃ ζῶσα[4] τυμβεύσει στέγῃ·
ἡμεῖς γὰρ ἁγνοὶ τοὐπὶ τήνδε τὴν κόρην·
μετοικίας δ' οὖν τῆς ἄνω στερήσεται.   885

LE CHOEUR Honorer les morts est une espèce de piété; mais la puissance doit être respectée dans ceux qui commandent : la fierté de ton caractère t'a perdue.

ANTIGONE. Sans amis, sans époux, sans être pleurée, malheureuse, on m'entraîne dans cette route qui m'attend. Je ne dois plus voir l'œil sacré du jour, infortunée ! Et mon sort ne sera point pleuré : aucun ami n'en gémira.

CRÉON. Ne savez-vous pas que ces plaintes, ces lamentations qui précèdent le trépas, n'auraient point de terme, si elles servaient aux coupables? Emmenez-la donc sans délai; et qu'enfermée dans un tombeau souterrain, ainsi que je l'ai ordonné, elle y soit abandonnée seule, soit pour mourir, soit pour vivre encore ensevelie dans ce ténébreux séjour. Nous serons urs de sa mort, et elle aura cessé d'habiter sur la terre.

ΧΟΡΟΣ. Σέβειν μὲν
τὶς εὐσέβεια·
κράτος δὲ
ὅτῳ μέλει κράτος,
πέλει οὐδαμῆ
παραβατόν
Ὀργὰ δὲ
αὐτόγνωτος
ὤλεσέ σε.

(Ἐπῳδός.)

ΑΝΤΙΓΟΝΗ. Ἄγομαι
ταλαίφρων,
τάνδε ὁδὸν ἑτοίμαν
ἄκλαυστος, ἄφιλος,
ἀνυμέναιος.
Οὐκέτι θέμις
μοὶ ταλαίνᾳ ὁρᾶν τόδε ὄμμα
ἱερὸν λαμπάδος·
οὐδεὶς δὲ φίλων
στενάζει τὸν ἐμὸν πότμον
ἀδάκρυτον.

ΚΡΕΩΝ. Ἆρα ἴστε,
ὡς εἰ χρείη λέγειν
ἀοιδὰς καὶ γόους
πρὸ τοῦ θανεῖν,
οὐδὲ ἂν εἷς παύσαιτο ἄν;
Οὐκ ἄξετε ὡς τάχιστα;
καὶ ἄρετε μόνην, ἔρημο,
περιπτύξαντες
τύμβῳ κατήρεφεῖ,
ὡς εἴρηκα ἐγώ,
εἴτε χρὴ θανεῖν
εἴτε τυμβεύσει
ζῶσα
ἐν τοιαύτῃ στέγῃ·
ἡμεῖς γὰρ ἁγνοὶ
τὸ ἐπὶ τήνδε τὴν κόρην·
στερήσεται δὲ οὖν
μετοικίας
τῆς ἄνω.

LE CHOEUR. Observer-les-lois
est une certaine piété,
mais le pouvoir (l'ordre)
de *celui* à qui est-à-souci le pouvoir
n'est nullement
à-transgresser.
Or *ton* caractère
qui-ne-prend-conseil-que-de-lui-même
a perdu toi.

Épode.

ANTIGONE. Je suis conduite
malheureuse,
dans ce chemin prêt *à me recevoir*
sans-être-pleurée, sans-amis,
privée-du-mariage.
Il n'est plus permis
à moi infortunée de voir cet œil
sacré du météore-enflammé (soleil);
et aucun de *mes* amis
ne gémit sur ma mort
ainsi restant sans-pleurs.

CRÉON. Savez-vous *bien*
que, s'il était utile de dire
des chansons et des plaintes
avant de mourir
pas même un ne cesserait?
Ne *l'*emmènerez-vous pas au plus vite?
et laissez-*la* seule, abandonnée
l'ayant entourée
du sépulcre couvert,
comme j'ai dit moi,
soit qu'il faille mourir,
soit qu'elle veuille rester-enterrée
vivante
sous un pareil toit,
car nous *sommes exempts-de-sacrilég*
quant à cette jeune-personne;
mais certainement elle sera privée
de communication
avec les choses en-haut (de ce monde).

ΑΝΤΙΓΟΝΗ.

Ὦ τύμϐος, ὦ νυμφεῖον, ὦ κατασκαφὴς
οἴκησις ἀείφρουρος, οἷ πορεύομαι
πρὸς τοὺς ἐμαυτῆς, ὧν ἀριθμὸν ἐν νεκροῖς
πλεῖστον δέδεκται Περσέφασσ᾽ ὀλωλότων,
ὧν λοισθία 'γὼ καὶ κάκιστα δὴ μακρῷ   890
κάτειμι, πρίν μοι μοῖραν ἐξήκειν βίου.
Ἐλθοῦσα μέντοι, κάρτ᾽ ι ἐν ἐλπίσι τρέφω
φίλη μὲν ἥξειν πατρὶ, προσφιλὴς δὲ σοὶ,
μῆτερ, φίλη δὲ σοὶ, κασίγνητον κάρα·
ἐπεὶ θανόντας αὐτόχειρ ὑμᾶς ἐγὼ   895
ἔλουσα, κἀκόσμησα, κἀπιτυμϐίους
χοὰς ἔδωκα· νῦν δὲ, Πολύνεικες, τὸ σὸν
δέμας περιστέλλουσα, τοιάδ᾽ ἄρνυμαι.
Καίτοι σ᾽ ἐγὼ 'τίμησα τοῖς φρονοῦσιν εὖ 2.
Οὐ γάρ ποτ᾽ οὔτ᾽ ἂν, εἰ τέκνων μήτηρ ἔφυν,   900
οὔτ᾽ εἰ πόσις μοι κατθανὼν ἐτήκετο,
βίᾳ πολιτῶν τόνδ᾽ ἂν ἠρόμην πόνον.
Τίνος νόμου δὴ ταῦτα πρὸς χάριν λέγω

ANTIGONE. O tombeau, lit nuptial, demeure souterraine que je
ne quitterai jamais, je vais, dans ton sein, rejoindre ceux de mon
sang, que Proserpine a reçus presque tous parmi les morts, et dont
je péris la dernière et la plus misérable, avant que le destin ait mar-
qué le terme de mes jours. Mais là du moins, j'en nourris l'espoir, ma
présence sera chère à mon père, ainsi qu'à toi, ma mère, et à toi,
mon frère chéri : car c'est moi qui de mes propres mains enlevai vos
corps inanimés, leur accordai les derniers honneurs, les arrosai des
libations funèbres. Et maintenant, ô mon cher Polynice, pour avoir
enseveli tes restes, voilà ma récompense. Cependant je t'ai honoré
aux yeux des hommes sensés. Jamais, si j'eusse été mère, ou qu'un
époux fût demeuré sans sépulture, je n'aurais, au mépris des lois de
l'Etat, accompli ce dangereux devoir. Tu t'étonnes peut-être? Ecoute.

ΑΝΤΙΓΟΝΗ. Ὦ τύμβος,   ANTIGONE. Ô sépulcre,
ὦ νυμφεῖον, ὦ οἴκησις   ô lit-nuptial, ô habitation
κατασκαφῆς   enfouie (souterraine)
ἀείφρουρος,   gardée-toujours *par moi*,
αἷ πορεύομαι   où je vais
πρὸς τοὺς ἐμαυτῆς·   vers ceux de-moi-même (les miens),
ὧν ὀλωλότων   desquels étant morts
Περσέφασσα δέδεκται ἐν νεκροῖς   Proserpine a reçu parmi les mânes
πλεῖστον ἀριθμὸν,   le plus considérable nombre,
ὧν ἐγὼ κάτειμι λοισθία   dont moi je descends la dernière
καὶ κάκιστα δὴ μακρῷ   et le plus misérablement de beaucoup
πρὶν μοῖραν βίου   avant la portion de vie *qui m'était ac-*
ἐξήκειν μοι.   être passée à moi.   [*cordée,*
Ἐλθοῦσα μέντοι   Mais y étant allée
τρέφω κάρτα   je nourris *ceci* avec-certitude
ἐν ἐλπίσιν,   parmi *mes* espérances
ἥξειν μὲν   *moi* devoir venir d'un côté
φίλη πατρὶ   chère à *mon* père,
προσφιλὴς δὲ σοί, μῆτερ,   et de l'autre agréable à toi, ô *ma* mère,
φίλη δὲ σοί,   et chère à toi,
κάρα κασίγνητον.   tête fraternelle.
Ἐπεὶ ἐγὼ ἔλουσα   Parce que moi j'ai lavé
ὑμᾶς θανόντας   vous étant morts
καὶ ἐκόσμησα καὶ ἔδωκα   et ai honoré et donné
χοὰς ἐπιτυμβίους·   des libations *versées*-sur-le-tombeau
αὐτόχειρ,   de-*ma*-propre-main,
νῦν δὲ περιστέλλουσα   mais maintenant soignant-bien
τὸ σὸν δέμας, Πολύνεικες,   ton corps, ô *mon* Polynice,
ἄρνυμαι   je reçois-pour-récompense
τοιάδε.   de telles choses.
Καίτοι ἐγὼ ἐτίμησά σε   Néanmoins moi j'ai honoré toi
τοῖς φρονοῦσιν εὖ·   pour ceux qui ont-de-bons-sentiments;
Οὐ γάρ ποτε ᾐρόμην ἂν   car je n'aurais jamais pris-sur-moi
τόνδε πόνον βίᾳ πολιτῶν,   ce soin malgré les citoyens,
οὔτε ἂν εἰ ἔφυν   ni si j'avais été
μήτηρ τέκνων,   mère d'enfants,
οὔτε εἰ πόσις μοι   ni si le mari à moi
τήκετο κατθανών.   pourrissait étant mort.
Πρὸς χάριν δὴ τίνος νόμου   Au profit de quelle loi donc
λέγω ταῦτα;   dis-je ces choses ?

Πόσις μὲν ἄν μοι, κατθανόντος, ἄλλος ἦν,
καὶ παῖς ἀπ' ἄλλου φωτὸς, εἰ τοῦδ' ἤμπλακον·   905
μητρὸς δ' ἐν Ἅδου καὶ πατρὸς κεκευθότοιν,
οὐκ ἔστ' ἀδελφὸς ὅστις ἂν βλάστοι ποτέ².
Τοιῷδε μέντοι σ' ἐκπροτιμήσασ' ἐγὼ
νόμῳ, Κρέοντι ταῦτ' ἔδοξ' ἁμαρτάνειν,
καὶ δεινὰ τολμᾷν, ὦ κασίγνητον κάρα.   910
Καὶ νῦν ἄγει με διὰ χερῶν οὕτω λαβὼν,
ἄλεκτρον, ἀνυμέναιον, οὔτε του γάμου
μέρος λαχοῦσαν, οὔτε παιδείου τροφῆς·
ἀλλ' ὧδ' ἔρημος πρὸς φίλων ἡ δύσμορος,
ζῶσ' ἐς θανόντων ἔρχομαι κατασκαφάς,   915
ποίαν παρεξελθοῦσα δαιμόνων δίκην;
Τί³ χρή με τὴν δύστηνον ἐς θεοὺς ἔτι
βλέπειν; τίν' αὐδᾷν ξυμμάχων; ἐπεί γε δὴ
τὴν δυσσέβειαν εὐσεβοῦσ' ἐκτησάμην.
Ἀλλ', εἰ μὲν οὖν τάδ' ἐστὶν ἐν θεοῖς καλὰ,   920
παθόντες ἂν ξυγγνοῖμεν ἡμαρτηκότες⁴·

Après la mort d'un époux, un autre aurait pu le remplacer, et un second fils aurait réparé la perte du premier. Mais puisque les auteurs de mes jours reposent tous deux dans la tombe, un frère ne peut plus naître pour moi. Voilà par quels sentiments, oubliant tout pour toi, je t'ai rendu, ô frère chéri, un honneur que Créon regarde comme un crime et une horrible audace. Et maintenant, il m'entraîne à la mort, avant que j'aie connu les douceurs de l'hymen, la tendresse d'un époux et le bonheur d'être mère. Ainsi, malheureuse, seule, sans amis, je descends vivante dans la demeure souterraine des morts. Quel crime ai-je commis envers les dieux ? Que me sert-il, dans mon infortune, de lever encore les yeux vers le ciel ? Quel secours implorer, lorsque pour prix de ma piété, je suis traitée comme un impie ? Si les dieux approuvent ma mort, je porterai, sans me plaindre, la peine de mon crime; mais si je suis innocente, je ne

Ἦν μὲν ἂν ἄλλος πόσις μοι,	D'un côté il serait un autre époux à
κατθανόντος,	l'époux étant mort, [moi,
καὶ παῖς ὑπὸ ἄλλου φωτὸς	et un enfant d'un autre homme
εἰ ἤμπλακον τοῦδε ·	si je venais.à perdre celui-ci;
μητρὸς δὲ καὶ πατρὸς	mais mère.et père
κεκευθότοιν ἐν Ἅδου,	étant cachés dans la maison de Plu-
οὐκ ἔστιν	il n'est pas quelqu'un [ton,
ὅστις βλάστοι ἄν ποτε	qui puisse jamais naître
ἀδελφός.	étant mon frère.
Ἐγὼ μέντοι	Cependant moi
ἐκπροτιμήσασα	ayant-honoré-de-préférence-à-tout
σὲ νόμῳ τοιῷδε,	toi d'après une loi pareille,
ἔδοξα ἁμαρτάνειν ταῦτα	j'ai paru mal-faire ces choses
Κρέοντι,	à Créon,
καὶ τολμᾶν δεινὰ,	et oser des choses terribles,
ὦ κάρα κασίγνητον.	ô tête fraternelle.
Καὶ νῦν λαβὼν	Et maintenant m'ayant saisi
διὰ χερῶν οὕτω,	par les mains ainsi
ἄγει με	il entraîne moi
ἀλέκτρον,	privée-de-la-couche-nuptiale,
ἀνυμέναιον,	privée-d'hyménée
λαχοῦσαν	n'ayant reçu-du-sort
οὔτε μέρος τοῦ γάμου	ni ma part dans le mariage
οὔτε τροφῆς παιδείου ·	ni dans l'éducation des-enfants;
ἀλλὰ ὧδε ἔρημος πρὸς φίλων,	mais ainsi abandonnée par mes amis,
ἔρχομαι ἡ δύσμορος,	je vais, la malheureuse,
ζῶσα	vivante
ἐς κατασκαφὰς θανόντων·	dans le réduit-souterrain des morts,
ποίαν δίκην δαιμόνων	quelle loi des dieux
παρεξελθοῦσα;	ayant transgressée?
Τί χρή με τὴν δύστηνον	De quoi sert-il moi l'infortunée
βλέπειν ἔτι ἐς θεοὺς,	jeter-les-yeux encore sur les dieux
αὐδᾶν τίνα ξυμμάχων;	d'appeler qui d'entre mes alliés?
ἐπεί γε δὴ	puisque au moins déjà
εὐσεβοῦσα	agissant-pieusement
ἐκτησάμην τὴν δυσσέβειαν.	j'ai gagné le reproche-de-l'impiété.
Ἀλλὰ εἰ μὲν οὖν τάδε	Mais si réellement donc ces choses
ἐστὶ καλὰ ἐν θεοῖς,	sont bonnes parmi les dieux
ξυγγνοῖμεν ἂν	nous pardonnerons
παθόντες, ἡμαρτηκότες·	ayant souffert comme ayant mal agi,

εἰ δ' οἵδ' ἁμαρτάνουσι, μὴ πλείω κακὰ
πάθοιεν, ἢ καὶ δρῶσιν ἐκδίκως ἐμέ [1].

ΧΟΡΟΣ.

Ἔτι τῶν αὐτῶν ἀνέμων αὐταὶ
ψυχῆς ῥιπαὶ τήνδε γ' ἔχουσιν.   925

ΚΡΕΩΝ.

Τοιγὰρ [2] τούτων τοῖσιν ἄγουσιν
κλαύμαθ' ὑπάρξει βραδυτῆτος ὕπερ.

ΑΝΤΙΓΟΝΗ.

Οἴμοι, θανάτου τοῦτ' ἐγγυτάτω
τοὔπος ἀφῖκται.

ΚΡΕΩΝ.

Θαρσεῖν οὐδὲν παραμυθοῦμαι   930
μὴ οὐ τάδε ταύτῃ καταχυροῦσθαι.

ΑΝΤΙΓΟΝΗ

Ὦ [3] γῆς Θήβης ἄστυ πατρῷον,
θεοί τε προγενεῖς,
ἄγομαι δὴ, χοὐκ ἔτι μέλλω.
Λεύσσετε, Θήβης οἱ κοιρανίδαι,   935
τὴν [4] βασιλίδα μούνην λοιπὴν,
οἷα πρὸς οἵων ἀνδρῶν πάσχω,
τὴν εὐσεβίαν σεβίσασα.

ΧΟΡΟΣ.
(Στροφὴ α'.)

Ἔτλα καὶ [5] Δανάας οὐράνιον φῶς
ἀλλάξαι δέμας ἐν χαλκοδέτοις [6]   940

souhaite pas à mes ennemis plus de maux qu'ils ne m'en font injustement souffrir.

LE CHOEUR. Les mêmes transports qui agitaient son âme la posse-
dent encore.

CRÉON. Tant de lenteur pourra coûter des larmes à ceux qui la
conduisent.

ANTIGONE. Hélas! cette parole est l'arrêt de ma mort.

CRÉON. Ne te flatte pas que ma volonté demeure sans effet.

ANTIGONE. O Thèbes, ô ma patrie, dieux de mes pères, plus de
retard, on m'entraîne. Voyez, chefs des Thébains, une princesse, seul
reste du sang des rois, voyez quel outrage elle reçoit, et de quelles
mains, pour avoir rempli les devoirs de la piété.

LE CHOEUR. Danaé fut aussi privée de la clarté des cieux, au sein

εἰ δὲ οἵδε ἁμαρτάνουσι
μὴ πάθοιεν
καὶ πλείω κακὰ
ἢ δρῶσιν ἐμὲ ἐκδίκως.
ΧΟΡΟΣ. Αἱ αὐταὶ
ἧιπαι
τῶν αὐτῶν ἀνέμων ψυχῆς
ἔχουσιν ἔτι τήνδε γε.
ΚΡΕΩΝ. Τοιγὰρ
ὑπάρξει κλαύματα τούτων
τοῖσιν ἄγουσι
ὑπὲρ βραδυτῆτος.
ΑΝΤΙΓΟΝΗ. Οἴμοι,
τοῦτο τὸ ἔπος ἀφῖκται
ἐγγυτάτω θανάτου.
ΚΡΕΩΝ. Παραμυθοῦμαι οὐδὲν
θαρσεῖν
τάδε
μὴ οὐ κατακυροῦσθαι ταύτῃ.
ΑΝΤΙΓΟΝΗ. Ὦ ἄστυ
πατρῷων
Θήβης γῆς
θεοί τε
προγενεῖς,
ἄγομαι δή,
καὶ οὐκ ἔτι μέλλω.
Λεύσσετε,
οἱ κοιρανίδαι Θήβης,
βασιλίδα
τὴν μούνην λοιπὴν,
οἷα πάσχω
πρὸς οἵων ἀνδρῶν,
σεβίσασα
τὴν εὐσεβίαν.
ΧΟΡΟΣ. Καὶ δέμας
Δανάας
ἔτλα ἀλλάξαι
φῶς οὐράνιον
ἐν αὐλαῖς
χαλκοδέτοις·

mais si ceux-ci agissent mal,
qu'ils n'endurent pas
encore de plus nombreux maux
qu'ils *n'en* font à moi injustement.
LE CHOEUR. Les mêmes
souffles-impétueux
des mêmes tempêtes de l'âme
tiennent encore celle-ci.
CRÉON. Pour cela
il sera donné un sujet-de-pleurer ces
à *ceux-qui-la*-conduisent   [choses
à cause de *leur* lenteur.
ANTIGONE. Hélas,
cette parole est arrivée
très-près de *ma* mort.
CRÉON. Je n'exhorte nullement
à prendre-confiance
ces choses
ne pas se déterminer dans *ce sens*.
ANTIGONE. O ville
paternelle
de Thèbes, *ma* terre,
et dieux
antiques,
je suis entraînée maintenant,
et je ne tarde plus.
Regardez,
chefs de Thèbes,
la princesse
la seule qui-reste,
quelles choses j'endure
de quels hommes,
ayant-eu-en-honneur
la piété.
LE CHOEUR. Aussi le corps
de Danaé
a supporté d'échanger
la lumière céleste
dans des demeures
de-plaques-d'airain-liées-entre-elles,

αὐλαῖς· κρυπτομένα δ' ἐν
τυμβήρει θαλάμῳ κατεζεύχθη·
καίτοι γενεᾷ τίμιος, ὦ παῖ, παῖ,
καὶ Ζηνὸς ταμιεύεσκε
γονὰς χρυσορύτους.   945

Ἀλλ' ἁ μοιριδία τις δύνασις δεινά·
οὔτ'! ἄν νιν ὄμβρος, οὔτ' Ἄρης,
οὐ πύργος, οὐχ ἁλίκτυποι
κελαιναὶ νᾶες ἐκφύγοιεν.

                  (Ἀντιστροφὴ α΄.)
Ζεύχθη δ' ὀξύχολος παῖς ὁ Δρύαντος [2],   950
Ἠδωνῶν βασιλεὺς, κερτομίοις
ὀργαῖς, ἐκ Διονύσου
πετρώδει κατάφρακτος ἐν δεσμῷ.
Οὕτω τᾶς μανίας δεινὸν ἀποστάζει
ἀνθηρόν τε μένος. Κεῖνος   955
            ἐπέγνω μανίαις
ψαύων τὸν θεὸν ἐν κερτομίοις γλώσσαις.
Παύεσκε μὲν γὰρ ἐνθέους
γυναῖκας [3] εὔϊόν τε πῦρ,
φιλαύλους τ' ἠρέθιζε Μούσας [4].   960

                  (Στροφὴ β΄.)
Παρὰ δὲ [5] Κυανέων πελαγέων διδύμας ἁλὸς

de sa prison d'airain, cachée à tous les yeux et captive dans son tombeau. Et pourtant son origine était illustre, ô ma fille, et Jupiter avait fécondé son sein par une pluie d'or. Mais la puissance du destin est une puissance invincible. Ni les orages, ni Mars, ni les remparts, ni les vaisseaux dont les flancs noirs sont battus par les ondes ne peuvent s'y soustraire.

Il fut aussi enchaîné l'impétueux fils de Dryas, roi des Édoniens; pour prix de sa violence et de ses emportements, Bacchus l'enveloppa dans des liens de pierre. Telle est la vengeance terrible qui découle de la fureur. L'impie reconnut alors le dieu que, dans son délire, il avait blessé par d'insolents discours. En effet, il avait troublé ses prêtresses dans leurs saints transports, éteint leurs flambeaux sacrés et offensé les Muses qui chérissent l'harmonie.

Non loin des roches Cyanées qui séparent les deux mers, sur les

κρυπτομένα δὲ | mais étant cachée
ἐν θαλάμῳ τυμβήρει | dans une habitation sépulcrale,
κατεζεύχθη. | elle fut tenue-prisonnière.
Καίτοι τίμιος γενεᾷ, | Cependant *elle était* illustre d'origine,
ὦ παῖ, παῖ, | ô *ma* fille, *ma* fille,
καὶ ταμιεύεσκε | et elle conservait *dans son sein*
γονὰς χρυσορύτους | les semences de-la-pluie-d'or
Ζηνός. | de Jupiter.
Ἀλλὰ ἁ δύνασις | Mais la puissance
μοιριδία | de-la-destinée
τὶς δεινά· | *est* une formidable *puissance*,
οὔτε ὄμβρος, | ni la pluie,
οὔτε Ἄρης | ni Mars,
οὐ πύργος, | ni le château-fort,
οὐ νᾶες κελαιναὶ | ni les vaisseaux noirs
ἁλίκτυποι | battus-par-la-mer
ἐκφύγοιεν ἄν νιν. | ne pourraient échapper à elle.

(Ἀντιστροφὴ α´.) | *Antistrophe I.*

Παῖς δὲ ὁ Δρύαντος | Et le fils de Dryas
ὀξύχολος· | d'humeur-impétueuse
βασιλεὺς Ἠδωνῶν | le roi des Édoniens
ζεύχθη, | fut enchaîné
ὀργαῖς | pour *ses* manières
κερτομίοις | injurieuses
κατάφαρκτος ἐκ Διονύσου | enfermé par Bachus
ἐν δεσμῷ πετρώδει. | dans une prison de-pierre.
Οὕτω μένος | Tellement l'impétuosité-de-la-ven-
ἀποστάζει· | découle   [geance
δεινὸν ἀνθηρόν τε τᾶς μανίας. | terrible et éclatante de la fureur.
Κεῖνος ἐπέγνω τὸν θεὸν | Celui-là reconnut le dieu
ψαύων | *le* touchant (blessant)
μανίαις | dans sa folie
ἐν γλώσσαις κερτομίοις. | par des discours injurieux.
Παύεσκε μὲν γὰρ | Car d'un côté il voulait réprimer
γυναῖκας ἐνθέους, | les femmes saisies-de-fureur-divine,
πῦρ τε εὔιον, ἠρέθιζέ τε | et le feu bachique, puis il irritait
Μούσας φιλαύλους. | les Muses amies-de-la-flûte.

(Στροφὴ β´.) | *Strophe II.*

Παρὰ δὲ πελαγέων Κυανέων | Près des eaux Cyanées
ἁλὸς διδύμας | de la mer double

ἀκταὶ Βοσπόριαι,
ἴδ᾽ ὁ Θρηκῶν Σαλμυδησσὸς[1],
ἕν᾽[2] ἀγχίπολις ***Ἄρης
δισσοῖσι Φινείδαις[3]   965
εἶδεν ἀρατὸν ἕλκος,
τυφλωθὲν ἐξ ἀγρίας δάμαρτος[4],
ἀλαὸν ἀλαστόροισιν ὀμμάτων κύκλοις
χάραγμ᾽[5] ἐγχέων, ὑφ᾽ αἱματηραῖς
χείρεσσι καὶ κερκίδων ἀκμαῖσιν·   970
(Ἀντιστροφὴ β΄.)
κατὰ δὲ τακόμενοι μέλεοι μελέαν πάθαν
κλαῖον[6], ματρὸς ἔχον-
τες ἀνύμφευτον γονάν· ἁ
δὲ[7] σπέρμα μὲν ἀρχαιογόνων
ἄντασ᾽ Ἐρεχθειδᾶν,   975
τηλεπόροις δ᾽ ἐν ἄντροις
τράφη θυέλλησιν ἐν πατρῴαις
Βορεὰς[8] ἄμιππος ὀρθόποδος ὑπὲρ πάγου
θεῶν[9] παῖς· ἀλλὰ κἀπ᾽ ἐκείνᾳ
Μοῖραι μακραίωνές ἔσχον, ὦ παῖ.   980
ΤΕΙΡΕΣΙΑΣ.
Θήβης ἄνακτες, ἥκομεν κοινὴν ὁδὸν

rivages du Bosphore et du Salmydesse de Thrace, le dieu Mars, adoré
en ces lieux, a vu les fils de Phinée défigurés par une exécrable blessure, rendus aveugles par une cruelle marâtre, et leurs yeux percés,
hélas! dans leurs orbites par des mains sanglantes et par les pointes
des navettes.

Les malheureux, consumés de douleur, déploraient leur sort funeste,
et l'hymen fatal de leur mère d'où étaient sortis des fils infortunés;
et cependant elle descendait de l'antique famille des Erechthides.
Fille de Borée, elle avait été nourrie dans des antres écartés, au
milieu des orages paternels, et aussi vite que les coursiers elle par-
courait les plaines de glace : elle était du sang des dieux. Mais elle
aussi ressentit les coups des immortelles Parques, ô ma fille.

TIRÉSIAS. Chefs des Thébains, j'arrive avec celui qui me conduit-

ἀκταὶ Βοσπόριαι   *sont* les bords du-Bosphore

ἰδὲ ὁ Σαλμυδησσὸς   et le Salmydesse

Θρῃκῶν,   des Thraces,

ἵνα Ἄρης   où Mars

ἀγχίπολις   proche-de-la-ville

εἶδεν Ἑλκος ἀρατὸν   vit la blessure maudite

δισσοῖσι Φινείδαις   aux (des) deux fils-de-Phinée

τυφλωθὲν   infligée-pour-priver-de-la-vue

ἐκ δάμαρτος ἀγρίας,   par la femme cruelle,

χάραγμα ἐγχέων   piqûre d'armes-pointues

ἀλαὸν   comportant-cécité

κύκλοισιν ἀλαστόροισιν ὀμμάτων   aux orbites criant-vengeance des yeux

ὑπὸ χείρεσσιν αἱματηραῖς   à l'aide de mains ensanglantées

καὶ ἀκμαῖσι κερκίδων.   et de pointes de navettes.

   (Ἀντιστροφὴ β'.)   *Antistrophe II.*

Τακόμενοι δὲ μέλεοι   Et dépérissant, les malheureux,

κατέκλαιον πάθαν μελέαν   ils déploraient *leur* sort malheureux,

ἔχοντες γονὰν   ayant *leur* naissance

ἀνύμφευτον   due-au-mariage-malheureux

ματρός·   de *leur* mère ;   (tenait)

ἁ δὲ ἄντασε   celle-ci de l'autre côté avait obtenu

σπέρμα μὲν   semence (origine) en vérité

Ἐρεχθειδᾶν   des Érechthides

ἀρχαιογόνων·   d'antique-origine;

Βορεὰς δὲ   mais la fille-de-Borée,

παῖς θεῶν   l'enfant des dieux

ἄμιππος   égalant-les-chevaux *dans la course*

ὑπὲρ πάγου   sur la glace

ὀρθόποδος   qui-résiste-à-la-pression-des-pieds,

τράφη   fut élevée

ἐν ἄντροις τηλεπόροις   dans des antres lointains

ἐν θυέλλῃσι πατρῴαις·   parmi les tempêtes paternelles;

ἀλλὰ Μοῖραι   mais les Parques

μακραίωνες   à-la-vie-longue

ὦ παῖ,   ô ma fille,

ἔσχον   tenaient (sévissaient)

καὶ ἐπὶ ἐκείνᾳ.   aussi contre elle.

ΤΕΙΡΕΣΙΑΣ. Ἄνακτες Θήβης,   TIRÉSIAS. Chefs de Thèbes,

ἥκομεν   nous sommes venus

ὁδὸν κοινήν,   par une route commune,

δύ'[1] ἐξ ἑνὸς βλέποντε. Τοῖς τυφλοῖσι γὰρ
αὕτη κέλευθος[2] ἐκ προηγητοῦ πέλει.

ΚΡΕΩΝ.

Τί δ' ἔστιν, ὦ γεραιὲ Τειρεσία, νέον;

ΤΕΙΡΕΣΙΑΣ.

Ἐγὼ διδάξω· καὶ σὺ τῷ μάντει πιθοῦ.   985

ΚΡΕΩΝ.

Οὔκουν πάρος γε σῆς ἀπεστάτουν φρενός.

ΤΕΙΡΕΣΙΑΣ.

Τοιγὰρ δι' ὀρθῆς τήνδε ναυκληρεῖς πόλιν.

ΚΡΕΩΝ.

Ἔχω πεπονθὼς μαρτυρεῖν ὀνήσιμα.

ΤΕΙΡΕΣΙΑΣ.

Φρόνει βεβὼς αὖ νῦν[3] ἐπὶ ξυροῦ τύχης.

ΚΡΕΩΝ.

Τί δ' ἔστιν; ὡς ἐγὼ τὸ σὸν φρίσσω στόμα.   990

ΤΕΙΡΕΣΙΑΣ.

Γνώσει, τέχνης σημεῖα τῆς ἐμῆς κλύων.
Ἐς γὰρ παλαιὸν θᾶκον ὀρνιθοσκόπον
ἵζων, ἵν' ἦν μοι παντὸς οἰωνοῦ λιμὴν,
ἀγνῶτ' ἀκούω φθόγγον ὀρνίθων, κακῷ
κλάζοντας[4] οἴστρῳ καὶ βεβαρβαρωμένῳ,   995
καὶ σπῶντας[5] ἐν χηλαῖσιν ἀλλήλους φοναῖς

et qui voit pour nous deux ; car un aveugle ne peut marcher sans le secours d'un guide.

CRÉON. Respectable Tirésias, quel motif t'amène ?

TIRÉSIAS. Je vais le dire ; toi, obéis au devin.

CRÉON. J'ai toujours suivi tes avertissements.

TIRÉSIAS. Aussi tu gouvernes heureusement cette ville.

CRÉON. Oui, je reconnais les services que j'ai reçus de toi.

TIRÉSIAS. Songe que tu marches encore sur le bord d'un précipice.

CRÉON. Qu'y a-t-il ? Tes paroles me font trembler.

TIRÉSIAS. Tu le sauras, si tu écoutes ce que présage mon art. Assis sur l'antique siège augural, au lieu où étaient rassemblés des oiseaux de toute espèce, tout à coup j'entendis un bruit étrange d'oiseaux furieux, qui avec des cris sauvages se déchiraient les uns les

βλέποντε δύο ἐξ ἑνός.	voyant *tous*-deux par un *seul homme.*
Αὕτη γὰρ πέλει κέλευθος	Car celle-ci est la manière-de-voyager
τοῖς τυφλοῖσιν	aux aveugles,
ἐκ προηγητοῦ.	*à savoir* à l'aide d'un guide.
ΚΡΕΩΝ. Ὦ γεραιὲ	CRÉON. O vieillard
Τειρεσία,	Tirésias,
τί δέ ἐστι νέον;	qu'y-a-t-il donc de nouveau?
ΤΕΙΡΕΣΙΑΣ. Ἐγὼ διδάξω.	TIRÉSIAS. Je *vous* l'apprendrai.
Καὶ σὺ πιθοῦ τῷ μάντει.	Et toi obéis au devin,
ΚΡΕΩΝ. Οὔκουν ἀπεστάτουν	CRÉON. Aussi ne m'écartais-je pas
σῆς φρενὸς	de ta pensée
πάρος γε.	auparavant au moins.
ΤΕΙΡΕΣΙΑΣ. Τοιγὰρ	TIRÉSIAS. Aussi
ναυκληρεῖς	tu gouvernes
τήνδε πόλιν	cette ville
διὰ ὀρθῆς.	en *ligne* droite (heureusement).
ΚΡΕΩΝ. Ἔχω μαρτυρεῖν	CRÉON. J'ai à certifier
πεπονθὼς	ayant éprouvé (que j'ai éprouvé)
ὀνήσιμα.	des choses utiles.
ΤΕΙΡΕΣΙΑΣ. Φρόνει	TIRÉSIAS. Songe,
βεβὼς	marchant (que tu marches)
αὖ νῦν	de nouveau maintenant
ἐπὶ ξυροῦ τύχης.	sur le tranchant de la fortune.
ΚΡΕΩΝ. Τί δέ ἐστιν;	CRÉON. Mais qu'est-ce?
ὡς ἐγὼ φρίσσω	car je frissonne
τὸ σὸν στόμα.	à cause de ta bouche (ton discours).
ΤΕΙΡΕΣΙΑΣ. Γνώσει,	TIRÉSIAS. Tu *le* sauras,
κλύων σημεῖα	écoutant les indices
τῆς ἐμῆς τέχνης.	de mon art.
Ἵξων γὰρ ἐς θᾶκον	Car assis dans *le* siége
παλαιὸν ὀρνιθοσκόπον,	antique augural,
ἵνα ἦν μοι λιμὴν	où était à moi le port (réceptacle)
παντὸς οἰωνοῦ,	de tout oiseau,
ἀκούω φθόγγαν ἀγνῶτα	j'entends un son inconnu
ὀρνίθων, κλάζοντας	d'oiseaux, criant
οἴστρῳ κακῷ	avec un bruit de-mauvais-présage
καὶ βεβαρβαρωμένῳ	et rendu-sauvage,
καὶ ἐγνὼν σπῶντας	et je reconnus *eux* se déchirant
ἀλλήλους·	les uns les autres
φοναῖς ἐν χηλαῖσι·	avec carnage à l'aide de *leurs* ongles;

ἔγνων· πτερῶν γὰρ ῥοῖϐδος οὐκ ἄσημος ἦν.
Εὐθὺς δὲ δείσας, ἐμπύρων ἐγευόμην
βωμοῖσι παμφλέκτοισιν· ἐκ δὲ θυμάτων
ἥφαιστος[1] οὐκ ἔλαμπεν, ἀλλ' ἐπὶ σποδῶ   1000
μυδῶσα κηκὶς μηρίων ἐτήκετο,
κἄτυφε, κἀνέπτυε· καὶ μετάρσιοι
χολαὶ[2] διεσπείροντο, καὶ καταῤῥυεῖς
μηροὶ καλυπτῆς ἐξέκειντο πιμελῆς.
Τοιαῦτα παιδὸς τοῦδ' ἐμάνθανον πάρα,   1005
φθίνοντ' ἀσήμως ὀργίων μαντεύματα.
Ἐμοὶ γὰρ οὗτος ἡγεμὼν, ἄλλοις δ' ἐγώ.
Καὶ ταῦτα τῆς σῆς ἐκ φρενὸς νοσεῖ πόλις.
Βωμοὶ γὰρ ἡμῖν ἐσχάραι τε παντελεῖς,
πλήρεις ὑπ' οἰωνῶν τε καὶ κυνῶν βορᾶς   1010
τοῦ δυςμόρου πεπτῶτος Οἰδίπου γόνου.
Κᾆτ' οὐ δέχονται θυστάδας λιτὰς ἔτι
θεοὶ παρ' ἡμῶν, οὐδὲ μηρίων φλόγα,
οὐδ' ὄρνις εὐσήμους ἀποῤῥοιϐδεῖ βοὰς,
ἀνδροφθόρους[3] βεϐρῶτες αἵματος λίπος.   1015

antres de leurs serres ensangiantées. Je le recomñus ; le rapide batte-
ment de leurs ailes était un signe certain. Aussitôt alarmé, j'essayai
d'offrir un sacrifice sur le feu des autels ; mais la victime ne jetait
point une flamme brillante ; les chairs se couvrant d'une sueur noi-
râtre se réduisaient en cendres, la fumée s'en échappait en sifflant,
les entrailles étaient enlevées et dispersées, et les cuisses des victimes
s'étaient séparées de la graisse qui les enveloppait. Tels sont les dé-
tails que j'appris de cet enfant, présages obscurs d'un sacrifice inutile ;
car cet enfant me guide, et moi je guide les autres. C'est l'arrêt que
tu as rendu qui vient d'attirer ces malheurs sur la ville. Car les autels
et les foyers sacrés sont couverts des lambeaux du cadavre du malheureux fils d'OEdipe, restes des chiens et des vautours, et les dieux ne
reçoivent plus nos prières, ni notre encens, ni la flamme de nos sacrifices ; les oiseaux même, abreuvés de sang humain, ne font plus en-

ῥοῖδδο; γὰρ πτερῶν	car le bruit des ailes
οὐχ ἦν ἄσημος.	n'était pas incertain.
Δείσας δὲ	Or effrayé,
ἐγευόμην εὐθὺς	je-fis-épreuve tout de suite
ἐμπύρων	de la pyromancie,
βωμοῖσι παμφλέκτοισ.ν	sur les autels tout-en-feu;
Ἥφαιστος δὲ οὐκ ἔλαμπεν	mais le feu ne jaillit pas
ἐκ θυμάτων·	hors des victimes;
ἀλλὰ κηκὶς μηρίων	mais la matière-grasse des cuisses
μυδῶσα	se liquéfiant
ἐτήχετο ἐπὶ σποδῷ	s'absorbait sur la cendre,
καὶ ἔτυφε, καὶ ἀνέπτυε·	et fumait, et crachait-en-l'air;
καὶ χολαὶ	et les parties-bilieuses
διεσπείροντο	furent dispersées
μετάρσιοι·	étant enlevées dans les airs,
καὶ μηροὶ καταρρυεῖς	et les os-des-cuisses roulant-en-bas
ἐξέκειντο πιμελῆς	gisaient-en-dehors de la graisse
καλυπτῆς.	entourante (roulée-autour).
Ἐμάνθανον παρὰ τοῦδε παιδὸς	J'apprenais de ce jeune-homme
τοιαῦτα μαντεύματα	telles être les prédictions
φθίνοντα	dépérissantes
ὀργίων ἀσήμων.	des sacrifices informes.
Οὗτος γὰρ ἡγεμὼν ἐμοὶ,	Car celui-ci est guide à moi,
ἐγὼ δὲ ἄλλοις.	mais moi aux autres.
Καὶ πόλις νοσεῖ ταῦτα	Et la ville est-malade de ces choses
ἐκ τῆς σῆς φρενός.	à cause de ta volonté.
Βωμοὶ γὰρ ἐσχάραι τέ·	Car les autels et les foyers
παντελεῖς ἡμῖν	tous à nous
πλήρεις ὑπὸ οἰωνῶν	sont pleins (remplis) par les oiseaux
καὶ κυνῶν	et les chiens
βορᾶς γόνου Οἰδίπου	de la pâture venant du fils d'OEdipe
δυσμόρου πεπτῶτος.	malheureux, tombé.
Καὶ εἶτα θεοὶ	Et alors les dieux
οὐ δέχονται ἔτι παρὰ ἡμῶν	n'acceptent plus de nous
λιτὰς θυστάδας	nos prières jointes-aux-sacrifices
οὐδὲ φλόγα μηρίων·	ni la flamme des cuisses;
οὐδὲ ὄρνις ἀποβρροιβδεῖ	ni oiseau ne fait-retentir
βοὰς εὐσήμους·	des cris de-bon-augure,
βεβρῶτες λίπος	ayant mangé la graisse
αἵματος ἀνδροφθόρου.	du sang d'homme-pourri.

Ταῦτ' οὖν, τέχνον, φρόνησον· ἀνθρώποισι γὰρ
τοῖς πᾶσι χοινόν ἐστι τοὐξαμαρτάνειν·
ἐπεὶ δ' ἁμάρτῃ, κεῖνος οὐκ ἔτ' ἔστ' ἀνὴρ
ἄβουλος οὐδ' ἄνολβος, ὅστις ἐς χαχὸν
πεσὼν ἀχεῖται, μηδ' ἀχίνητος πέλει.   1020
Αὐθαδία τοι σχαιότητ' ὀφλισχάνει.
Ἀλλ' εἶχε τῷ θανόντι, μηδ' ὀλωλότα
χέντει· Τίς ἀλχὴ τὸν θανόντ' ἐπιχτανεῖν;
Εὖ σοι φρονήσας εὖ λέγω· τὸ μανθάνειν δ'
ἥδιστον εὖ λέγοντος, εἰ χέρδος λέγοι·   1025
                    ΚΡΕΩΝ.
Ὦ πρέσβυ, πάντες, ὥστε τοξόται σχοποῦ,
τοξεύετ' ἀνδρὸς τοῦδε, χοὐδὲ μαντιχῆς
ἄπραχτος ὑμῖν εἰμι ι· τῶν δ' ὑπαὶ γένους
ἐξημπόλημαι χἀχπεφόρτισμαι πάλαι.
Κερδαίνετ', ἐμπολᾶτε τὸν πρὸς Σάρδεων 2   1030
ἤλεχτρον, εἰ βούλεσθε, χαὶ τὸν Ἰνδιχὸν
χρυσόν· τάφῳ δ' ἐχεῖνον οὐχὶ χρύψετε;

tendre que des cris sinistres. Songes-y donc, ô mon fils : car l'erreur
est commune à tous les mortels; mais lorsqu'un homme se trompe,
il est sage, il est heureux, s'il répare les maux causés par son erreur,
et s'il ne demeure point inébranlable. L'opiniâtreté est mère de l'erreur. Cesse donc de poursuivre un mort, ne frappe pas un corps
insensible. Quel courage y a-t-il à tuer un mort une seconde fois?
Tel est le sage conseil que ton intérêt m'inspire; il est doux d'écouter
les avis de la prudence, lorsqu'ils nous sont utiles.

CRÉON. Vieillard, vous venez tous, comme autant d'archers,
lancer vos traits contre moi; et les devins eux-mêmes troublent mon
repos; quant à mes proches, il y a déjà longtemps qu'ils m'ont vendu
et trahi. Amassez à loisir de vos mains avides l'or des Sardes et tous
les trésors de l'Inde; mais jamais vous ne l'ensevelirez. Non, quand

Φρόνησον οὖν ταῦτα	Songe donc à ces *choses*
ὦ τέκνον·	ô *mon* fils ;
τὸ ἐξαμαρτάνειν γὰρ	car faillir
ἐστὶ κοινὸν	est chose commune
τοῖς πᾶσιν ἀνθρώποισιν	à tous les hommes ;
ὅστις δὲ ἐπεὶ ἁμάρτῃ,	mais quiconque quand il a failli,
ἀκεῖται	y porte-remède
μηδὲ πέλει ἀκίνητος	et n'est pas inébranlable
πεσὼν ἐς κακόν,	étant tombé dans le mal,
κεῖνος οὐκ ἔτι ἐστὶν ἀνὴρ	celui-là n'est plus un homme
ἄβουλος οὐδὲ ἄνολβος.	imprudent ni malheureux.
Αὐθαδία τοι	L'opiniâtreté en effet
ὀφλισκάνει σκαιότητα.	est convaincue de sottise
Ἀλλὰ εἶκε τῷ θανόντι	Cède donc au mort
μηδὲ κέντει ὀλωλότα.	et ne frappe pas celui qui a péri.
Τίς ἀλκὴ	Quel acte-de-force
ἐπικτανεῖν	*que* de tuer-encore-une-fois
τὸν θανόντα;	celui qui est mort ?
Λέγω εὖ	Je dis bien
φρονήσας εὖ σοι·	étant-disposé bien pour toi ;
ἥδιστον δὲ τὸ μανθάνειν	or *il est* très-agréable d'apprendre
εὖ λέγοντος,	de quelqu'un qui dit bien,
εἰ λέγοι κέρδος.	s'il dit chose-utile.
ΚΡΕΩΝ. Ὦ πρέσβυ,	CRÉON. Ô vieillard,
πάντες τοξεύετε	tous vous dirigez-des-traits
τοῦδε ἀνδρὸς,	contre cet homme (moi),
ὥστε τοξόται σκοποῦ,	comme des archers contre un but ;
καὶ οὐδέ εἰμι ἄπρακτος	et je ne suis pas même en-repos
ὑμῖν μαντικῆς,	par vous du côté de l'art-de-prédire,
πάλαι δὲ	mais depuis longtemps
ἐξημπόλημαι,	je suis vendu
καὶ ἐκπεφόρτισμαι	et je suis devenu-marchandise (trahi)
ὑπαὶ τῶν γένους.	par ceux de *ma* famille.
Κερδαίνετε,	Faites-des-profits,
ἐμπολᾶτε	gagnez-en-trafiquant
ἤλεκτρον τὸν πρὸς Σάρδεων,	le succin (l'or) de Sardes,
εἰ βούλεσθε,	si vous voulez,
καὶ χρυσὸν τὸν Ἰνδικόν·	et l'or de l'Inde ;
κρύψετε δὲ οὐχὶ	mais vous ne cacherez pas
τάφῳ ἐκεῖνον,	dans un tombeau celui-là ;

οὐδ' εἰ θέλουσ' οἱ Ζηνὸς αἰετοὶ βορὰν
φέρειν νιν ἁρπάζοντες ἐς Διὸς θρόνους,
οὐδ' ὧς, μίασμα τοῦτο μὴ τρέσας, ἐγὼ   1035
θάπτειν παρήσω κεῖνον. Εὖ γὰρ οἶδ' ὅτι
θεοὺς μιαίνειν οὔτις ἀνθρώπων σθένει.
Πίπτουσι δ', ὦ γεραιὲ Τειρεσία, βροτῶν
χοἱ πολλὰ δεινοὶ πτώματ' αἴσχρ', ὅταν λόγους
αἰσχροὺς καλῶς λέγωσι τοῦ κέρδους χάριν.   1040

           ΤΕΙΡΕΣΙΑΣ.

Φεῦ.
Ἆρ' οἶδεν ἀνθρώπων τις, ἄρα φράζεται,

           ΚΡΕΩΝ.

Τί χρῆμα; ποῖον τοῦτο πάγκοινον λέγεις;

           ΤΕΙΡΕΣΙΑΣ.

ὅσῳ κράτιστον κτημάτων εὐβουλία;

           ΚΡΕΩΝ.

Ὅσωπερ, οἶμαι, μὴ φρονεῖν πλείστη βλάβη.

           ΤΕΙΡΕΣΙΑΣ.

Ταύτης σὺ μέντοι τῆς νόσου πλήρης ἔφυς.   1045

           ΚΡΕΩΝ.

Οὐ βούλομαι τὸν μάντιν ἀντειπεῖν κακῶς.

           ΤΕΙΡΕΣΙΑΣ.

Καὶ μὴν λέγεις, ψευδῆ με θεσπίζειν λέγων.

           ΚΡΕΩΝ.

Τὸ μαντικὸν γὰρ πᾶν φιλάργυρον γένος.

les aigles de Jupiter iraient porter les lambeaux sanglants de ce cadavre jusque sur son trône; non, pas même alors dans la crainte
d'une telle profanation, je ne le laisserai inhumer. Je sais trop bien
que les dieux sont à l'abri des profanations des mortels. Vieillard, les
hommes les plus habiles s'exposent à échouer honteusement, lorsque
l'appât du gain leur dicte de honteux discours.

    TIRÉSIAS. Hélas! quel homme peut connaître, ou concevoir....

    CRÉON. Quoi! que nous annonce encore cette sentence vulgaire?

    TIRÉSIAS. Combien la prudence est préférable à tous les autres
biens!

    CRÉON. D'autant plus que, selon moi, l'imprudence est le plus
grand des maux.

    TIRÉSIAS. Et voilà le mal dont en ce moment tu es atteint.

    CRÉON. Je ne veux point rendre à un devin injures pour injures.

    TIRÉSIAS. Et pourtant tu m'outrages, en accusant mes prédiction
d'impostures.'

    CRÉON. Toute la race des devins est avide d'argent.

οὐδὲ εἰ οἱ ἀετοὶ Ζηνὸς | pas même si les aigles de Jupiter,
ἁρπάζοντες θέλουσι φέρειν | le saisissant veulent porter
νιν βοράν | lui comme leur pâture
ἐς θρόνους Διὸς, | au trône de Jupiter,
οὐδὲ ὣς ἐγὼ παρήσω | pas même ainsi (alors) je ne permettrai
θάπτειν κεῖνον, | d'enterrer lui,
μὴ τρέσας τοῦτο μίασμα. | ne craignant pas cette souillure.
Οἶδα γὰρ εὖ | Car je sais bien
ὅτι οὔτις ἀνθρώπων σθένει | qu'aucun des hommes n'a-le-pouvoir
μιαίνειν θεούς. | de souiller (profaner) les dieux.
Οἱ δὲ καὶ δεινοὶ | Mais ceux même qui-sont-habiles
πολλὰ βροτῶν, | en bien des choses parmi les mortels,
ὦ γεραιὲ Τειρεσία, | ô vieillard Tirésias,
πίπτουσι πτώματα αἰσχρά, | tombent d'une chute honteuse,
ὅταν λέγωσι καλῶς | quand ils disent adroitement
λόγους αἰσχροὺς | des paroles honteuses
τοῦ κέρδους χάριν | pour le gain.
ΤΕΙΡΕΣΙΑΣ. Φεῦ, | TIRÉSIAS. Hélas,
ἆρά τις ἀνθρώπων | est-ce que quelqu'un des hommes
οἶδεν, | sait,
ἆρα φράζεται, | est-ce qu'il imagine,
ΚΡΕΩΝ. Τί χρῆμα; | CRÉON. Quelle chose?
ποῖον τοῦτο λέγεις | quelle est cette chose que tu dis
πάγκοινον; | comme étant commune-à-tous?
ΤΕΙΡΕΣΙΑΣ. Ὅσῳ εὐβουλία | TIRÉSIAS. Combien la prudence
κράτιστον κτημάτων; | est la meilleure des possessions?
ΚΡΕΩΝ. Οἶμαι, | CRÉON Je pense
ὅσωπερ μὴ φρονεῖν | d'autant que ne pas être-sensé
βλάβη πλείστη. | est le mal le plus considérable.
ΤΕΙΡΕΣΙΑΣ. Σὺ μέντο. | TIRÉSIAS. Et cependant toi
ἔχυς πλήρης | tu te-trouves-être plein
ταύτης τῆς νόσου, | de cette maladie.
ΚΡΕΩΝ. Οὐ βούλομαι | CRÉON. Je ne veux pas
ἀντειπεῖν | dire-contre (répondre)
κακῶς τὸν μάντιν. | d'une-manière-injurieuse au devin.
ΤΕΙΡΕΣΙΑΣ. Καὶ μὴν | TIRÉSIAS. Et pourtant
λέγεις, | tu parles ainsi,
λέγων με θεσπίζειν ψευδῆ. | disant moi prédire des choses fausses.
ΚΡΕΩΝ. Πᾶν γὰρ τὸ γένος | CRÉON. C'est que toute la race
μαντικὸν φιλάργυρον. | des-devins est amie-de-l'argent.

ΤΕΙΡΕΣΙΑΣ.

Τὸ δ' ἐκ τυράννων αἰσχροκέρδειαν φιλεῖ.

ΚΡΕΩΝ.

Ἆρ' οἶσθα ταγοὺς ὄντας, ἂν λέγῃς, λέγων;   1050

ΤΕΙΡΕΣΙΑΣ.

Οἶδ'· ἐξ ἐμοῦ γὰρ τήνδ' ἔχεις σώσας πόλιν.

ΚΡΕΩΝ.

Σοφὸς σὺ μάντις, ἀλλὰ τἀδικεῖν φιλῶν.

ΤΕΙΡΕΣΙΑΣ.

Ὄρσεις με τἀκίνητα διὰ φρενῶν φράσαι.

ΚΡΕΩΝ.

Κίνει, μόνον δὲ μὴ 'πὶ κέρδεσιν λέγων.

ΤΕΙΡΕΣΙΑΣ.

Οὕτω γὰρ ἤδη καὶ δοκῶ, τὸ σὸν μέρος.   1055

ΚΡΕΩΝ.

Ὡς μὴ 'μπολήσων ἴσθι τὴν ἐμὴν φρένα.

ΤΕΙΡΕΣΙΑΣ.

Ἀλλ' εὖ γέ τοι κάτισθι μὴ πολλοὺς ἔτι
τροχοὺς¹ ἁμιλλητῆρας ἡλίου τελῶν,
ἐν οἷσι τῶν σῶν αὐτὸς ἐκ σπλάγχνων ἕνα
νέκυν νεκρῶν ἀμοιβὸν ἀντιδοὺς ἔσει,   1060
ἀνθ' ὧν ἔχεις μὲν τῶν ἄνω βαλὼν κάτω,
ψυχήν τ' ἀτίμως ἐν τάφῳ κατῴκισας·
ἔχεις δὲ τῶν κάτωθεν ἐνθάδ' αὖ θεῶν

TIRÉSIAS. Et celle des tyrans aime les profits honteux.

CRÉON. Sais-tu que c'est à un roi que s'adressent tes paroles?

TIRÉSIAS. Je le sais; car c'est grâce à moi que tu as sauvé l'État.

CRÉON. Tu es un devin habile; mais tu te plais dans l'injustice.

TIRÉSIAS. Tu me forceras de découvrir ce que je voulais tenir enfermé dans mon cœur.

CRÉON. Découvre-le, mais sans que la cupidité te fasse parler.

TIRÉSIAS. C'est en effet dans un intérêt que je parle, mais dans le tien.

CRÉON. Sache cependant que tu ne me tromperas pas.

TIRÉSIAS. Eh bien! sache à ton tour que le soleil n'achèvera point encore plusieurs fois sa carrière, sans qu'un fruit de ton sang ait payé par son trépas la mort de celle que tu as indignement ensevelie dans la terre et enfermée vivante dans un tombeau. Tu retiens ici aux dieux des enfers un cadavre que tu as privé de la sépulture, et des

ΤΕΙΡΕΣΙΑΣ. Τὸ δὲ ἐκ τυράννων   TIRÉSIAS. Et celle des tyrans
φιλεῖ αἰσχροκέρδειαν.   aime le gain-sordide.
ΚΡΕΩΝ. Ἄρα οἶσθα   CRÉON. Est-ce-que tu sais
λέγων ὄντας ταγούς,   disant (que tu dis) à ceux-qui-sont rois
ἃ ἂν λέγῃς;   *les choses* que tu peux dire?
ΤΕΙΡΕΣΙΑΣ. Οἶδα·   TIRÉSIAS. Je *le* sais;
ἔχεις γὰρ σώσας   car tu es ayant sauvé
τήνδε πόλιν ἐξ ἐμοῦ.   cette ville à l'aide de moi.
ΚΡΕΩΝ. Σὺ μάντις σοφός,   CRÉON. Tu *es* un devin habile,
ἀλλὰ φιλῶν τὸ ἀδικεῖν.   mais aimant à mal-agir.
ΤΕΙΡΕΣΙΑΣ. Ὄρσεις με   TIRÉSIAS. Tu exciteras moi
φράσαι τὰ ἀκίνητα   à dire les choses immobiles (enfer-
διὰ φρενῶν.   dans *mon cœur*. [mées)
ΚΡΕΩΝ. Κίνει   CRÉON. Mets-*les*-en-mouvement,
μόνον δὲ μὴ λέγων   mais seulement en ne parlant pas
ἐπὶ κέρδεσι.   dans-le-but de profits.
ΤΕΙΡΕΣΙΑΣ. Δοκῶ γὰρ   TIRÉSIAS. C'est que je crois
οὕτω ἤδη καί,   *parler* ainsi maintenant en effet,
τὸ σὸν μέρος.   quant à ta part (quant à toi).
ΚΡΕΩΝ. Ὡς ἴσθι·   CRÉON. Car sache
μὴ ἐμπολήσων   ne devant pas acheter
τὴν ἐμὴν φρένα.   ma raison.
ΤΕΙΡΕΣΙΑΣ. Ἀλλὰ κάτισθι   TIRÉSIAS. Sache donc
εὖ γέ τοι   bien au moins à-ton-tour
μὴ τελῶν ἔτι   ne devant plus accomplir
πολλοὺς τροχοὺς   beaucoup de roues (rotations)
ἁμιλλητῆρας   rivalisant *entre elles*
ἡλίου, ἐν οἷσιν   du soleil, pendant lesquelles
ἔσει   tu seras
ἀντιδοὺς αὐτὸς   ayant donné-en-retour toi-même
ἕνα ἐκ   un *homme* hors (sorti)
τῶν σῶν σπλάγχνων νέκυν   de tes entrailles mort
ἀμοιβὸν νεκρῶν,   en-échange des morts,
ἀντὶ ὧν ἔχεις μὲν   de ce que tu es d'un côté
βαλὼν   ayant précipité
κάτω τῶν ἄνω   en bas quelqu'un de ceux-en-haut
κατῴκισάς τε ἐν τάφῳ   et as placé dans un sépulcre
ἀτίμως, ψυχήν·   ignominieusement *son âme-vivante*;
ἔχεις δὲ αὖ   puis de l'autre côté tu retiens
ἐνθάδε νέκυν   **ici** un corps mort

ἄμοιρον, ἀκτέριστον, ἀνόσιον νέκυν·
ὧν οὔτε σοὶ μέτεστιν οὔτε τοῖς ἄνω   1065
θεοῖσιν, ἀλλ' ἐκ σοῦ βιάζονται τάδε1.
Τούτων σε λωβητῆρες ὑστεροφθόροι
λοχῶσιν Ἅδου καὶ θεῶν Ἐρινύες,
ἐν τοῖσιν αὐτοῖς τοῖςδε ληφθῆναι κακοῖς.
Καὶ ταῦτ' ἄθρησον εἰ κατηργυρωμένος   1070
λέγω. Φανεῖ γὰρ οὐ μακροῦ χρόνου τριβὴ
ἀνδρῶν, γυναικῶν, σοῖς δόμοις κωκύματα.
Ἐχθραὶ δὲ πᾶσαι ξυνταράσσονται πόλεις,
ὅσων σπαράγματ' ἢ κύνες καθήγισαν2,
ἢ θῆρες, ἤ τις πτηνὸς οἰωνός, φέρων   1075
ἀνόσιον ὀσμὴν3 ἑστιοῦχον ἐς πόλιν.
Τοιαῦτά4 σου (λυπεῖς γάρ) ὥστε τοξότης
ἀφῆκα θυμῷ καρδίας τοξεύματα
βέβαια, τῶν σὺ θάλπος οὐχ ὑπεκδραμεῖ.
Ὦ παῖ, σὺ δ' ἡμᾶς ἄπαγε πρὸς δόμους, ἵνα   1080
τὸν θυμὸν οὗτος ἐς νεωτέρους ἀφῇ,

honneurs funèbres. C'est un pouvoir que tu n'as pas, que n'ont pas
même les dieux du ciel, et que la violence seule t'a donné. Aussi les
Furies vengeresses, ces déesses puissantes de l'enfer, qui suivent le
crime pour le punir, s'apprêtent à t'envoyer de semblables malheurs.
Vois à présent si la cupidité m'a dicté ce langage. Car bientôt vont
éclater dans ton palais les gémissements des hommes et des femmes.
Tu verras les peuples se lever en armes contre toi, partout où les
chiens, les monstres sauvages ou les vautours auront porté les lambeaux sanglants de leurs chefs et souillé de cette odeur impure les
villes qui renferment leurs foyers. Tels sont, puisque tu as allumé
mon courroux, les traits que, comme un archer habile, j'ai enfoncés
dans ton cœur, traits assurés, dont tu ne pourras éviter les brûlantes
tteintes. Enfant, conduis mes pas vers ma demeure; et que désormais
il décharge sa fureur sur de plus jeunes que moi; qu'il apprenne à

ἀνόσιον, ἀκτέριστον,   sans-obsèques, sans-sépulture,
ἄμοιρον θεῶν τῶν κάτωθεν·   privé des dieux d'en bas,
ὧν μέτεστι   choses dont il n'est donné-à-disposer
οὔτε σοὶ οὔτε θεοῖς τοῖς ἄνω,   ni à toi ni aux dieux d'en-haut,
ἀλλὰ βιάζονται   mais ils sont violentés
τάδε ἐκ σοῦ.   en ces choses par toi.
Ἐρινύες Ἅδου καὶ θεῶν   Les Furies des enfers et des dieux
λωβητῆρες   qui blessent
ὑστεροφθόροι   et qui finissent-par-détruire
λοχοῦσί σε   dressent-des-embûches-à toi
τούτων,   pour ces choses,
ληφθῆναι   de façon que toi être pris
ἐν τοῖσιν αὐτοῖς τοῖσδε κακοῖς.   dans ces mêmes maux.
Καὶ ἄθρησον   Et considère,
εἰ λέγω ταῦτα   si je dis ces choses
κατηργυρωμένος.   gagné-avec-de-l'argent.
Τριβὴ γὰρ χρόνου   Car le retard d'un temps
οὐ μακροῦ   non considérable
φανεῖ κωκύματα   montrera les lamentations
ἀνδρῶν, γυναικῶν   des hommes, des femmes
σοῖς δόμοις.   dans ton palais.
Πᾶσαι δὲ πόλεις ἐχθραὶ   De l'autre côté toutes les villes enne-
ξυνταράσσονται   se-lèvent-en-alarme   [mis,
ὅσων   les villes de tous ceux dont
ἢ κύνες ἢ θῆρες   ou les chiens ou les bêtes sauvages
ἢ τις οἰωνὸς πτηνὸς   ou quelque oiseau ailé
καθήγισαν σπαράγματα,   ont consacré (souillé) les lambeaux,
φέρων ὀσμὴν ἀνόσιαν   portant une odeur impure
ἐς πόλιν   dans la ville
ἑστιοῦχον.   qui-renferme-leurs-foyers.
Ἀφῆκα ὥστε τοξότης,   J'ai lancé comme un archer
τοιαῦτα τοξεύματα   de tels traits
βέβαια καρδίας,   sûrs de frapper contre ton cœur
τῶν σὺ οὐχ ὑπεκδραμεῖ θάλπος,   dont tu n'éviteras pas la brûlure,
θυμῷ σου,   étant en-colère contre toi;
λυπεῖς γάρ.   car tu es-incommode.
Σὺ δὲ, ὦ παῖ, ἄπαγε ἡμᾶς   Mais toi, mon enfant, emmène-nous
πρὸς δόμους, ἵνα οὗτος   dans nos demeures, afin que celui-c
ἀφῇ τὸν θυμὸν   lance (décharge) sa colère
ἐς νεωτέρους,   sur de plus jeunes que moi,

καὶ γνῷ τρέφειν τὴν γλῶσσαν ἡσυχωτέραν,
τὸν νοῦν τ᾽ ἀμείνω τῶν φρενῶν, ἢ νῦν φέρει.

ΧΟΡΟΣ.

Ἀνὴρ, ἄναξ, βέϐηκε δεινὰ θεσπίσας.
Ἐπιστάμεσθα δ᾽, ἐξ ὅτου λευκὴν ἐγὼ   1085
τήνδ᾽ ἐκ μελαίνης ἀμφιϐάλλομαι τρίχα,
μή πώ ποτ᾽ αὐτὸν ψεῦδος ἐς πόλιν λακεῖν.

ΚΡΕΩΝ.

Ἔγνωκα καὐτὸς, καὶ ταράσσομαι φρένας.
Τό τ᾽ εἰκάθειν γὰρ δεινόν· ἀντιστάντα δὲ
ἄτῃ πατάξαι θυμὸν¹, ἐν δεινῷ πάρα.   1090

ΧΟΡΟΣ.

Εὐϐουλίας δεῖ, παῖ Μενοικέως Κρέον.

ΚΡΕΩΝ.

Τί δῆτα χρὴ δρᾶν; φράζε· πείσομαι δ᾽ ἐγώ.

ΧΟΡΟΣ.

Ἐλθὼν, κόρην μὲν ἐκ κατώρυχος στέγης
ἄνες· κτίσον δὲ τῷ προκειμένῳ τάφον.

ΚΡΕΩΝ.

Καὶ ταῦτ᾽ ἐπαινεῖς καὶ δοκεῖς παρεικάθειν;   1095

ΧΟΡΟΣ.

Ὅσον γ᾽, ἄναξ, τάχιστα.² Συντέμνουσι γὰρ
θεῶν ποδώκεις τοὺς κακόφρονας βλάϐαι.

---

maintenir sa langue dans le silence, et son âme dans des sentiments plus modérés.

LE CHOEUR. Le devin, prince, s'est retiré en lançant d'affreuses prédictions ; et nous savons, depuis ma jeunesse jusqu'au temps où l'âge a blanchi mes cheveux, que jamais l'événement n'a démenti ses oracles.

CRÉON. Et moi aussi je l'ai reconnu, et mon esprit se trouble. Il m'en coûte de céder ; mais si je résiste, je verrai en outre ma résistance punie par le malheur.

LE CHOEUR. La prudence est nécessaire, fils de Ménécée.

CRÉON. Que faut-il donc faire ? Parle, je suis prêt à obéir.

LE CHOEUR. Va donc, et retire la jeune fille de sa prison souteraine ; puis élève un tombeau à celui qui en est privé.

CRÉON. Voilà donc ton avis, et tu crois que je dois céder ?

LE CHOEUR. Oui, prince, et sans perdre un moment. La vengeance des dieux accourt d'un pied léger, et frappe soudain les coupables.

καὶ γνῷ τρέφειν	et apprenne à nourrir (avoir)
τὴν γλῶσσαν ἡσυχωτέραν	la langue plus tranquille
τόν τε νοῦν τῶν φρενῶν	et le jugement de son cœur
ἀμείνω ἢ φέρει νῦν.	meilleur qu'il ne le porte maintenant.
ΧΟΡΟΣ. Ἄναξ,	LE CHOEUR. O roi,
ὁ ἀνὴρ βέβηκε	cet homme s'en est allé
θεσπίσας δεινά.	ayant prédit des choses horribles.
Ἐπιστάμεσθα δὲ αὐτὸν λακεῖν	Mais nous savons lui n'avoir prédit
μὴ πώ ποτε ψεῦδος	jamais encore de mensonge
ἐς πόλιν	à la ville
ἐξ ὅτου ἐγὼ ἀμφιβάλλομαι	depuis que moi je revêts
τήνδε τρίχα λευκὴν	cette chevelure blanche
ἐκ μελαίνης.	au lieu de la noire.
ΚΡΕΩΝ. Ἔγνωκα καὶ αὐτὸς	CRÉON. Je l'ai reconnu moi aussi
καὶ ταράσσομαι φρένας.	et je suis troublé dans mon cœur.
Δεινὸν γὰρ τό τε εἰκάθειν,	Car d'abord il est désagréable de céder,
ἀντιστάντα δὲ	mais en résistant
πάρα ἐν δεινῇ	on peut avec ce désagrément
πατάξαι	frapper (briser) encore
θυμὸν ἄτῃ.	sa colère par le malheur.
ΧΟΡΟΣ. Κρέον,	LE CHOEUR. Créon,
παῖ Μενοικέως,	fils de Ménécée,
δεῖ εὐβουλίας.	il faut de la prudence.
ΚΡΕΩΝ. Τί δῆτα χρὴ δρᾶν;	CRÉON. Quoi donc faut-il faire?
φράζε· πείσομαι δὲ ἐγώ.	parle; de l'autre côté j'obéirai moi.
ΧΟΡΟΣ. Ἄνες	LE CHOEUR. Relâche
κόρην μὲν	d'un côté la jeune-fille
ἐκ στήγης κατώρυχος,	de sa demeure enfouie (souterraine)
ἐλθών·	y étant allé ;
κτίσον δὲ τάφον	de l'autre côté bâtis un tombeau
τῷ προκειμένῳ.	à celui qui est publiquement-exposé.
ΚΡΕΩΝ. Ταῦτα	CRÉON. Quant à ces choses
καὶ ἐπαινεῖς	tu les approuves donc
καὶ δοκεῖς παρεικάθειν;	et crois-utile de céder?
ΧΟΡΟΣ. Ἄναξ,	LE CHOEUR. O roi,
ὅσον γε τάχιστα.	certes au plus vite.
Βλάβαι γὰρ ποδώκεις	Car les châtiments aux-pieds-agiles
θεῶν	des dieux
συντέμνουσι	atteignent-par-le-chemin-le-plus-court
τοὺς κακόφρονας	les méchants.

ΚΡΕΩΝ.

Οἴμοι, μόλις μὲν !, καρδίας δ' ἐξίσταμαι
τὸ δρᾶν· ἀνάγκῃ δ' οὐχὶ δυςμαχητέον.

ΧΟΡΟΣ.

Δρᾶ νῦν τάδ' ἐλθὼν, μηδ' ἐπ' ἄλλοισιν τρέπε**2**.   1100

ΚΡΕΩΝ.

Ὧδ' ὡς ἔχω στείχοιμ' ἄν·'Ἴτ', ἴτ', ὀπάονες,
οἵ **3** τ' ὄντες, οἵ τ' ἀπόντες, ἀξίνας χεροῖν
ὁρμᾶσθ' ἑλόντες εἰς ἐπόψιον τόπον,
4   *   *   *

Ἐγὼ δ' (ἐπειδὴ δόξα τῇδ' ἐπεστράφη),
αὐτός τ' ἔδησα, καὶ παρὼν ἐκλύσομαι.   1105
Δέδοικα γὰρ, μὴ τοὺς καθεστῶτας νόμους
ἄριστον ᾖ σώζοντα τὸν βίον τελεῖν.

ΧΟΡΟΣ **5**.
(Στροφὴ ά.)

Πολυώνυμε, Καδμείας
νύμφας ἄγαλμα, καὶ Διὸς
βαρυβρεμέτα γένος,   1110
κλυτὰν ὃς ἀμφέπεις
Ἰταλίαν **6**, μέδεις δὲ **7** παγχοίνοις Ἐλευσινίας
Δηοῦς ἐν κόλποις,
Βακχεῦ, Βακχᾶν δ μητρόπολιν Θήβαν   1115
ναίων παρ' ὑγρῶν Ἰσμηνοῦ
ῥεέθρων, ἀγρίου τ'

CRÉON. Hélas ! c'est avec peine que je renonce a mon projet, mais j'y renonce pourtant : il ne faut pas lutter contre la nécessité.

LE CHOEUR. Va donc, et ne remets pas ce soin à d'autres qu'à toi-même.

CRÉON. Je pars à l'instant : allez, esclaves présents et absents, courez, la hache à la main, courez vers la montagne. *** Pour moi, puisque j'ai pris de nouveaux sentiments, après l'avoir enchaînée, je vais la délivrer moi-même. Car je crains que le parti le plus sage ne soit d'observer les lois établies.

LE CHOEUR. Toi qu'on adore sous des noms divers, toi la gloire de la fille de Cadmus et le rejeton du puissant maître du tonnerre, dieu protecteur de la célèbre Italie, qui présides avec Cérès aux fêtes solennelles d'Eleusis, ô Bacchus, toi qui habites la ville chérie des bacchantes, Thèbes, sur les rives de l'Isménus, jadis ensemencées des dents d'un cruel dragon ; pour toi, la flamme brillante des sacrifices

ΚΡΕΩΝ Μόλις μὲν
ἐξίσταμαι δὲ καρδίας
τὸ δρᾶν·
δυσμαχητέον δὲ οὐχ'
τῇ ἀνάγκῃ.

CRÉON. *C'est* avec peine il est vrai
mais je me désiste de *mon* intention,
pour faire *ceci* ;
mais il ne faut pas lutter-obstinément
contre la nécessité.

ΧΟΡΟΣ. Δρᾶ τάδε
νῦν
ἐλθών,
μηδὲ ἐπίτρεπε ἄλλοισιν.

LE CHOEUR. Fais ces choses
maintenant,
y étant allé,
et n'en remets-pas-le-soin à d'autres.

ΚΡΕΩΝ. Στείχοιμι ἂν
ὧδε ὡς ἔχω.
Ἴτε, ἴτε, ὀπάονες,
οἵτε ὄντες οἵτε ἀπόντες
ὁρμᾶσθε εἰς τόπον ἐπόψιον,
ἐλόντες ἀξίνας χεροῖν.

CRÉON. J'irai *donc*
ainsi que je suis (tout de suite).
Allez, allez, serviteurs,
et ceux présents et ceux absents,
courez au lieu facile-à-découvrir,
ayant pris des haches entre *vos* mains.

* * * *

Ἐγὼ δὲ ἐπειδὴ δόξα
ἐπεστράφη τῇδε,
ἔδησά τε αὐτὸς
καὶ ἐκλύσομαι παρών.
Δέδοικα γάρ,
μὴ ἄριστον ᾖ
τελεῖν τὸν βίον
σῴζοντα τοὺς νόμους καθεστῶτας.

Mais moi, puisque *notre* opinion
en-est-revenue là,
je *l*'ai enchaînée d'abord moi-même
et je *la* délivrerai *étant* présent.
Car je crains
que la meilleure chose ne soit
de passer *sa* vie
en conservant les lois établies.

(Στροφὴ α'.)

Strophe I.

ΧΟΡΟΣ. Πολυώνυμε,
ἄγαλμα νύμφας
Καδμείας
καὶ γένος
Διὸς βαρυβρεμέτα
ὃς ἀμφέπεις
Ἰταλίαν κλυτάν,
μέδεις δὲ
ἐν κόλποις παγκοίνοις
Δηοῦς Ἐλευσινίας,
ὦ Βακχεῦ,
ὃ ναίων Θήβαν
μητρόπολιν Βακχᾶν,
παρὰ ῥεέθρων ὑγρῶν
Ἰσμηνοῦ

LE CHOEUR. Toi-aux-nombreux-
délices de la nymphe   [noms
Cadméenne
et rejeton
de Jupiter au-tonnerre-redoutable,
toi qui veilles-sur
l'Italie célèbre,
et règnes de l'autre côté
dans les golfes communs-à-tous
de Cérès Éleusinienne,
ô Bacchus,
qui habites Thèbes,
la métropole des bacchantes,
près des courants liquides
de l'Isménus,

ἐπὶ σπορᾷ δράκοντος[1]·
     (Ἀντιστροφὴ α΄.)
σὲ δ᾽ ὑπὲρ[2] διλόφου πέτρας
στέροψ ὄπωπε λιγνὺς, ἔν-   1120
θα[3] Κωρύκιαι Νύμφαι
στείχουσι Βάκχιδες,
Κασταλίας τε νᾶμα· καὶ
σὲ Νυσαίων ὀρέων
κισσήρεις ὄχθαι,   1125
χλωρά τ᾽ ἀκτὰ πολυστάφυλος πέμπει,
   ἀβρότων ἐπέων εὐαζόν-
   των, Θηβαίας
   ἐπισκοποῦντ᾽ ἀγυιάς·
        (Στροφὴ β΄.)
   τὰν ἐκ πασᾶν   1130
τιμᾷς ὑπερτάταν πόλεων
ματρὶ σὺν κεραυνίᾳ·
καὶ νῦν, ὡς βιαίας
ἔχεται πάνδημος πόλις
ἐπὶ νόσου,[4] μολεῖν ποδὶ   1135
καθαρσίῳ Παρνασίαν
ὑπὲρ κλιτὺν, ἢ
στονόεντα πορθμόν
       (Ἀντιστροφὴ β΄)
Ἰὼ πῦρ πνεόντων
χοράγ᾽ ἄστρων[5] καὶ νυχίων   1140

s'élève sur la montagne au double sommet que les nymphes de Coryce,
les bacchantes, se plaisent à parcourir, et qu'arrose la source de Castalie. Tu traverses les montagnes de Nysa, dont les sommets sont
couronnés de lierre et les coteaux couverts de vignes verdoyantes, et
des chants d'allégresse saluent ta présence, lorsque tu visites les murs
de Thèbes, de toutes les villes la plus chère à tes yeux et à ceux de
ta mère consumée par la foudre. Et maintenant qu'un fléau terrible
menace ses nombreux citoyens, franchis d'un pied léger les sommets
du Parnasse, où les flots retentissants de l'Eubée. O toi qui conduis
le chœur des astres étincelants et qui présides aux chants nocturnes,

ἐπί τε σπορᾷ	et sur les semailles
δράκοντος ἀγρίου.	du dragon cruel.
(Ἀντιστροφὴ α.)	*Antistrophe I.*
Λιγνὺς δὲ	Et la flamme
στέροψ	petillante
ὑπὲρ πέτρας	sur le rocher
διλόφου ὄπωπέ σε,	au-double-sommet voit toi,
ἔνθα στείχουσι	là où se promènent
Νύμφαι Κωρύκιαι	les nymphes de-Coryce
Βακχίδες,	les bacchantes
νᾶμά τε	et où se trouve la source
Κασταλίας·	de Castalie;
καὶ ὄχθαι κισσήρεις	et les collines couvertes-de-lierre
ὀρέων Νυσαίων	des montagnes de-Nysa
ἀκτά τε χλωρὰ	et la côte verdoyante
πολυστάφυλος	aux-nombreuses-vignes
πέμπει σε, ἐπέων ἀβρότων	conduisent toi, des paroles saintes
εὐαζόντων,	retentissant-avec-les-cris-évoē,
ἐπισκοποῦντα	visitant (lorsque tu visites)
ἀγυιὰς Θηβαίας.	les carrefours de-Thèbes.
(Στροφὴ β′.)	*Strophe II.*
Τὰν τιμᾷς	Laquelle *ville* tu honores
ὑπερτάταν	*comme* la suprême
ἐκ πασᾶν πόλεων	de toutes les villes,
σὺν ματρὶ	en-même-temps que *ta* mère
κεραυνίᾳ.	foudroyée.
Καὶ νῦν,	Et maintenant,
ὡς πόλις πάνδημος·	que la ville avec-tout-*son*-peuple
ἔχεται	est-poussée
ἐπὶ νόσου	vers un fléau
βιαίας,	violent,
μολεῖν ποδὶ καθαρσίῳ	viens d'un pied purificateur
ὑπὲρ κλιτὸν	sur le sommet
Παρνασίαν	du-Parnasse,
ἢ πορθμὺν	ou *à travers* le détroit
στονόεντα.	gémissant.
(Ἀντιστροφὴ β′.)	*Antistrophe II.*
Ὦ χοραγὲ	O *toi* qui-conduis-le-chœur
ἄστρων	des astres
πνεόντων πῦρ	exhalant le feu

φθεγμάτων ἐπίσκοπε,
παῖ[1], Διὸς γένεθλον,
   προφάνηθι Ναξίαις
σαῖς ἅμα περιπόλοις (Θυιάσιν),
αἲ σε μαινόμεναι πάννυχοι   1145
   χορεύουσι, τὸν
   ταμίαν Ἴαχχον.

ΑΓΓΕΛΟΣ.

Κάδμου πάροικοι καὶ δόμων Ἀμφίονος,
οὐκ ἔσθ' ὁποῖον[2] στάντ' ἂν ἀνθρώπου βίον
οὔτ' αἰνέσαιμ' ἂν, οὔτε μεμψαίμην ποτέ.   1150
Τύχη γὰρ ὀρθοῖ καὶ τύχη καταρρέπει
τὸν εὐτυχοῦντα τόν τε δυςτυχοῦντ' ἀεί·
καὶ μάντις οὐδεὶς τῶν καθεστώτων βροτοῖς.
Κρέων γὰρ ἦν ζηλωτὸς[3], ὡς ἐμοί, ποτὲ,
σώσας μὲν ἐχθρῶν τήνδε Καδμείαν χθόνα·   1155
λαβών τε χώρας παντελῆ μοναρχίαν,
εὔθυνε, θάλλων εὐγενεῖ τέκνων σπορᾷ·
καὶ νῦν ἀφεῖται πάντα. Τὰς γὰρ ἡδονὰς

fils de Jupiter, parais à nos regards avec les filles de Naxos, les Thyades qui t'accompagnent, et qui toute la nuit, dans leurs divins transports, forment des danses en l'honneur de Bacchus leur souverain.

LE MESSAGER. Vous qui habitez près du palais de Cadmus et d'Amphion, il n'est point d'homme que je puisse considérer comme heureux ou malheureux tant qu'il existe; car sans cesse la fortune relève, la fortune renverse la prospérité et le malheur, et nul devin ne peut lire l'avenir dans le présent. Créon me paraissait digne d'envie; libérateur de la ville de Cadmus, maître puissant de ces contrées, il régnait; des enfants généreux ajoutaient à sa gloire. Maintenant tout à disparu. Car lorsque les hommes ont perdu le plaisir, ils ne vivent

καὶ ἐπίσκοπε · et qui-présides
φθεγμάτων aux voix
νυχίων, nocturnes,
παῖ, adolescent,
γένεθλον Διὸς, rejeton de Jupiter,
προφάνηθι parais
ὄμμα Θυιάσι avec les thyades
Ναξίαις de-Naxos
σαῖς περιπόλοις · les compagnes,
αἳ χορεύουσι qui célèbrent-par-des-danses
μαινόμεναι transportées-de-fureur,
πάννυχοι pendant-toute-la-nuit,
σὲ ταμίαν toi *leur* souverain
Ἴαχχον. Iacchus.
ΑΓΓΕΛΟΣ. Πάροικοι LE MESSAGER. Voisins
δόμων Κάδμου καὶ Ἀμφίονος, du palais de Cadmus et d'Amphion,
οὐκ ἔστιν ὁποῖον βίον il n'est pas quelle vie
ἀνθρώπου στάντα ἂν · d'homme qui-se-tient-debout
οὔτε αἰνέσαιμι ἄν ποτε ni je puisse louer jamais
οὔτε μεμψαίμην. ni je puisse blâmer.
Ἀεὶ γὰρ Car toujours
τύχη ὀρθοῖ, καὶ τύχη la fortune relève, et la fortune
καταῤῥέπει fait-pencher (renverse)
τόν τε εὐτυχοῦντα et l'heureux
τόν τε δυστυχοῦντα. et le malheureux.
Καὶ οὐδεὶς μάντις Et *il n'est* aucun devin
βροτοῖς aux mortels
τῶν καθεστώτων. de l'état-présent-des-affaires.
Κρέων γὰρ ἦν ζηλωτός ποτε Car Créon était digne-d'envie autrefois
ὡς ἐμοὶ, comme *il semble* à moi,
σώσας μὲν ayant sauvé en-vérité
ἐχθρῶν *de la main* des ennemis
τήνδε χθόνα Καδμείαν · cette terre Cadméenne;
λαβών τε μοναρχίαν et ayant pris l'empire-souverain
παντελῆ χώρας intégral du pays
εὔθυνε, θάλλων il gouvernait, florissant
σπορᾷ εὐγενεῖ τέκνων. d'une race noble d'enfants.
Καὶ νῦν πάντα Et maintenant toutes *ces* choses
ἀφεῖται. se sont débandées (ont disparu.)
Ὅταν γὰρ ἄνδρες Car quand les hommes

ὅταν προδῶσιν ἄνδρες, οὐ τίθημ' ἐγὼ
ζῆν τοῦτον, ἀλλ' ἔμψυχον ἡγοῦμαι νεκρόν.   1160
Πλούτει τε γὰρ κατ' οἶκον, εἰ βούλει, μέγα,
καὶ ζῆ, τύραννον σχῆμ' ἔχων· ἐὰν δ' ἀπῇ
τούτων τὸ χαίρειν, τἄλλ' ἐγὼ καπνοῦ σκιᾶς
οὐκ ἂν πριαίμην ἀνδρὶ πρὸς τὴν ἡδονήν.

              ΧΟΡΟΣ.

Τί δ' αὖ τόδ' ἄχθος βασιλέων ἥκεις φέρων;   1165

              ΑΓΓΕΛΟΣ.

Τεθνᾶσιν· οἱ δὲ ζῶντες αἴτιοι θανεῖν.

              ΧΟΡΟΣ.

Καὶ τίς φονεύει; τίς δ' ὁ κείμενος; λέγε.

              ΑΓΓΕΛΟΣ.

Αἵμων ὄλωλεν, αὐτόχειρ [1] δ' αἱμάσσεται.

              ΧΟΡΟΣ.

Πότερα πατρῴας, ἢ πρὸς οἰκείας χερός;

              ΑΓΓΕΛΟΣ.

Αὐτὸς πρὸς αὑτοῦ, πατρὶ μηνίσας φόνου.   1170

              ΧΟΡΟΣ.

Ὦ μάντι, τοὔπος ὡς ἄρ' ὀρθὸν ἤνυσας.

              ΑΓΓΕΛΟΣ.

Ὡς ὧδ' ἐχόντων, τἄλλα βουλεύειν πάρα.

              ΧΟΡΟΣ.

Καὶ μὴν ὁρῶ τάλαιναν Εὐρυδίκην ὁμοῦ

plus à mes yeux ; ce ne sont que des cadavres animés. En vain tu possèdes dans ton palais d'immenses trésors, en vain la magnificence royale l'environne. Si la joie manque à tous ces biens, le reste comparé au plaisir est moins qu'une fumée et une ombre vaine.

LE CHOEUR. Quel nouveau malheur arrivé à nos rois viens-tu nous annoncer?

LE MESSAGER. Ils sont morts; et ceux qui vivent ont causé leur trépas.

LE CHOEUR. Quel est le meurtrier? quelle est la victime? Parle.

LE MESSAGER. Hémon n'est plus ; il a péri sous les coups d'une main amie.

LE CHOEUR. De la sienne, dis-tu, ou de celle de son père?

LE MESSAGER. Il s'est tué lui-même, furieux du meurtre ordonné par son père.

LE CHOEUR. O Tirésias, tes prédictions n'étaient que trop véritables !

LE MESSAGER. Dans ces tristes conjonctures, songeons à prévenir d'autres malheurs.

LE CHOEUR. Mais je vois l'infortunée Eurydice, l'épouse de Créon;

κρύδωσι τὰς ἡδονὰς,	ont perdu leurs joies,
οὐ τίθημι ἐγὼ	je n'estime pas moi
τοῦτον ζῆν,	celui-là vivre,
ἀλλὰ ἡγοῦμαι	mais je le crois
νεκρὸν ἔμψυχον.	un cadavre qui-respire.
Πλούτει τε γὰρ μέγα	Car sois riche grandement d'abord
κατὰ οἶκον, εἰ βούλει·	dans ta maison, si tu veux;
καὶ ζῆ, ἔχων	puis vis, ayant
σχῆμα τύραννον·	l'appareil du-souverain;
ἐὰν δὲ τὸ χαίρειν	mais si le plaisir
ἀπῇ τούτων,	est-éloigné de ces choses,
ἐγὼ οὐκ ἂν πριαίμην	moi je n'achèterais pas
καπνὸν σκιᾶς	pour l'ombre de la fumée
ἀνδρὶ τὰ ἄλλα	à un homme les autres choses
πρὸς τὴν ἡδονήν.	comparativement au plaisir.
ΧΟΡΟΣ. Τί δὲ αὖ	LE CHOEUR. Mais quel est encore
τόδε ἄχθος βασιλέων	ce malheur-accablant des rois,
φέρων ἥκεις;	qu'apportant tu es venu?
ΑΓΓΕΛΟΣ. Τεθνᾶσιν·	LE MESSAGER. Ils sont morts,
οἱ δὲ ζῶντες αἴτιοι	et ceux qui vivent sont cause
θανεῖν.	ceux-là être morts
ΧΟΡΟΣ. Καὶ τίς φονεύει;	LE CHOEUR. Et qui tue?
τίς δὲ ὁ κείμενος; λέγε.	et qui est gisant étant tué? parle
ΑΓΓΕΛΟΣ. Αἵμων ὄλωλεν·	LE MESSAGER. Hémon est mort;
αἱμάσσεται δὲ	mais il est ensanglanté
αὐτόχειρ.	par-une-main-parente.
ΧΟΡΟΣ. Πότερα	LE CHOEUR. Est-ce
πρὸς χερὸς πατρῴας	de la main de-son-père
ἢ οἰκείας;	ou de la sienne-propre?
ΑΓΓΕΛΟΣ. Αὐτὸς	LE MESSAGER. Lui-même
πρὸς αὐτοῦ, μηνίσας	par lui-même, irrité
πατρὶ φόνου.	contre son père à cause du meurtre.
ΧΟΡΟΣ. Ὦ μάντι,	LE CHOEUR. O devin,
ὡς ἄρα ἤνυσας	que tu as accompli donc
τὸ ἔπος ὀρθόν.	ton discours devenu juste (véritable).
ΑΓΓΕΛΟΣ. Ὡς ἐχόντων ὧδε,	LE MESSAGER. Les choses étant ainsi,
πάρα βουλεύειν	il est-utile de mettre-en-délibération
τὰ ἄλλα.	les autres choses.
ΧΟΡΟΣ. Καὶ μὴν ὁρῶ	LE CHOEUR. Et cependant je vois
τάλαιναν Εὐρυδίκην,	la malheureuse Eurydice,

δάμαρτα τὴν Κρέοντος· ἐκ δὲ δωμάτων,
ἤτοι¹ κλύουσα παιδὸς, ἢ τύχῃ, πάρα.   1175

ΕΥΡΥΔΙΚΗ².

Ὦ πάντες ἀστοὶ, τοῦ λόγου γ' ἐπηςθόμην,
πρὸς ἔξοδον στείχουσα, Παλλάδος θεᾶς³
ὅπως ἱκοίμην εὐγμάτων προςήγορος.
Καὶ τυγχάνω γε κλῆθρ' ἀνασπάστου πύλης
χαλῶσα, καί με φθόγγος οἰκείου κακοῦ   1180
βάλλει δι' ὤτων· ὑπτία δὲ κλίνομαι
δείσασα πρὸς δμωαῖσι, κἀποπλήσσομαι.
Ἀλλ' ὅςτις ἦν ὁ μῦθος, αὖθις εἴπατε.
Κακῶν γὰρ οὐκ ἄπειρος οὖσ' ἀκούσομαι.

ΑΓΓΕΛΟΣ.

Ἐγὼ, φίλη δέσποινα, καὶ παρὼν ἐρῶ,   1185
κοὐδὲν παρήσω τῆς ἀληθείας ἔπος.
Τί γάρ σε μαλθάσσοιμ' ἂν, ὧν ἐς ὕστερον
ψεῦσται φανούμεθ'; ὀρθὸν ἡ ἀλήθει' ἀεί.
Ἐγὼ δὲ σῷ ποδαγὸς ἑσπόμην πόσε
πεδίον ἐπ' ἄκρον, ἔνθ' ἔκειτο νηλεὲς   1190
κυνοσπάρακτον σῶμα Πολυνείκους ἔτι·

elle sort du palais. Est-ce le hasard qui l'amène, ou bien est-elle instruite du sort de son fils?

EURYDICE. O vous tous, citoyens, j'ai entendu vos paroles au moment où je sortais pour aller offrir mes prières à Pallas. J'ouvre la porte du palais, et le bruit d'un malheur domestique frappe mon oreille; sans force, je tombe tremblante dans les bras de mes femmes, et je suis glacée d'effroi. Mais que disait-on? Répétez-le-moi : éprouvée par les malheurs, j'en puis apprendre de nouveaux.

LE MESSAGER. C'est moi, chère maîtresse, qui en fus témoin, et qui parlerai, sans déguiser la vérité; car que me servirait de l'adoucir, quand bientôt mes mensonges seraient découverts? Le parti de la vérité est toujours le meilleur. Je suivais ton époux ; le conduisant à l'extrémité de la plaine où gisait encore, livré sans pitié à la dent des chiens, le corps de Polynice. Et d'abord en priant Pluton

δάμαρτα τὴν Κρέοντος, ὁμοῦ·   l'épouse de Créon, près d'ici;
πάρα δὲ ἐκ δωμάτων,   et elle est-ici venue du palais,
ἤτοι κλύουσα   ou ayant écouté
παιδὸς   ce qui regarde son fils
ἢ τύχῃ.   ou par hasard.

ΕΥΡΥΔΙΚΗ. Ὦ πάντες ἀστοὶ,   EURYDICE. O vous tous citoyens,
ἐπῃσθόμην γε τοῦ λόγου,   j'ai entendu certainement la narration
στείχουσα πρὸς ἔξοδον,   allant vers la sortie,
ὅπως ἱκοίμην προςήγορος   pour que je vinsse adressant
εὐγμάτων θεᾶς Παλλάδος,   des prières à la déesse Minerve
καὶ τυγχάνω γε   et je me trouve en-effet
χαλῶσα   relâchant
κλῇθρα πύλης   les verrous de la porte
ἀνασπάστου   tirée-en-arrière
καὶ φθόγγος κακοῦ οἰκείου   et le bruit du malheur domestique
βάλλει με διὰ ὤτων·   frappe moi à travers les oreilles,
κλίνομαι δὲ ὑπτία   et je tombe à-la-renverse
πρὸς ὁμωαῖσι,   auprès de mes esclaves
δείσασα, καὶ ἀποπλήσσομαι.   ayant eu-peur et je défaillis.
Ἀλλὰ εἴπατε αὖθις,   Mais dites de-nouveau
ὅστις ἦν ὁ μῦθος.   quel était ce discours.
Ἀκούσομαι γὰρ   Car je l'écouterai
οὐκ οὖσα   n'étant pas
ἄπειρος κακῶν.   sans-expérience des maux.

ΑΓΓΕΛΟΣ. Φίλη δέσποινα,   LE MESSAGER. Chère maîtresse,
ἐγὼ ἐρῶ   moi je le dirai
καὶ παρὼν   et comme témoin qui-a-assisté,
καὶ παρήσω οὐδὲν ἔπος   et je n'omettrai aucun mot
τῆς ἀληθείας.   de la vérité.
Τί γὰρ μαλθάσσοιμι ἄν σε   Car pourquoi amollirais-je toi
ὧν   dans des choses dans lesquelles
φανούμεθα   nous paraîtrons
ψεῦσται ἐς ὕστερον;   menteurs plus tard?
ἡ ἀλήθεια ἀεὶ ὀρθόν.   la vérité est toujours droite.
Ἐγὼ δὲ ἑσπόμην   Moi donc je suivais
ποδαγὸς σῷ πόσει   comme guide ton époux,
ἐπὶ πεδίον ἄκρον   vers la plaine élevée,
ἔνθα ἔκειτο ἔτι   où gisait encore
σῶμα νηλεὲς   le corps délaissé sans-miséricorde,
κυνοσπάρακτον Πολυνείκους;   déchiré-par-les-chiens de Polynice;

καὶ τὸν μὲν, αἰτήσαντες ἐνοδίαν θεὸν
Πλούτωνά τ᾽ ὀργὰς εὐμενεῖς κατασχέθεν,
λούσαντες ἁγνὸν λουτρὸν, ἐν [1] νεοσπάσιν
θαλλοῖς ὃ δὴ λέλειπτο συγκατήθομεν,   1195
καὶ τύμβον ὀρθόκρανον οἰκείας χθονὸς
χώσαντες, αὖθις πρὸς λιθόστρωτον κόρης
νυμφεῖον Ἄδου κοῖλον εἰςεβαίνομεν.
Φωνῆς δ᾽ ἄπωθεν ὀρθίων κωκυμάτων
κλύει τις ἀκτέριστον ἀμφὶ παστάδα,   1200
καὶ δεσπότῃ Κρέοντι σημαίνει μολών·
τῷ δ᾽ ἀθλίας ἄσημα περιβαίνει βοῆς
ἕρποντι [2] μᾶλλον ἆσσον, οἰμώξας δ᾽ ἔπος
ἵησι δυσθρήνητον· « Ὦ τάλας ἐγώ,
« ἆρ᾽ εἰμὶ μάντις; ἆρα δυςτυχεστάτην   1205
« κέλευθον ἕρπω τῶν παρελθουσῶν ὁδῶν;
» Παιδός με σαίνει φθόγγος. Ἀλλὰ, πρόςπολοι,
« ἴτ᾽ ἆσσον ὠχεῖς, καὶ παραστάντες τάφῳ,
« ἀθρήσαθ᾽ [3] ἁρμὸν χώματος λιθοσπαδῆ,
« δύντες πρὸς αὐτὸ στόμιον, εἰ τὸν Αἵμονος   1210

et Proserpine d'apaiser leur courroux et de nous être propices, nous arrosons le corps de libations d'eau lustrale, et sur un amas de rameaux verts nous brûlons ce qui en reste. Après avoir élevé une tombe avec la terre de sa patrie, amoncelée par nos mains, nous marchions aussitôt vers la caverne où la jeune vierge au lieu d'hymen avait trouvé le trépas. Nous étions encore éloignés, lorsqu'un de nous entend des cris assez distincts sortir du fond de ce tombeau privé des honneurs funèbres. Il court l'annoncer au roi. Créon s'approche, et bientôt il entend les sons confus d'une voix plaintive; et en gémissant il laisse échapper ces tristes paroles : O infortuné que je suis, croirai-je mes pressentiments? Est-ce la plus funeste des routes que je suis en ce moment? La voix de mon fils a frappé mon oreille. Courez, volez, serviteurs, vers le tombeau d'Antigone; arrachez les pierres amoncelées qui en ferment l'entrée, et plongeant vos regards dans la caverne,

καὶ αἰτήσαντες	et ayant prié
θεὸν ἐνοδίαν Πλούτωνά τε	la déesse des-carrefours et Pluton
κατασχέθειν ὀργὰς	de conserver des sentiments
εὐμενεῖς·	bienveillants ,
λούσαντες τὸν μὲν λουτρὸν ἁγνὸν	ayant lavé celui-ci d'une lotion lustrale
συγκατῄθομεν	nous brûlions-ensemble
ὃ δὴ λέλειπτο	ce qui encore restait,
ἐν θαλλοῖς	avec des rameaux
νεοσπάσιν,	nouvellement-arrachés,
καὶ χώσαντες	et ayant entassé
τύμβον ὀρθόκρανον	une tombe au-sommet-élevé
χθονὸς οἰκείας,	de terre de-la-patrie,
εἰςεβαίνομεν αὖθις	nous voulions entrer en-second lieu
πρὸς νυμφεῖον Ἄδου	dans le lit-nuptial des enfers
κοῖλον λιθόστρωτον κόρης.	creux pavé-de-pierres de la jeune-fille.
Κλύει δέ τις ἄπωθεν φωνῆς	Et quelqu'un entend de-loin un son
κωκυμάτων ὀρθίων	de lamentations distinctes
ἀμφὶ παστάδα	près de la chambre-nuptiale
ἀκτέριστον	privée-des-honneurs-funèbres,
καὶ σημαίνει	et il l'annonce
Κρέοντι δεσπότῃ,	à Créon son maître,
μολών·	y étant allé ;
ἄσημα βοῆς ἀθλίας	les sons-confus de la voix de-détresse
περιβαίνει	entourent
τῷδε ἕρποντι μᾶλλον ἄσσον,	celui-ci venant plus près,
ἵησι δὲ ἔπος δυσθρήνητον	et il profère la parole lamentable,
οἰμώξας·	en soupirant :
Ὦ τάλας ἐγὼ,	O malheureux moi ,
ἆρά εἰμι μάντις ;	est-ce que je suis devin ?
ἆρα ἕρπω	est-ce que je marche
κέλευθον δυστυχεστάτην	sur le chemin le plus funeste
τῶν ὁδῶν παρελθουσῶν ;	des voyages passés?
φθόγγος παιδὸς σαίνει με.	la voix de mon enfant caresse moi
Ἀλλὰ, πρόςπολοι,	Mais, esclaves ,
ἴτε ἄσσον ὠκεῖς,	allez plus près vite ,
καὶ παραστάντες τάφῳ	et vous tenant-près du tombeau
ἀθρήσατε ἁρμὸν	examinez l'emboitement
χώματος	du monceau
λιθοσπαδῆ	les-pierres-en-étant-arrachées,
δύντες πρὸς στόμιον αὐτὸ	ayant pénétré jusqu'à l'entrée même

« φθόγγον ξυνίημ᾽, ἢ θεοῖσι κλέπτομαι. »

Τάδ᾽¹ ἐξ ἀθύμου δεσπότου κελεύσμασιν

ἠθροῦμεν· ἐν δὲ λοισθίῳ τυμβεύματι

τὴν μὲν, κρεμαστὴν αὐχένος, κατείδομεν

βρόχῳ μιτώδει σινδόνος² καθημμένην·   1215

τὸν δ᾽, ἀμφὶ μέσσῃ περιπετῆ προςκείμενον,

εὐνῆς ἀποιμώζοντα τῆς κάτω φθορὰν,

καὶ πατρὸς ἔργα, καὶ τὸ δύστηνον λέχος.

Ὁ δ᾽ ὡς ὁρᾷ σφε, στυγνὸν οἰμώξας, ἔσω

χωρεῖ πρὸς αὐτὸν, κἀνακωκύσας καλεῖ·   1220

« Ὦ τλῆμον, οἷον ἔργον εἴργασαι; τίνα

« νοῦν ἔσχες; ἐν τῷ ξυμφορᾶς διεφθάρης;

« Ἔξελθε, τέχνον· ἱκέσιός σε λίσσομαι. »

Τὸν δ᾽ ἀγρίοις ὄσσοισι παπτήνας ὁ παῖς,

πτύσας προςώπῳ, κοὐδὲν ἀντειπὼν, ξίφους   1225

ἕλκει διπλοῦς κνώδοντας· ἐκ δ᾽ ὁρμωμένου

πατρὸς φυγαῖσιν, ἤμπλακ᾽· εἶθ᾽ ὁ δύςμορος

voyez si c'est Hémon dont j'entends la voix, ou si les dieux m'ont abusé! Dociles aux ordres de notre maître éperdu, nous regardons; mais dans l'enfoncement du tombeau, quel spectacle! Antigone suspendue à un lien fatal! Le tissu de ses voiles la retient attachée : près d'elle Hémon, qui la presse étoitement dans ses bras, en déplorant la mort d'une épouse, la cruauté d'un père et son hymen infortuné. A cette vue, poussant d'affreux gémissements, Créon s'élance vers son fils, et l'appelle d'une voix lamentable : Malheureux! que vas-tu faire? quel est ton dessein? pourquoi courir à ta perte? Sors, mon fils; ton père suppliant t'en conjure! Mais son fils, lançant sur lui un regard furieux, le repousse avec dédain et, sans répondre, tire son épée à double tranchant. Créon recule et évite le coup : alors l'infortuné tourne sa colère contre lui-même; il s'appuie sur son épée, l'enfonce

εἰ ξυνίημι	si j'entends *réellement*
φθόγγον τὸν Αἵμονος	la voix de Hémon,
ἢ κλέπτομαι θεοῖσιν.	ou si je suis abusé par les dieux.
Ἠθροῦμεν τάδε	Nous explorions ces choses
κελεύσμασιν ἐκ δεσπότου	sur les ordres de *notre* maître
ἀθύμου·	découragé;
κατείδομεν δὲ τὴν μὲν	et nous vîmes celle-ci
ἐν λοισθίῳ	dans *la partie* la plus reculée
τυμβεύματι	du tombeau
κρεμαστὴν αὐχένος	pendue par le cou,
καθημμένην βρόχῳ	attachée par un nœud-coulant
μιτώδει σινδόνος·	au-tissu-de-fil de mousseline,
τὸν δὲ προςκείμενον περιπετῆ	l'autre gisant-près s'étant-laissé-tom-
ἀμφὶ μέσσῃ	autour du milieu *de son corps* [ber
ἀποιμώζοντα φθορὰν	déplorant la ruine
εὐνῆς	du lit-nuptial (de la fiancée)
τῆς κάτω	*descendu* aux enfers
καὶ ἔργα πατρὸς	et les œuvres de *son* père,
καὶ τὸ λέχος δύστηνον.	et le mariage infortuné.
Ὡς ὅδε ὁρᾷ σφε,	Lorsque celui-ci voit lui,
οἰμώξας στυγνὸν	ayant soupiré d'une manière-affreuse,
χωρεῖ ἔσω πρὸς αὐτὸν	il s'avance dans l'intérieur vers lui
καὶ καλεῖ	et il *l*'appelle
ἀνακωκύσας·	s'étant écrié douloureusement :
Ὦ τλῆμον	O malheureux,
οἷον ἔργον εἴργασαι;	quelle action as-tu faite?
τίνα νοῦν ἔσχες;	quelle intention avais-tu?
ἐν τῷ ξυμφορᾶς	par quel *genre* d'accident
διεφθάρης;	as-tu voulu périr?
Ἔξελθε, τέκνον,	Sors, *mon fils*,
λίσσομαί σε ἱκέσιος.	j'implore toi en suppliant.
Ὁ δὲ παῖς παπτήνας	Mais le jeune-homme ayant contemplé
τὸν ὄσσοισιν ἀγρίοις	celui-ci avec des yeux farouches,
πτύσας προςώπῳ	l'ayant repoussé – dédaigneusement
καὶ ἀντειπὼν οὐδὲν	et n'ayant dit-contre rien [par *son* air
ἕλκει κνώδοντα διπλοῦς	tire les branches-de-la-garde doubles
ξίφους· ἤμπλακε δὲ πατρὸς	de l'épée; mais il manqua *son* père
ἐξορμωμένου φυγαῖσιν·	qui se précipita-dehors en fuite;
εἶτα ὁ δύσμορος	alors l'infortuné
χολωθεὶς αὐτῷ,	irrité contre lui-même,

αὐτῷ χολωθεὶς, ὥσπερ εἶχ', ἐπεντάθεὶς
ἤρεισε πλευραῖς μέσσον ἔγχος, ἐς δ' ὑγρὸν
ἀγκῶν' ἔτ' ἔμφρων παρθένον προσπτύσσεται   1230
καὶ φυσιῶν ὀξεῖαν ἐκβάλλει πνοὴν
λευκῇ¹ παρειᾷ φοινίου σταλάγματος.
Κεῖται δὲ νεκρὸς περὶ νεκρῷ, τὰ νυμφικὰ
τέλη λαχὼν δείλαιος εἰν Ἅδου δόμοις,
δείξας ἐν ἀνθρώποισι τὴν ἀβουλίαν,   1235
ὅσῳ μέγιστον ἀνδρὶ πρόσκειται κακόν.
          ΧΟΡΟΣ.
Τί τοῦτ' ἂν εἰκάσειας; ἡ γυνὴ πάλιν
φρούδη, πρὶν εἰπεῖν ἐσθλὸν ἢ κακὸν λόγον.
          ΑΓΓΕΛΟΣ.
Καὐτὸς τεθάμβηχ'· ἐλπίσιν δὲ βόσκομαι,
ἄχη τέκνου κλύουσαν, ἐς πόλιν γόους   1240
οὐκ² ἀξιώσειν, ἀλλ' ὑπὸ στέγης ἔσω
δμωαῖς προθήσειν πένθος οἰκεῖον στένειν.
Γνώμης γὰρ οὐκ ἄπειρος, ὥσθ' ἁμαρτάνειν.
          ΧΟΡΟΣ.
Οὐκ οἶδ'· ἐμοιγ' οὖν ἥ τ' ἄγαν σιγὴ βαρὺ
δοκεῖ προσεῖναι, χἠ μάτην πολλὴ βοή.   1245

jusqu'au milieu dans sa poitrine, et respirant encore saisit Antigone
dans ses bras défaillants, et d'un visage décoloré il rend le dernier
soupir avec des flots de sang. Ainsi l'époux est étendu mort à côté de
son épouse sans vie, et c'est dans les enfers qu'il a trouvé un hymen
infortuné. Triste exemple qui apprend aux humains que l'imprudence
est le plus grand des maux!

LE CHOEUR. Que faut-il augurer? Elle a disparu, sans proférer une
seule parole favorable ou funeste.

Le MESSAGER. J'en suis alarmé comme toi; mais je me nourris de
cet espoir qu'instruite de la mort de son fils, elle ne veut pas offrir
aux Thébains le spectacle de sa douleur, et va dans son palais ordon-
ner à ses femmes de pleurer le fils qu'elle vient de perdre. Car elle a
trop de prudence pour rien faire qui soit indigne d'elle.

LE CHOEUR. Je ne sais; mais une douleur muette et celle qui éclate
par des cris violents me paraissent d'un funeste augure:

ἥρεισεν, ὥσπερ εἶχεν,	enfonça, comme il était (tout de suite)
ἔγχος μέσσον	l'arme-pointue jusqu'au-milieu
πλευραῖς	dans les côtes
ἐπέντaθεὶς,	se-penchant-en-avant-avec-force,
ἔμφρων δὲ ἔτι προςπτύσσεται	et maître-de-ses-sens encore il serre
παρθένον ἐς ἀγκῶνα ὑγρόν·	la vierge dans son bras languissant
καὶ ἐκβάλλει	et il pousse dehors (laisse-échapper)
πνοὴν ὀξεῖαν	un respiration violente
σταλάγματος φοινίου	accompagnée d'une filtration de-sang
παρειᾷ λευκῇ φυσιῶν.	d'une joue pâle, étant hors-d'haleine.
Νεκρὸς δὲ κεῖται περὶ νεκρῷ	Et mort il gît autour de la morte
λαχὼν	ayant obtenu-en-partage
δείλαιος τέλη τα νυμφικὰ	le malheureux les solennités nuptiales
ἐν δόμοις Ἅδου,	dans les demeures de Pluton,
δείξας ἐν ἀνθρώποισι	ayant montré parmi les hommes
τὴν ἀβουλίαν,	l'imprudence,
ὅσῳ μέγιστον κακὸν	à quel point étant le plus grand mal
πρόςκειται ἀνδρί.	elle s'attache à l'homme.
ΧΟΡΟΣ. Τί εἰκάσειας ἂν	LE CHŒUR. Que présumeras-tu
τοῦτο;	ceci être?
ἡ γυνὴ φρούδη πάλιν,	la femme est partie en-arrière
πρὶν εἰπεῖν	avant d'avoir dit
λόγον ἐσθλὸν ἢ κακόν.	parole bonne ou mauvaise.
ΑΓΓΕΛΟΣ. Καὶ αὐτὸς	LE MESSAGER. Et moi aussi
τεθάμβηκα·	je suis étonné;
βόσκομαι δὲ ἐλπίσι,	mais je me nourris d'espérances,
κλύουσαν ἄχη τέκνου	elle apprenant les malheurs de son fils
οὐκ ἀξιώσειν	ne pas devoir avoir-l'intention
γόους ἐς πόλιν,	d'exposer ses lamentations à la ville,
ἀλλὰ ὑπὸ στέγης ἔσω	mais sous son toit en dedans,
προθήσειν δμωαῖς·	devoir exposer à ses esclaves
πένθος οἰκεῖον	le sujet-de-deuil domestique
στένειν.	pour le pleurer.
Οὐ γὰρ ἄπειρος γνώμης	Car elle n'est pas inexpérimentée d'es-
ὥστε ἁμαρτάνειν.	au point de mal-agir. [prit
ΧΟΡΟΣ Οὐκ οἶδα·	LE CHŒUR. Je ne sais ;
σιγὴ δὲ οὖν ἦτε ἄγαν	mais enfin et le silence trop grand
καὶ ἡ βοὴ μάτην πολλὴ	et la clameur vainement grande
δοκεῖ ἐμοὶ προςεῖναι	semble à moi s'attacher à l'homme
βαρύ.	comme une chose grave

ΑΓΓΕΛΟΣ.

Ἀλλ' εἰσόμεσθα μή τι καὶ κατάσχετον
κρυφῇ καλύπτει καρδία θυμουμένη,
δόμους παραστείχοντες· εὖ γὰρ οὖν λέγεις.
Καὶ τῆς ἄγαν γάρ ἐστί που σιγῆς βάρος.

ΧΟΡΟΣ.

Καὶ μὴν ὅδ' ἄναξ αὐτὸς ἐφήκει   1250
μνῆμ' ἐπίσημον διὰ χειρὸς ἔχων,
εἰ θέμις εἰπεῖν, οὐκ ἀλλοτρίαν
ἄτην, ἀλλ' αὐτὸς ἁμαρτών.

ΚΡΕΩΝ.

(Στροφὴ α').

Ἰὼ φρενῶν δυςφρόνων ἁμαρτήματα
στερεά, θανατόεντ'.   1255
Ὢ κτανόντας τε καὶ
θανόντας βλέποντες ἐμφυλίους·
ὢ μοι ἐμῶν ἄνολβα βουλευμάτων·
ἰὼ, παῖ, νέος νέῳ ξὺν μόρῳ,
αἰαῖ, αἰαῖ,   1260
ἔθανες, ἀπελύθης,
ἐμαῖς, οὐδὲ σαῖσι δυςβουλίαις.

ΧΟΡΟΣ.

Οἴμ', ὡς ἔοικας ὀψὲ τὴν δίκην ἰδεῖν.

ΚΡΕΩΝ.

(Στροφὴ β'.)

Οἴμοι.

Ἔχω μαθὼν δείλαιος· ἐν δ' ἐμῷ κάρᾳ   1265

LE MESSAGER. Nous saurons bientôt, en entrant dans le palais, si dans son désespoir elle médite quelque sinistre dessein ; car, tu as raison, un morne silence est à craindre.

LE CHOEUR. Voici le roi lui-même qui s'avance, tenant entre ses mains un monument de douleur. Hélas! si j'ose le dire, ce malheur est son ouvrage, et lui seul est coupable.

CRÉON. Égarement fatal! erreur cruelle, irréparable! Voyez, Thébains, voyez à la fois un fils sans vie, un père meurtrier. O déplorable arrêt! ô mon fils! mon fils! Jeune encore, à la fleur de l'âge, hélas! hélas! tu es mort! Et c'est moi, c'est moi seul dont l'imprudence a causé ton trépas!

LE CHOEUR. Ah! tu reconnais trop tard la justice des dieux.

CRÉON. Ah! malheureux! je ne la reconnais que trop! Oui, un

ΑΓΓΕΛΟΣ. Ἀλλὰ εἰσόμεσθα
παραστείχοντες δόμους,
μὴ καὶ καλύπτει
κρυφῇ
τι κατάσχετον
καρδίᾳ θυμουμένη·
λέγεις γὰρ οὖν εὖ.
καὶ γάρ ἐστί που βάρος
τῆς ἄγαν σιγῆς.
ΧΟΡΟΣ Καὶ μὴν
ὅδε ἄναξ
ἐφήκει αὐτὸς
ἔχων διὰ χειρὸς
μνῆμα ἐπίσημον,
εἰ θέμις εἰπεῖν,
οὐκ ἄτην
ἀλλοτρίαν,
ἀλλὰ ἁμαρτὼν αὐτός.
    (Στροφὴ α´.)
ΚΡΕΩΝ. Ἰὼ
ἁμαρτήματα στερεά.
θανατόεντα
φρενῶν δυσφρόνων.
Ὦ βλέποντες
ἐμφυλίους
κτανόντας τε
καὶ θανόντας.
Ὦ μοι ἄνολβα
ἐμῶν βουλευμάτων.
Ἰὼ, παῖ, παῖ,
ἔθανες, ἀπελύθης
νέος ξὺν μόρῳ νέῳ
ἐμαῖς οὐδὲ σαῖσι
δυσβουλίαις·
αἰαῖ, αἰαῖ.
ΧΟΡΟΣ. Οἴμοι
ὡς ἔοικας ἰδεῖν ὀψὲ τὴν δίκην.
    (Στροφὴ β´.)
ΚΡΕΩΝ. Οἴμοι·
ἔχω μαθὼν

LE MESSAGER. Mais nous saurons
nous approchant du palais,
si en effet elle ne couvre pas
secrètement
quelque chose refoulée
dans son cœur irrité ;
car enfin tu dis bien ;
c'est qu'il y a certes du grave
dans le trop *grand* silence.
LE CHŒUR. Cependant
voici *que* le roi
survient lui-même
ayant dans la main
un monument remarquable,
s'*il est* justice de *le* dire,
non pas une calamité
causée-par-des-étrangers,
mais ayant mal-agi lui-même.
    Strophe I.
CRÉON. Oh !
fautes cruelles
mortelles
de *mes* sens insensés !
O *vous* qui voyez
des membres-de-la-même-famille
et ayant tué
et étant morts !
O démence
de mes conseils !
O *mon fils, mon fils* !
tu es mort, tu es détaché de la vie [ce]
jeune *encore* d'une mort jeune (préco-
par les miennes et non par les tiennes
imprudences ;
hélas, hélas !
LE CHŒUR. Hélas !
que tu parais voir tard la justice.
    Strophe II.
CRÉON. Hélas !
Je suis *l*'ayant reconnue,

θεὸς τότ' ἄρα τότε μέγα βάρος μ' ἔχων
ἔπαισεν, ἐν δ' ἔσεισεν ἀγρίαις ὁδοῖς,
οἴμοι, λαξπάτητον ἀντρέπων χαράν.
  Φεῦ, φεῦ.
 Ὦ πόνοι βροτῶν δύςπονοι.   1270

ΕΞΑΓΓΕΛΟΣ.

Ὦ δέσποθ', ὡς ἔχων τε καὶ κεκτημένος,
τὰ μὲν πρὸ χειρῶν τάδε¹ φέρων, τὰ δ' ἐν δόμοις
ἔοικας ἥκειν καὶ τάχ' ὄψεσθαι κακά.

ΚΡΕΩΝ.

Τί δ' ἔστιν αὖ κάκιον ἐκ κακῶν ἔτι;

ΕΞΑΓΓΕΛΟΣ.

Γυνὴ τέθνηκε, τοῦδε² παμμήτωρ νεκροῦ,   1275
δύστηνος, ἄρτι νεοτόμοισι πλήγμασιν.

ΚΡΕΩΝ.

   (Ἀντιστροφὴ α'.)
Ἰὼ δυςκάθαρτος Ἅδου λιμὴν,
  τί μ' ἄρα, τί μ' ὀλέκεις;
  Ὦ κακάγγελτά μοι
προπέμψας ἄχη, τίνα θροεῖς λόγον;   1280
αἰαῖ, ὀλωλότ' ἄνδρ' ἐπεξειργάσω.
Τί φῂς, τίνα λέγεις νέον μοι λόγον,
   αἰαῖ, αἰαῖ,
  σφάγιον ἐπ' ὀλέθρῳ³

dieu, appesantissant sur moi sa vengeance, a frappé ma tête coupable; il m'a précipité dans la voie de la cruauté, hélas! et d'un pied impitoyable a renversé tout mon bonheur. Hélas! hélas! ô vanité des projets des hommes!

LE SECOND MESSAGER. O mon maître, que de maux t'accablent! Tu as sous les yeux ce douloureux spectacle, et d'autres malheurs attendent dans ton palais.

CRÉON. Et quels maux peuvent être plus affreux encore que ceux que j'éprouve?

LE SECOND MESSAGER. La mère de ce fils que tu pleures, ton épouse est morte. L'infortunée! elle expire frappée d'un coup mortel.

CRÉON. Inexorable Pluton, pourquoi donc, pourquoi consommer ma perte? Et toi, messager de douleurs, quel rapport viens-tu me faire? Hélas! hélas! tu me donnes une seconde fois la mort. Que

δείλαιος·   malheureux;
θεὸς δὲ ἔπαισεν   mais un dieu a frappé
ἐν ἐμῷ κάρᾳ   sur ma tête
τότε ἄρα τότε ἔχων με alors certes alors ayant moi
βάρος μέγα·   comme un sujet-de-colère grand;
ἐνέσεισε δὲ   et il m'a lancé
ὁδοῖς ἀγρίαις·   dans des routes sauvages,
οἴμοι, ἀντρέπων   hélas! renversant
χαρὰν λαξπάτητον.   la joie foulée-aux-pieds.
Φεῦ, φεῦ.   Malheur! malheur!
Ὦ πόνοι   O labeurs
δύσπονοι βροτῶν   infortunés des mortels!
ΕΞΑΓΓΕΛΟΣ. Ὦ δέσποτα, SECOND MESSAGER. O mon maître,
ὡς ἔχων τε καὶ κεκτημένος κακὰ combien ayant et possédant des maux
φέρων τὰ μὲν τάδε   portant les uns, ceux-ci,
πρὸ χειρῶν   entre les mains
ἔοικας ἥκειν   tu parais être venu
καὶ ὄψεσθαι τάχα   et devoir voir tantôt
τὰ δὲ ἐν δόμοις·   les autres maux dans la maison.
ΚΡΕΩΝ. Τί δέ ἐστιν αὖ CRÉON. Mais qu'y-a-t-il de nouveau
κάκιον ἔτι   de plus mal encore
ἐκ κακῶν;   après ces maux?
ΕΞΑΓΓΕΛΟΣ. Γυνή, SECOND MESSAGER. La femme,
παμμήτωρ τοῦδε νεκροῦ la mère-en-tous-les-sens de ce défunt
τέθνηκε δύστηνος ἄρτι, est morte, la malheureuse récemment
πλήγμασι νεοτόμοισιν. de coups nouvellement-frappés.
(Ἀντιστροφή α΄)   Antistrophe I.
ΚΡΕΩΝ. Ἰὼ λιμὴν CRÉON. Hélas! port
δυσκάθαρτος Ἅδου. implacable de Pluton!
Τί ἄρα ὀλέκεις με, Pourquoi donc tues-tu moi,
τί με;   pourquoi me tues-tu?
Ὦ προπέμψας μοι   O toi qui as-apporté à moi
ἄχη κακάγγελτα,   des calamités mauvaises-à-annoncer,
τίνα λόγον θροεῖς;   quel discours profères-tu?
αἰαῖ, ἐπεξειργάσω   Hélas! tu as achevé
ἄνδρα ὀλωλότα.   un homme perdu.
Τί φής, ὦ παῖ,   Que dis-tu, ô jeune homme,
τίνα λόγον νέον λέγε μοι, quelle parole nouvelle dis-tu à moi,
αἰαῖ, αἰαῖ;   hélas! hélas!
μόρον σφάγιον   la mort sanglante

γυναικεῖον ἀμφικεῖσθαι μόρον;   1285
ΕΞΑΓΓΕΛΟΣ.
Ὁρᾶν πάρεστιν. Οὐ γὰρ ἐν μυχοῖς ἔτι.
ΚΡΕΩΝ.
(Ἀντιστροφὴ β´.)
Οἴμοι,
κακὸν τόδ᾽ ἄλλο δεύτερον βλέπω τάλας.
Τίς ἄρα, τίς με πότμος ἔτι περιμένει;
Ἔχω μὲν ἐν χείρεσσιν ἀρτίως τέκνον,   1290
τάλας, τὸν δ᾽ ἔναντα προσβλέπω νεκρόν.
Φεῦ, φεῦ,
μᾶτερ ἀθλία, φεῦ, τέκνον.
ΕΞΑΓΓΕΛΟΣ.
Ἡ δ᾽ ὀξύθηκτος ἥδε ¹ βωμία πέριξ
λύει ² κελαινὰ βλέφαρα, κωκύσασα μὲν   1295
τοῦ πρὶν θανόντος ³ Μεγαρέως κλεινὸν λάχος,
αὖθις δὲ τοῦδε, λοίσθιον δὲ σοὶ κακὰς
πράξεις ἐφυμνήσασα τῷ παιδοκτόνῳ.
ΚΡΕΩΝ.
(Στροφὴ γ´.)
Αἰαῖ, αἰαῖ.
Ἀνέπταν φόβῳ. Τί μ᾽ οὐκ ἀνταίαν   1300
ἔπαισέν τις ἀμφιθήκτῳ ξίφει;
Δείλαιος ἐγὼ, αἰαῖ·
δειλαίᾳ δὲ συγκέκραμαι δύᾳ.

dis-tu? que viens-tu encore m'apprendre? Hélas! hélas! quoi! ce
n'est point assez de mon fils! Une mort cruelle m'enlève encore une
épouse chérie?

LE SECOND MESSAGER. Tu peux le voir, on l'apporte du palais.

CRÉON. Malheureux! je le vois cet autre objet de douleur. A quel
destin suis-je encore réservé? Père, je tiens entre mes bras le corps
de mon fils, infortuné! et j'ai devant les yeux celui de sa mère... Ah!
malheureuse épouse! ah! mon fils!

LE SECOND MESSAGER. C'est en se frappant d'un fer aigu près de
l'autel qu'elle a fermé les yeux à la lumière, après avoir pleuré le
trépas glorieux de son fils Mégarée, mort avant Hémon, et le triste
sort de son frère; enfin après avoir éclaté en imprécations contre
toi, l'assassin de son fils.

CRÉON. Ciel! ah! dieux! tous mes sens sont glacés d'horreur. Pourquoi ne me plongez-vous pas une épée dans le sein? Infortuné! hélas!
hélas! le malheur m'accable de toutes parts!

γυναικεῖον
ἀμφικεῖσθαι
ἐπὶ ὀλέθρῳ;
ΕΞΑΓΓΕΛΟΣ. Πάρεστιν ὁρᾶν.
Οὐ γὰρ ἔτι
ἐν μυχοῖς.

(Ἀντιστροφὴ β′.)
ΚΡΕΩΝ. Οἴμοι.
Βλέπω τάλας
τόδε ἄλλο κακὸν δεύτερον.
Τίς ἄρα, τίς πότμος
περιμένει με ἔτι;
Ἔχω μὲν ἐν χείρεσσιν
τέχνον ἀρτίως,
τάλας,
προςβλέπω δὲ νεκρὸν
τὸν ἔναντα. Φεῦ, φεῦ,
μᾶτερ ἀθλία, φεῦ, τέκνον.
ΕΞΑΓΓΕΛΟΣ. Ἡ δὲ
ἥδε ὀξύθηκτος
βωμία πέριξ
λύει βλέφαρα
κελαινὰ
κωκύσασα μὲν
λάχος κλεινὸν Μεγαρέως,
τοῦ θανόντος πρὶν,
αὖθις δὲ τοῦδε,
ἐξυμνήσασα δὲ λοίσθιον
σοὶ τῷ παιδοκτόνῳ
πράξεις κακάς.

(Στροφὴ γ′.)
ΚΡΕΩΝ. Αἰαῖ αἰαῖ.
Ἀνέπταν φόβῳ·
Τί τις οὐκ ἔπαισ' με
ἀνταίαν
ξίφει,
ἀμφιθήκτῳ;
Δείλαιος ἐγώ, αἰαῖ,
συγκέχραμαι δὲ
δύᾳ δειλαίᾳ.

de-*mon*-épouse
s'étendre-autour (s'ajouter)
à *cette* destruction?
LE SECOND MESSAGER. On peut *le*
Car *ce* n'est plus   [voir.
dans les enfoncements du *palais.*

Antistrophe II.
CRÉON. Hélas!
Je vois, malheureux *que je suis,*
cet autre malheur, le second.
Quel donc, quel destin
attend moi encore?
j'ai d'un côté entre les mains
mon fils récemment *mort,*
malheureux *que je suis,*
de l'autre je regarde le corps-mort
en-face *de moi.* Hélas! hélas
mère infortunée, hélas! *mon* fils.
LE SECOND MESSAGER. Mais elle
cette *femme* mortellement-blessée
gisant-près-de-l'autel tout-autour,
relâche *ses* paupières
couvertes-de-ténèbres
ayant déploré d'abord
le sort illustre de Mégarée,
qui est mort auparavant,
puis encore *le sort* de celui-ci,
et ayant maudit-en-souhaitant en-der-
à toi l'assassin-de-*ses*-enfants,[nier-lieu
des entreprises malheureuses.

Strophe III
CRÉON. Hélas! hélas!
Je suis tenu-en-suspens par la peur.
Pourquoi quelqu'un ne frappe-t-il pas
d'un coup de devant   [moi
à l'aide d'une épée
aiguisée-des-deux-côtés?
Infortuné *que je suis,* hélas!
mais je suis mêlé (uni)
à un malheur affreux.

ΕΞΑΓΓΕΛΟΣ.

'Ως αἰτίαν γε τῶνδε κἀκείνων ἔχων
πρὸς τῆς θανούσης τῆσδ' ἐπεσκήπτου μόρων.   1305

ΚΡΕΩΝ.

Ποίῳ δὲ κἀπελύσατ' ἐν φοναῖς τρόπῳ;

ΕΞΑΓΓΕΛΟΣ.

Παίσασ' ὑφ' ἧπαρ αὐτόχειρ αὐτὴν, ὅπως
παιδὸς τόδ' ᾔσθετ' ὀξυκώκυτον πάθος.

ΚΡΕΩΝ.

(Στροφὴ δ'.)

Ὢ μοί μοι', τάδ' οὐκ ἐπ' ἄλλον βροτῶν
ἐμᾶς ἁρμόσει ποτ' ἐξ αἰτίας.   1310
Ἐγὼ γάρ σ', ἐγὼ ἔκανον ὁ μέλεος,
ἐγώ· φάμ' ἔτυμον.
Ἰὼ πρόσπολοι,

*   *   *

ἄγετέ μ' ὅτι τάχος ἄγετέ μ' ἐκποδὼν,   1315
τὸν οὐκ ὄντα μᾶλλον ἢ μηδένα.

ΧΟΡΟΣ.

Κέρδη παραινεῖς, εἴ τι κέρδος ἐν κακοῖς·
βράχιστα γὰρ κράτιστα τἀν ποσὶν κακά.

ΚΡΕΩΝ.

(Ἀντιστροφὴ γ'.)

Ἴτω, ἴτω,
φανήτω μόρων ὁ κάλλιστ' ἐμῶν   1320
ἐμοὶ τερμίαν ἄγων ἀμέραν
ὕπατος· ἴτω, ἴτω,
ὅπως μηκέτ' ἆμαρ ἀλλ' εἰςίδω.

LE SECOND MESSAGER. Elle t'accusait en mourant de son trépas et de celui de son fils.

CRÉON. Mais comment s'est-elle donné la mort?

LE SECOND MESSAGER. Dès qu'elle eut appris la déplorable fin de son fils, elle s'est plongé une épée dans le cœur.

CRÉON. Hélas! hélas! c'est moi seul qui suis la cause de tant de maux! C'est moi, infortuné, c'est moi qui t'ai donné la mort. Moi seul! il n'est que trop vrai. Allez, esclaves, ... Emportez-moi à l'instant, éloignez-moi de ces lieux: je suis anéanti.

LE CHŒUR. Ce que tu demandes est un bien, s'il en est dans le malheur; car plus les maux sont de courte durée, mieux nous les supportons.

CRÉON. Qu'elle vienne donc, qu'elle vienne, qu'elle paraisse cette mort, la dernière de celles que ma main aura données, et qu'elle amène mon dernier jour, le plus heureux de ma vie! Qu'elle vienne, que je n voie plus la lumière!

ΕΞΑΓΓΕΛΟΣ. Ἐπεσχήπτου
πρὸς τῆς θανούσης τῆσδε
ὡς ἔχων αἰτίαν γε
τῶνδε μόρων καὶ ἐκείνων.

LE SECOND MESSAGER. Tu-fus-af-
par cette défunte-ci   [firmé
comme ayant la faute certes
de ces malheurs-ci et de ceux-là.

ΚΡΕΩΝ. Ποίῳ δὲ καὶ τρόπῳ
ἀπελύσατο
ἐν φοναῖς;

CRÉON. Mais de quelle manière aussi
s'est-elle détachée de la vie
par le meurtre?

ΕΞΑΓΓΕΛΟΣ. Παίσασα
αὑτὴν ὑπὸ ἧπαρ
αὐτόχειρ
ὅπως ἤσθετο τόδε πάθος
ὀξυκώκυτον παιδός.

LE SECOND-MESSAGER. S'étant frap-
elle-même au-dessous du foie   [pée
de-sa-propre-main,
aussitôt qu'elle sut ce malheur
violemment-déploré de son fils.

(Στροφὴ δ'.)

Strophe IV.

ΚΡΕΩΝ. Ὢ μοί μοι,
τάδε οὔ ποτε ἁρμόσει
ἐπὶ ἄλλον βροτῶν
ἐξ ἐμᾶς αἰτίας·
ἐγὼ γὰρ ἔκανόν σε,
ἐγὼ ὁ μέλεος, ἐγώ·
φαμὶ ἔτυμον.
Ἰὼ πρόςπολοι,
ἄγετέ με ὅτι τάχος
ἄγετέ με ἐκποδὼν
τὸν οὐκ ὄντα
μᾶλλον ἢ μηδένα.

CRÉON. Hélas! malheur!
ces choses ne s'adapteront jamais
à un autre parmi les mortels
venant de ma faute;
car moi j'ai tué toi,
moi l'infortuné, moi;
je dis la vérité.
Hélas! esclaves,
emmenez-moi au plus vite
emmenez-moi de-devant-les pieds(loin
moi, qui ne suis pas   [d'ici)
plus qu'un homme de-néant.

ΧΟΡΟΣ. Παραινεῖς
κέρδη
εἴ τι κέρδος
ἐν κακοῖς.
Κακὰ γὰρ
τὰ ἐν ποσὶν
κράτιστα
βράχιστα.

LE CHOEUR. Tu conseilles
des choses-utiles
si il y a quelque utilité
dans les malheurs.
Car les malheurs
qui sont devant les pieds (présents)
sont les meilleurs
étant les plus-courts.

(Ἀντιστροφὴ γ'.)

Antistrophe III.

ΚΡΕΩΝ. Ἴτω ἴτω,
φανήτω ὕπατος
ἐμῶν μόρων
ὁ κάλλιστα ἄγων ἐμοὶ
ἁμέραν τερμίαν,
ἴτω, ἴτω,
ὅπως μηκέτι εἰςίδω ἄλλο ἆμαρ.

CRÉON. Qu'il vienne, qu'il vienne,
qu'il paraisse le dernier
de mes meurtres
qui très-heureusement amène à moi
le jour qui-termine (suprême),
qu'il vienne, qu'il vienne,
afin que je ne voie plus un autre jour.

ΕΞΑΓΓΕΛΟΣ.

Μέλλοντα ταῦτα. Τῶν προχειμένων τι χρὴ
πράσσειν. Μέλει γὰρ τῶνδ' [1] ὅτοισι χρὴ μέλειν.   1325

ΚΡΕΩΝ.

Ἀλλ' ὦν ἐρῶ μὲν, ταῦτα συγκατευξάμην.

ΕΞΑΓΓΕΛΟΣ.

Μὴ νῦν προςεύχου μηδέν· ὡς πεπρωμένης
οὐκ ἔστι θνητοῖς ξυμφορᾶς ἀπαλλαγή.

ΚΡΕΩΝ.

         (Ἀντιστροφὴ δ'.)

Ἄγοιτ' ἂν μάταιον ἄνδρ' ἐκποδὼν,
ὃς, ὦ παῖ, σέ τ' οὐχ ἑκὼν κατέκανον,   1330
σέ τ' αὐτάν. Ὦ μοι μέλεος, οὐδ' ἔχω
     ὅπα πρὸς πότερον
     ἴδω, πᾷ καὶ θῶ.

     Πάντα γὰρ

λέχρια τᾶν χεροῖν [2]· τάδ' ἐπὶ κρατί μοι   1335
πότμος δυςκόμιστος εἰςήλατο.

ΧΟΡΟΣ.

Πολλῷ [3] τὸ φρονεῖν εὐδαιμονίας
πρῶτον ὑπάρχει· χρὴ δὲ τά γ' ἐς θεοὺς
μηδὲν ἀσεπτεῖν [4]· μεγάλοι δὲ λόγοι

LE CHOEUR. Ces vœux sont pour l'avenir : c'est le présent qui doit
nous occuper. Pour l'avenir, c'est à ceux que ce soin regarde d'y
veiller.

CRÉON. Mais ce que je désire, je puis du moins l'invoquer.

LE SECOND MESSAGER. Cessez de semblables vœux ; il n'est point
au pouvoir des mortels d'échapper aux maux que leur envoie le destin.

CRÉON. Emmenez donc loin de ces lieux un infortuné qui, malgré
lui, ô mon fils! t'a fait périr, et toi aussi, chère épouse. Infortuné
que je suis, où tourner mes regards? où porter mes pas? Je ne
vois devant moi que ruine et destruction; c'est ainsi que le destin
inexorable s'est déchaîné contre moi.

LE CHOEUR. La sagesse, la piété envers les dieux sont les premières sources du bonheur. Les discours de la présomption attirent

ΕΞΑΓΓΕΛΟΣ. Ταῦτα
μέλλοντα.
Χρὴ πράσσειν τι
τῶν προχειμένων.
Μέλει γὰρ
τῶνδε,
ὅτοισι χρὴ
μέλειν.
ΚΡΕΩΝ. Ἀλλὰ
συγκατευξάμην μὲν ταῦτα·
ὧν ἐρῶ.
ΕΞΑΓΓΕΛΟΣ. Μὴ προσεύχου
νῦν μηδὲν·
ὡς οὐκ ἔστιν ἀπαλλαγὴ
ξυμφορᾶς πεπρωμένης
θνητοῖς.
    (Ἀντιστροφὴ δ'.)
ΚΡΕΩΝ. Ἄγοιτε ἂν ἐκποδὼν
ἄνδρα μάταιον,
ὅς κατέκανον οὐχ ἑκὼν, σέ τε,
ὦ παῖ, σέ τε αὐτάν.
Ὢ μοι μέλεος;
οὐδὲ ἔχω
ὅπα πρὸς πότερον
ἴδω,
καὶ πᾶ θῶ.
Πάντα γὰρ
τὰ ἐν χεροῖν
λέχρια
πότμος δὲ δυσκόμιστος
εἰσήλατο τάδε
ἐπὶ χρατί μοι.
ΧΟΡΟΣ. Τὸ φρονεῖν
ὑπάρχει πολλῷ πρῶτον
εὐδαιμονίας,
χρὴ δὲ ἀσεπτεῖν
μηδὲν
τά γε ἐς θεούς·
μεγάλοι δὲ λόγοι
τῶν ὑπεραύχων

LE SECOND MESSAGER. Ces choses
sont à venir
Il faut faire quelque chose
des choses placées-devant-*nous*.
Car il-y-a-lieu-de-s'occuper
de ces choses
pour ceux auxquels il convient
de s'*en* occuper.
CRÉON. Mais
je recherche par-prières ces choses
dont je suis désireux.
LE SECOND MESSAGER. Ne demande-
maintenant rien ;   [par-les-prières
car il n'est pas de délivrance
d'une calamité fatale
pour les mortels.
    Antistrophe IV.
CRÉON. Veuillez emmener loin *d'ici*
un homme infortuné,
moi qui ai tué non-spontanément et
ô *mon* fils, et toi celle-ci.   [toi,
O malheureux *que je suis*,
et je n'ai pas même
comment vers un-des-deux
je dois-diriger-*mes* yeux,
et où je dois courir
Car toutes les choses
entre *mes* mains (présentes)
sont de-travers,
mais un sort insupportable
s'est heurté *quant à* ces choses
contre la tête à moi.
LE CHOEUR. Être-sensé
est de beaucoup la première chose
de la félicité,
mais il faut *n'*être-irréligieux
en rien
dans les choses certes envers les dieux,
mais les grands mots
des orgueilleux,

μεγάλας πληγὰς τῶν ὑπεραύχων
ἀποτίσαντες,
γήρᾳ τὸ φρονεῖν ἐδίδαξαν[1].

sur les hommes de terribles châtiments qui leur apprennent, mais trop tard, à connaître la sagesse.

ἀποτίσαντες	ayant donné-en-échange à eux
πληγὰς μεγάλας	des coups grands,
ἐδίδαξαν	ont l'habitude d'enseigner
τὸ φρονεῖν	l'être sage.
γήρα.	dans la vieillesse.

NOTES

SUR ANTIGONE.

—

Page 2.— 1. Æschyl. *Eum.* 99 :

Σὺ δ' αὐτάδελφον αἷμα καὶ κοινοῦ πατρός.

2. Τῶν ἀπ' Οἰδίπου κακῶν, doit s'entendre de la malédiction donnée par Œdipe à ses fils, au moment où ils l'expulsaient de Thèbes, sa patrie.

—3. Ὁποῖον οὐχὶ (lequel non) pour πάντα, tous. *Œd. Col.*, 1123 :

Ἀνδρὸς, ᾧ τίς οὐκ ἔνι

Κηλὶς κακῶν ξύνοικος, pour ᾧ πᾶσα ἔνεστι κηλίς.

—4. Après l'explication donnée par nous de ce passage, et qui est celle de Seidler, celle de Bœckh est la seule admissible ; οὔτ' ἄτης ἄτερ οὔτ', ni, à part les calamités, sans parler des calamités, etc.

—5. Ὁποῖον οὐ—οὐκ ὄπωπα. On sait que les négations ne s'entre-détruisent pas en grec.

Page 4.—1. Τί τοῦτ' αὖ, etc., pour τί ἐστιν τοῦτο τὸ κήρυγμα ὃ, etc.

—2. Ἔχεις, sais-tu? En latin, *habere* a souvent la même significa-tion.

—3. Κακὰ τῶν ἐχθρῶν, sont des maux tels qu'on les fait endurer à des ennemis tombés sur le champ de bataille, c'est-à-dire, la privation de sépulture. Quant au génitif ἐχθρῶν, comparez v. 11, μῦθος φίλων.

—4. Διπλῇ χερί, mot à mot, d'une main double. Mais comme διπλοῦς exprime la dualité de choses dont l'une implique l'autre (v. 53 διπλοῦν ἔπος, en latin *duplices tabellæ*), il pourra signifier *mutuel* aus-sitôt que l'idée d'une action viendra s'y joindre. Θανόντων διπλῇ χερί serait donc : *cæde cædem ministrante.* Si le poëte avait voulu dire : des deux mains, il aurait dû mettre διπλαῖς χερσί, comme il a dit ἁ-πλᾶς ὄψεις, vers. 51. Comparez, du reste, v. 56 : μόρον κοινὸν κατειρ-γάσαντ' ὑπ' ἀλλήλοιν χεροῖν.

—5. Ὑπέρτερον. Schol., ἀντὶ τοῦ πλέον. Les participes se rapportent à οἶδα.

Page 6.—1. Triclin, et après lui Hermann, ont vu que χρησθείς ne pouvait avoir la signification de χρησάμενος, ayant usé. Triclin le fait venir de χράω, donner un oracle ; mais Hermann, avec plus de raison, de χρήζω, demander, sommer, et écrit χρῃσθείς. Mais il a tort d'écrire δίκαια au lieu de δικαία, leçon de tous les manuscrits, et qui a du sens. Ayant donc adopté la rédaction de Bothe, j'ose douter pourtant que χρησθείς veuille dire : étant sommé par Etéocle, fait dont il n'est nulle part mention. Χρησθείς se rapporte, si je ne me trompe, à δίκη et νόμῳ, et la construction est celle-ci : ἔκρυψε ('Ετεοκλέα) σὺν δίκη δικαία καὶ νόμῳ χρησθείς, c'est-à-dire, αὐτοῖς (δίκη καὶ νόμῳ). Il enterra Etéocle comme l'exigeaient, etc.

—2. Πρὸς χάριν n'est pas identique avec χάριν, à cause de, mais veut dire : pour le plaisir de, etc.

—3. 'Αγαθόν, ironiquement.

—4. Λέγω γὰρ κἀμέ. « Créon a ordonné cela à tous, à toi et à moi; car même à moi il a osé donner cet ordre; » c'est-à-dire, comme s'il pouvait supposer que je lui obéirais.

—5. Παρ' οὐδέν. Παρά a la valeur d'une comparaison; ainsi, παρ οὐδέν : placé à côté de rien, égal à rien.

—6. 'Εσθλῶν (suppléez, ὄντων); κακὴ (répétez πέφυκας).

Page 8.—1. Λύουσ' ἂν ἢ 'φάπτουσα (conjecture généralement adoptée au lieu de θάπτουσα, leçon inexplicable), ne veut dire que ceci : Quoi ne pas faisant ou quoi faisant pourrai-je être utile? On trouve des exemples semblables, *Philoct.* v. 684, *Electr.* v. 993; πλέον, tout à fait comme le français : « davantage. »

—2. Ξὺν τῇδε χερί, avec moi. Voy. Eurip. *Hippolyt.*, 657 :

Σὺν πατρὸς μολὼν ποδί.

—3. Νῷν est un datif.

Page 10.—1. "Οσῳ κάκιστα. Les superlatifs en grec sont susceptibles de gradation. On dit πλεῖστον κάκιστος, et v. 1236 :

Δείξας τὴν ἀβουλίαν
ὅσῳ μέγιστον ἀνδρὶ προσκεῖται κακόν.

—2. Οὐκ ἐμοῦ γ' ἂν ἡδέως δρῴης μέτα, est dit obscurément pour : οὐ μετ' ἐμοῦ γ' ἂν δρῴης ὥστε δρᾶν ἡδέως ἐμοί. « En prenant part à mon entreprise, tu ne me feras aucun plaisir. »

—3. En vain a-t-on voulu changer la leçon ὁποῖα, qui se trouve dans tous les manuscrits, en ὁποία ou ὁποίᾳ. 'Οποῖα ne se rapporte pas à ce qui précède, mais à ce qui suit. Voici, si je ne me trompe, le sens du passage : « Sache ce que tu fais, car moi j'enterrerai mon frère; et si l'on me tue, eh bien! je serai estimée et aimée des miens, qui sont aux enfers, et avec lesquels il me faudra vivre plus longtemps qu'avec les habitants de cette terre. Mais toi, tu méprises toutes

les lois humaines et divines, et tu te prives ainsi de la bienveillance
de tes parens et de tes frères aux enfers. »

Page 14.—1. Le dialogue, de même que le chœur qui suit, ont dû
être prononcés de grand matin ; l'invocation au soleil en fait foi. Voy.
aussi v. 16, ἐν νυκτὶ τῇ νῦν.

Page 16.—1. Διρκαίων ῥεέθρων. Dircé, petite rivière près de Thèbes.

—2. Ἀπ' Ἀργόθεν, génitif homérique pour ἀπ' Ἀργους. Φῶτα, poétique pour στρατόν. Λεύκασπις, «de la couleur blanche des boucliers des Argiens. »

—3. Cp. Æschyl., Suppl. 354 :

Ὅδε μέγαν ἱκέτην φυγάδα περίδρομον.

—4. Ὃν ὑπερέπτα. Dans ὑπερέπτα se cache le sens d'un verbe
transitif, tel que ἔχων ou ἄγων.

—5. Κλάζων ἐς γᾶν αἰετός. C'est ainsi qu'il faut construire, à cause
de ὡς, qui précède ἐς γᾶν ὑπερέπτα. Polynice est comparé à un aigle qui
fond sur sa proie. Λευκὴ χιών, avec le sens de λεύκασπις, v. 106.

—6. Ἑπτάπυλον στόμα. Thèbes, où l'on entre par sept portes.

—7. Γένυσιν a la signification d'un locatif.

Page 18.—1. Δυσχείρωμα ἀντιπάλῳ δράκοντι. Δυσχείρωμα est une
apposition à πάταγος Ἄρεος. Ἀντιπάλῳ δράκοντι ne peut se rapporter
qu'aux Argiens, et cependant le dragon était l'enseigne des Thébains.
Tout s'explique si l'on pense que Polynice, qui commandait l'armée
des ennemis, était Thébain lui-même, et portait la même enseigne
que ses compatriotes. La guerre avait donc l'air d'une guerre civile,
et si Thèbes était représentée par un dragon, ses ennemis pouvaient
bien s'appeler ἀντίπαλος δράκων

—2. Ὑπεροπτεία ne se trouve que dans ce passage, mais Bœckh l'a
défendu par l'analogie de mots tels que ἐπόπτης, ἐποπτεία.

—3. Βαλβῖδες, barrières d'où partent les chars aux jeux. Ici il faut
entendre les murs, parce qu'ils arrêtent l'ennemi. C'est ainsi que
s'explique ἐπ' ἄκρων βαλβίδων

—4. C'est la mort de Capanée que le poëte décrit ici. Capanée, noble Argien, fils d'Hipponous et d'Antinome, et époux
d'Évadne, avait déclaré qu'il prendrait Thèbes en dépit de Jupiter.
Celui-ci, dans sa colère, le frappa de la foudre. Son corps fut brûlé
sur un bûcher particulier, et sa femme se précipita dans le bûcher
enflammé pour ne pas lui survivre.

—5. Cp. Æsch., Sept. 328 :

Μαινόμενος δ' ἐπιπνεῖ λαοδάμας Ἄρης.

—6. Δεξιόσειρος est le terme propre pour le cheval de trait, qui est toujours le plus vigoureux. Mais comme σειραφόρος est employé dans le même sens (Æsch. Ag. v. 1651 σειραφόρος πῶλον), et qu'appliqué à des personnes, il a la signification d'un allié fidèle et actif, comme Æsch. Ag. v. 850 :

> Μόνος δ' Ὀδυσσεύς, ὅσπερ οὐχ ἑκὼν ἔπλει
>
> ζευχθεὶς ἕτοιμος ἦν ἐμοὶ σειραφόρος,

nous avons cru trouver une signification semblable dans δεξιόσειρος. Nous l'avons expliqué : allié propice, parce que δέξιος veut dire en même temps : « côté droit. »

Page 20.—1. 'Ελελίχθων, à cause des fureurs bachiques.

—2. Le mot Κρέων, qui ne paraît être qu'une interpolation, a été retranché par Bothe. Le poëte a dit νεοχμὸς νεαραῖσι, et non pas νεοχμὸς νεοχμοῖς, parce que le concours des gutturaux aurait été désagréable à l'oreille; et il n'a pas dit νεαρὸς νεαραῖσι, parce que νεαρὸς veut dire en même temps : « jeune homme, » équivoque qu'il paraît avoir voulu éviter.

Page 22.—1. Πολλῷ σάλῳ, au figuré. L'État est comparé à un vaisseau.

—2. Ψυχή, φρόνημα, γνώμη, *animus, prudentia, sententia.*

Page 24.—1. Après un comparatif, ἀντί avec le génitif remplace ἤ ou le génitif tout seul.

—2. Οὐδαμοῦ λέγω τοῦτον. On trouve une tournure semblable : ἐν οὐδεμιᾷ ψήφῳ τίθεμαι, pour οὐδενὸς ἄξιον ἡγοῦμαι.

—3. Τοὺς φίλους, les amis que nous avons.

Page 26.—1. Τιμήσεται, fut. moyen, pour τιμηθήσεται, fut. pass.

—2. Les deux accusatifs τὸν δύσνουν καὶ τὸν εὐμενῆ se rapportent à un verbe caché dans ἀρέσκει, et qui a le sens de ποιεῖν.

Page 28.—1. Créon veut distinguer entre σκοποί, surveillants, et φύλακες, gardiens. C'est ainsi que s'explique la particule τέ v. 216, que tous les commentateurs ont voulu changer en γε.

—2. Ὅς, par attraction, au lieu de ὥστε.

—3. La personne du gardien, comme celle de la nourrice dans les Choéphores, a quelque chose de comique, et forme un contraste singulier avec la gravité des autres rôles de cette tragédie.

—4. Ἀλγυνεῖ s'emploie comme κλαίειν, et le latin *plorare*, dans le sens de « subir une punition. »

Page 30.—1. Ἥνυτον, c'est-à-dire ὁδόν, grécisme connu.

—2. Tér., *Eunuch.* 5, 5, 9—10 :

> Here, primum te arbitrari id quod res est velim
>
> Quicquid hujus factum est, culpa non factum est mea.

—3. *Heaut.* 4, 1, 12 :

Nescio quid peccati portat hæc purgatio.

Page 32. — 1. Ἄγος φεύγοντος ὥς. Celui qui en trouvant sur son chemin un corps mort ne jetait pas trois fois de la poussière sur lui, passait pour avoir commis un sacrilége.

—2. Φύλαξ ἐλέγχων φύλακα, nominatif absolu. Τελευτῶσα a le sens de l'adverbe τέλος.

Page 34.—1. Ἔφυγε τὸ μὴ εἰδέναι, c'est-à-dire, ἡμᾶς. Ἔφυγε a le sens de *latuit*; il restait inconnu par rapport à notre non-savoir.

—2. Ces usages ont une grande ressemblance avec les jugements de Dieu chez les peuples du Nord, au moyen âge. Tout le monde connaît les épreuves du fer rouge, et celle qui consistait à traverser le feu.

—3. Τοῦτο τἀγαθόν, ironiquement.

—4. Οὐχ ἑκοῦσιν, pluriel qui se rapporte à Créon seul.

Page 36. — 1. Ἐκ τῶνδε ici est masculin. Ἐκ τούτων est une expression adverbiale très-connue avec le sens de « après. »

Page 38 —1. La colère fait parler Créon avec quelque confusion. La phrase devrait procéder ainsi : « Vous ne mourrez pas d'une simple mort, car vous ne subirez pas le dernier supplice (vous en subirez d'autres d'abord) avant d'avoir déclaré, etc. »

Page 40.—1. Ὅπου, c'est-à-dire, ἐστὶν αὐτή.

—2. Καὶ ταῦτα (et en outre) ajoute quelque chose de plus grave à l'accusation portée par Créon contre le gardien, aux dénégations duquel il a l'air de ne pas ajouter foi.

—3. Τὸ δόξαν, à cause du verbe δοκεῖν dans le vers précédent, Créon se moque du langage embarrassé et absurde du gardien.

Page 42. — 1. Φύσις, comme dans *Œdipe Roi*, 853 : Θνατὰ φύσις ἀνέρων, et *Lucrèce*, dans *Natura animantum*.

—2. Ὑπάξεται est la conjecture de Brunck. La plupart des manuscrits ont ἄξεται, le Laur. A. ἕξεται. Il paraît que c'est la leçon ἐπάξεται, v. 360, qui a été cause de l'altération du passage. Le futur, qui s'explique facilement v. 360, est tout à fait dénué de sens ici, et c'est par cette raison que j'ai cru devoir adopter la conjecture de Dindorf, ἀέξεται, il augmente pour son propre avantage. Ἀμφίλογον ζυγόν, sont à l'accusatif, parce que αὐξάνω a la valeur d'un verbe tel que ἀμφιέννυμι et autres.

Page 44.—1. Παρείρων a été changé par Bœckh et Dindorf en παραιρῶν, « renversant ; » je ne parle pas d'autres conjectures plus risquées encore. Il est évident que παρείρειν ne peut se traduire ici par insérer. On insère des lois, mais non pas θεῶν ἔνορκον δίκαν, outre qu'il eût fallu dire παρείρων τι νόμοις, etc. Παρά, dans ce composé, implique le sens d'un changement en mal, comme dans beaucoup d'autres cas (παράγειν, παραφέρειν), et signifie : « mal combiner. » Il s'agit en effet de Créon, qui, sous prétexte de punir l'ennemi de la patrie, Polynice, foule aux pieds toutes les lois humaines et divines. Ὑψίπολις et ἄπολις ne sont pas opposés l'un à l'autre, et le dernier n'est qu'une amplification de ὑψίπολις, « un homme digne d'être banni de la ville, qui est entaché, etc. » Cp. v. 357—58.

—2 Ἴσον φρονῶν, ayant les mêmes pensées et les mêmes projets, allié

Page 46.—1. L'usage de la préposition ἐς est le même dans *Œdip. R* 965

Σὺ δ' ἐς τὰ μητρὸς μὴ φοβοῦ νυμφεύματα.

—2. La négation s'explique par οὐκ ἀντιλογήσω, qui a le sens suivant : « comment soutiendrai-je ? »

—3. La première fois, ἄν se rapporte à ἥξειν ; la seconde fois, à l'imparfait ἐξηύχουν.

—4. Ἐκτός. Suppléez, ἐλπίδων.

Page 48.—1. Μῆκος pour μέγεθος, « quant à sa grandeur. »

—2. Ἕρμαιον, trouvaille inespérée, parce qu'on offrait les prémices des fruits aux statues de Mercure (Hermès) sur la voie publique, et que les passants pouvaient en disposer à leur gré, ou bien parce que les statues de Mercure servaient à indiquer les routes, et que leur vue causait toujours un grand plaisir au voyageur.

—3. Τῷ τρόπῳ πόθεν, double interrogation, comme dans la formule homérique τίς πόθεν εἰς ἀνδρῶν.

Page 50.—1. Ὑπήνεμοι, pour ainsi dire : sous le coup du vent, c'est-à-dire, placés de manière que le vent emportât loin de nous les exhalaisons fétides du cadavre. Καθῆσθαι, avec ἐκ, parce qu'il renferme l'idée d'observer d'en haut.

—2. Χθονὸς pour ἀπὸ χθονός, à cause de ἀείρας.

—3. Ἐν, adverbe, ne paraît pas signifier « en même temps », mais à peu près la même chose que μεσσηγύς. *Électr.* 713 : Ἐν δὲ πᾶς ἐμεστώθη δρόμος κτύπου, etc.

—4. Εὐνῆς λέχος, pléonasme poétique.

Page 52.—1. Τρίσπονδοι χοαί, soit parce qu'on faisait trois libations, soit parce qu'elles consistaient en du lait, du miel et du vin.

—2. Σὲ δὴ, σὲ τήν. Suppléez, καλῶ ou ἀνακρίνω. Sur la répétition du pronom en pareil cas, cp. *Ajax*, v. 360, *Él.*, v. 1145.

—3. Τὸ μή. Suppléez, δεδρακέναι.

—4. Créon, qui avait retenu auprès de lui le gardien, dans la crainte qu'Antigone ne voulût nier ou atténuer son crime, le renvoie dès qu'elle a tout avoué d'elle-même, avec les paroles assez peu courtoises : Σὺ μὲν κομίζοις σαυτὸν, etc. Νῆκος est ici adverbe, comme σύντομα.

Page 54.—1. Ζεὺς ὁ κηρύξας, ironie amère, à cause de τὰ κηρυχθέντα, v. 445.

—2. Elle appelle la justice ξύνοικος τῶν κάτω θεῶν, parce qu'elle veut parler de la sépulture de son frère. Τάδε sont les lois portées par Créon.

—3. Νῦν καὶ ἐχθὲς, en latin *heri et nudiustertius*.

Page 56.—1. Σχεδόν τι, ironiquement.

—2. Δηλοῖ τὸ γέννημ' ὠμὸν, suppléez, ὄν.

—3. Περισκελής indique l'effet de ὀπτόν.

Page 58.—1. Οἱ πέλας ne sont pas « nos prochains, » mais ceux dont nous sommes par hasard entourés.

—2. Ὁμαιμονεστέρας. Créon, emporté par la colère, dénature les choses, et dit ce qui est matériellement impossible; mais cette exagération même n'est qu'une beauté de plus. Ζεὺς Ἑρκεῖος, *Jupiter Penetralis*, le dieu de la maison pour la famille toute entière, hommes, femmes, enfants, esclaves.

—3. Ἀλύξετον, avec le génitif, construction rare, qu'on peut comparer au français : s'échapper de, etc.

—4. Ovide, *Mét.* II, 447 :

Heu quam dilficile est crimen non prodere vultu.

Page 60.—1. Ἀρεσθείη, passif; ἀρέσκω, comme le latin *probare*, a souvent la signification de : « faire qu'on approuve. »

Page 62.—1. Τιμᾷς χάριν, pour χαρίζῃ χάριν τιμῆς.

—2. Ἥδ' Ἰσμήνη, comme ὅδε γὰρ δὴ βασιλεύς, devra se rendre en français par : voici, v. 155. Dans ce qui suit, la douleur qui défigure le visage d'Ismène est comparée au nuage (νεφέλη) qui obscurcit le ciel. De là aussi ὑπὲρ ὀφρύων.

Page 64.—1. Ξύμπλουν pour κοινωνόν. L'image est prise d'un vaisseau.

Page 66.—1. Ἀρκέσω θνήσκουσ' ἐγὼ, pour ἀρκέσει ἐμὲ θνήσκειν.

—2. Ἴση ἐξαμαρτία, c'est-à-dire, tu l'as fait, et moi je l'ai caché.

Page 68.—1. Νυμφεῖα, noces, pour νύμφη.

—2. Ὑιάσιν, datif épique pour υἱεῖσιν.

Page 70.—1. Καὶ σοί γε κἀμοί, c'est-à-dire, je te semble avoir pris cette résolution, et je l'ai prise réellement. Μὴ τρίβας ἔτι, mot à mot, plus de retards. Le verbe sous-entendu est ποιεῖσθε, ou ἐμβάλλετε.

—2. Ἐπὶ πλῆθος. Cp. *Philoctèt.* 723: Πλήθει πολλῶν μηνῶν, le nombre des mois étant complété. Ἕρπον se rapporte grammaticalement à οὐδέν, au lieu de se rapporter à ἄτας, comme le sens l'exige.

Page 72.—1. Ἐσχάτας ῥίζας. La famille d'OEdipe est comparée à un arbre coupé au-dessus de la racine; φάος σωτήριον, Eur. *Médée,* 480. C'est ainsi qu'ὀφθαλμός a la signification de consolation et de douce espérance. *OEdip. R.,* 972.

—2. Κόνις, la poussière fatale du dieu des enfers, c'est-à-dire, celle qu'Antigone avait répandu sur le corps de Polynice, et qui était devenue la cause de sa mort. Cette explication est de Triclin, et la seule bonne. La conjecture κοπίς, qui compare Pluton à un bourreau, est sans goût et tout à fait impossible.

—3. Λόγου ἄνοια se rapporte à Antigone, qui avait tenu un langage hardi et provocateur; φρενῶν Ἐρινύς, à Créon, qui en avait été irrité.

—4. Κατάσχοι sans ἄν, veut dire : Qui voudrait dompter, etc. En ajoutant ἄν, il faudrait traduire : Qui pourrait, etc.

—5. Le Temps, cette autre puissance, ne peut pourtant pas vaincre Jupiter. Cp. *Il.* II; 134 : Διὸς μεγάλου ἐνιαυτοί.

—6. Le poëte distingue deux avenirs; l'un, qui est le plus proche, et qui lui tient lieu de présent, τό τ' ἔπειτα, et l'autre, qui est plus éloigné; τὸ μέλλον. Le futur ἐπαρκέσει est employé pour exprimer une durée éternelle, comme v. 360.

Page 74.—1. Par l'image du feu, on avait l'habitude de désigner les choses les plus dangereuses. Suidas : Ἐν πυρὶ βέβηκας. *Philocl.* 927 : ὦ πῦρ σὺ καὶ πᾶν δεῖμα. *El.* 1114 : διὰ πυρὸς ἔμολον ματρί. Πράσσειν, avec la signification de : se porter, se trouver, comme dans εὖ ou κακῶς πράσσειν.

—2. Μελλόγαμος pourrait bien n'être que l'explication de τάλιδος, et avoir été ajouté de la main d'un scholiaste.

Page 76.—1. Τελεία ψῆφος, pour τετελεσμένη ψ., se dit de quelqu'un qui ne veut pas changer d'idée.

Page 78.—1. Φύσει est presque un pléonasme à côté de τὰ γ' ἐγγ‾

Page 80.—1. Seneca, *Méd.* 195 :

Æquum atque iniquum regis imperium feras.

—2. Σὺν μάχῃ, parce que μάχη ici est personifié; δορός, pour distinguer τὴν μάχην de toute autre lutte.

—3. Χρόνος pour γῆρας.

Page 82.—1. Λόγοις τοιούτοις a le sens de λέγοντι τοιαῦτα, c'est-à-dire, pour oser dire de telles choses.

Page 84.—1. Schol. : Οὐδὲ ὁ πατὴρ μείζονα ἄλλην χάριν παρὰ τῶν παίδων δέχεται ἢ εὐτυχοῦντας τούτους ὁρᾶν.

—2. Ἔχειν ne se rapporte pas à φῆς, mais à un participe οἰόμενος, ou νομίζων, renfermé dans les mots φόρει ἦθος. Puis, les mots ὡς φῆς σύ sont résumés dans le pronom démonstratif τοῦτο.

—3. Ὅστις, οὗτοι. Tér. *Eun. prol.*: Si quisquam—in his poeta, etc.

—4. Τείνας πόδα, larguant les ris de la voile malgré la tempête, pendant laquelle on serre les voiles sur la vergue.

—5. Εἶχε θυμοῦ, comme ὑφιέναι ὀργῆς, Hérod. I, 156, 3, 52 ; ἀνιέναι τῆς ἐφόδου, Thuc. 7, 43.

Page 86.—1. Εἰ δ' οὖν, ellipse dont voici le sens : mais si quelqu'un n'est pas doué d'une grande force d'esprit. De même en latin : *sin, sin autem.*

—2. Νέος, dans le sens de téméraire.

—3. Χρὴ ἐμοί, au lieu de ἐμέ, ne se trouve que dans ce passage de Sophocle.

Page 88.—1. Δίκαια ἐξαμαρτάνειν est dit comme ὅσια πανουργήσας, v. 74. « C'est que tu ne pèches pas, dit Hémon, dans une juste cause. »

Page 90.—1. Ὀλεῖ τινά. Hémon parle de sa propre mort ; mais Créon dans son aveuglement, croit que son fils veut le menacer.

—2. Hémon s'excuse. Est-ce menacer que de parler contre des projets insensés ? Mais Créon l'entend autrement ; à quoi servent des menaces faites à un homme sans esprit ?

—3. Φρενώσεις, c'est-à-dire, ἐμέ

—4. Οὔτε—τε, comme en latin *neque—et.*

—5. Θέλουσι, c'est-à-dire, ὑπομεῖναι τὴν σὴν μανίαν.

Page 92.—1. Φρονείτω μεῖζον ἢ κατ' ἄνδρα. En latin, *ducat spiritus majores quam pro homine.*

—2. Ὡς ἄγος, sous-entendez ἐστίν ; en y laissant autant de nourriture seulement qu'il y a crime, c'est-à-dire, qu'il y a crime de ne pas en laisser. D'ailleurs, la coutume de laisser, pour ne pas provoquer le courroux de Dieu, un peu de nourriture à celui qu'on voulait faire mourir de faim, existait aussi dans le moyen âge. Du reste τοσοῦτον ὡς ἄγος μόνον est dit par attraction pour μόνον τοσοῦτον ὡς ἄγος. Cp. OEd. Col. v. 780 : τοσοῦτον, ἐν θανεῖν μόνον.

—3. Κτήμασι, les possessions, c'est-à-dire, les puissants de la terre est opposé à μαλακαῖς παρειαῖς νεάνιδος, la force à la faiblesse.

—4. Ἐννυχεύεις. Horat. *Od.* IV, 12 :

> Ille virentis et doctæ psallere Chiæ
> Pulchris excubat in genis.

—5. Φοιτᾶν, errer au hasard. Par ὑπερπόντιος, le poëte fait allusion à l'enlèvement d'Hélène, et par ἀγρονόμοις αὐλαῖς, à l'amour de
Vénus et d'Anchise, qui faisait paître les brebis sur la montagne d'Ida.

Page 94.—1. Φύξιμος gouverne l'accusatif comme φεύγεις. Voici des
exemples semblables d'un adjectif avec le régime du verbe dont il des-
cend : ἔξαρνον εἶναι, μέτοχον εἶναι, ἀνήκοον εἶναι, etc.

—2. Σύναιμον est dit comme si νεῖκος ἀνδρῶν ne formaient qu'un
seul mot.

—3. Θεσμοί sont les grandes lois qui gouvernent l'univers : ἀρχαὶ,
le gouvernement des dieux.

—4. Παγκοίταν θάλαμον. L'idée est exprimée plus clairement
au v. 806, παγκοίτας Ἅδας.

Page 96.—1. L'explication ordinaire des mots ἐπίχειρα ξιφέων, « dé-
capitation, » (comme on dit, en latin, *munere belli*), ne donne pas le
sens de l'auteur. On conçoit que les Grecs aient préféré une mort pré-
maturée et cruelle à une vie longue et maladive ; mais certainement
aucun d'eux n'eût mieux aimé être enterré vivant que de mourir par le
glaive. Ajoutez à cela que αὐτόνομος, quelque peine qu'on se donne
pour bien l'expliquer, ne s'accorde ni avec ce qui précède ni avec ce
qui suit. Ἐπίχειρα ξιφέων est la vente des captifs, l'esclavage, si λαχοῦσα
est transitif. Mais peut-être vaut-il mieux le prendre pour un verbe
neutre, et alors le sens serait : étant échu en partage à quelqu'un
comme salaire d'épée (esclave). On sait fort bien que les Grecs pré-
féraient la mort même à l'esclavage, et Platon, dans sa république,
regarde l'esclavage et les maladies comme les plus grands maux dont
un homme puisse être frappé. Αὐτόνομος signifie donc évidemment
indépendante, et le sens du passage est celui-ci : « En descendant
aux enfers, tu évites les deux plus grands maux, celui de la maladie
et celui de l'esclavage. » Μόνα βροτῶν veut dire unique dans son genre
parmi les hommes.

—2. Niobé, fille de Tantale, petite-fille de Jupiter, est appelée ξένα
Φρυγία, parce qu'elle quitta la Phrygie, sa patrie, pour aller à Thèbes
épouser Amphion, roi de cette ville. On dit qu'après avoir perdu ses
douze enfants, tués par les flèches de Diane et d'Apollon, incapable
de supporter un si grand malheur, elle fut changée en une pierre,
et que transportée ainsi sur la montagne de Sipyle, elle continue de
verser des larmes abondantes.

Page 98.—1. Δειράδος, nuque; puis, au figuré, le sommet de la montagne dans toute son étendue. (*Bergrücken*, en allemand.)

—2. Ἰσόθεος. Niobé, comme petite-fille de Jupiter.

—3. Ἐπίφαντον, manifeste, c'est-à-dire, vivante, comme on dit de ceux qui existent encore βλέπειν φάος ἠελίοιο.

—4. Ἔργμα est un ἅπαξ λεγ., qu'on a vainement voulu remplacer par ἕρμα, soutien, digue. L'adjectif τυμβόχωστον ne s'explique que lorsqu'on adopte la leçon de tous les manuscrits. Ἔργμα τυμβόχ. est une prison bâtie en guise de tombeau.

Page 100.—1. Bergk le premier a découvert que ce vers οὔτ' ἐν βροτοῖς οὔτ' ἐν νεκροῖσιν est dû à la main d'un scholiaste, et que les véritables mots du poëte se sont perdus.

—2. Eschyle, *Agam.* 376, ἀνδρὶ λακτίσαντι μέγαν Δίκας βωμόν. Par πατρῷον ἄθλον, il faut entendre les crimes d'OEdipe.

—3. Μερίμνας es! un accusatif, à cause de l'apposition πατρὸς τρι-πόλιστον οἶκτον.

—4. Λαβδακίδαισι, datif possessif, qui se rapporte à ἁμετέρου.

—5. Il s'agit du mariage de Polynice avec la fille d'Adraste; c'est ce mariage qui avait causé la guerre.

Page 102.—1. Σέβειν se rapporte à la piété avec laquelle Antigone avait voulu rendre les derniers honneurs à son frère Polynice. Mais cette piété n'est qu'un seul genre de piété (εὐσέβειά τις); il y en a un autre non moins important, celui d'obtempérer aux ordres du prince.

—2. Ἑτοίμαν ὁδόν. L'adjectif ἕτοιμος, d'après le sens, se rapporte à Antigone même, qui est *sur le point* de partir pour son dernier voyage.

—3. Ἀδάκρυτον, c'est-à-dire, ὥστε ἀδάκρυτον εἶναι.

—4. Τυμβεύσει, *enterrera*, a ici la signification passive, comme l'ont quelquefois dans Sophocle les verbes κεύθειν et νυμφεύειν. Cp. v. 906, κεκευθότοιν. *OEdip. Roi*, 953.

Page 104.—1. Ἐν ἐλπίσι τρέφω, sous-entendre τοῦτο.

—2. Εὖ se rapporte à φρονοῦσιν, et d'après la grammaire et d'après le sens. Εὖ étant rapporté à ἐτίμησα, on aurait une construction forcée, et qui ne signifierait jamais autre chose que ceci : « je lui ai rendu les honneurs dûs (je l'ai bien honoré) », tandis qu'on s'attend à un sens tel que le suivant : J'ai bien fait en l'honorant.

Page 106.—1. Κατθανόντος, sous-entendu τοῦ πόσιος.

—2. Le poëte fait probablement allusion à l'histoire racontée par Hérodote, 3, 119. Intapherne, un des sept conjurés, ayant paru vou-

loir se révolter contre Darius, ce dernier le fit jeter en prison, lui et
toutes les personnes mâles de sa famille. Sa femme venait tous les
jours aux portes du palais, et assiégeait le roi de ses cris et de ses
lamentations. Darius finit par lui accorder de choisir celui des
prisonniers auquel elle tenait le plus, et de l'emmener sain et
sauf. La femme choisit alors son frère; et quand le roi lui en témoi-
gna sa surprise : « Avec l'aide de Dieu, lui répondit-elle, j'aurai un
autre mari et d'autres enfants; mais mes parents étant morts, je
n'aurai jamais un autre frère. » Le roi, enchanté de cette réponse, fit
grâce non-seulement à son frère mais encore à l'aîné de ses fils;
mais il fit tuer le reste.

—3. Τί χρή; « A quoi sert ? » comme v. 880.

—4. Le plur. masc. se trouve souvent employé chez les poëtes tragiques pour le singulier féminin. Eurip. Méd. 318.

Page 108.—1. Le sens de ces vers est : « Je demande seulement que
mes ennemis endurent des maux aussi grands que ceux qu'ils m'ont
fait souffrir. »

—2. Τούτων se rapporte aux choses qui se sont passées depuis sur
la scène, aux plaintes et aux cris d'Antigone.

—3. Les génitifs γῆς et Θήβης ne sont pas régime, mais apposition
l'un de l'autre, c'est-à-dire, Θήβης est comme une apposition à γῆς.

—4. Βασιλίδα. Antigone se regarde comme le dernier rejeton de la
famille royale; elle ne pense plus à Ismène, dont la conduite lui avait
paru indigne de sa condition.

—5. Danaé était la fille d'Acrisius, roi d'Argos et d'Aganippe, ou,
suivant d'autres, d'Eurydice. Comme Acrisius avait été informé par
un oracle qu'il mourrait de la main de ses enfants, il enferma sa fille
dans une tour de pierre, ou, suivant d'autres, d'airain. Mais Jupiter,
sous la forme d'une pluie d'or, s'introduisit chez elle, et la rendit mère
de Persée. Δανάας δέμας est une périphrase comme ἱς Τηλεμάχοιο, etc.

—6. La chambre d'airain (χαλκοῦς θάλαμος;) se voyait encore à
Argos, du temps du tyran Périlas, dans un édifice souterrain.

Page 110.—1. Les auteurs anciens sont remplis de pareilles idées,
exprimées par des formes semblables. Ovide, à la fin de ses *Métam* :

Jamque opus exegi, quod nec Jovis ira, nec ignes
Nec poterit ferrum, nec edax abolere vetustas.

Horat. *Od.* III, 30 :

Exegi monumentum ære perennius

> Quod non imber edax, non aquilo impotens
> Possit diruere etc.

Νᾶες κελαιναί sont des vaisseaux récemment enduits de poix.

—2. Le fils de Dryas est Lycurgue, roi des Thraces. Il fut enfermé dans une caverne du mont Pangée, pour avoir outragé Bacchus et les Bacchantes. — Les Édoniens habitaient autour du mont Édon, et le long du fleuve Strymon.

—3. Εὔια se dit de toutes les choses qui se rapportent à Bacchus, principalement des cris que poussaient les dadouques pendant les Dionysies.

—4. Diodore, IV, 4, nomme les Muses parmi les compagnes de Bacchus.

—5. La mer Cyanée était près des îles Cyanées, à l'entrée du Pont-Euxin, et était partagée en deux. De là διδύμη ἅλς

Page 112.—1. Salmydesse ou Halmydesse, résidence de Phinée, située entre le Pont-Euxin d'un côté, et le Bosphore et la Propontide de l'autre.

—2. Ἀγχίπολις, dont le temple est situé près de la ville. Mars était une des divinités principales des Thraces.

—3. Δισσοῖσι Φινείδαις, datif au lieu du génitif, comme au v. 858 et dans d'autres passages. Les Phinéides sont les deux fils de Phinée, Plexippe et Pandion, qu'il avait eus de sa femme Cléopatre, fille de Borée et d'Orithyie. Phinée s'étant séparé de Cléopatre et l'ayant jetée en prison, épousa Idée, fille de Dardanus, roi des Scythes ; Idée accusa ses beaux-fils d'avoir voulu attenter à sa pudeur, et obtint de son mari la permission de les priver de la vue.

—4. Τυφλωθὲν ἕλκος, pour ὄμμα τρωθὲν ὥστε τυφλὸν γενέσθαι.

—5. Ἀραχθὲν ἐγχέων, leçon de tous les manuscrits, corrigée par Bothe en ἀρραγὲς ἐγχ., par Seidler et Lachmann en ἀραχθέντων. Mais ces conjectures n'ont pas réussi à se faire adopter par les philologues, la première, parce que l'antithèse ainsi introduite entre ἐγχ. d'un côté, et χερσὶν et ἀκμ. de l'autre, serait indigne du poëte, et la dernière, parce que, outre le concours des génitifs, elle est bien autrement prosaïque. Mais quoique la leçon des manuscrits ne soit pas tout à fait inexplicable, cependant, comme il y a une syllabe de trop dans la strophe, et qu'il ne peut exister aucun doute sur la pureté du texte dans l'antistrophe, j'aurais corrigé ἀραχθέν en ἄρχγμ', si ce mot, outre la signification de bruit, fracas, avait aussi celle de blessure ou action de blesser, qu'il pourrait bien avoir, mais dont il

n'existe, que je sache, aucun exemple. J'ai donc cru devoir mettre
γάραγμ', mot employé par Sophocle dans Philoctète, v. 274 :

Πληγέντ' ἐχίδνης ἀγρίῳ χαράγματι,

où il veut dire morsure. Je n'ai pas besoin d'ajouter que χαράττειν
va parfaitement bien avec ὄνυχες et κερκίδες. La préposition ὑφ' se
rapporte à γάραγμα, comme s'il y avait γαραχθέν. Cp. OEd. Col., v. 1031 :

Τὰ γὰρ δόλῳ
τῷ μὴ δικαίῳ κτήματ' οὐχὶ σώζεται

Grande est l'erreur de ceux qui rapportent ἐγχέων à ἀχμαῖσι,
d'abord parce qu'il ne s'agit pas ici de véritables armes, puis
à cause des mots ὑφ' αἱματηραῖς χείρεσσι, si singulièrement en-
clavés entre le gén. ἐγχ. et le datif ἀχμ. Il est évident au premier coup-
d'œil qu'il faut placer la virgule après ἐγχ., et l'effacer après χείρεσσι,
de sorte que ἀχμαῖσιν se rapporte à ὑφ'. En adoptant la leçon du
texte Ἕλκος ἀραχθὲν ἐγχέων, il faudra supposer que deux modes de
construction se confondent. Le poëte devait dire ou Ἕλκος ἐγχέων ou
Ἕλκος ἀραχθὲν ἔγχεσιν. Ἔγχη sont des armes pointues quelconques, et
renferment ici l'idée générale de κερκίδες et ὄνυχες. Le poëte aurait sans
doute dû continuer autrement la phrase, et mettre en apposition αἱμ.
χ. et κερχ. ἀχμ. ; mais il en serait résulté une suite de cinq génitifs,
qui n'eût été ni agréable à l'oreille, ni facile à comprendre.

—6. Il faut placer avec Erfurdt la virgule après κλαῖον, et lire μητρὸς ἀνύμφευτον γονὰν ἔχοντες, ayant la vie par le mariage malheureux
de leur mère, c'est-à-dire, nés d'une union qui, rompue par le di-
vorce de leur mère, les plongea eux-mêmes dans une suite de malheurs. Cp. βλάστας πατρὸς, μητρὸς ἔχειν, OEd. Col. 962.

—7. Borée s'allia à la famille royale d'Athènes, en enlevant
Orithyie, fille d'Erechthée, dont il eut Zétès, Calaïs et Cléopatre.

—8. Βορεὰς, la Boréade, Cléopatre, fille de Borée. Ἄμιππος, comme
fille du vent Borée.

—9. Borée et Erechthée étaient tous deux comptés au nombre des
dieux. Cic. de Nat. Deor., 3, 19. Le dernier vers du chœur indique
clairement l'intention de consoler Antigone par l'exemple des personnes célèbres qui ont souffert comme elle.

Page 114.—1. Dans Euripide (Phœniss. 780) et Stace (Theb. 1C,
597), c'est Manto sa fille qui le conduit.

—2. Ἐκ προηγητοῦ, ajouté comme explication à αὕτη.

—3. Ἐπὶ ξυροῦ τυχῆς. La forme ordinaire du proverbe est ἐπὶ ξυροῦ ἀκμῆς (être sur le tranchant du rasoir).

—4. Κλάζοντας au lieu de κλαζόντων, anacoluthe familière à Sophocle.

—5. Ἐν χηλαῖσιν pour le simple datif, comme ἐν ὀφθαλμοῖς ὁρῶν, v. 772 et ailleurs.

Page 116.—1. Une flamme claire et pétillante était de bon augure; mais il n'en était pas ainsi si les viandes se consumaient lentement, entourées d'une épaisse fumée.

— 2. Le fiel, placé sur les cuisses, devait se consumer tout entier pour que le sacrifice fût heureux.

— 3. Βεβρῶτες, parce que ὄρνις a ici une signification collective.

Page 118.—1. Τῶν δ' ὑπαὶ γένους. Créon fait évidemment allusion aux luttes qu'il vient de soutenir contre son fils Hémon; c'est la seule manière dont on puisse expliquer le pronom πάντες. Hermann retranche δέ, et rapporte la phrase entière à Tirésias et aux prêtres qui déjà ont été cause de la mort de son fils Ménécée, qui s'était dévoué pour la patrie. Mais outre qu'il n'avait pas encore été fait mention de cette circonstance, et qu'il n'est pas probable que Sophocle l'eût racontée si obscurément, s'il avait voulu la raconter, la marche régulière de la phrase exige la particule καί, qui ne s'y trouve pas. C'est pour ces raisons que nous n'avons pas hésité à conserver la leçon de tous les manuscrits, et à traduire οἱ γένους par « ceux de la famille. »

— 2. Sardes, située sur les bords du Pactole, fleuve qui roulait du sable d'or; ἤλεκτρον n'est pas ici le succin, mais de l'or avec un cinquième d'alliage d'argent.

Page 122.—1. Τελεῖν τροχοὺς ἁμιλλητῆρας, pour τελεῖν ἁμίλλας τροχῶν. Τροχός ne signifie pas tant la roue elle-même que l'espace occupé par la roue. Τελῶν, partic. fut. att., pour τελέσων.

Page 124.—1. Schol.: ἐκ σοῦ δὲ βιάζονται οἱ ἄνω θεοὶ ἔχειν αὐτὸν ἄνω ἄταφον.

— 2. Καθαγίζω, consacrer des morts, rendre les derniers devoirs. Rien de plus amer que l'ironie avec laquelle il nomme funérailles la mutilation du cadavre par les bêtes sauvages.

— 3. Ἑστιοῦχον. Le poëte appelle ainsi chacune des villes qui renferme la maison d'un des sept chefs.

— 4. Bœckh explique θυμῷ σου, in animum tuum, ce qui me paraît un peu faible à cause de καρδίας τοξεύματα, même dans le cas où l'on sous-entendrait ἐμῆς. Hermann traduit : propter iram tuam. Mais on ne punit la colère que lorsqu'elle éclate en injures. Θυμῷ σου

est donc : « dans ma colère contre toi », explication suffisamment jus-
tifiée par les mots intercalés, λυπεῖς γάρ. Cependant, on ne saurait
nier qu'il y a une légère anacoluthe dans la manière dont procède la
phrase ; car après τοιαῦτά σου, on s'attend à ἐτόξευον, comme le
prouvent les mots ὥστε τοξότης. Mais arrivé à θυμῷ, le poète change
de construction, et c'est ainsi qu'il réussit à désigner Créon à la fois
comme étant le but de ses traits et l'objet de sa colère. Le génitif
καρδίας, pour εἰς καρδίαν σου.

Page 126.—1. Bothe se trompe en expliquant ἐν δεινῷ par δεινόν,
comme on dit ἐν εὐμαρεῖ, ἐν ἴσῳ pour εὐμαρές, ἴσον, etc. Hermann dit
beaucoup mieux : *Si resistam, ad id, ut hoc grave sit, accedit illud,
ut magno malo iram meam percellam.* Cependant, ἐν δεινῷ ne se
rapporte pas à ἀντιστάντα, mais au δεινόν du premier membre de la
phrase. Créon réfléchit sur ce qu'il doit faire. « En cédant, dit-il, je
me couvre de honte; en résistant, je m'expose à de grands malheurs,
et en même temps à la honte (ἐν δεινῷ), si les événements ne justi-
fient pas mon opiniâtreté. » Il se décide donc à céder, ce qui n'a
qu'un seul inconvénient, celui d'avouer qu'il a eu tort; une
résistance malheureuse aurait pu entraîner des malheurs bien
plus réels, sans cependant lui épargner la honte qu'il a voulu éviter
en ne cédant pas.

—2. Συντέμνουσι pour συντόμως κατακόπτουσι καὶ βλάπτουσιν.

Page 128.—1. Καρδία a la signification de γνώμη, dessein.

— 2. Ἐπ' ἄλλοισιν τρέπε pour ἐπίτρεπε ἄλλοισιν.

—3. Οἱ ὄντες pour οἱ παρόντες, à cause de ἀπόντες, qui lui est opposé.

— 4. Ici manquent quelques vers, dans lesquels Créon devait
donner des ordres relatifs à l'enterrement de Polynice; car on ne
peut croire qu'il se soit borné à parler d'Antigone et des mesures à
prendre à son égard.

— 5. Le chœur ayant été, à cause de ses grandes difficultés mé-
triques, disposé différemment par nos philologues, nous nous sommes contenté de reproduire les leçons des meilleurs manuscrits, en
n'admettant que les conjectures les plus sûres.

Καδμείας νύμφας est Sémélé, mère de Bacchus. D'après la Fable
Jupiter retira ce dernier du sein de sa mère tuée par la foudre, et l'enferma dans sa cuisse qu'il s'était ouverte pour cela, pour laisser à
l'embryon le temps de se développer. V. page 122.

— 6. Ἰταλία est la partie inférieure de l'Italie, que les Romains
appelaient *Magna Græcia*, célèbre par un grand nombre de colonies
grecques riches et puissantes.

—7. Παγχοίνοις. Schol. : ἐν οἷς πάντες συνάγονται διὰ τὰς πανηγύρεις. Κόλποις, le golfe Saronique (aujourd'hui appelé golfe d'Egine), compris entre l'Attique et l'Argolide. Il est à remarquer que Bacchus et Cérès sont les divinités qu'on célébrait principalement aux mystères d'Eleusis.

Page 130 —1. Le poëte parle du dragon que Cadmus tua, et dont il sema les dents dans l'endroit où plus tard s'éleva Thèbes.

— 2. Διπ. πέτρα est le Parnasse, à cause de son double sommet, sur lequel on sacrifiait souvent.

— 3. Coryce est une caverne sur le mont Parnasse; Κωρύκιαι se dit donc pour Παρνασσίδες. Castalie, source qui sortait de la même montagne ; Nysa, montagne d'Eubée. C'est pour cela que le chœur prie Bacchus de venir ὑπὲρ στονόεντα πορθμόν, sur les bords de l'Euripe.

— 4. Μολεῖν. Infinitif au lieu de l'impératif, comme l'emploie souvent Homère.

— 5. Τῶν ἀστέρων χορηγόν. On enseignait dans les mystères à appeler le soleil Apollon, tant qu'il reste sur l'hémisphère supérieur (in supero hemisphærio, Macrob., Saturn., I, 18), c'est-à-dire, pendant la durée du jour; et Bacchus (Dionysos), quand il est descendu au-dessous de l'horizon. Φθέγματα, schol. : ἐν νυκτὶ γὰρ αἱ βαχχικαὶ χορεῖαι γίγνονται.

Page 132.—1. Ovide, *Mét.* 4, 17 :

Tibi enim inconsumta juventas,
Tu puer æternus, tu formosissimus alto
Conspiceris cœlo; tibi, cum sine cornibus adstas,
Virgineum caput est.

—2. Hermann se trompe en traduisant ὁποῖόν στάντ᾽ ἂν βίον, *quæcumque stet vitæ conditio;* car ὁποῖον se rapporte à αἰνέσαιμ: et μεμψαίμην. L'explication de Sinner : οὐδείς ἐστι βίος οὔτε στὰς ὃν ἂν αἰνέσαιμι, οὔτε πεσὼν, ὃν ἂν μεμψαίμην ποτέ, est juste quant au sens, mais les mots du poëte ne sont pas aussi explicites. Στάντ᾽ ἂν βίον veut dire tout simplement une vie qui dure encore, qui n'est pas encore achevée. C'est ainsi qu'il y a un peu plus bas : οὐδεὶς μάντις τῶν καθεστώτων.

— 3. Ὡς ἐμοί, sous-ent ndu δοκεῖ.

Page 134.—1. Αὐτόχειρ. Hermann fait observer avec justesse que αὐτόχ. e dit de celui qui fait de sa propre main quelque chose qu'on se serait attendu à voir faire par un étranger. C'est par cette raison que αὐτόχ signifie ce qu'on fait par sa propre main ou *par la main des siens*.

Page 136.—1. Κλύουσα παιδός; pour περὶ παιδός. *Œdip. Col.* 307.

— 2. Hésiode appelle la femme de Créon Hénioche.

— 3. La statue de Minerve parait avoir été en face du palais. D'ailleurs, προσήγορος gouverne les deux génitifs, Παλλάδος et εὐγμάτων.

Page 138.—1. Νεοσπάσι θαλλοῖς. Bœckh entend des branches d'olivie. dont on faisait un usage fréquent dans les funérailles, et qu'on appelle quelquefois simplement θαλλούς.

— 2. Μᾶλλον ἆσσον, comparatif double.

— 3. Ἁρμὸν λιθοσπαδῆ ἀθρήσατε, pour λίθους ἁρμοῦ ἀποσπάσαντες ἀθρήσατε.

Page 140.—1. Ici, deux constructions sont fondues en une : τάδ' ἠθροῦμεν κελεύσμασιν δεσπότου, et τάδ' ἠθροῦμεν κελευσθέντες ἐκ δεσπότου.

— 2. Βρόχῳ μιτώδει σινδόνος; pour βρόχῳ ἐκ μίτων σινδόνος, si μιτώδει ne se dit pas de la nature du nœud même; car l'étoffe fortement tordue se rompt et s'effile. Μιτώδης signifierait donc *filandreux, filamenteux*.

Page 142.—1. Λευκῇ παρειᾷ, schol.: εἰς λευκὴν παρειάν, explication approuvée par Brunck et par Bothe Mais comment Sophocle a-t-il pu mettre sous nos yeux une image aussi hideuse que celle d'Hémon, vomissant des torrents de sang sur les joues délicates de sa jeune fiancée? Il est évident que puisque les mots λευκῇ παρειᾷ ne sont pas expliqués ultérieurement, ils doivent se rapporter à Hémon, et se traduire par ceux-ci : *d'une joue pâle*, comme devait être celle d'un moribond.

— 2. Ἀξιώσειν, sous-entendu προτιθέναι.

Page 146.—1. Brunck a corrigé φέρων en φέρεις, correction qui tranche le nœud sans le dénouer. Le poëte, en mettant φέρων, avait l'intention de continuer ainsi, ἥκεις καὶ τάχ' ὄψεαι. Mais en changeant ἥκεις en ἔοικας ἥκειν, il devait en résulter l'anacoluthe que nous venons de signaler.

— 2. Παμμήτωρ, parce qu'elle n'a pas voulu survivre à la mort de son fils

— 3. Ὀλέθρῳ, la mort d'Hémon.—Ὦ παῖ. Créon parle à un esclave.

Page 148.—1. Βωμία πέριξ. Probablement l'autel de Jupiter Hercéen.

— 2. Λύει κελαινὰ βλέφαρα est dit comme λέλυμαι μελέων σύνδεσμά. Eur. *Hipp.* 200 : λέλυται γὰρ ἐμοὶ γυίων ῥώμη. Æsch. *Pers.* 916.

— 3. Mégarée, appelé Ménécée par Euripide (*Phæniss.* 715, etc.), autre fils de Créon, s'était tué de sa propre main, parce qu'un oracle attachait à sa mort le salut de sa patrie et la destruction de l'armée des coalisés, commandée par Polynice. (Pausan., X, 25.)

Page 150. — 1. Ἁρμόσει, intransitif, comme on voit dans *Œdipe Roi*, 887. La phrase aurait pu être énoncée plus clairement ainsi : Τάδε, ὧν ἐγὼ αἴτιος, οὐκ ἐπ' ἄλλον βροτῶν ἁρμόσει ἀπ' ἐμοῦ.

Page 152.—1. Ὅτοισι χρὴ μέλειν. Schol. : τοῖς θεοῖς. Τῶνδε, c'est-à-dire, τῶν μελλόντων.

— 2. Les mots τὰ δ' ἐπὶ κρατί μοι sont expliqués ordinairement par les mots latins *quæ capiti meo imminent*. Mais quel est le malheur qui puisse encore menacer Créon? La mort? Mais c'est elle-même qu'il vient d'invoquer à son secours pour qu'elle le délivrât de ses souffrances. Τὰ δ' ἐπὶ κρατί, doit donc être dit du passé. Mais que peut signifier une phrase comme celle-ci : Tout est malheur devant moi, et les malheurs qui menaçaient ma tête ont été amenés par la destinée. Encore, pour pouvoir traduire ainsi, faut-il changer τὰ δέ en τά τε. Mais je me trompe fort, ou il n'y a rien de faible comme cette antithèse de la main et de la tête, que tous les commentateurs ont cru reconnaître ; car tout ce qui pouvait menacer Créon s'est changé pour lui en une triste réalité; ajoutons que Créon n'a pensé au malheur qu'au moment où le malheur allait le frapper. Il me paraît évident que les mots πότμος εἰσήλατο ἐπὶ κρατί μοι doivent être expliqués absolument comme au v. 1266, ἐν δ' ἐμῷ κάρᾳ θεὸς ἔπαισεν. On peut comparer Œd. R., 263, éd. Wnnd.; Æsch. Pers. 515. Τάδε (car c'est ainsi qu'il faut écrire) est cet accusatif grec, qu'on trouve si souvent avec des verbes intransitifs. Le sens de la phrase est donc le suivant : Tout ce que je vois devant moi est ruine et destruction; c'est ainsi que le destin inexorable s'est déchaîné contre moi.

— 3. Πολλῷ πρῶτον, comme on dit πολλῷ ἄριστος, et en latin, *longe optimus*.

— 4. Il. P', 32 :

Ῥεχθὲν δέ τε νήπιος ἔγνω.

Page 154.—1. Ἐδίδαξαν. On emploie souvent l'aoriste pour désigner le présent ou une chose qui a coutume d'arriver.

Imprimerie A. Lahure, rue de Fleurus, 9, à Paris.

NOTICE

DE

LIVRES CLASSIQUES

A L'USAGE

DE L'ENSEIGNEMENT SECONDAIRE

ET DE

L'ENSEIGNEMENT SUPÉRIEUR

PARIS

LIBRAIRIE HACHETTE ET Cⁱᵉ

79, BOULEVARD SAINT-GERMAIN, 79

1902

TABLE DES MATIÈRES

On adressera franco aux personnes qui en feront la demande :

Le catalogue des livres d'éducation et d'enseignement;
Le catalogue des livres de littérature générale et de connaissances utiles;
Le catalogue des livres reliés pour les distributions de prix;
Le catalogue des livres à l'usage des bibliothèques populaires;
Le catalogue des livres pour étrennes;
Le catalogue des publications et matériel à l'usage des écoles maternelles
  et des écoles primaires;
Le catalogue des livres espagnols.

NOTICE
DE LIVRES CLASSIQUES

A L'USAGE DE L'ENSEIGNEMENT SECONDAIRE
ET DE L'ENSEIGNEMENT SUPÉRIEUR

1° PÉDAGOGIE

Bréal (Michel), inspecteur général de l'instruction publique. *Quelques mots sur l'instruction publique en France.* 1 vol. in-16, broché. 3 fr. 50
— *De l'enseignement des langues anciennes.* 1 vol. in-16, broché. 2 fr.
— *De l'enseignement des langues vivantes.* 1 vol. in-16, broché. 2 fr.
— *Causeries sur l'orthographe française.* 1 vol. in-16, broché. 1 fr.
— *Essai de sémantique*, Science des significations. 1 vol. in-8, br. 7 fr. 50
Compayré. *Histoire critique des doctrines de l'éducation en France depuis le XVI° siècle.* 2 vol. in-16, brochés. 7 fr.
— *Études sur l'enseignement et sur l'éducation.* 1 vol. in-16, broché. 3 fr. 50
— *L'évolution intellectuelle et morale de l'enfant.* 1 vol. in-8, br. 5 fr.

Fouillée (A.), membre de l'Institut. *L'enseignement au point de vue national.* 1 vol. in-16, broché. 3 fr. 50
Gréard (O.), vice-recteur de l'Académie de Paris. *Éducation et instruction.* 3 vol. in-16, brochés :
— *Enseignement secondaire.* 2 vol. 7 fr.
— *Enseignement supérieur.* 1 vol. 3 fr. 50
Chaque ouvrage se vend séparément.
Jouvency (le P.). *De la manière d'apprendre et d'enseigner*, trad. H. Ferté, in-16, broché. 1 fr.
— *L'élève de rhétorique* au collège Louis-le-Grand, trad. H. Ferté, in-16, br. 1 fr.
Martin. *L'éducation du caractère.* 1 vol. in-16, broché. 3 fr. 50
Michel (H.). *Notes sur l'enseignement secondaire.* 1 vol. in-16. 3 fr. 50
Rochard (Dʳ Jules). *L'éducation de nos filles.* 1 vol. in-16, broché. 3 fr. 50

2° PROGRAMMES ET MANUELS POUR DIVERS EXAMENS

Livret scolaire à l'usage de l'enseignement secondaire classique, in-4°, cart. 60 c.
Livret scolaire à l'usage de l'enseignement secondaire moderne, in-4°, cart. 60 c.
Ces livrets existent soit pour les lycées et collèges, soit pour les établissements libres.
Mémento du baccalauréat de l'enseignement secondaire. Édition conforme aux programmes de 1890. 10 vol. format petit in-16, cartonnés.

PREMIÈRE PARTIE

Littérature, par M. Albert Le Roy. 1 vol. 5 fr.
Histoire, par M. G. Ducoudray. 1 v. 2 fr.
Géographie, par MM. Schrader et Gallouédec. 1 vol. 2 fr.
Partie scientifique, par MM. Bos et Barré. 1 vol. petit in-16, cart. 2 fr.

SECONDE PARTIE
PREMIÈRE SÉRIE

Philosophie, par M. R. Thamin. 1 v. 2 fr.
Histoire contemporaine 1789-1889, par G. Ducoudray, 1 vol.
Éléments de Physique et de Chimie, notation atomique par M. Banet-Rivet, professeur au lycée Saint-Louis,1 v. 2 fr.

DEUXIÈME SÉRIE

Mathématiques, par MM. Bos, Bezodis, Pichot et Mascart, agrégés de l'Université. 1 vol. 5 fr.
Physique et Chimie, notation atomique par M. Banet-Rivet, 1 vol. 3 fr. 50
Éléments de philosophie scientifique et morale. Histoire contemporaine, par MM. B. Worms et G. Ducoudray. 1 vol. 2 fr.

Plan d'études et programmes de l'enseignement secondaire dans les lycées et collèges. Brochure in-16. 1 fr. 25

Plan d'études et programmes de l'enseignement secondaire des jeunes filles, arrêtés le 27 juillet 1897. Brochure in-16. 1 fr.

Programme des examens du nouveau baccalauréat. Br. in-16. 40 c.

Programme des examens du baccalauréat de l'enseignement secondaire classique. Br. in-16. 30 c.

Programme de l'examen du baccalauréat de l'enseignement secondaire moderne. Broch. in-16. 30 c.

Programme des conditions d'admission à l'Ecole spéciale militaire de Saint-Cyr. Brochure in-16. 30 c.

Programme pour l'admission à l'Ecole polytechnique. In-16. 30 c.

Programme des conditions d'admission à l'Ecole navale. Brochure in-16. 30 c.

5° ÉTUDE DE LA LANGUE FRANÇAISE

Albert (Paul), ancien professeur au Collège de France. *La Poésie*, études sur les chefs-d'œuvre des poètes de tous les temps et de tous les pays. 1 vol. in-16, broché. 3 fr. 50

— *La Prose*, études sur les chefs-d'œuvre des prosateurs de tous les temps et de tous les pays. 1 vol. in-16, br. 3 fr. 50

— *La littérature française*, des origines à la fin du XVIe siècle. 1 vol. in-16, br. 3 fr. 50

— *La littérature française au XVIIe siècle*. 1 vol. in-16, broché. 3 fr. 50

— *La littérature française au XVIIIe siècle*. 1 vol. in-16, broché. 3 fr. 50

— *La littérature française au XIXe siècle*. 2 vol. in-16, brochés. 7 fr.

— *Variétés*. 1 vol. in-16, broché. 3 fr. 50

Barrau. *Méthode de composition et de style*, ou principes de l'art d'écrire en français, suivie d'un choix de modèles. 1 vol. in-16, cartonné. 2 fr. 75

Berthet (J.), professeur au lycée Condorcet : *La composition française à l'examen de Saint-Cyr*. 1 vol. in-16, broché. 2 fr.

Bigot. *Lectures choisies de français moderne*. 1 vol. in-16, cart. toile. 1 fr. 50

Brachet (Auguste), lauréat de l'Académie française. *Nouvelle grammaire française*, fondée sur l'histoire de la langue. 1 vol. in-16, cartonné. 1 fr. 50

— *Exercices sur la nouvelle grammaire française*, par M. Dussouchet, agrégé de grammaire :

Livre de l'élève. 1 v. in-16, cart. 1 fr. 50.

— *Petite grammaire française*. 1 vol. in-16, cartonné. 80 c

— *Exercices sur la petite grammaire française*, par M. Dussouchet :

Livre de l'élève. 1 vol. in-16, cart. 80 c.

Brachet (A.) et Dussouchet, professeur au lycée Henri IV : *Cours de grammaire française*, conforme au programme de l'enseignement secondaire (division A), et à l'arrêté du 26 février 1901 concernant la simplification de l'orthographe. 12 vol. in-16, cartonnage toile :

Cours préparatoire.

Grammaire et exercices. 1 vol. 1 fr.
Corrigé des exercices. 1 vol. 2 fr.

Cours élémentaire.

Grammaire et exercices. 1 vol. 1 fr. 20
Corrigé des exercices. 1 vol. 2 fr. 50
Exercices complémentaires. 1 vol. 1 fr.
Corrigé des exerc. complém. 1 vol. 2 fr.

Cours moyen.

Grammaire. 1 vol. 1 fr. 20
Exercices. 1 vol. 1 fr.
Corrigé des exercices et exercices complém. avec corr. 1 vol. 2 fr. 75

Cours supérieur.

Grammaire. 1 vol. 2 fr. 50
Exercices. 1 vol. 1 fr. 50
Corrigé des exercices et exercices complém. avec corrigés. 1 vol. 2 fr. 75

— *Cours de grammaire française*, conforme au programme de l'enseignement secondaire (division B), et à l'arrêté ministériel du 26 février 1901, sur la simplification de la syntaxe. 5 vol. cart. toile :

Grammaire française abrégée, théorie et exercices. 1 vol. 1 fr. 80

Livre du maître, théorie, exercices et corrigés. 1 vol. 3 fr.

Grammaire française complète, théorie, exercices, étymologie et prosodie. 1 vol. 2 fr.

Exercices sur la grammaire française complète. 1 vol. 1 fr. 80

Livre du maître. 1 vol. 3 fr.

Cahen (A.), professeur de rhétorique au lycée Louis-le-Grand : *Morceaux choisis des auteurs français*, prose et vers, publiés conformes aux programmes de l'enseignement secondaire (division A), avec des notices et des notes, 7 vol. in-16, cart. toile :

Classe de Huitième. Lectures courantes, 1re série, 1 vol.　　　　　1 fr. 50

Classe de Septième. Lectures courantes, 2e série, 1 vol.　　　　　2 fr.

Classe de Sixième. 1 vol.　　　　2 fr.

Classe de Cinquième. 1 vol.　　2 fr. 50

Classe de Quatrième. 1 vol.　　3 fr.

Classes de Troisième, Seconde et Rhétorique. 2 vol. :

Prose, 1 vol.　　　　　　　　4 fr.

Poésie, 1 vol.　　　　　　　3 fr. 50

— *Morceaux choisis des auteurs français classiques et contemporains*, avec des notices et des notes publiés à l'usage de l'enseignement secondaire (division B), 1er cycle. Classes de 6e, 5e, 4e et 3e c. t.　4 fr.

Chassang, ancien inspecteur général de l'instruction publique. *Modèles de composition française*, empruntés aux écrivains classiques, à l'usage des classes supérieures et des aspirants au baccalauréat. 1 vol. in-16, cart.　　　2 fr.

Classiques français. Nouvelle collection format petit in-16, publiée avec des notices, des arguments analytiques et des notes, par les auteurs dont les noms sont indiqués entre parenthèses.

Boileau : Œuvres poétiques (Brunetière). Prix :　　　　　　　　1 fr. 50

— Poésies, Extraits des œuvres en prose (Brunetière).　　　　　2 fr.

— L'art poétique (Brunetière).　30 c.

— Le Lutrin (Brunetière).　　　30 c.

— Les Épîtres (Brunetière).　　60 c.

Bossuet : Sermons choisis (Rébellau). Prix :　　　　　　　　3 fr.

— De la connaissance de Dieu (De Lens). Prix :　　　　　　　　1 fr. 60

— Oraisons funèbres (Rébellau). 2 fr. 50

Buffon : Morceaux choisis (E. Dupré). Prix :　　　　　　　　1 fr. 50

— Discours sur le style.　　　30 c.

Chanson de Roland. Extraits (G. Paris.). Prix :　　　　　　　　1 fr. 50

Chateaubriand : Extraits (Brunetière). Prix :　　　　　　　　1 fr. 50

Chefs-d'œuvre poétiques de Marot, Ronsard, etc. (Lemercier).　　2 fr.

Choix de lettres du XVIIe siècle (Lanson). Prix :　　　　　　　1 fr. 50

Choix de lettres du XVIIIe siècle (Lanson). Prix :　　　　　2 fr. 50

Chrestomathie du Moyen âge (Paris et Langlois).　　　　　　3 fr.

Corneille : Le Cid (Petit de Julleville). Prix :　　　　　　　1 fr.

— Cinna (Petit de Julleville).　1 fr.

— Horace (Petit de Julleville).　1 fr.

— Nicomède (Petit de Julleville).　1 fr.

— Le Menteur (Petit de Julleville).　1 fr.

— Polyeucte (Petit de Julleville).　1 fr.

— Scènes choisies (Petit de Julleville). 1 fr.

— Théâtre choisi (Petit de Julleville). 3 fr.

Diderot : Extraits (Texte).　　3 fr.

Extraits des chroniqueurs (Paris et Jeanroy).　　　　　　2 fr. 50

Extraits des historiens du XIXe siècle (Jullian).　　　　　3 fr. 50

Extraits des moralistes des XVIIe, XVIIIe et XIXe siècles (Thamin).　2 fr. 50

Fénelon : Fables (A. Regnier).　75 c.

— Lettre à l'Académie (Cahen). 1 fr. 50

— Sermon pour la fête de l'Épiphanie (G. Merlet).　　　　　60 c.

— Télémaque (Chassang).　1 fr. 80

Florian : Fables (Geruzez).　75 c.

Joinville : Histoire de saint Louis (Natalis de Wailly).　　3 fr

La Bruyère : Caractères (G. Servois et Rébellau).　　　2 fr. 50

La Fontaine : Fables (Thirion).　1 fr. 50

Lamartine : Morceaux choisis.　2 fr.

Molière : L'Avare (Lanson).　1 fr.

— Le Misanthrope (Lavigne).　1 fr.

— Le Tartufe (Lavigne).　　1 fr.

— Les Femmes savantes (Lanson).　1 fr

— Les Précieuses ridicules (Lanson). 1 fr.

— Scènes choisies (Thirion).　1 fr. 50

— Théâtre choisi (Thirion).　3 fr.

Montaigne : Principaux chapitres et Extraits (Jeanroy).　2 fr. 50

Montesquieu : Grandeur et décadence des Romains (Jullian).　1 fr. 80

— Extraits de l'Esprit des Lois et des œuvres diverses (Jullian).　2 fr.

— Livre Ier de l'Esprit des Lois (Jullian). Prix :　　　　　25 c.

Pascal : Provinciales I, IV, XIII et Extraits (Brunetière).　1 fr. 50

— Opuscules et Pensées (Brunschwicg). Prix :　　　　　3 fr. 50

Portraits et récits extraits des prosateurs du XVIe siècle (Huguet). 2 fr. 50

Racine : Andromaque (Lanson).　1 fr.

— Athalie (Lanson).　　　1 fr.

— Britannicus (Lanson).　　1 fr.

— Esther (Lanson).　　　1 fr.

— Iphigénie (Lanson).　　1 fr.

— Les Plaideurs (Lanson).　1 fr.

— Mithridate (Lanson).　　1 fr.

— Théâtre choisi (Lanson)　3 fr.

Récits extraits des prosateurs et poëtes du Moyen âge (G. Paris).   1 fr. 50

Rousseau : Extraits en prose (Brunel).
Prix :   2 fr.

— *Lettre sur les spectacles* (Brunel).
Prix :   1 fr. 50

Scènes, récits et portraits extraits des écrivains français des XVIIe et XVIIIe siècles (Brunel).   2 fr.

Sévigné : Lettres choisies (Ad. Regnier).
Prix :   1 fr. 80

Théâtre classique (Ad. Regnier).   3 fr.

Voltaire : Charles XII (Waddington). 2 fr.

— *Siècle de Louis XIV* (Bourgeois).
Prix :   2 fr. 75

— Extraits en prose (Brunel).   2 fr.

— Choix de lettres (Brunel).   2 fr. 25
Voir *Auteurs français* de Philosophie, page 12.

Classiques français, format in-16. Éditions annotées par les auteurs dont les noms sont indiqués entre parenthèses.

Bossuet : Discours sur l'histoire universelle (Olleris).   2 fr. 50

Fénelon : Dialogues des morts (B. Jullien).   1 fr. 60

Massillon : Carême (Colincamp). 1 fr. 25

Rousseau (J.-B.) : Œuvres lyriques (Geruzez).   1 fr. 50

Voltaire : Théâtre choisi (Geruzez).
Prix :   2 fr. 50

Delon. *La grammaire française d'après l'histoire.* 1 volume in-16, cartonnage toile.   3 fr.

Demogeot, agrégé de la Faculté des lettres de Paris. *Histoire de la littérature française depuis ses origines jusqu'à nos jours.* 1 vol. in-16, broché.   4 fr.

— *Textes classiques de la littérature française,* extraits des grands écrivains français, avec notices, appréciations et notes ; recueil servant de complément à l'*Histoire de la littérature française.* Nouvelle édition, revue et augmentée. 2 vol. in-16, cartonnés.   6 fr.

   I. *Moyen âge, XVIe et XVIIe siècles.* 3 fr.

   II. *XVIIIe et XIXe siècles.*   3 fr.

Filon (A.). *Nouvelles narrations françaises,* avec des arguments, à l'usage des candidats au baccalauréat. In-16, broché.
Prix :   3 fr. 50

l'abbé, ancien professeur au collège Rollin, *Morceaux choisis des classiques français* (prose et vers), 3 vol. in-16, cart. :
Cours élémentaire. 1 vol.   1 fr.
Cours moyen. 1 vol.   1 fr. 50
Cours supérieur. 1 vol.   2 fr. 50

Lafaye. *Dictionnaire des synonymes de la langue française.* 7e édition, suivie d'un supplément. 1 vol. gr. in-8, broché. 23 fr.
Le cartonnage en percaline gaufrée se paye en sus 2 fr. 75 c.; la demi-reliure en chagrin, 4 fr. 50.

Lanson, maître de conférences à la Faculté des lettres de Paris : *Conseils sur l'art d'écrire.* Principes de composition et de style à l'usage des élèves des lycées et collèges et des candidats au baccalauréat. 4e édit. 1 vol. in-16, cart. toile.   2 fr. 50

— *Études pratiques de composition française,* sujets préparés et commentés pour servir de complément aux *Conseils sur l'art d'écrire.* 3e édit. 1 vol. in-16, cartonnage toile.   2 fr.

— *Histoire de la littérature française,* depuis ses origines jusqu'à nos jours, 6e édit. 1 vol. in-16, broché.   4 fr.
Cartonné toile.   4 fr. 50

Lehugeur (A.). *La chanson de Roland,* traduite en vers modernes, avec le texte ancien. 1 vol. in-16, broché.   3 fr. 50

Littré. *Dictionnaire de la langue française,* contenant la nomenclature la plus étendue, la prononciation et les difficultés grammaticales, la signification des mots avec de nombreux exemples et les synonymes, l'histoire des mots depuis les premiers temps de la langue française jusqu'au XVIe siècle, et l'étymologie comparée et augmentée d'un *Supplément.* 5 vol. gr. in-4 à 3 colonnes, brochés.   112 fr.
La reliure en demi-chagrin se paye en sus 24 fr.

Littré et Beaujean, ancien inspecteur de l'Académie de Paris. *Abrégé du Dictionnaire de la langue française de Littré,* contenant tous les mots qui se trouvent dans le dictionnaire de l'Académie française, plus un grand nombre de néologismes et de termes de science et d'art; 10e édit. entièrement refondue et conforme, pour l'orthographe, à la dernière édition du dictionnaire de l'Académie française. 1 vol. grand in-8, broché.   13 fr.
Cartonné toile.   14 fr. 50
Relié en demi-chagrin.   17 fr.

— *Petit dictionnaire universel,* ou Abrégé du dictionnaire de la langue française de Littré, avec une partie mythologique, historique, biographique et géographique, fondue alphabétiquement avec la partie française; 10ᵉ édition. 1 vol. grand in-16, cartonné. 2 fr. 50

Marais. *Recueil de compositions françaises.* Lettres, récits, discours, dissertations, sujets et développements, à l'usage des candidats au baccalauréat et à l'école de Saint-Cyr. 1 volume in-16, broché. 1 fr. 50

Merlet, ancien professeur de rhétorique au lycée Louis-le-Grand. *Études littéraires sur les classiques français des classes supérieures et du baccalauréat,* revues, continuées et mises au courant des derniers programmes par M. E. Lintilhac, maitre de conférences à la Faculté des lettres de Paris. 2 vol. in-16, brochés. 8 fr.
I. Corneille. — Racine. — Molière. — La Fontaine. — Boileau. 1 vol. 4 fr.
II. Chanson de Roland. — Villehardouin. — Joinville. — Froissart. — Commynes. — Marot. — Ronsard. — J. du Bellay. — D'Aubigné. — M. Régnier. — Montaigne. — Pascal. — Bossuet. — Fénelon. — La Bruyère. — Montesquieu. — Buffon. — Voltaire. — Diderot. — J.-J. Rousseau. — Lettres du xviiᵉ et du xviiiᵉ siècle. — Chateaubriand. — Lamartine. — Victor Hugo. — Michelet. 1 vol. 4 fr.

Morceaux choisis des grands écrivains français du XVIᵉ siècle, accompagnés d'une grammaire et d'un dictionnaire de la langue du xviᵉ siècle, par M. Auguste Brachet, 7ᵉ édit., 1 vol. in-16 cartonné. 3 fr. 50

Orateurs politiques de la France des origines à nos jours (Les). Choix de discours prononcés dans les Assemblées politiques françaises, recueillis et annotés par MM. Chabrier et Pellisson. 2 vol. in-16, brochés. 8 fr.
Des origines à 1830, par M. Chabrier, 1 vol. 4 fr.
De 1830 à nos jours, par M. Pellisson. 1 vol. 4 fr.

Pellissier, ancien professeur à Ste-Barbe. *Morceaux choisis des classiques français,* en prose et en vers. Recueils composés à l'usage des classes de grammaire et d'humanités. 6 vol. in-16, cartonnés :
Classe de Sixième, 1 vol. 1 fr.
Classe de Cinquième, 1 vol. 1 fr.
Classe de Quatrième, 1 vol. 1 fr.
Classe de Troisième, 1 vol. 2 fr.
Classe de Seconde, 1 vol. 2 fr.
Classe de Rhétorique, 1 vol. 2 fr.
— *Premiers principes de style et de composition. (Abrégé de la rhétorique française.)* 1 vol. in-16, cartonné. 1 fr. 50

Pellissier (suite). *Sujets et modèles de composition française,* à l'usage des classes élémentaires. 1 vol. in-16, cart. Prix : 1 fr. 50
— *Principes de rhétorique française.* 1 vol. in-16, cartonné. 2 fr. 50
— *Sujets et modèles de composition française,* à l'usage des classes supérieures et des candidats au baccalauréat. 1 vol. in-16, cart. 2 fr. 50
— *Les grandes leçons de l'antiquité classique* (Tableau des origines de la civilisation gréco-romaine), avec extraits. 1 vol. in-16, broché. 4 fr.
— *Les grandes leçons de l'antiquité chrétienne.* (Tableau des origines de la civilisation moderne.) 1 v. in-16, broché. 5 fr.

Petitjean (J.), professeur agrégé au lycée Condorcet. *Tableau d'analyse logique* (français, latin et grec), in-16, br. 80 c.

Pressard, professeur honoraire au lycée Louis-le-Grand. *Lectures littéraires et morales,* à l'usage des classes élémentaires. 1 vol. petit in-16, cartonné. 1 fr. 25

Quicherat (L.). *Petit traité de versification française.* In-16, cartonné. 1 fr.

Quinet (Edgar). *Pages choisies,* à l'usage des lycées et collèges. 1 vol. in-16, cartonné. 2 fr.

Sommer. *Petit dictionnaire des rimes françaises.* In-18, cart. 1 fr. 80
— *Petit dictionnaire des synonymes français.* 1 vol. in-18, cart. 1 fr. 80
— *Manuel de style,* ou préceptes et exercices sur l'art de composer et d'écrire en français. 1 vol. gr. in-18, broché. 1 fr. 50
Voir *Méthode uniforme pour l'enseignement des langues,* pages 19 et 23.

Soulice (Th.). *Petit dictionnaire de la langue française.* In-18, cart. 1 fr. 50

Soulice et Sardou. *Petit dictionnaire raisonné des difficultés et exceptions de la langue française.* In-18, cart. 2 fr.

Tridon-Péronneau. *Recueil de compositions françaises.* 1 vol. in-16, br. 2 fr.
— *Nouveau Recueil de compositions françaises.* 1 vol. in-16, br. 1 fr. 50
— *Questions de littérature et d'histoire.* 1 vol. in-16, br. 1 fr.

Vapereau, inspecteur général honoraire de l'instruction publique. *Esquisse d'histoire de la littérature française.* 2ᵉ édition. 1 vol. in-16, cart. toile. 1 fr. 50
— *Éléments d'histoire de la littérature française.* 2 vol. in-16, cartonné toile.
Tome Iᵉʳ : *Des origines au règne de Louis XIII.* 1 vol. 3 fr. 50
Tome II : *Règnes de Louis XIII et de Louis XIV.* 1 vol. 3 fr. 50

4° HISTOIRE, CHRONOLOGIE, MYTHOLOGIE

Berthelot (A.). maître de conférences à l'Ecole des Hautes-Etudes. *Les grandes scènes de l'histoire grecque*, morceaux choisis des auteurs anciens et modernes. 1 vol. in-16 avec figures, cartonnage toile.   **2 fr. 50**

Bouillet. *Dictionnaire universel d'histoire et de géographie*. Edition entièrement refondue, par M. Gourraigne, professeur agrégé d'histoire et de géographie. 32ᵉ édition, avec un supplément (1901). 1 vol. gr. in-8, br.   **21 fr.**
    La reliure en demi-chagrin, plats en toile, se paye en sus, 4 fr.

Ducoudray, ancien élève de l'Ecole Normale supérieure, professeur agrégé d'histoire. *Nouveau Cours d'histoire*, rédigé conformément aux programmes officiels du 31 mai 1902. 9 vol. in-16, avec gravures et cartes, cartonnage toile :

Histoire sommaire de l'Antiquité. Classe de Sixième A, B. 1 vol.   **3 fr.**

Histoire sommaire du Moyen âge et du commencement des Temps modernes (395-1453). Classe de Cinquième A, B. 1 vol.   » »

Histoire des Temps modernes (1453-1789). Classe de Quatrième A, B. 1 vol.   » »

Histoire de l'Epoque contemporaine (1789-1889). Classe de Troisième A, B. 1 vol.   » »

Histoire et Civilisation de l'ancien Orient et de la Grèce. Classe de Seconde A, B. 1 vol.   » »

Histoire et Civilisation romaines et du Moyen âge jusqu'au xᵉ siècle. Classe de Première A, B. 1 vol.   » »

Histoire et Civilisation du Moyen âge et des Temps modernes (xᵉ-xviiᵉ siècles). Classe de Seconde A, B, C, D. 1 vol.   **3 fr. 50**

Histoire et Civilisation des Temps modernes (1715-1815). Classe de Première A, B, C, D. 1 vol.   » »

Histoire et Civilisation contemporaine (1815-1900). Classes de Philosophie A, B, C, D et de Mathématiques A, B, C, D. 1 vol.   » »

— *Cours d'histoire*, rédigé conformément au programme du 15 juin 1891, à l'usage de l'enseignement secondaire moderne. 6 vol. in-16, avec des cartes et des gravures, cartonnés :

Histoire de l'Ancien Orient et de la Grèce, classe de Sixième. 1 vol. **2 fr. 50**

Histoire romaine, classe de Cinquième. 1 vol.   **2 fr. 50**

Histoire de l'Europe et de la France jusqu'en 1270, classe de Quatrième. 1 vol.   **2 fr. 50**

Histoire de l'Europe et de la France de 1270 à 1610, classe de Troisième. 1 vol.   **2 fr. 50**

Histoire de l'Europe et de la France de 1610 à 1789, classe de Seconde. 1 vol.   **2 fr. 50**

Abrégé d'Histoire contemporaine, de 1789 à 1889, classes de Première et de Mathématiques élémentaires. 1 vol. in-16, cartonné.   **3 fr.**

— *Histoire contemporaine*, de 1789 à 1900, classe de Philosophie. 23ᵉ édition, revue et complétée. 1 vol. in-16, cartonnage toile.   **6 fr.**

Duruy (G.), professeur à l'Ecole polytechnique. *Biographies d'hommes célèbres*, rédigées conformément au programme officiel, à l'usage de la classe Préparatoire. 1 vol. in-16, avec gravures, cart.   **1 fr.**

— *Histoire sommaire de la France, depuis l'origine jusqu'à 1610*, conforme au programme de 1902, pour la classe de Huitième. 1 vol. in-16, avec cartes et gravures, cartonné.   **1 fr. 25**

— *Histoire sommaire de la France, depuis 1610 jusqu'à 1815*, conforme au programme de 1902, pour la classe de Septième. 1 vol. in-16, avec cartes et gravures, cartonné.   **1 fr. 25**

    Les deux parties réunies en un seul vol. cartonné.   **2 fr. 50**

Duruy (V.), *Cours d'histoire*, nouvelle édition, refondue, sous la direction de M. E. Lavisse, professeur à la Faculté des lettres de Paris. 6 vol. in-16, avec gravures et cartes, cartonnage toile :

Histoire de l'Orient, par M. Morel. 1 vol.   **3 fr.**

Histoire grecque, par M. Haussoullier. 1 vol.   **3 fr. 50**

Histoire romaine, par M. Parmentier.
1 vol. 4 fr.
Histoire de l'Europe et de la France jusqu'en 1270, par M. Parmentier.
1 vol. 4 fr. 50
Histoire de l'Europe et de la France, de 1270 à 1610, par M. Mariéjol. 1 v. 5 fr.
Histoire de l'Europe et de la France, de 1610 à 1789, par M. Lacour-Gayet.
1 vol. 5 fr.
— Petit cours d'histoire universelle. Nouvelle édition avec des cartes et des gravures. Format in-16, cartonné :
Petite histoire ancienne. 1 fr.
Petite histoire grecque. 1 fr.
Petite histoire romaine. 1 fr.
Petite histoire du moyen âge. 1 fr.
Petite histoire moderne. 1 fr.
Petite histoire de France. 1 fr.
Petite histoire générale. 1 fr.
— Petite histoire sainte. In-18; cart. 80 c.
— Histoire des Grecs, depuis les temps les plus reculés jusqu'à la réduction de la Grèce en province romaine. 2 vol. in-8, brochés. 12 fr.
— Histoire des Romains, depuis les temps les plus reculés jusqu'à Dioclétien. 7 vol. in-8, brochés. 52 fr. 50
Extraits des Historiens du XIX· siècle (Chateaubriand — Guizot — Thiers — Mignet — Michelet — Tocqueville — Quinet — Duruy — Renan — Taine — Fustel de Coulanges), publiés avec une introduction, des notices et des notes, par M. Camille Jullian, professeur à la Faculté des lettres de Bordeaux. 1 vol. pet. in-16, cart. 3 fr. 50
Fougères, professeur à la Faculté des lettres de Paris. La vie privée et publique des Grecs et des Romains. Album contenant 885 gravures d'après les monuments. 1 vol. grand in-4, cart. toile. 15 fr.
Fustel de Coulanges. La cité antique. 1 vol. in-16, broché. 3 fr. 50
Gasquet, directeur de l'Enseignement primaire. Précis des institutions politiques et sociales de l'ancienne France. 2 vol. in-16, br. 8 fr.
Géruzez. Petit cours de mythologie; nouv. édit. avec 48 grav. In-16, cartonné. 1 fr. 25
Histoire universelle, publiée par une société de professeurs et de savants, sous la direction de M.V. Duruy. Format in-16.
La Terre et l'homme, par M. Maury. 6 fr.
Chronologie universelle, par M. Dreyss. 2 vol. 12 fr.
— Histoire générale, par M. Duruy. 4 fr.
Histoire sainte d'après la Bible, par M. Duruy. 3 fr.

Histoire ancienne des peuples de l'Orient, par M. Maspero. 6 fr.
Histoire grecque, par M. Duruy. 4 fr.
Histoire romaine, par M. Duruy. 4 fr.
Histoire du moyen âge, par M. Duruy. 4 fr.
Histoire des temps modernes, de 1453 jusqu'à 1789, par M. Duruy. 4 fr.
Histoire de France, par M. Duruy. 2 volumes. 8 fr.
Histoire d'Angleterre, par M. Fleury. 4 fr.
Histoire d'Italie, par M. Zeller. 5 fr.
Histoire de Russie, par M. Rambaud. 6 fr.
Histoire de l'Autriche-Hongrie, par M. Louis Léger. 5 fr.
Histoire de l'Empire ottoman, par M. de la Jonquière. 6 fr.
Histoire de la littérature grecque, par M. Pierron. 4 fr.
Histoire de la littérature romaine, par M. Pierron. 4 fr.
Histoire de la littérature française, par M. Demogeot. 4 fr.
Histoire des littératures étrangères, par M. Demogeot. 2 vol. 8 fr.
Histoire de la littérature anglaise, par M. Augustin Filon. 6 fr.
Histoire de la littérature italienne, par M. Etienne. 4 fr.
Histoire de la physique et de la chimie, par M. Hœfer. 4 fr.
Histoire de la botanique, de la minéralogie et de la géologie, par M. Hœfer. 4 fr.
Histoire de la zoologie, par M. Hœfer. 4 fr.
Histoire de l'astronomie, par M. Hœfer. Prix : 4 fr.
Histoire des mathématiques, par M. Hœfer. 4 fr.
Dictionnaire historique des institutions, mœurs et coutumes de la France, par M. Chéruel. 2 vol. 12 fr.

Joran, professeur d'histoire au collège Stanislas. Programme développé d'histoire des temps modernes et d'histoire littéraire, à l'usage des candidats à l'école spéciale milit. de St-Cyr. 1 v. in-16, cart. 4 fr. 50

Jullian (C.), professeur à la Faculté des lettres de Bordeaux. Gallia. Tableau sommaire de la Gaule sous la domination romaine. 1 vol. in-16, cart. toile. 3 fr.
Ouvrage couronné par l'Académie française.

Lalanne (Ludovic). Dictionnaire historique de la France. 1 vol. gr. in 8, br. 21 fr.
Le cartonnage se paye en sus 2 fr. 75.

La Ville de Mirmont (H. de), professeur à la Faculté des lettres de Bordeaux. Mythologie élémentaire des Grecs et des Romains, précédée d'un précis des mythologies orientales. 1 vol. in-16 avec 45 fig. d'après l'antique, cart. toile. 1 fr. 50

Lavisse, professeur à la Faculté des lettres de Paris. *Histoire de France*, depuis les origines jusqu'à la Révolution, 8 volumes petit in-4.

> Paraît par fascicules de 96 pages depuis octobre 1900. Chaque fascicule. 1 fr. 50
> En vente les tomes I, 2ᵉ p. II, 2ᵉ p. III, 1ᵉʳ et 2ᵉ p. IV, 1ᵉʳ et 2ᵉ p. Chaque demi vol. 6 fr. — Chaque vol. broché. 12 fr.

Lectures historiques, rédigées conformément au programme du 28 janvier 1890, à l'usage des lycées et collèges. 6 v. in-16 avec gravures, cart. toile.

Histoire ancienne (Egypte, Assyrie), par M. G. Maspero, membre de l'Institut. 1 vol.   5 fr.

Histoire grecque (Vie privée et vie publique des Grecs), par M. P. Guiraud, maître de conférences à l'Ecole normale supérieure. 1 vol.   5 fr.

Histoire romaine (Vie privée et vie publique des Romains), par M. Guiraud, 1 vol.   5 fr.

Histoire du moyen âge, par M. Ch.-V. Langlois, maître de conférences à la Faculté des lettres de Paris. 2ᵉ édition refondue. 1 vol.   — 5 fr.

Histoire du moyen âge et des temps modernes, par M. Mariéjol, professeur à la Faculté des lettres de Lyon. 1 vol. 5 fr.

Histoire des temps modernes, par M. Lacour-Gayet, professeur au lycée Saint-Louis. 1 vol.   5 fr.

Luchaire, professeur à la Faculté des lettres de Paris. *Manuel des Institutions françaises* (Période des Capétiens directs). 1 vol. in-8, broché.   15 fr.

Malet (A.), professeur d'histoire au lycée Voltaire. *Cours complet d'histoire*, à l'usage des lycées et des collèges, rédigé conformément aux programmes officiels du 31 mai 1902. 7 vol. in-16 avec gravures et cartes, cartonnés :

L'Antiquité, avec la collaboration de M. Charles Maquet, professeur de Sixième au lycée Voltaire. Classe de Sixième A et B. 1ʳᵉ partie : *l'Orient*. 1 vol.   1 fr.

Le Moyen âge et le commencement des Temps modernes (395-1453). Classe de Cinquième A et B. 1 vol.

Les Temps modernes (1453-1789). Classe de Quatrième A et B. 1 vol.   » »

— *L'Epoque contemporaine* (1789-1880). Classe de Troisième A et B. 1 vol.   » »

Histoire moderne (1498-1715). Classe de Seconde A, B, C, D. 1 vol.   » »

Dix-huitième siècle : Révolution et Empire (1715-1815). Classe de Première A, B, C, D. 1 vol.   » »

Dix-neuvième siècle (1815-1900). Classes de Philosophie A, B, C, D, et de Mathématiques A, B, C, D. 1 vol.   » »

Maspero, membre de l'Institut. *Histoire de l'Orient*. 1 vol. in-16, illust. de 48 grav. et de 6 cartes en couleurs, cart. toile. 2 fr. 50

Van den Berg. *Petite histoire ancienne des peuples de l'Orient*. 1 vol, petit in-16, avec cartes et gravures, cart. toile. 3 fr. 50

— *Petite histoire des Grecs*. 1 vol. petit in-16, avec 19 cartes et 85 gravures, cartonné toile.   4 fr. 50

5° GÉOGRAPHIE

Cortambert, *Cours de géographie*, comprenant la description physique et politique, et la géographie historique des diverses contrées du globe. 1 vol. in-16, cart.   4 fr. 25

— *Petit cours de géographie moderne*. 1 vol. in-16, cartonné.   1 fr. 50

Joanne (P.). *Géographies départementales de la France et de l'Algérie*. 88 v. in-16, cart.

> La description de chaque département, accompagnée d'une carte et de gravures, et suivie d'un dictionnaire alphabétique des communes, se vend séparément. 1 fr.
> Le département de la Seine. 1 fr. 50
> L'Algérie, 1 vol.   1 fr. 50

Meissas et Michelot. *Atlas et cartes.*

PETITS ATLAS FORMAT IN-8°

A. *Atlas élémentaire de géographie moderne* (10 cartes écrites).   2 fr. 50

B. *Le même*, avec 8 cartes muettes (18 cartes), cartonné.   3 fr. 50

C. *Atlas universel de géographie moderne* (17 cartes écrites), cart.   5 fr.

Atlas de géographie ancienne (19 cartes écrites), cartonné.   5 fr.

Atlas de géographie du moyen âge (10 cartes écrites), cart.   3 fr. 50

Atlas de géographie sacrée (8 cartes écrites), cartonné.   2 fr.

Chacune des cartes écrites séparément. 35 c.

GRANDS ATLAS FORMAT IN-FOLIO.

A. *Atlas élémentaire* (8 cartes écrites). 6 fr.
B. *Le même*, avec 8 cartes muettes (16
    cartes), cartonné.   11 fr. 50
Chaque carte séparément.   1 fr.

GRANDES CARTES MURALES.

Chaque carte murale est accompagnée d'un
questionnaire qui est donné gratuitement
aux acquéreurs de la carte à laquelle il se
réfère. Chaque questionnaire se vend en
outre séparément 50 c.

Les cartes en 16 feuilles ont 1 m. 80 de hauteur sur 2 m. 30 de largeur. Celles en 20 feuilles ont 1 m. 80 de hauteur sur 2 m. 80 de
largeur.

Le collage sur toile, avec gorge et rouleau, se
paye en sus : 1° pour les cartes en 16
feuilles, 12 fr.; 2° pour les cartes en 20 feuilles, 14 fr.

Géographie ancienne.

Empire romain écrit. 16 feuilles.   10 fr.
Géographie moderne.

Europe écrite. 16 feuilles.   9 fr.
France, Belgique et Suisse écrites.
    16 feuilles.   9 fr.
Mappemonde écrite. 20 feuilles.   12 fr.
Mappemonde muette. 20 feuilles.   10 fr.
— *Nouvelles grandes cartes murales* indi-
quant le relief du terrain, tirées en cou-
leur sur 12 feuilles jésus mesurant 2 mè-
tres de haut sur 2 mètres 10 de large.

Le collage sur toile, avec gorge et rouleau, se
paye en sus. 12 fr.

Europe muette ou écrite.   15 fr.
France muette ou écrite.   15 fr.
— *Petites cartes murales*. (voir la *Notice
    des livres élémentaires*).
— *Géographie ancienne*. In-16.   2 fr. 50
— *Petite géographie ancienne*. In-18. 1 fr.
— *Géographie sacrée*. In-18, cart.   1 fr. 25

Reclus (Élisée) : *Nouvelle géographie
    universelle*. 19 vol. grand in-8, avec de
nombreuses cartes et gravures, brochés.
Prix.   535 fr.
    Tome Ier. *L'Europe méridionale* (Grèce,
    Turquie, Roumanie, Serbie, Italie, Espa-
    gne, et Portugal). 1 vol.   30 fr.
    Tome II. *La France*. 1 vol.   30 fr.
    Tome III. *L'Europe centrale* (Suisse,
    Austro-Hongrie, Allemagne). 1 v. 30 fr.
    Tome IV. *L'Europe du Nord-Ouest* (Bel-
    gique, Hollande et Iles Britanniques).
    1 vol.   30 fr.
    Tome V. *L'Europe scandinave et russe*.
    1 volume.   30 fr.
    Tome VI. *L'Asie russe*. 1 vol.   30 fr.
    Tome VII. *L'Asie orientale*. 1 vol. 30 fr.
    Tome VIII. *L'Inde et l'Indo-Chine*.
    1 vol.   30 fr.

Tome IX. *L'Asie antérieure*. 1 vol. 30 fr.
Tome X. *L'Afrique septentrionale*, 1re
    partie. 1 vol.   20 fr.
Tome XI. *L'Afrique septentrionale*, 2^e
    partie. 1 vol.   30 fr.
Tome XII. *L'Afrique méridionale*. 1 vo-
    lume.   25 fr.
Tome XIII. *L'Afrique occidentale*. 1 vo-
    lume.   30 fr.
Tome XIV. *Océans et terres océani-
    ques*. 1 vol.   30 fr.
Tome XV. *Amérique boréale*. 1 v. 20 fr.
Tome XVI. *États-Unis*. 1 vol.   25 fr.
Tome XVII. *Indes occidentales*. 1 vo-
    lume.   30 fr.
Tome XVIII. *L'Amérique du Sud, Ré-
    gions andines*. 1 vol.   25 fr.
Tome XIX. *L'Amazonie et la Plata*.
    1 vol.   30 fr.
*Tableaux statistiques de tous les États
    comparés*. 1890 à 1893. 1 vol. grand
    in-8, broché.   3 fr.

Reclus (Élisée et Onésime). *L'Afrique
    australe*. 1 vol. petit in-4° avec 25 car-
    tes en noir et 2 cartes en couleurs,
    broché.   10 fr.
— *L'Empire du Milieu*, la Chine. 1 vol.
    petit in-4° avec 25 cartes en noir et 3 cartes
    en couleurs, broché.   12 fr.
Reclus (Onésime). *Géographie : la terre à
    vol d'oiseau*. 2 vol. in-16, brochés. 10 fr.
Le même ouvrage, gr. in-8, ill., br. 12 fr.
La France et ses colonies. 2 vol. grand
    in-8 ill.
Tome Ier. *En France*. 1 vol. br.   8 fr.
Tome II. *Nos Colonies*. 1 vol. br.   8 fr.
— *Le plus beau royaume sous le ciel*,
    notre belle France. 1 vol. petit in-4°,
    broché.   12 fr.

Schrader, directeur des travaux cartogra-
phiques à la librairie Hachette et Cie.
Atlas de géographie historique. 55 cartes
doubles en couleurs, avec texte au dos.
1 vol. in-folio, relié.   35 fr.
— *Atlas de poche*, contenant 51 cartes
    en couleurs, in-16, cart. toile. 3 fr. 50

Schrader et Gallouédec, professeur
d'histoire au lycée Charlemagne, membre
du Conseil supérieur de l'Instruction publique. *Nouveau cours de Géographie*
rédigé conformément aux programmes
officiels du 31 mai 1902. 6 vol. in-16 avec
de nombreuses cartes en noir et en couleurs et un Index de tous les noms cités.
*Géographie générale, Amérique, Aus-
tralasie*. Classe de Sixième. 1 vol. 3 fr.

Géographie de l'Asie, de l'Insulinde et de l'Afrique. Classe de Cinquième. 1 vol.   » »

Géographie de l'Europe. Classe de Quatrième. 1 vol.   » »

Géographie de la France et de ses Colonies. Classe de Troisième. 1 vol. 3 fr.

Géographie générale. Classe de Seconde. 1 vol.   » »

Géographie de la France. Classe de Première. 1 vol.   3 fr. 50

Schrader et Gallouédec (suite).

Cours de géographie rédigé conformément aux programmes de l'Enseignement secondaire de 1890, 7 vol. in-16, avec de nombreuses cartes en noir et en couleurs et un Index des noms cités, cart. :

Géographie générale du Monde et du bassin de la Méditerranée (classe de Sixième classique). 1 vol.   2 fr. 50

Géographie élémentaire de la France et de ses colonies (classes de Cinquième classique et de Sixième moderne). 1 volume.   3 fr.

Géographie générale : l'Europe, l'Amérique (classe de Cinquième moderne). 1 vol.   3 fr. 50

Géographie de l'Amérique (classe de Quatrième classique). 1 vol.   3 fr. 50

Géographie de l'Afrique, de l'Asie et de l'Océanie (classes de Troisième classique et de Quatrième moderne). 1 volume.   3 fr. 50

Géographie de l'Europe (classes de Seconde classique et de Troisième moderne). 1 vol.   3 fr. 50

Géographie de la France et de ses colonies (classes de Rhétorique classique et de Seconde moderne). 1 volume.   3 fr. 50

— *Cours général de géographie.* 1 vol. in-16, cart.   6 fr.

— *Petit cours de géographie.* 1 vol. in-16, avec cartes et grav., cart.   2 fr.

Schrader et Gallouédec (suite).

Petit atlas de géographie, contenant 65 cartes en couleurs, 32 pages in-4°, cartonné.   3 fr. 50

Schrader et Prudent. *Grandes cartes murales.* Ces cartes sont imprimées en couleurs et mesurent 1 mètre 60 sur 1 mètre 90. En vente :

Amérique du Sud écrite ; — France politique écrite ; — France physique.

Chaque carte en feuilles, 9 fr. ; collée sur toile avec œillets, 15 fr. ; collée sur toile avec gorge et rouleau, 16 fr.

Schrader, Prudent et Anthoine. *Atlas de géographie moderne*, 64 cartes in-f° imprimées en couleurs et accompagnées d'un texte géographique, statistique et ethnographique, et d'un grand nombre de cartes de détail, figures, diagrammes, etc., relié.   25 fr.

— *Atlas à l'usage de l'enseignement secondaire* (programme de 1902). Extraits de l'Atlas de géographie, in-folio cart.

Géographie générale, Amérique et Australasie. Classe de Sixième, 18 cartes. Prix.   7 fr. 50

Géographie de l'Asie, de l'Insulinde et de l'Afrique. Classe de Cinquième, 14 cartes.   6 fr.

Géographie de l'Europe. Classe de Quatrième, 18 cartes.   7 fr. 50

Géographie de la France et de ses Colonies. Classe de Troisième, 11 cartes.   5 fr.

Géographie générale. Classe de Seconde, 42 cartes.   16 fr.

Géographie de la France. Classe de Première, 11 cartes.   5 fr.

— *Atlas à l'usage de l'enseignement secondaire* (programme de 1900). Extraits de l'Atlas de géographie, in-folio, cartonnés :

Classe de Quatrième (16 cartes).   7 fr.
Classe de Troisième (19 cartes).   7 fr. 50
Classe de Seconde (16 cartes).   7 fr. 50
Classe de Rhétorique (11 cartes).   5 fr.

6° PHILOSOPHIE, DROIT, ÉCONOMIE POLITIQUE

AUTEURS FRANÇAIS

Bossuet : *De la connaissance de Dieu et de soi-même ; Métaphysique*, ou Traité des causes. Édition publiée avec une introduction et des notes par M. de Lens, ancien inspecteur de l'Académie. 1 vol. petit in-16, cart.   1 fr. 60

Condillac. *Traité des sensations*, livre I. Nouvelle édition, annotée par M. Char-

pentier, professeur de philosophie au lycée Louis-le-Grand. 1 vol. pet. in-16, br. 1 fr. 50

Descartes : *Discours de la Méthode ; première méditation.* Nouvelle édition classique, annotée par M. Charpentier. 1 vol. petit in-16, cart.   1 fr. 50

— *Les principes de la philosophie*, livre I. Nouvelle édition, annotée par le même auteur. 1 vol. petit in-16, br.   1 fr. 50

Extraits des Moralistes des XVII°, XVIII° et XIX° siècles, publiés avec une introduction, des notices et des notes, par M. R. Thamin, recteur de l'Académie de Rennes. 1 vol. 2 fr. 50

Fénelon : *Traité de l'existence de Dieu*, précédé d'un Essai sur Fénelon par M. Villemain, avec des notes par M. Danton. 1 vol. in-16, broché. 1 fr. 60

Leibniz : *Extraits de la Théodicée*, publiés et annotés par M. P. Janet, de l'Institut. 1 vol. petit in-16, cart. 2 fr. 50

— *Nouveaux essais sur l'entendement humain*, avant-propos et livre I, publié d'après les meilleurs manuscrits, avec des notes, par M. P. Lachelier, professeur de philosophie au lycée Janson-de-Sailly. 1 vol. petit in-16, cart. 1 fr. 75

— *La monadologie*, publiée d'après les manuscrits de la bibliothèque de Hanovre, avec notes, par le même. Pct. in-16, c. 1 fr.

Malebranche : *De la recherche de la vérité*, livre II, annoté par M. R. Thamin. 1 vol. petit in-16, cart. 1 fr. 50

Pascal : *Opuscules philosophiques* publiés par M. Adam, recteur de l'Académie de Dijon. 1 vol. petit in-16, cart. 1 fr. 50

— *Pensées et Opuscules*, publiés par M. Brunschwicg, professeur au lycée Condorcet. 1 vol. pet. in-16 cart. 3 fr. 50

AUTEURS LATINS

Cicéron : *De natura Deorum*, livre II. Texte latin, annoté par M. Thiaucourt, professeur à la Faculté des lettres de Nancy. 1 vol. petit in-16, cart. 1 fr. 50

Le même ouvrage. trad. franç. de J.-V. Le Clerc, sans le texte. 1 vol. petit in-16, br. 1 fr.

— *De Officiis*, libri tres. Texte latin, annoté par M. H. Marchand. 1 v. in-16, cart. 1 fr.

Le même ouvrage, traduction franç. par M. Sommer, sans le texte. 1 vol. in-16, broché. 1 fr. 50

— *Extraits des œuvres morales et philosophiques*, texte latin annoté par M. E. Thomas. 1 vol. pet. in-16, cart. 2 fr.

Lucréce : *De natura rerum*, livre V. Texte latin, annoté par MM. Benoist et Lantoine. 1 vol. petit in-16, cart. 90 c.

— *De la nature*, traduction française, par M. Patin. 1 vol. in-16, broché. 3 fr. 50

Sénèque : *Lettres à Lucilius* (les seize premières). Texte latin, annoté par M. Aubé, ancien professeur de philosophie au lycée Condorcet. 1 vol. petit in-16, cartonné. 75 c.

Le même ouvrage, traduction française par M. Baillard, sans le texte. 1 vol. in-16, broché. 1 fr.

Sénèque (suite). *Œuvres complètes*, trad. en français, avec des notes, par M. J. Baillard. 2 vol. in-16, brochés. 7 fr.

AUTEURS GRECS

Aristote : *Morale à Nicomaque*, livres VIII et X. Texte grec, annoté par M. Hannequin, professeur au lycée de Lyon. Chaque livre, 1 vol. petit in-16, cart. 1 fr. 50

Le même ouvrage, traduction française de Fr. Thurot, avec une introduction et des notes, par Ch. Thurot. 1 vol. petit in-16, broché. 75 c.

Epictète : *Manuel*. Texte grec, publié avec des notes et un vocabulaire, par M. Thurot. 1 vol. petit in-16, cart. 1 fr.

Le même ouvrage, traduction française, par M. Fr. Thurot, sans le texte grec. 1 vol. petit in-16, broché. 1 fr.

Platon : *Gorgias*, texte grec annoté par M. Sommer. 1 vol. in-16, cart. 1 fr. 50

Le même ouvrage, trad. franç. par M. Thurot, sans le texte. 1 vol. petit in-16, broché. 1 fr. 60

— *Phédon*, texte grec annoté par M. Couvreur. 1 vol. petit in-16, cart. 1 fr. 50

Le même ouvrage, trad. franç. par M. Thurot, avec le texte. 1 vol. in-16. 1 fr. 60

— *République*, 6° *livre*. Texte grec annoté par M. Aubé. 1 vol. petit in-16, cart. 1 fr. 50

Le même ouvrage, traduction française, par M. Aubé. 1 v. petit in-16, br. 1 fr.

— *République*, 7° *livre*. Texte grec, annoté par M. Aubé. Petit in-16, cart. 1 fr. 50

Le même ouvrage, traduction française, par M. Aubé. 1 vol. p. in-16, br. 1 fr. 50

— *République*, 8° *livre*. Texte grec, annoté par M. Aubé. Petit in-16, cart. 1 fr. 50

Le même ouvrage, traduction française, par M. Aubé. 1 vol. petit in-16, br. 1 fr.

Xénophon : *Mémorables*, livre I. Texte grec, annoté par M. Lebègue. 1 vol. petit in-16, cartonné. 1 fr.

— *Entretiens mémorables de Socrate*, trad. franç. par M. Sommer, sans le texte. 1 vol. petit in-16, br. 1 fr. 75

OUVRAGES DIVERS

Adam, recteur de l'Académie de Nancy *Études sur les principaux philosophes*. 1 vol. in-16, broché. 4 fr.

Bouillier, membre de l'Institut. *Du plaisir et de la douleur*. 1 vol. in-16. 3 fr. 50

— *La vraie conscience*. 1 v. in-16, br. 3 f. 50

— *Études familières de psychologie et de morale*. 2 vol. in-16, brochés. 7 fr. Chaque volume se vend séparément.

— *Questions de morale pratique*. 1 vol. in-16, broché. 3 fr. 50

Caro, ancien professeur à la Faculté des lettres de Paris. *L'idée de Dieu et ses nouveaux critiques.* 1 vol. in-16, broché. 3 fr. 50
— *Le matérialisme et la science.* 1 volume in-16, broché. 3 fr. 50
— *Etudes morales sur le temps présent.* 2 vol. in-16, brochés. 7 fr.
— *Problèmes de morale sociale.* 1 vol. in-16, broché. 3 fr. 50
— *Philosophie et philosophes.* 1 volume in-16. 3 fr. 50
Carrau, ancien maître de conférences à la Faculté des lettres de Paris. *Etude sur la théorie de l'évolution.* In-16, br. 3 fr. 50.
Delacourtie, avocat à la Cour d'appel. *Droit usuel.* Nouvelle édition mise au courant de la législation et conforme aux programmes du 31 mai 1902. Classe de Troisième B. 1 vol. in-16 cart. 2 fr.
Fouillée, membre de l'Institut. *L'idée moderne du droit en Allemagne, en Angleterre et en France.* 1 v. in-16, br. 3 fr. 50
— *La science sociale contemporaine.* 1 vol. in-16, broché. 3 fr. 50
— *La philosophie de Platon.* 4 volumes in-16, brochés. 14 fr.
Franck, membre de l'Institut. *Dictionnaire des sciences philosophiques.* 1 fort vol. grand in-8, broché. 35 fr.
Le cartonnage se paye en sus 2 fr. 75.
— *Essais de critique philosophique.* 1 vol. in-16, broché. 3 fr. 50
Jacques, Jules Simon et Saisset. *Manuel de philosophie.* 1 vol. in-8. 8 fr.
Joly, professeur à la Faculté des lettres de Paris. *Psychologie comparée : l'homme et l'animal.* 1 vol. in-16, br. 3 fr. 50
— *Psychologie des grands hommes.* 1 vol. in-16, broché. 3 fr. 50
— *Le socialisme chrétien.* 1 vol. in-16, broché. 3 fr. 50
Jouffroy (Th.). *Cours de droit naturel.* 2 vol. in-16, brochés. 7 fr.
— *Mélanges philosophiques.* 1 volume in-16, broché. 3 fr. 50
— *Nouveaux mélanges philosophiques.* 1 vol. in-16, br. 3 fr. 50
Jourdain (C.). *Notions de philosophie,* comprenant des *notions d'économie poli-*

tique. 18e édition, refondue. 1 vol. in-16, broché. 5 fr.
Lalande. *Lectures sur la philosophie des sciences,* in-16, cart. toile. 3 fr. 50
Levasseur (E.), de l'Institut. *Précis d'économie politique.* 1 vol. in-16 cart. 2 fr.
Pontsevrez, professeur de morale dans les écoles primaires supérieures de la ville de Paris. *Notions morales,* l'Individu, la Famille, l'Etat, l'Humanité, rédigé conformément aux programmes du 31 mai 1902. 1 vol. in-16 cartonné. » »
Rabier (E.), directeur de l'enseignement secondaire. *Leçons de philosophie.* 2 vol. in-8, br. :
Tome 1er. *Psychologie.* In-8. 7 fr. 50
Ouvrage couronné par l'Institut.
Tome II. *Logique.* 1 vol. 5 fr.
Ravaisson. *La philosophie en France au* xixe *siècle.* 1 vol. in-8, broché. 7 fr. 50
Simon (Jules). *La religion naturelle.* 1 vol. in-16, broché. 3 fr. 50
— *Le devoir.* 1 vol. in-16, br. 3 fr. 50
Taine. *Les philosophes classiques du* xixe *siècle en France.* In-16, br. 3 fr. 50
— *De l'intelligence.* 2 vol. in-16, br. 7 fr.
Tridon-Péronneau. *Recueil de dissertations philosophiques.* 1 v. in-16, br. 4 fr.
— *Nouveau recueil de dissertations philosophiques.* 1 vol. in-16, broché. 2 fr.
Worms (R.), agrégé de philosophie, docteur ès lettres. *Précis de philosophie,* rédigé conformément aux programmes officiels pour la classe de philosophie, d'après les *Leçons de philosophie* de M. Rabier. 1 vol. in-16, br. 4 fr.
— *Eléments de philosophie scientifique et de philosophie morale,* à l'usage des candidats aux Baccalauréats classique et moderne. 1 vol. in-16, br. 1 fr. 50
— *La morale de Spinoza.* 1 v. in-16. 3 fr. 50
Ouvrage couronné par l'Institut.
Zeller. *La philosophie des Grecs,* traduite de l'allemand, par M. E. Boutroux, maître de conférences à l'Ecole normale supérieure, et par ses collaborateurs :
Tomes I et II. *La philosophie des Grecs avant Socrate,* par M. Boutroux. 2 vol. in-8, br. (T. 1er épuisé.) T. II. 10 fr.
Tome III. *Socrate et les socratiques,* par M. Belot. 1 vol. in-8, br. 10 fr.

7º SCIENCES ET ARTS
§ 1. *Arithmétique et applications diverses.*

Bertrand (Joseph). *Traité d'arithmétique.* 1 vol. in-8, broché. 4 fr.
Bourlet (Carlo), docteur ès sciences, professeur de mathématiques spéciales au lycée Saint-Louis. *Cours complet d'arith-*

métique, rédigé conformément aux programmes officiels du 31 mai 1902, avec de nombreux exercices. 3 vol. in-16, cart. :
Petit Cours d'arithmétique, à l'usage des Classes Préparatoires, de Huitième

et de Septième, avec de nombreux exercices. 1 vol. in-16, cartonné. » »

Cours abrégé d'arithmétique, à l'usage des classes de Sixième et Cinquième A et B, et des classes de Troisième A et de Quatrième B, avec de nombreux exercices. 1 vol. in-16 cart. 2 fr. 50

Cours complet d'arithmétique, à l'usage des classes supérieures, avec de nombreux exercices. 1 vol. in-16, cart. » »

Bouvart et Ratinel. *Nouvelles tables de logarithmes* à cinq décimales, division centésimale, à l'usage des candidats aux Écoles Polytechnique et Saint-Cyr. 1 vol. in-16 oblong cart. toile. 2 fr.

Cahon (Eug.), professeur au lycée Condorcet. *Cours d'arithmétique* à l'usage des candidats au baccalauréat. 1 vol. in-16, cart. 2 fr.

Dégranges (Edmond). *Arithmétique commerciale et pratique.* In-8, broché. 5 fr.
— *La tenue des livres.* In-8, broché. 5 fr.

Dupuis. *Tables de logarithmes* à sept décimales. 1 vol. gr. in-8, cart. toile. 10 fr.
— *Tables de logarithmes* à cinq décimales. 1 vol. grand in-18, cart. toile. 2 fr. 50

Dupuis (suite). *Tables de logarithmes* à quatre décimales. 1 v. petit in-16, c. 75 c.

Hoefer. *Histoire des mathématiques.* 1 v. in-16, broché. 4 fr.

Mondiet et Thabourin. *Cours élémentaire d'arithmétique.* 1 v. in-8, br. 3 fr. 50

Pichot, censeur honoraire du lycée Condorcet. *Arithmétique,* à l'usage des classes de Septième, Sixième et Cinquième. 1 vol. in-16, cart. 2 fr. 50
— *Arithmétique élémentaire,* à l'usage des classes de lettres. 1 vol. in-16, cart. 2 fr.
— *Éléments d'arithmétique* à l'usage de la classe de mathématiques élémentaires. 1 vol. in-8, broché. 3 fr.

Sonnet. *Dictionnaire des mathématiques appliquées.* 1 vol. grand in-8, broché. 30 fr.
Le cartonnage se paye en sus 2 fr. 75.

Tombeck. *Traité d'arithmétique.* 1 vol. in-8, broché. 4 fr.

Vintéjoux, professeur honoraire au lycée Saint-Louis. *Éléments d'arithmétique, de géométrie et d'algèbre,* 5° édition. 1 vol. in-16 cart. toile. 2 fr. 50
— *Corrigé des exercices et problèmes,* par G. Manuel. 1 vol. in-16 cart. toile. 2 fr.

§ 2. *Géométrie; Arpentage; Dessin.*

Bécourt, professeur au lycée St-Louis, et **Pillet,** inspecteur de l'enseignement du dessin. *Le dessin technique,* cours professionnel de dessin géométrique. 60 cahiers in-4° oblong, chaque cahier. 1 fr.
En vente 22 cahiers.

— *Exercices gradués de dessin topographique* à l'usage des candidats à l'École de Saint-Cyr, album oblong de 15 planches et texte, avec carnet de papier quadrillé. (*Voir* § 3, ci-dessous.) 4 fr.

Bos, anc. inspecteur d'Académie. *Géométrie élémentaire,* à l'usage de l'enseignement secondaire. 1 vol. in-16, cart. 2 fr.

Bos et Reblère. *Éléments de géométrie,* à l'usage de la classe de mathématiques élémentaires. 1 vol. in-8, broché. 7 fr.

Bougueret, professeur de dessin au lycée Saint-Louis. *Cours de dessin et notions de géométrie,* à l'usage des classes élémentaires de dessin. 50 planches in-4. 7 fr. 50

On vend séparément :
Dessin et géométrie des figures planes. 23 planches. 3 fr. 50
Dessin et géométrie des solides. 12 planches. 1 fr. 75
Constructions géométriques et lavis. 15 planches. 2 fr. 25

Bourlet (Carlo). *Cours élémentaire de géométrie,* à l'usage des classes de Quatrième et de Troisième A, des classes de Cinquième, Quatrième et Troisième B, et des classes de Seconde et de Première A et B. 1 vol. in-16, avec figures, cart. » »

Briot et Vacquant. *Arpentage, levé des plans, nivellement.* 1 vol. in-16, avec des figures et des planches, broché. 3 fr.
— *Éléments de géométrie: Application.* In-8, avec figures. 3 fr. 50

Sonnet. *Géométrie théorique et pratique.* 2 vol. in-8, texte et planches, br. 6 fr.

Tombeck. *Traité de géométrie élémentaire.* 1 vol. in-8, broché. 5 fr.
— *Précis de levé des plans, d'arpentage et de nivellement.* In-8, broché. 1 fr. 50

§ 3. *Algèbre; Géométrie analytique; Géométrie descriptive; Trigonométrie.*

Bécourt. *Choix d'épures de géométrie descriptive et de géométrie cotée,* à l'usage des candidats à l'École de Saint-Cyr, à l'École navale, à l'Institut agronomique et

des élèves de la classe de mathématiques élémentaires. In-4, cartonné. 6 fr.

Bécourt et A. Morel, professeur à l'École Lavoisier. *Choix d'Épures de géo-*

métrie descriptive à l'usage des candidats aux Écoles polytechnique, normale et centrale et aux Écoles des Mines et des Ponts et Chaussées, et des Élèves de la classe de Mathématiques spéciales. 1 vol. in-4° cart.   7 fr.

Bertrand (Joseph), membre de l'Institut. *Traité d'algèbre :*

  1re *partie*, à l'usage des classes de Mathématiques élémentaires. In-8, br. 5 fr.

  2e *partie*, à l'usage des classes de Mathématiques spéciales. 1 vol. in-8, br.   5 fr.

Bos. *Éléments d'algèbre*, à l'usage de la classe de Mathématiques élémentaires et des candidats au baccalauréat. 1 vol. in-8, broché.   7 fr.

Bourlet (Carlo). *Cours élémentaire d'algèbre*, à l'usage de la classe de Troisième A et des classes de Quatrième et Troisième B. 1 vol. in-16, avec figures, cart.   » »

Briot et Vacquant. *Éléments de géométrie descriptive*, à l'usage des classes de Mathématiques élémentaires et des candidats au baccalauréat. 1 vol. in-8, avec figures, broché.   3 fr. 50

Dessenon. *Éléments de géométrie analytique*, 2e édition, à l'usage des candidats aux Écoles navale et centrale et des élèves de première année de la classe de Mathématiques spéciales. 1 vol. in-8, avec figures, broché.   7 fr. 50

Kiœs. *Traité élémentaire de géométrie descriptive :*

  1re *partie*, à l'usage des classes de Mathématiques élémentaires et des candidats au baccalauréat. 1 vol. in-8 de texte et 1 vol. in-8 de planches, brochés.   7 fr.

2e *partie*, à l'usage des classes de Mathématiques spéciales et des candidats aux Écoles normale supérieure, polytechnique et centrale. 1 vol. in-8 de texte et 1 vol. in-8 de planches, brochés.   10 fr.

Launay, professeur hon. au lycée Saint-Louis. *Éléments d'algèbre*, à l'usage des classes de lettres. 1 vol. in-16, avec fig., cartonnage toile.   3 fr.

— *Compléments d'algèbre* à l'usage des candidats aux différentes écoles du gouvernement. 1 vol. in-8, br.   7 fr. 50

Pichot. *Algèbre élémentaire*, à l'usage des classes de lettres. 7e édition, revue par M. Ducatel, professeur au lycée Condorcet. 1 vol. in-16, cart.   3 fr.

— *Éléments de trigonométrie rectiligne*, à l'usage de la classe de Mathématiques élémentaires. Nouvelle édition revue par M. Ducatel. 1 vol. in-8, broché.   3 fr. 50

Pichot et de Batz de Trenquelléon. *Géométrie descriptive*, à l'usage des candidats au baccalauréat. 1 vol. in-8, avec figures, broché.   3 fr.

— *Complément de géométrie descriptive.* 1 vol. in-8, avec figures, broché.   3 fr. 50

Sonnet. *Premiers éléments de calcul infinitésimal.* 5e édit. 1 vol. in-8, br.   6 fr.

Sonnet et Frontera. *Éléments de géométrie analytique*, rédigés conformément au dernier programme d'admission à l'École normale supérieure. In-8, br. 8 fr.

Tombeck. *Traité élémentaire d'algèbre*, à l'usage des classes de Mathématiques élémentaires. 1 vol. in-8, broché.   4 fr.

— *Cours de trigonométrie rectiligne.* 1 vol. in-8, broché.   2 fr. 50

— *Traité élémentaire de géométrie descriptive.* 1 vol. in-8, broché.   2 fr. 50

§ 4. Mécanique.

Collignon, inspecteur de l'École des ponts et chaussées. *Traité de mécanique.* 5 vol. in-8, avec figures, brochés.   37 fr. 50

  1re *partie, Cinématique.* 1 vol.   7 fr. 50

  2e *partie, Statique.* 1 vol.   7 fr. 50

  3e *partie, Dynamique.* Liv. I à IV. 7 fr. 50

  4e *partie, Dynamique.* Livres I à IV. 1 volume.   7 fr. 50

  5e *partie, Compléments.* 1 vol.   7 fr. 50

Maneuvrier, docteur ès sciences. *Traité de mécanique rationnelle et appliquée.* 1 vol. in-16, cart.   4 fr.

Mascart, professeur au Collège de France. *Éléments de mécanique*, rédigés conformément au programme de l'enseignement scientifique dans les lycées. In-8, broché.   3 fr.

Mondiet et Thabourin : *Cours élémentaire de mécanique*, avec des énoncés et des problèmes, à l'usage de la classe de Mathématiques élémentaires. 2 vol. in-8, avec figures, brochés :

  1er *fascicule, Statique.* 1 vol.   2 fr. 50

  2e *fascicule, Cinématique.* 1 v. 2 fr. 50

  Traité des Mécanismes. 1 v. in-8 br., 3 fr.

  Traité des Moteurs. 1 vol. in-8 br.   6 fr.

— *Problèmes élémentaires de mécanique.* 1 vol. in-8, broché.   5 fr.

Pichot et de Batz de Trenquelléon. *Éléments de mécanique*, à l'usage de la classe de Mathématiques élémentaires. 1 vol. in-8, avec figures, broché. 3 fr. 50

Tombeck. *Notions de mécanique*, à l'usage des élèves des lycées. 1 vol. in-8. 2 fr.

§ 5. Cosmographie.

Barriou, professeur honoraire au lycée de Périgueux. *Dix leçons de Cosmographie*, in-16, cart. 2 fr.

Pichot. *Traité élémentaire de cosmographie*, à l'usage de la classe de Mathématiques élémentaires. 1 vol. in-8, avec 207 figures et 2 planches, broché. 6 fr.

Pichot(suite). *Cosmographie élémentaire*, à l'usage de la classe de Rhétorique. 1 vol. in-16, avec 147 fig., cart. toile. 2 fr. 50

Tombeck. *Cours de cosmographie.* 1 vol. in-8, avec figures, broché. 3 fr. 50

§ 6. Physique; Chimie.

Angot, ancien professeur de physique au lycée Condorcet. *Traité de physique élémentaire*, à l'usage des classes de Mathématiques élémentaires et des candidats à l'Ecole polytechnique. 1 vol. in-8, broché. 8 fr.
Cartonné toile. 9 fr.

Banet-Rivet, professeur au lycée Michelet. *Cours de physique*, à l'usage des candidats à l'Ecole de Saint-Cyr. 1 vol. in-16, avec fig., broché. 5 fr.
— *Problèmes de physique et de chimie*, à l'usage des candidats aux divers baccalauréats. 1 vol. in-16, broché. 3 fr.

Chassagny, professeur au lycée Janson-de-Sailly.
— *Cours de physique*, à l'usage des classes de Première et de Philosophie, et des candidats au baccalauréat et aux Ecoles du gouvernement. 2e édition, rédigée conformément aux programmes officiels du 31 mai 1902. 1 vol. in-16, avec une préface de M. Appell, membre de l'Académie des sciences, professeur à la Sorbonne, et 789 figures, broché. 7 fr. 50
Cartonné toile. 8 fr.
— *Manuel théorique et pratique d'électricité*, conforme aux programmes officiels de l'Enseignement secondaire, avec 276 fig. dans le texte. 1 vol. in-16, cart. toile. 4 fr.
— *Précis de physique*, rédigé conformément aux programmes officiels du 31 mai 1902, à l'usage des classes de 4e et de 3e B. Premier cycle. 1 vol. in-16, avec figures, cartonnage toile. » »

Dupont (A.) et **Froundler**, chef des travaux pratiques du laboratoire d'enseignement de la chimie appliquée à la Faculté des sciences de Paris : *Manuel opératoire de chimie organique*. 1 vol. in-8, avec figures, cart. toile. 10 fr.

Ganot. *Traité élémentaire de physique*; 21e édit., refondue et complétée par M. Maneuvrier, docteur ès sciences, agrégé des sciences physiques. 1 fort vol. in-16, avec 1025 fig., broché. 8 fr.
Cartonné toile. 8 fr. 50

Ganot (suite). *Cours de physique purement expérimentale et sans mathématiques*; 9e édition(1837), refondue et rédigée à nouveau, par M. Maneuvrier. 1 vol. in-16, avec 569 fig., broché. 6 fr.
Cartonné toile. 6 fr. 50

Gay, professeur de physique au lycée Louis-le-Grand ; *Lectures scientifiques* (physique, chimie). 1 fort vol. in-16, avec fig., cartonnage toile. 5 fr.

Gossin, proviseur honoraire du lycée de Lyon. *Cours de physique*, 4e édition, à l'usage de la classe de Philosophie. 1 vol. in-16, avec figures, cart. toile. 4 fr.

Joly (A.). *Cours de chimie*, rédigé conformément aux programmes officiels de 1890:
— *Cours élémentaire de chimie*, notation atomique, à l'usage des candidats aux Baccalauréats classique et moderne et aux Ecoles du gouvernement. 3 vol. in-16, brochés :
Chimie générale. — *Métalloïdes*, 4e édit. revue par M. Lespieau, chargé de conférences à l'Ecole normale supérieure. 1 vol. in-16, broché. 5 fr.
Métaux et chimie organique, 4e édit. revue par M. Lespieau. 1 vol. 5 fr.
Manipulations chimiques. 2e édition. 1 volume in-16, broché. 2 fr. 50
Le cartonnage toile de chaque vol. se paie en sus. 50 c.
— *Eléments de chimie*, notation atomique, conformes aux programmes de la classe de Philosophie, du Baccalauréat classique et de la classe de Troisième moderne, 7e édit. 1 vol. in-16, avec figures, cart. toile. 3 fr.
— *Précis de chimie*, notation atomique, à l'usage de l'enseignement secondaire des jeunes filles, des écoles normales primaires, des écoles d'agriculture et de l'enseignement primaire supérieur. 5e édition, revue et corrigée. 1 vol. in-16, cart. toile. 3 fr.

On vend séparément, broché :

1" partie : *Métalloïdes*. 1 vol. br. 3 fr. 50

2" partie : *Métaux et chimie organique*. 1 vol. broché. 1 fr. 50

Joly et Lespieau. *Nouveau Cours de chimie*, rédigé conformément aux programmes officiels de l'Enseignement secondaire du 31 mai 1902 :

Nouveau Cours élémentaire de chimie, à l'usage des candidats au baccalauréat 2" partie. Philosophie-Mathématiques.

1 fort vol. in-16, avec de nombreuse figures, broché.

Nouveaux Eléments de chimie, à l'usage des candidats au baccalauréat 1" partie. 1 vol. in-16, avec fig., cart. toile.

Nouveau Précis de chimie, à l'usage des classes de Quatrième A et de Troisième B. 1 vol. in-16, avec fig., cart. toile.

Nouvelles manipulations de chimie. 1 vol. in-16 broché.

§ 7. *Histoire naturelle.*

Gervais. *Eléments de zoologie*, comprenant l'anatomie, la physiologie, la classification et l'histoire naturelle des animaux; 4" édit. 1 v. in-8, avec 604 figures et 3 planches, broché. 9 fr.

Leclerc du Sablon, professeur à la Faculté des sciences de Toulouse. *Lectures scientifiques sur l'histoire naturelle*. 1 vol. in-16, cartonnage toile. 5 fr.

Mangin, professeur au lycée Louis-le-Grand. *Cours élémentaire de botanique*, à l'usage de la classe de Cinquième. 1 vol. in-16, avec 446 fig., cart. toile. 3 fr. 50

— *Anatomie et physiologie végétales*, à l'usage de la classe de Philosophie A, B, et de Mathématiques A, B. 1 vol. in-16, avec fig., cart. toile. 3 fr.

— *Eléments d'hygiène*, à l'usage de la classe de Philosophie. 1 vol. in-16 avec gravures, cartonnage toile. 3 fr.

Perrier, professeur au Muséum d'histoire naturelle de Paris. *Eléments de zoologie*,

à l'usage de la classe de Sixième. 1 vol., cart. toile. 3 fr.

Perrier (suite). *Anatomie et physiologie animales*, à l'usage de la classe de Philosophie A. B, et de Mathématiques A, B. » »

Rotterer, professeur agrégé à la Faculté de Médecine de Paris : *Anatomie et physiologie animales*, à l'usage de l'enseignement secondaire. Classes de Philosophie et de Première. 1 vol. in-16, avec fig., cart. toile. 6 fr.

Seignette, professeur au lycée Condorcet : *Notions préliminaires de géologie*, cl. de 4" A et de 5" B. 1 vol. in-16, avec 78 fig., cartonnage toile. 1 fr. 50

— *Conférences de géologie*, classe de Seconde A, B, C, D. 1 vol. avec 177 figures et une carte en couleur, cart. toile. 1 fr. 50

— *Leçons de paléontologie animale*, cl. de Philosophie et de Mathématiques A, B. 1 vol. avec 70 fig., cart. toile. 1 fr.

8° ÉTUDE DE LA LANGUE LATINE

Anthologie des poètes latins (à l'exclusion des ouvrages compris dans les programmes) (*Silius, Stace, Ausone, Claudien,* — *Perse, Juvénal, Martial,* — *Catulle, Tibulle, Properce, Ovide*), publiée et annotée par M. A. Waltz, professeur à la Faculté des lettres de Bordeaux. 1 vol. petit in-16, cart. 2 fr.

Auteurs latins (les) **expliqués d'après une méthode nouvelle par deux traductions françaises**, l'une littérale et *juxtalinéaire*, présentant le mot à mot français en regard des mots latins correspondants; l'autre *correcte* et précédée du texte latin ; par une société de professeurs et de latinistes. Format in-16, broché :

Cette collection comprend les principaux auteurs qu'on explique dans les classes.

César : Guerre des Gaules, 2 vol. 9 fr.

Chaque volume se vend séparément.

— Guerre civile, livre I. 2 fr. 25

Cicéron : Brutus. 4 fr.

— Catilinaires (les quatre). 2 fr.

— Des lois, livre I. 1 fr. 50

— Des devoirs. 6 fr.

— Dialogue sur l'amitié. 1 fr. 25

— Dialogue sur la vieillesse. 1 fr. 25

— Discours pour la loi Manilia. 1 fr. 50

— Discours pour Ligarius. 75 c.

— Discours pour Marcellus. 75 c.

— Discours sur les statues. 3 fr.

— Discours sur les supplices. 3 fr.

— Seconde philippique. 2 fr.

— Plaidoyer pour Archias. 90 c.

Cicéron : Plaidoyer pour Milon. 1 fr. 50

— Plaidoyer pour Muréna. 2 fr. 50

— Songe de Scipion. 75 c.

Cornelius Nepos. 5 fr.

Epitome historiæ græcæ. 3 fr. 50

Heuzet : Histoires choisies des écrivains profanes. 2 vol. 6 fr.

Horace : Art poétique. 75 c.
— Épitres. 2 fr.
— Odes et Épodes. 2 vol. 4 fr. 50
Les livres I et II Odes. 2 fr.
Les livres III et IV des Odes et les Épodes. 2 fr. 50
— Satires. 2 fr.
Justin : Histoires philippiques. 2 v. 12 fr.
Chaque volume séparément. 6 fr.
Lhomond : Abrégé de l'histoire sainte. 3 fr.
— Sur les hommes illustres de la ville de Rome. 4 fr. 50
Lucrèce : Morceaux choisis de M Poyard. Prix. 3 fr. 50
Ovide : Choix des métamorphoses. 6 fr.
Phèdre : Fables. 2 fr.
Plaute : L'Aululaire. 1 fr. 75
Quinte-Curce : Histoire d'Alexandre le Grand. 2 vol. 12 fr.
Chaque volume se vend séparément. 6 fr.
Salluste : Catilina. 1 fr. 50
— Jugurtha. 2 fr. 50
Sénèque : De la vie heureuse. 1 fr. 50
Tacite : Annales. 4 vol. 18 fr.
Chaque volume se vend séparément
— Germanie (la). 1 fr. 50
— Histoires. Livres I et II. 5 fr.
— Vie d'Agricola. 1 fr. 75
Térence : Adelphes. 2 fr.
— Adrienne. 2 fr. 50
Tite-Live. Livres XXI et XXII. 5 fr.
— Livres XXIII, XXIV et XXV. 7 fr. 50
Virgile : Bucoliques (les). 1 fr.
— Géorgiques (les). 2 fr.
— Enéide : 4 volumes. 16 fr.
Chaque volume séparément. 4 fr.
Chaque livre séparément. 1 fr. 50
Bloume. *Une première année de latin;* 8ᵉ édition. 1 vol. in-16. cartonné. 2 fr.
Bréal, professeur au Collège de France, et **Person** (Léonce), ancien professeur au lycée Condorcet. *Grammaire latine élémentaire.* 1 v. in-16, cart. toile. 2 fr.
— *Grammaire latine,* cours élémentaire et moyen. 1 volume in-16, cartonnage toile. Prix. 2 fr. 50
— *Exercices. Voyez Pressard.*
Bréal et Bailly, professeur honoraire au lycée d'Orléans. *Leçons de mots :* les mots latins groupés d'après le sens et l'étymologie :
Cours élémentaire, à l'usage de la classe de Sixième. In-16 cart. 1 fr. 25
Exercices sur le Cours élémentaire. Voyez *Person.*
Cours intermédiaire, à l'usage des classes de Cinquième et de Quatrième. 1 vol. in-16, cartonné. 2 fr. 50
Cours supérieur. Dictionnaire étymologique latin. 1 vol. in-8, cart. 5 fr.

Chassang, ancien inspecteur général de l'instruction publique. *Modèles de composition latine,* avec des arguments, des notes et des préceptes sur chaque genre de composition. 1 vol. in-16, cart. 2 fr.
Chatelain, chargé de cours à la Faculté des lettres de Paris. *Lexique latin-français,* rédigé conformément au décret du 19 juin 1880, à l'usage des candidats au baccalauréat; *nouvelle édition.* 1 vol. in-16, cart. 6 fr.
Classiques latins; nouvelle collection, format petit in-16, publiée avec des notices, des arguments analytiques et des notes en français.
Anthologie des poètes latins (Waltz). 2 fr.
César: Commentaires (Benoist, Dosson et Legeay). 1 vol. 2 fr. 50
Cicéron : Extraits des discours (F. Ragon). 2 fr. 50
— Morceaux choisis tirés des traités de rhétorique (E. Thomas). 2 fr. 50
— Extraits des œuvres morales et philosophiques (E. Thomas). 2 fr.
— Choix de lettres (V. Cucheval). 2 fr.
— De amicitia (E. Charles). 75 c.
— De finibus bonorum et malorum, libri I et II (E. Charles). 1 fr. 50
— De legibus, livre I (Lucien Lévy). 75 c.
— De natura Deorum (Thiaucourt). 1 fr. 50
— De republica (E. Charles). 1 fr. 50
— De signis (E. Thomas). 1 fr. 50
— De senectute (E. Charles). 75 c.
— De suppliciis (E. Thomas). 1 fr. 50
— In M. Antonium oratio philippica secunda (Gautrelle). 1 fr.
— In Catilinam orationes (Noël). 75 c.
— Orator (C. Aubert). 1 fr.
— Pro Archia poeta (E. Thomas). 60 c.
— Pro lege Manilia (Noël). 60 c.
— Pro Ligario (Noël). 30 c.
— Pro Marcello (Noël). 30 c.
— Pro Milone (Monet). 90 c.
— Pro Murena (Noël). 75 c.
— Somnium Scipionis (V. Cucheval). 30 c.
Cornelius Nepos (Monginot). 90 c.
Élégiaques romains (Waltz). 1 fr. 80
Epitome historiæ græcæ (Julien Girard). 1 fr. 50
Heuzet : Selectæ e profanis scriptoribus historiæ. Édition simplifiée (Leconte). Prix. 1 fr. 80
Horace: De arte poetica (M. Albert). 60 c.
Jouvency : Appendix de diis et heroibus (Edeline). 70 c.
Lhomond : De viris illustribus urbis Romæ (L. Duval). 1 fr. 50
— Epitoma historiæ sacræ (Pressard). 75 c.
Lucrèce : De rerum natura liber I (Benoist et Lantoine). 90 c.

Lucrèce (suite), De rerum natura, liber V (Benoist et Lantoine). 90 c.
— Morceaux choisis (Poyard). 1 fr. 50
Narrationes (Riemann et Uri). 2 fr. 50
Ovide : Morceaux choisis des métamorphoses (Armengaud). 1 fr. 80
Pères de l'Église latine : Morceaux choisis (Nourrisson). 2 fr. 25
Phèdre : Fables (Havet). 1 fr. 80
Plaute : L'aululaire (Benoist). 80 c.
— Morceaux choisis (Benoist). 2 fr.
Pline le Jeune : Choix de lettres (Waltz) Prix : 1 fr. 80
Quinte-Curce (Dosson et Pichon). 2 fr. 25
Quintilien : De institutione oratoria (Dosson). 1 fr. 50
Salluste (Lallier). 1 fr. 80
Sénèque : De vita beata (Delaunay). 75 c.
— Lettres à Lucilius, I à XVI (Aubé). 75 c.
— Extraits (P. Thomas). 1 fr. 80
Tacite : Annales (Jacob). 2 fr. 50
— Annales, liv. I, II et III (Jacob). 1 fr. 50
— Dialogue des Orateurs (Gœlzer). 1 fr.
— Germanie (La) (Gœlzer). 1 fr.
— Hist., livres I et II (Gœlzer). 1 fr. 80
— Vie d'Agricola (Jacob). 75 c.
Térence : Adelphes (Psichari). 80 c.
Théâtre latin (Ramain). 2 fr. 50
Tite-Live (Riemann et Benoist).
 Livres XXI et XXII. 1 vol. 2 fr.
 Livres XXIII, XXIV et XXV. 1 v. 2 fr. 50
 Livres XXVI et XXX. 1 vol. 3 fr. »
Virgile (Benoist et Duvau). 2 fr. 25
Classiques latins, format in-16. Éditions publiées avec des notes en français, par les auteurs dont les noms sont indiqués entre parenthèses.
Cicero : De officiis (H. Marchand). 1 fr.
— De oratore (Bétoland). 1 fr. 50
— Tusculanarum quæstionum libri V (Jourdain). 1 fr. 50
Horatius : Opera (Sommer). 2 fr.
Justinus : Historia philippica (Pessonneaux). 1 fr. 50
Pline l'Ancien : Morceaux extraits de l'Histoire naturelle (Chassang). 1 fr. 50
Pline le Jeune : Panégyrique de Trajan (Bétoland). 75 c.
Sénèque : Choix de lettres morales à Lucilius (Sommer). 1 fr. 25
Voir ci-dessus Classiques latins (nouvelle collection, format petit in-16).
Comte (Ch.), professeur agrégé au lycée Carnot. Exercices latins à l'usage des commençants. Recueil de versions et de thèmes écrits ou oraux sur l'Abrégé de Grammaire latine de M. L. Havet, avec un vocabulaire. 1 v. in-16, cart. toile. 2 fr. 50
Contiones latinæ. Discours tirés de César, Salluste, Tite-Live, Tacite,

Ammien Marcellin et fragments de dix cours originaux publiés et annotés par M. P. Guiraud, professeur à la Faculté des lettres de Paris. 1 vol. in-16, cartonnage toile. 2 fr. 50
Éditions à l'usage des professeurs. Textes latins publiés d'après les travaux les plus récents de la philologie, avec des commentaires critiques et explicatifs, des introductions et des notices. Format grand in-8, broché. En vente :
Cicéron : Discours pour le poète Archias, par M. Émile Thomas, professeur à la Faculté des lettres de Lille. 1 vol. 2 fr. 50
— De suppliciis, par M. E. Thomas. Prix : 4 fr.
— De signis, par M. E. Thomas, 1 vol. 4 fr.
— Divinatio in Q. Cæcilium, par M. E. Thomas, 1 vol. 2 fr. 50
— Verrines. Divinatio in Q. Cæcilium, et actionis secundæ, Libri IV et V, De signis et De suppliciis, par M. E. Thomas. 1 vol. 8 fr.
— Brutus, par M. J. Martha, maître de conférences à l'École normale supérieure. 1 vol. 6 fr.
Cornelius Nepos, par M. Monginot, professeur au lycée Condorcet. 1 vol. 6 fr.
Horace : L'Art poétique, par M. M. Albert, prof. au lycée Condorcet. 1 vol. 2 fr. 50
Lucrèce : De la nature des choses, liv. V, par MM. Benoist et Lantoine. 1 vol. 4 fr.
Salluste : Guerre de Jugurtha, par M. Lallier, ancien professeur à la Faculté des lettres de Paris. 1 vol. 4 fr.
— Catilina, par M. Antoine. 1 vol. 6 fr.
Tacite : Annales, par M. Jacob, professeur au lycée Louis-le-Grand. 2 vol. 15 fr.
— Dialogue des orateurs, par M. Gœlzer, maître de conférences à la Faculté des lettres de Paris. 1 vol. 4 fr.
Virgile, par M. Benoist. 3 vol. :
 Bucoliques et Géorgiques. 1 vol. 7 fr. 50
 Énéide ; 3e tirage. 2 vol. 15 fr.
 Chaque volume séparément 7 fr. 50
Gow (Dr J.), principal du collège de Nottingham, et S. Reinach : Minerva, introduction à l'étude des classiques scolaires grecs et latins. Ouvrage adapté aux besoins des écoles françaises. 2e édit. 1 vol. in-16, cartonnage toile. 3 fr.
Havet (L.), prof. de philologie latine au Collège de France. Abrégé de grammaire latine, à l'usage des classes de grammaire. 1 vol. in-16, cart. toile. 1 fr. 50
— Exercices. Voyez Comte.
Le Roy. Sujets et développements de compositions données dans les Facultés de 1860 à 1873, avec des observations de M. Dübner. 2e édit. 1 vol. in-8, br. 4 fr.

Lhomond. *Éléments de la grammaire latine.* 1 vol. in-16, cartonné.   80 c.

Marais. *Recueil de versions latines* dictées dans les Facultés, depuis 1874 jusqu'en 1881, pour l'examen du baccalauréat ès sciences; *textes et traductions.* 2 vol. in-8, brochés.   6 fr.
   Chaque volume séparément.   3 fr.

Merlet. *Études littéraires sur les grands classiques latins,* avec des extraits empruntés aux meilleures traductions. 1 vol. in-16, broché.   4 fr.

Méthode uniforme pour l'enseignement des langues, par E. Sommer.
 Abrégé de grammaire latine. In-16, cartonné.   1 fr. 25
 Exercices sur l'Abrégé de grammaire latine. 1 vol. in-16, cartonné. 1 fr. 25
 Corrigé desdits exercices. In-16. 1 fr. 50
 Cours de versions latines extraites du recueil de Jacobs. 1ʳᵉ et 2ᵉ parties. 2 vol. in-16, cartonnés. Chaque vol.   1 fr.

Noël. *Dictionnaire français-latin*; nouvelle édition revue par M. Pessonneaux, professeur au lycée Henri IV. 1 vol. grand in-8, cartonnage toile.   8 fr.
— *Dictionnaire latin-français*; nouvelle édition revue par M. Pessonneaux. 1 vol. grand in-8, cartonnage toile.   8 fr.
— *Gradus ad Parnassum,* nouv. édit., revue par M. de Parnajon, profess. au lycée Henri IV. 1 vol. gr. in-8, cart. toile.   8 fr.

Patin. *Études sur la poésie latine.* 2 vol. in-16, brochés.   7 fr.

Petitjean (J.), professeur agrégé au lycée Condorcet. *Tableau d'analyse logique* (français, latin et grec), in-16, br.   80 c.

Person (Léonce), ancien professeur au lycée Condorcet: *Exercices de traduction et d'application* (thèmes et versions) sur les mots latins de MM. Bréal et Bailly. Cours élémentaire. 1 vol. in-16, cart. 1 fr.

Pichon (R.), professeur au lycée Condorcet. *Histoire de la littérature latine,* des origines à la fin du vᵉ siècle après Jésus-Christ. 1 vol. in-16, br. 5 fr. Cart. t. 5 fr. 50

Pierron. *Histoire de la littérature romaine.* 1 vol. in-16, broché.   4 fr.

Pressard, professeur honoraire au lycée Louis-le-Grand: *Premières leçons de latin.* 1 vol. in-16, cartonné.   2 fr. 50
— *Exercices latins,* thèmes, versions, questionnaires et exercices oraux sur la Grammaire latine élémentaire de MM. Bréal et Person. 2 vol.
   1ʳᵉ partie : Exercices sur les déclinaisons, les conjugaisons et les mots invariables. Thèmes et versions sur les éléments de

la syntaxe, avec des listes de mots. 1 vol. in-16, cartonnage toile.   2 fr. 50
   2ᵉ partie : Exercices sur la syntaxe et exercices généraux avec un vocabulaire. 1 vol. in-16, cartonnage toile.   2 fr. 50

Quicherat (L.). *Dictionnaire français-latin.* Nouvelle édit. refondue par M. Chatelain. Grand in-8, cartonnage toile. 9 fr. 50
— *Thesaurus poeticus linguæ latinæ.* 1 vol. grand in-8, carton. toile.   8 fr. 50
— *Nouvelle prosodie latine.* 1 vol. in-16, cartonné.   1 fr.
— *Traité de versification latine.* 1 vol. in-16, cartonné.   3 fr.

Quicherat et Daveluy. *Dictionnaire latin-français.* Nouvelle édition entièrement refondue par M. Chatelain. Grand in-8, cartonnage toile.   9 fr. 50

Sommer. *Lexique français-latin,* à l'usage des classes élémentaires, extrait du dictionnaire français-latin de M. Quicherat; nouvelle édition revue et complétée par M. Chatelain. 1 vol. in-8, cartonnage toile.   3 fr. 75
— *Lexique latin-français,* à l'usage des classes élémentaires, extrait du Dictionnaire latin-français de MM. Quicherat et Daveluy; nouvelle édition revue et complétée par M. Chatelain. 1 vol. in-8, cartonnage toile.   3 fr. 75
   Voir *Méthode uniforme pour l'enseignement des langues,* page 23.

Thurot et Chatelain. *Prosodie latine.* 1 vol. in-16, cart.   1 fr. 25

Traductions françaises des chefs-d'œuvre de la littérature latine, sans le texte latin. In-16, br. Chaque volume   3 fr. 50
   Le nom des traducteurs est indiqué entre parenthèses.
 Juvénal et Perse (E. Despois), 1 vol.
 Lucrèce (Patin), 1 vol.
 Plaute (E. Sommer), 2 vol.
 Sénèque (J. Baillard), 2 vol.
 Tacite (J.-L. Burnouf), 1 vol.
 Tite-Live (Gaucher), 4 vol.
 Virgile (Cabaret-Dupaty), 1 vol.

Tridon-Péronneau. *Cours de Versions latines,* 125 textes précédés de notices sur les auteurs, et de notes grammaticales, historiques et littéraires, à l'usage des candidats au baccalauréat. Textes latins. 1 vol. in-16, broché. Traduction française. 1 v. in-16, br.   2 fr. 1 fr. 50

Uri (J.). *Recueil de versions latines,* dictées à la Sorbonne et dans les facultés des départements pour les examens du baccalauréat ès lettres, de 1893 à 1898. 2 vol. in-16; *textes et traductions,* br.   3 fr.

9° ÉTUDE DE LA LANGUE GRECQUE ANCIENNE

Alexandre (C.). *Dictionnaire grec-français*, suivi d'un *Vocabulaire grec-français des noms propres de la langue grecque*, par A. Pillon. 1 vol. grand in-8, cartonnage toile.   15 fr.
— *Abrégé du dictionnaire grec-français*, par le même auteur. 1 vol. grand in-8, cartonnage toile.   7 fr. 50
Alexandre, Planche et Defauconpret. *Dictionnaire français-grec*. 1 vol. gr. in-8, cartonnage toile.   15 fr.
Auteurs grecs (les) expliqués d'après une méthode nouvelle, par deux traductions françaises, l'une littérale et *juxtalinéaire*, présentant le mot à mot français en regard des mots grecs correspondants, l'autre correcte et précédée du texte grec, avec des sommaires et des notes en français, par une société de professeurs et d'hellénistes. Format in-16. Cette collection comprend les principaux auteurs qu'on explique dans les classes.
Aristophane : Plutus.   2 fr. 25
— Morceaux choisis de M. Poyard.   6 fr.
Aristote : Morale à Nicomaque, livre VIII. 1 vol.   1 fr. 50
— Morale à Nicomaque, liv. X.   1 fr. 50
— Poétique.   2 fr. 50
Babrius : Fables.   4 fr.
Basile (S.) : De la lecture des auteurs profanes.   1 fr. 25
— Contre les usuriers.   75 c.
— Observe-toi toi-même.   90 c.
Chrysostome (S. Jean) : Homélie en faveur d'Eutrope.   60 c.
— Homélie sur le retour de l'évêque Flavien.   1 fr.
Démosthène : Discours contre la loi de Leptine.   3 fr. 50
— Discours pour Ctésiphon ou sur la couronne.   3 fr. 50
— Harangue sur les prévarications de l'ambassade.   6 fr.
— Les trois Olynthiennes.   1 fr. 50
— Les quatre Philippiques.   2 fr.
Denys d'Halicarnasse : Première lettre à Ammée.   1 fr. 25
Eschine : Discours contre Ctésiphon. 4 fr.
Eschyle : Prométhée enchaîné.   3 fr.
— Sept (les) contre Thèbes.   1 fr. 25
— Morceaux choisis de M. Weil.   5 fr.
Esope : Choix de fables.   1 fr. 25
Euripide : Alceste.   2 fr.
— Electre.   3 fr.
— Hécube.   2 fr.
— Hippolyte.   3 fr. 50

Euripide (suite): Iphigénie à Aulis.   3 fr.
— Médée.   3 fr.
Grégoire de Nazianze (S.) : Eloge funèbre de Césaire.   1 fr. 25
— Homélie sur les Macchabées.   90 c.
Grégoire de Nysse (S.) : Contre les usuriers.   75 c.
— Eloge funèbre de saint Mélèce.   75 c.
Hérodote : Morceaux choisis.   7 fr. 50
Homère : Iliade. 6 volumes.   20 fr.
   Chaque volume séparément.   3 fr. 50
   Chaque chant séparément.   1 fr.
— Odyssée. 6 vol.   24 fr.
   Chaque volume séparément.   4 fr.
   Chaque chant séparément.   1 fr.
Isocrate : Archidamus.   1 fr. 50
— Conseils à Démonique.   75 c.
— Eloge d'Evagoras.   1 fr.
— Panégyrique d'Athènes.   2 fr. 50
Luc (S.) : Evangile.   3 fr.
Lucien : Dialogues des morts.   2 fr. 25
— Le songe, ou le coq.   1 fr. 50
— De la manière d'écrire l'histoire. 2 fr.
— Extraits.   3 fr. 50
Pères grecs (choix de discours tirés des). Prix :   7 fr. 50
Pindare : Isthmiques (les).   2 fr. 50
— Néméennes (les).   3 fr.
Pindare : Olympiques (les).   3 fr. 50
— Pythiques (les).   3 fr. 50
Platon : Alcibiade (le 1er).   2 fr. 50
— Apologie de Socrate.   2 fr.
— Criton.   1 fr. 25
— Gorgias.   6 fr.
— Ion.   3 fr.
— Menexène.   1 fr. 50
— Phédon.   5 fr.
— République, livre VI.   2 fr. 50
— République, livre VIII.   2 fr. 50
Plutarque : De la lecture des poètes. 3 fr.
— Sur l'éducation des enfants.   2 fr.
— Vie d'Alexandre.   3 fr.
— Vie d'Aristide.   2 fr.
— Vie de César.   2 fr.
— Vie de Cicéron.   3 fr.
— Vie de Démosthène.   2 fr. 50
— Vie de Marius.   3 fr.
— Vie de Périclès.   3 fr.
— Vie de Pompée.   5 fr.
— Vie de Solon.   3 fr.
— Vie de Sylla.   3 fr.
— Vie de Thémistocle.   2 fr.
Sophocle : Ajax.   2 fr. 50
— Antigone.   2 fr. 25
— Electre.   3 fr.
— Œdipe à Colone.   2 fr.

Sophocle (suite) : Œdipe roi.   1 fr. 50
— Philoctète.   2 fr. 50
— Trachiniennes (les).   2 fr. 50
Théocrite : Œuvres complètes.   7 fr. 50
Thucydide : Guerre du Péloponèse :
   Livre I.   6 fr.
   Livre II.   5 fr.
— Morceaux choisis de M. Croiset. 5 fr.
Xénophon : Anabase (les 7 liv.), 2 v. 12 fr.
   Chaque livre séparément.   2 fr.
— Apologie de Socrate.   60 c.
— Cyropédie, livre I.   1 fr. 25
— — livre II.   1 fr. 25
— Économique.   3 fr. 50
— Entretiens mémorables de Socrate (les
  quatre livres).   7 fr. 50
— Extraits des Mémorables.   2 fr. 50
— Extraits de la Cyropédie.   1 fr. 25
— Morceaux choisis de M. de Parnajon.
   Prix :   7 fr. 50
Bailly (A.), correspondant de l'Institut,
professeur honoraire au lycée d'Orléans :
Dictionnaire grec-français, rédigé avec
le concours de M. E. Egger, à l'usage des
Lycées et des Collèges, contenant le voca-
bulaire complet de la langue grecque
classique ; l'étymologie ; les noms propres
placés à leur ordre alphabétique ; une
liste des racines, etc. 3° édition. 1 vol.
grand in-8 de 2200 pages, cart. toile. 15 fr.
— *Abrégé du Dictionnaire grec-français*. 1 vol. in-8°, cart. toile.   7 fr. 50
   Voir *Bréal et Bailly*.
Bréal et Bailly : *Leçons de mots* : les mots
grecs groupés d'après le sens et l'étymo-
logie. 1 vol. in-16, cart. — Voy. *Person* : Exerc. de trad. et d'applic.
Classiques grecs, nouvelle collection,
format petit in-16, publiée avec des no-
tices, des arguments analytiques et des
notes en français.
Aristophane : Morceaux choisis (Bodin).
   Prix :   2 fr. 50
Aristote : Morale à Nicomaque, livre
  VIII (Lucien Lévy).   1 fr.
— Morale à Nicomaque, livre X (Hanne-
  quin).   1 fr. 50
— Poétique (Egger).   1 fr.
Babrius : Fables (Desrousseaux). 1 fr. 50
Démosthène : Discours de la couronne
  (Weil, membre de l'Institut).   1 fr. 25
— Les trois Olynthiennes (Weil).   60 c.
— Les quatre Philippiques (Weil).   1 fr.
— Sept Philippiques (H. Weil). 1 fr. 50
Denys d'Halicarnasse : Première lettre à
  Ammée (Weil).   60 c.
Élien : Morceaux (J. Luchaire) 1 fr. 10
Épictète : Manuel (Thurot).   1 fr.
Eschyle : Morceaux choisis (Weil). 1 fr. 60
— Les Perses (Weil).   1 fr.

Eschyle : Prométhée enchaîné(Weil). 1 fr.
Ésope : Choix de fables (Allègre).   1 fr.
Euripide : Théâtre (Weil). Alceste ; —
  Électre ; — Hécube ; — Hippolyte ; —
  Iphigénie à Aulis ; — Iphigénie en
  Tauride ; — Médée.Chaque tragédie. 1 fr.
Extraits des orateurs attiques (Bo-
  din).   2 fr. 50
Hérodote : Morceau choisis (Tournier).
  1 vol.   2 fr.
Homère : Iliade (A. Pierron).   3 fr. 50
   Les chants 1, 2, 6, 9, 10, 18, 22 et 24 se ven-
   dent séparément, chacun   25 c.
— Odyssée (A. Pierron).   3 fr. 50
   Les chants 1, 2, 6, 11, 22 et 23 se vendent
   séparément, chacun   25 c.
Lucien : De la manière d'écrire l'histoire
  (Lehugeur).   75 c.
— Dialogues des morts (Tournier et Des-
  rousseaux).   1 fr. 50
— Morceaux choisis des Dialogues des
  morts, des dieux, etc. (Tournier et Des-
  rousseaux).   2 fr.
— Extraits : Timon d'Athènes. Le
  songe, etc. (V. Glachant).   1 fr. 50
— Le songe, ou le coq (Desrousseaux). 1fr.
Platon : Criton (Ch. Waddington). 50 c.
— Extraits (Dalmeyda).   2 fr. 50
— Ion (Mertz).   75 c.
— Ménexène (Luchaire).   75 c.
— Phédon (Couvreur).   1 fr. 50
— République, livre VI (Aubé). 1 fr. 50
— République, livre VII (Aubé). 1 fr. 50
— République, livre VIII (Aubé). 1 fr. 50
— Morceaux choisis (Poyard).   2 fr.
Plutarque : Vie de Cicéron (Graux). 1 fr. 50
— Vie de Démosthène (Graux).   1 fr.
— Vie de Périclès (Jacob).   1 fr. 50
— Extraits suivis des vies parallèles
  (Bessières).   2 fr.
— Morceaux choisis des biographies
  (Talbot). 2 vol. :
   1° Les Grecs. 1 vol.   2 fr.
   2° Les Romains. 1 vol.   2 fr.
— Morceaux choisis des œuvres morales
  (V. Bétolaud). 1 vol.   2 fr.
Sophocle : Théâtre (Tournier). Ajax ; —
  Antigone ; — Électre ; — Œdipe à Co-
  lone ; — Œdipe roi ; — Philoctète ; — les
  Trachiniennes. Chaque tragédie.   1 fr.
   Le même théâtre, sans notes.   2 fr.
— Morceaux choisis (Tournier).   2 fr.
Thucydide : Morceaux choisis (A. Croi-
  set).   2 fr.
Xénophon : Anabase 7 livres (Couvreur).
   Prix :   3 fr.
— Morceaux choisis (de Parnajon). 2 fr.
— Économique (Graux et Jacob). 1 fr. 50
— Extraits de la Cyropédie (Petit-
  jean).   1 fr. 50

Xénophon (suite) : Ext. des Mémorables (Jacob). 1 fr. 50
— Mémorables, livre I (Lehègue). 1 fr.
Classiques grecs, format in-16. Éditions publiées avec des notes en français.
Aristophane : Plutus (Ducasau). 1 fr.
Basile (S.) : Discours sur la lecture des auteurs profanes (Sommer). 50 c.
— Homélie sur le précepte : Observe-toi toi-même (Sommer). 30 c.
Chrysostome (S. Jean) : Discours sur l'évêque Flavien (Sommer). 40 c.
— Homélie en faveur d'Eutrope (Sommer). 30 c.
Démosthène : Discours contre la loi de Leptine (Stiévenart). 90 c.
Eschyle : Sept contre Thèbes (les) (Materne). 1 fr.
Grégoire (S.) de *Nazianze* : Homélie sur les Macchabées (Sommer). 40 c.
Hérodote : Livre I (Sommer). 1 fr. 50
Isocrate : Archidamus (Leprévost). 50 c.
— Éloge d'Évagoras (Sommer). 50 c.
— Panégyrique d'Athènes (Sommer). 80 c.
Lucien, Nigrinus (C. Leprévost). 40 c.
— Songe (le) ou le Coq (de Sinner). 50 c.
Pères grecs : Choix de discours (Sommer). 1 fr. 75
Pindare : Isthmiques (les) (Fix et Sommer). 60 c.
— Néméennes (les) (id.). 90 c.
— Olympiques (les) (id.). 1 fr. 50
— Pythiques (les) (id.). 1 fr. 50
Platon : Alcibiade (le premier). 65 c.
— Alcibiade (le second) (Mablin). 50 c.
— Apologie de Socrate (Talbot). 60 c.
— Gorgias (Sommer). 1 fr. 50
Plutarque : De la lecture des poètes (Ch. Aubert). 75 c.
— De l'éducat. des enfants (C. Bailly). 60 c.
— Vie d'Alexandre (Bétolaud). 1 fr.
— Vie d'Aristide (Talbot). 1 fr.
— Vie de César (Materne). 1 fr.
— Vie de Pompée (Druon). 1 fr.
— Vie de Solon (Deltour). 1 fr.
— Vie de Thémistocle (Sommer). 1 fr.
Théocrite : Idylles choisies (L. Renier). Prix : 1 fr. 25
Thucydide : Guerre du Péloponèse :
Livre I (Legouëz). 1 fr. 60
Livre II (Sommer). 1 fr. 60
Xénophon : Anabase, livre II à VII.
Chaque livre séparément. 75 c.
— Cyropédie, livre I (Huret). 75 c.
— Cyropédie, livre II (Huret). 75 c.
— Entretiens mémorables de Socrate (Sommer). 2 fr.
Croiset (A.) et **Petitjean,** professeur agrégé au lycée Condorcet. *Premières leçons de grammaire grecque,* rédigées

conformément au programme de la classe de Cinquième. 1 vol. in-16, cart. toile. 1 fr. 50
Croiset (A.) et **Petitjean** (suite). *Abrégé de grammaire grecque,* in-16, c.t. 2 fr. 50
— *Grammaire grecque* à l'usage des classes de grammaire et de lettres. 1 vol. in-16, cart. toile. 3 fr.
— Exercices d'application, voir *Petitjean* et *Glachant.*
Denys d'Halicarnasse. *Jugement sur Lysias,* texte et traduction française publiés avec un commentaire critique et explicatif par MM. Desrousseaux, directeur adjoint à l'Ecole des Hautes Etudes, et Egger, professeur agrégé au collège Stanislas. 1 vol. in-8, broché. 4 fr.
Dübner. *Lexique français-grec,* à l'usage des classes élémentaires. 1 vol. in-8, cartonnage toile. 6 fr.
— *Lhomond grec,* ou premiers éléments de la grammaire grecque. 1 volume in-8, cartonné. 1 fr. 50
— *Exercices* ou versions et thèmes sur les premiers éléments de la grammaire grecque, précédés d'un traité élémentaire d'accentuation. 1 vol. in-8, cart. 2 fr.
— *Corrigé des Exercices.* In-8, br. 1 fr.
Éditions à l'usage des professeurs. Textes grecs, publiés d'après les travaux les plus récents de la philologie, avec des commentaires critiques et explicatifs et des notices. Format gr. in-8, br. En vente :
Démosthène : Les harangues, par M. H. Weil, membre de l'Institut; 2ᵉ édition. 1 vol. 8 fr.
— Les plaidoyers politiques, par M. H. Weil. 2 vol. 16 fr.
Euripide : Sept tragédies, par M. H. Weil; 2ᵉ édition. 1 vol. 12 fr.
Homère : L'Iliade, par M. A. Pierron; 3ᵉ édit. 2 vol. 16 fr.
— L'Odyssée, par M. A. Pierron; 2ᵉ édit. 2 vol. 16 fr.
Sophocle : Tragédies, par M. Tournier, maître de conférences à l'Ecole normale supérieure; 2ᵉ édit. 1 vol. 12 fr.
Thucydide : Guerre du Péloponèse. Livres I et II, par M. Alfred Croiset, doyen de la Faculté des lettres de Paris. 1 vol. in-8, broché. 8 fr.
Girard (J.), membre de l'Institut : *Études sur l'éloquence attique* (Lysias, Hypéride, Démosthène) ; 3ᵉ édit., in-16, br. 3 fr. 50
— *Le sentiment religieux en Grèce, d'Homère à Eschyle,* 3ᵉ édit. in-16, br. 3 fr. 50
Ouvrage couronné par l'Académie française.
— *Études sur la poésie grecque* (Epicharme — Pindare — Sophocle — Théocrite — Apollonius), in-16, broché. 3 fr. 50

Girard (J.) (suite): *Essai sur Thucydide*, in-16, br. 3 fr. 50
Ouvrage couronné par l'Académie française.

Henry (V.), chargé de cours à la Faculté des lettres de Paris. *Précis de grammaire comparée du grec et du latin*. 1 vol. in-8, broché. 7 fr. 50

Merlet: *Études littéraires sur les grands classiques grecs*, avec des extraits empruntés aux meilleures traductions. 1 vol. in-16, broché. 4 fr.

Méthode uniforme pour l'enseignement des langues, par E. Sommer:
Abrégé de grammaire grecque. In-16, cartonné. 1 fr. 50
Exercices sur l'Abrégé de grammaire grecque. 1 vol. in-16, cart. 1 fr. 50
Cours de versions grecques, extraites du Recueil de Jacobs. 2ᵉ partie. 1 vol. in-16, cartonné. 1 fr.
Corrigé. 1 vol. in-16, broché. 1 fr. 25
Cours de thèmes grecs. In-16. 1 fr. 50
Cours complet de grammaire grecque. 1 vol. in-8, cartonné. 3 fr.
Exercices sur le Cours complet de grammaire grecque. In-8, cart. 3 fr.
Corrigé desdits. In-8, cart. 3 fr. 50
V. p. 19 pour la *langue latine*.

Ozaneaux. *Nouveau dictionnaire français-grec*. 1 vol. in-8, cart. toile. 15 fr.

Patin. *Études sur les tragiques grecs*, ou examen critique d'Eschyle, de Sophocle et d'Euripide, 4 vol. in-15, br. 14 fr.

Person (Léonce), ancien professeur au lycée Condorcet: *Exercices de traduction et d'application* sur les mots grecs, de MM. Bréal et Bailly, groupés d'après la forme et le sens. 1 vol. in-16, cart. 1 fr. 50.
Voyez Bréal et Bailly.

Petitjean (J.), professeur agrégé au lycée Condorcet. *Tableau d'analyse logique* (français, latin et grec), in-16, br. 80 c.

Petitjean et V. Glachant, professeur au lycée Charlemagne: *Exercices d'application* sur les Premières leçons de grammaire grecque de MM. Croiset et Petitjean. 1 vol. in-16, cartonné toile. 2 fr.
— *Exercices* sur l'abrégé de Grammaire grecque de MM. Croiset et Petitjean. 1 vol. in-16 cart. toile. 2 fr. 80
Voir Croiset et Petitjean.

Pierron. *Histoire de la littérature grecque*. 1 vol. in-16, broché. 4 fr.

Planche. *Dictionnaire grec-français*, refondu entièrement par Vendel-Heyl et A. Pillon. Nouvelle édition augmentée d'un vocabulaire des noms propres, par A. Pillon. 1 vol. grand in-8, cart. 5 fr.

Quicherat (L.). *Chrestomathie* ou premiers exercices de traduction grecque, avec un lexique. Grand in-18, cart. 1 fr. 25

Sommer. *Lexique grec-français*, à l'usage des classes élément. 1 vol. in-8, cart. 6 fr.
Voir *Méthode uniforme* pages 19 et 25.

Tournier, ancien maître de confér. à l'École normale supérieure. *Clef du vocabulaire grec*. 1 vol. in-16, cartonné. 2 fr. 50
— *Cours de Thèmes grecs*. 1 vol. in-16 cartonné. 1 fr. 50
— *Corrigé du Cours de Thèmes grecs*. 1 vol. in-16 cart. 1 fr. 50

Tournier et Riemann, *Premiers éléments de grammaire grecque*. 1 vol. in-8, cartonné. 1 fr. 50

Traductions françaises des chefs-d'œuvre de la littérature grecque sans le texte grec. In-16, broché. Chaque volume. 3 fr. 50

Le nom des traducteurs est indiqué entre parenthèses:

Anthologie grecque, 2 vol.
Aristophane (C. Poyard), 1 vol.
Diodore de Sicile (F. Hœfer), 4 vol.
Eschyle (Ad. Bouillet), 1 vol.
Euripide (Hinstin), 2 vol.
Hérodote (P. Giguet), 1 vol.
Homère (P. Giguet), 1 vol.
Lucien (E. Talbot), 2 vol.
Plutarque. Vies des hommes illustres (E. Talbot), 4 vol.
— Œuvres morales (Bétolaud), 5 vol.
Sophocle (Bellaguet), 1 vol.
Thucydide (E. Bétant), 1 vol.
Xénophon (E. Talbot), 2 vol.

Vernier (Em.), professeur à la Faculté des lettres de Besançon. *Petit traité de métrique grecque et latine*. 1 vol. in-16, cartonnage toile. 3 fr.

10° ÉTUDE DES LANGUES VIVANTES
1° LANGUE ALLEMANDE

Auerbach. *Choix de récits villageois de la Forêt-Noire*. Texte allemand, publié et annoté par M. B. Lévy, ancien inspecteur général de l'instruction publique; 1 vol. petit in-16, cartonné. 2 fr. 50

Le même ouvrage, traduction française, par M. Lang, sans le texte. 1 vol. petit in-16, broché. 3 fr. 50

Bacharach. *Grammaire allemande*, à l'usage des classes supérieures. In-16. 3 f. 75

Bacharach (suite): *Cours de thèmes allemands*, accompagnés de vocabulaires. In-16. cart.   3 fr. 25

Benedix. *Le procès*, comédie. Texte allemand, annoté par M. Lange, chargé de conférences à la Faculté des lettres de Paris. 1 vol. petit in-16, cart.   60 c.
Le même ouvrage, traduction française de Mme Boullenot avec le texte. 1 vol. in-16, broché.   75 c.
Le même ouvrage, traduction *juxtalinéaire*, par M. Lange. In-16 br. 1 fr. 50
— *L'entêtement*. Texte allemand, annoté par M. Lange. Petit in-16, cart.   -60 c.
Le même ouvrage, traduction française par M. Lange. 1 vol. in-16, broché.   75 c.
Le même ouvrage, traduct. *juxtalinéaire*, par M. Lange. 1 vol. in-16, br.   1 fr. 50
— *Scènes choisies du Théâtre de famille*, texte allemand, publié avec une introduction, des notices et des notes, par M. Feuillié, professeur au lycée Janson-de-Sailly. 1 vol. petit in-16, cart.   1 fr. 50
Le même ouvrage, traduction française par M. Feuillié. 1 vol. pet. in-16, br.   2 fr.

Bossert, inspecteur général de l'instruction publique. *Traité élémentaire de la formation des mots allemands*. 1 vol. in-16, cartonnage toile.   1 fr. 50
— *Histoire abrégée de la littérature allemande* depuis les origines jusqu'en 1870, avec un choix de morceaux traduits, des notices et des analyses. 1 vol. in-16, cart. toile.   4 fr.
— *Histoire de la littérature allemande* depuis les origines jusqu'à nos jours. 1 fort vol. in-16 de 1100 pages, broché.   5 fr.
Cartonné toile.   5 fr. 50

Bossert et Beck. *Le premier livre d'allemand*, règles, listes de mots et exercices. 1 vol. in-16, ill., cart. toile.   1 fr. 20
— *Le deuxième livre d'allemand*. 1 vol. in-16, cart. toile.   2 fr.
— *Grammaire élémentaire de la langue allemande*; 1 v. in-16, cart. toile. 1 fr. 50
— *Exercices sur la grammaire élémentaire de la langue allemande*, en 2 parties. 2 vol. in-16, cartonnage toile :
1ʳᵉ partie. 1 vol.   1 fr. 50
2ᵉ partie. 1 vol.   1 fr. 50
— *Les mots allemands groupés d'après le sens*. 1 vol. in-16, cart. toile.   1 fr. 50
— *Exercices sur les mots allemands groupés d'après le sens*. 1 v. in-16, cart. 1 fr. 50
— *Les mots allemands groupés d'après l'étymologie*. 1 vol. in-16, cart. toile.   4 fr.
— *Lectures enfantines allemandes*, à l'usage des classes préparatoires. 1 vol. in-16 avec grav., cart. toile.   1 fr.
Le même ouvrage, sans vocab. 1 v.   1 fr.

Bossert et Beck (suite): *Lectures élémentaires allemandes*, à l'usage des classes élémentaires. 1 v. in-16, cart. toile.   1 fr. 50
Le même ouvrage, sans vocab. 1 v. 1 fr. 50.
— *Lectures pratiques allemandes*. 1ᵉʳ degré. Morceaux choisis et leçons de choses, avec des notes et un vocabulaire, 7ᵉ édit. 1 vol. in-16, cart. toile, avec gravures.   1 fr. 50
Le même ouvrage, sans vocabulaire. 1 fr. 50
— *Lectures pratiques allemandes*. 2ᵉ degré. Lectures géographiques, historiques et scientifiques accompagnées de poésies et suivies d'un choix de contes avec un vocabulaire, 5ᵉ édit. 1 v. in-16, c. t.   2 fr. 50

Braeunig et Dax. *Premiers exercices pratiques de langue allemande*, conformes aux programmes officiels de 1902, à l'usage des commençants. 1 vol. in-16, cartonné.   1 fr. 50
— *Deuxièmes exercices pratiques de langue allemande*, conformes aux programmes officiels de 1902, à l'usage des classes élémentaires. 1 vol. in-16, cart.   1 fr. 50
— *Exercices pratiques de langue allemande* :
Cl. de Septième. 1 v. in-16, c.   1 fr. 50
Cl. de Grammaire. 1 v. in-19, c.   1 fr. 75

Campé. *Le jeune Robinson*. Texte allemand. 1 vol in-16, cartonné.   2 fr. 50

Chamisso. *Pierre Schlemihl*. Texte allemand, annoté par M. Koell, professeur au lycée Louis-le-Grand. Petit in-16, c. 1 fr.
Le même ouvrage, traduction française. 1 vol. petit in-16, broché.   1 fr.

Chasles et Eguemann, *Les mots et les genres de la langue allemande*. 1 vol. in-8, cartonné.   2 fr. 50
Voir Eguemann.

Choix de fables et de contes en allemand, recueillis et publiés avec une introduction, des notices et des notes, par M. Mathis, professeur au lycée de Toulouse. 1 vol. petit in-16, cart. 1 fr. 50

Contes et morceaux choisis de Schmid, Krummacher, Liebeskind, Lichtwer, Hebel, Herder et Campe. Texte allemand, annoté par M. Scherdlin, ancien professeur au lycée Charlemagne. Petit in-16, cart.   1 fr. 50

Contes populaires tirés de Grimm, Musæus, Andersen et des *Feuilles de palmier* par Herder et Liebeskind. Texte allemand, annoté par M. Scherdlin. 1 vol. petit in-16, cart.   2 fr. 50

Desfeuilles. *Abrégé de grammaire allemande*. In-16, cartonné.   1 fr. 50
— *Exercices sur l'Abrégé de grammaire allemande*. In-16, cart.   1 fr. 50
— *Corrigé des exercices*. In-16, br.   2 fr.

Eguemann. *Le premier livre des mots, des racines et des genres en allemand.* 1 vol. in-18, cartonné. 75 c.
Voir *Chasles et Eguemann.*

Eichhoff. *Morceaux choisis en prose et en vers des classiques allemands.* 2 vol. in-16, cart. :
I" vol. : Cours de Troisième. 1 fr. 50
II" vol. : Cours de Seconde. 2 fr. 50

Feuillié, Muller et Schürr. *Deutsches Lesebuch,* choix de lectures allemandes conforme aux programmes officiels du 31 mai 1902. 1 v. in-16, cart. toile. 1 fr. 20

Goethe. *Gœtz de Berlichingen.* Texte allemand, annoté par M. Lichtenberger, professeur à la Faculté des lettres de Paris; à l'usage des professeurs. 1 vol. grand in-8, broché. 10 fr.
— *Campagne de France.* Texte allemand, annoté par M. Lévy. 1 vol. petit in-16, cartonné. 1 fr. 50
Le même ouvrage, traduction française, par M. Porchat, sans le texte. 1 vol. petit in-16, broché. 2 fr.
— *Faust,* 1" partie. Texte allemand, annoté par M. Büchner, professeur à la Faculté des lettres de Caen. In-16, cart. 2 fr.
Le même ouvrage, traduction française, par M. Porchat, sans le texte allemand. 1 vol. petit in-16, broché. 2 fr.
— *Hermann et Dorothée.* Texte allemand annoté par M. Lévy. In-16, cart. 1 fr.
— *Hermann et Dorothée,* trad. française, par M. Lévy, avec le texte et des notes. 1 vol. in-16. br. 1 fr. 50
Le même ouvrage, traduction *juxtalinéaire,* par M. Lévy. In-16, br. 3 fr. 50
— *Iphigénie en Tauride.* Texte allemand, annoté par M. Lévy. Petit in-16, c. 1 fr. 50
Le même ouvrage, traduction française, par M. Lévy, avec le texte allemand et des notes. 1 vol. in-16, broché. 2 fr.
Le même ouvrage, traduction *juxtalinéaire,* par M. Lang. In-16, br. 3 fr. 50
— *Le Tasse,* Texte allemand, annoté par M. Lévy. 1 vol. petit in-16, cart. 1 fr. 80
Le même ouvrage, traduction française par M. Porchat, sans le texte allemand. 1 vol. in-16, broché. 2 fr.
Le même ouvrage, traduction *juxtalinéaire,* par M. Lang. In-16. br. 3 fr. 50
— *Morceaux choisis.* Texte allemand, annoté par M. Lévy. Petit in-16, cart. 3 fr.

Goethe et Schiller : *Poésies lyriques.* Texte allemand publié avec une notice littéraire et des notes par M. H. Lichtenberger, professeur à la Faculté des lettres de Nancy. 1 vol. petit in-16, c. 2 fr. 50

Hauff. *Lichtenstein,* parties I et II. Texte allemand publié et annoté par M. Muller, professeur au collège Rollin. 1 vol. petit in-16, cartonné. 2 fr. 50
— *Lichtenstein,* traduction française par M. de Suckau. 1 vol. in-16, br. 1 fr.

Hebel : *Contes choisis* (Schatzkästlein). Texte allemand, publié avec une notice, une notice, des notes, par M. Feuillié, professeur au lycée Janson-de-Sailly. 1 vol. petit in-16, cartonné. 1 fr. 50
Le même ouvrage, trad. française, sans le texte, par M. Feuillié. 1 v. p. in-16, b. 1 fr. 50
Voir *Contes et morceaux choisis.*

Heinhold. *Petit dictionnaire français-allemand et allemand-français.* 1 vol. in-16, cartonnage toile. 4 fr.

Henry (V.). *Précis de grammaire comparée de l'anglais et de l'allemand* rapportés à leur commune origine et rapprochés des langues classiques. 1 vol. in-8, broché. 7 fr. 50

Herder. *Idées sur la philosophie de l'histoire de l'humanité.* Texte allemand; édition complète. In-16, cart. 4 fr. 50

Hoffmann : *Le tonnelier de Nuremberg* (Meister Martin). Texte allemand, annoté par M. Bauer. Petit in-16, cart. 2 fr.
Le même ouvrage, traduction française par M. Malvoisin. Petit in-16, br. 1 fr.

Jehl, professeur au lycée de Lyon: *Chansons allemandes,* texte, musique et illustrations. 1 vol. in-16, cart. 1 fr. 50

Journal allemand (Le). *Deutsche Zeitung für die Französische Jugend.* Journal allemand pour les jeunes Français. Ce journal paraît le premier et le troisième samedi de chaque mois, à l'exception des mois d'août et de septembre.
— Abonnement : 6 fr. par an.

Kleine Zeitung (Die). Petit journal allemand pour les enfants, rédigé par MM. Sigwalt et Bauer. 1901-2. 1 vol. cart. 3 fr. 50
Abonnement année 1902-1903 : 1 an. 3 fr. 50

Kleist : *Michaël Kohlhaas.* Texte allemand, annoté par M. Koch. 1 vol. petit in-16, cartonné. 1 fr.
Le même ouvrage, traduit en français par M"" Ida Becker, avec le texte allemand. 1 vol. in-16, br. 2 fr. 50
Le même ouvrage, trad. juxtalinéaire par M"" Ida Becker. 1 vol. in-16, br. 4 fr.

Koch, professeur au lycée Saint-Louis : *Cours primaire d'allemand.* 1 vol. in-16, cartonné. 2 fr.
— *La classe en allemand,* nouveaux dialogues. Petit in-16, cartonné. 1 fr. 25
— *Lexique français-allemand,* rédigé conformément au décret du 19 juin 1880,

à l'usage des candidats au baccalauréat.
1 vol. in-16, cartonnage toile.   4 fr.
  Reconnu conforme à la note officielle du
  29 janvier 1891.

Koch (suite). *Lexique allemand-français*,
contenant un grand nombre de termes
nouveaux et l'indication de la nouvelle
orthographe allemande. 1 vol. in-16, cart.
toile.   6 fr.

Kotzebuë. *La petite ville allemande*, suivie d'extraits de *Misanthropie et Repen-
tir*, et de l'*Epigramme*. Texte allemand,
annoté par M. Bailly, professeur au lycée
Condorcet. 1 vol. petit in-16, cart. 1 fr. 50
Le même ouvrage, traduction française
  par M. Desfeuilles, avec le texte allemand. 1 vol. in-16, broché.   2 fr.
Le même ouvrage, traduction juxtalinéaire par
  M. Desfeuilles. 1 vol. in-16, br. 3 fr. 50

Lectures géographiques. Textes extraits des écrivains allemands, par M. Kuhff,
avec exercices et cartes. In-16, cart. 3 fr.

Le Roy. *Recueil de versions allemandes*.
Textes et traductions. 2 vol. in-16. 2 fr.

Lessing. *Fables*, annotées par M. Boutteville. 1 vol. in-16, cartonné.   1 fr.
Le même ouvrage, trad. *juxtalinéaire*,
  par M. Boutteville. In-16, br.   1 fr. 50
— *Dramaturgie de Hambourg*. Extraits
annotés par M. Cottler. 1 vol. petit in-16,
cartonné.   1 fr. 50
Le même ouvrage, traduction française,
  par M. Desfeuilles, avec le texte en regard. 1 vol. in-16, broché.   3 fr.
Le même ouvrage, juxtalinéaire,
  par M. Desfeuilles. 1 v. in-16, br. 7 fr. 50
— *Lettres sur la littérature moderne et
lettres archéologiques*. Extraits annotés
par M. Cottler. 1 vol. petit in-16, cartonné,   2 fr.
— *Laocoon*. Texte allemand, annoté par
M. Lévy. 1 vol. petit in-16, cartonné. 2 fr.
Le même ouvrage, trad. fr. par M. Cour-
tin, sans le texte. 1 vol. petit in-16, br. 2 fr.
— *Minna de Barnhelm*. Texte allemand,
par M. Lévy. Petit in-16, cart.   1 fr. 50
Le même ouvrage, traduction française
  par M. Lang. 1 vol. petit in-16, br. 2 fr.

Lévy (B.), ancien inspecteur général de
l'Instruction publique : *Exercices de conversation allemande*. 3 vol. in-16, cart.
I. *Exercices sur les parties du discours*,
  à l'usage des cours élémentaires. 1 volume.   1 fr. 25
  Traduction française, par M. Hildt.
  1 vol. in-16, broché.   1 fr. 50
II. *Sujets de conversation*, à l'usage des
  cours moyens. 1 vol.   1 fr. 75
  Traduction française, par M. Schmitt.
  1 vol. in-16, broché.   2 fr.

III. *Sujets de conversation*, à l'usage des
  cours supérieurs. 1 vol.   3 fr.
  Traduction française, par M. Schmitt.
  1 vol. in-16, broché.   3 fr. 50

Lévy (B.) (suite). *Recueil de lettres allemandes*, avec notes en français. 1 vol.
in-16, cartonné.   2 fr.
Le même ouvrage, reproduit en écritures
  autographiques. 1 vol. in-8, cart. 3 fr. 50

Martin (A.), professeur d'allemand au lycée
Janson-de-Sailly, et Leray, professeur au
cours complémentaire de Rennes : *Idiotismes et proverbes de la conversation
allemande*, classés d'après le plan des mots
allemands de MM. Bossert et Beck. 1 vol.
in-18, cart. toile.   1 fr. 50
— *Exercices sur les idiotismes et les proverbes de la conversation allemande*.
1 vol. in-16, cart., toile.   1 fr. 50

Niebuhr. *Histoires tirées des temps hé-
roïques de la Grèce*. Texte allemand,
annoté par M. Koch. 1 vol. petit in-16,
cartonné.   1 fr. 50
Le même ouvrage, traduction française,
  par Mme Koch, avec le texte allemand.
  1 vol. in-16, broché.   1 fr. 75
Le même ouvrage, traduction juxtalinéaire, par Mme Koch. In-16.   2 fr. 50

Petit Journal allemand. Voir Kleine
Zeitung.

Riquiez, professeur agrégé d'allemand au
lycée Louis-le-Grand. *Manuel de grammaire allemande*. Résumé des principales difficultés grammaticales, ensei-
gnées par des exemples. 1 vol. in-16,
cartonné.   1 fr. 50
— *Cours de thèmes allemands*. 1 vol. in-16,
cartonné.   1 fr. 50

Rod (Ed.) *Morceaux choisis des littératures étrangères*. 1 vol. in-16, br.   6 fr.

Scherdlin, ancien professeur au lycée Charlemagne. *Cours de thèmes allemands*,
à l'usage des candidats au baccalauréat
et à l'École Saint-Cyr. In-16, cart.   3 fr.
— *Traduction allemande* du *Cours de
thèmes*. In-16, broché.   3 fr. 50
— *Cours élémentaire de thèmes allemands*, à l'usage des classes de 9e, 8e
et 7e avec des éléments de grammaire et
un lexique. 1 vol. in-16, cart.   2 fr.
— *Lectures enfantines*, à l'usage des classes
Préparatoires. In-16, cartonné.   1 fr. 25
— *Morceaux choisis d'auteurs allemands*,
en prose et en vers, publiés avec des notes
et un vocabulaire ; in-16, cart. :
  Classe de Huitième. 1 vol.   75 c.
  Classe de Septième. 1 vol.   75 c.
  Classe de Sixième. 1 vol.   1 fr.
  Classe de Cinquième. 1 vol.   1 fr.
  Classe de Quatrième. 1 vol.   1 fr.

Classe de Troisième. 1 vol.   1 fr. 50
Classe de Seconde. 1 vol.   1 fr. 50
Schiller. *Histoire de la guerre de Trente ans.* Texte allemand annoté par MM. Schmidt et Leclaire. 1 vol. petit in-16, cartonné.   2 fr. 50
Le même ouvrage, traduction française de M. Ad. Regnier, sans le texte allemand. 1 vol. petit in-16, br.   3 fr. 50
— *Histoire de la révolte qui détacha les Pays-Bas de la domination espagnole.* Texte allemand, annoté par M. Lange. 1 vol. petit in-16, cart.   2 fr. 50
Le même ouvrage, traduction française, par M. Ad. Regnier, sans le texte. 1 vol. in-16, broché.   3 fr.
— *Jeanne d'Arc.* Texte allemand, annoté par M. Bailly. 1 vol. petit in-16, cart. 2 fr. 50
Le même ouvrage, traduction française, par M. Ad. Regnier, sans le texte, 1 v. petit in-16, br.   2 fr.
— *Guillaume Tell,* drame. Texte allemand, annoté par M. Th. Fix. 1 vol. in-16 cartonné.   1 fr. 50
Le même ouvrage, traduction française avec le texte en regard, par M. Fix. 1 vol. in-16, broché.   2 fr. 50
Le même ouvrage, traduction juxtalinéaire, par M. Fix. 1 v. in-16, br. 5 fr.
— *La fiancée de Messine.* Texte allemand, publié avec des notes par M. Scherdlin. 1 vol. petit in-16, cartonné.   1 fr. 50
— *Le même ouvrage,* traduction française par M. Ad. Regnier avec le texte. 1 vol. in-16, broché.   2 fr.
Le même ouvrage, traduction juxtalinéaire, par M. Schnaufer. 1 vol. in-16, broché.   3 fr. 50
— *Marie Stuart,* tragédie. Texte allemand, annoté par M. Fix. In-16, cart.   1 fr. 50
Le même ouvrage, traduction française avec le texte en regard, par M. Fix. 1 vol. in-16, broché.   4 fr.
Le même ouvrage, traduction juxtalinéaire, par M. Fix. 1 v. in-16, br. 6 fr.
— *Morceaux choisis,* publiés et annotés par M. Lévy. 1 vol. petit in-16, cartonné. 3 fr.

— *Oncle et neveu,* comédie. Texte allemand, annoté par M. Briois. 1 vol. petit in-16, cartonné.   1 fr.
Le même ouvrage, traduction française, sans le texte. 1 vol. petit in-16, br. 1 fr.
— *Wallenstein.* Texte allemand, annoté par M. Cottier. Petit in-16, cart.   2 fr. 50
Le même ouvrage, traduction française, par M. Ad. Regnier, sans le texte. 1 vol. petit in-16, broché.   3 fr.
Schiller et Gœthe. *Extraits de leur correspondance.* Texte allemand, annoté par M. B. Lévy. Petit in-16, cart.   3 fr.
Le même ouvrage, trad. franç., par M. B. Lévy. 1 vol. petit in-16, br.   3 fr. 50
— *Poésies lyriques,* texte allemand publié et annoté par M. Lichtenberger, maître de conférences à la Faculté des lettres de Nancy. 1 vol. petit in-16, cart.   2 fr. 50
Schmid. *Les œufs de Pâques.* Texte allemand, annoté par M. Scherdlin. 1 vol. petit in-16, cart.   1 fr. 25
— *Cent petits contes.* Texte allemand, annoté par M. Scherdlin. 1 vol. petit in-16, cartonné.   1 fr. 50
Le même ouvrage, trad. *juxtalinéaire,* par M. Scherdlin. 1 v. in-16, br.   2 fr.
Sigwalt, professeur agrégé d'allemand au lycée Michelet. *Morceaux choisis de prose et de vers,* des principaux chefs-d'œuvre de la littérature allemande. 1 vol.   »   »
Stoefſler (R.), professeur d'allemand au lycée de Nantes : *Grammaire allemande* en allemand. 1 vol. in-16, cartonnage toile.   1 fr. 50
— *Exercices de conversation allemande* (Deutsche Sprechübungen). Vocabulaire, leçons de choses, dialogues sur les *Tableaux muraux encyclopédiques.* 1 vol. in-16, cartonné.   1 fr. 50
Suckau. *Dictionnaire allemand-français et français-allemand,* complètement refondu et remanié par M. Th. Fix. 1 fort vol. grand in-8, cartonnage toile.   15 fr.

Le *Dictionnaire allemand-français* et le *Dictionnaire français-allemand* se vendent chacun séparément, cart. toile.   8 fr

2° LANGUE ANGLAISE

Aikin et Barbauld : *Soirées au logis* (Evenings at home). Extraits publiés avec des notices et des notes, par M. Tronchel, professeur au lycée de Lyon. 1 vol. petit in-16, cartonné.   1 fr. 50
Battier et Legrand, agrégés de l'Université. *Lexique français-anglais,* rédigé conformément au décret du 19 juin 1880, à l'usage des candidats au baccalauréat. 1 vol. in-16, cart. toile.   4 fr.
Reconnu conforme à la note officielle du 29 janvier 1881.

Baume (P.). *Correspondance générale anglaise et française.* 1 vol. in-16, cartonnage toile.   3 fr. 50
Beljame (A.), professeur adjoint à la Faculté des lettres de Paris. *Première année d'anglais.* 1 vol. in-16, cart. 1 fr.
— *Deuxième année d'anglais.* 1 vol. in-16, cart.   1 fr. 25
— *First English reader,* à l'usage de la classe Préparatoire. 1 vol. in-16, cart. toile. 1 fr.
Le même ouvrage, sans vocab. 1 fr.

Beljame (A.), *Second English reader.* Classe de Huitième. 1 vol. in-16; cartonné toile. 1 fr. 25
Le même ouvrage, sans vocab. 1 fr. 25
— *Third English reader.* Classe de Septième. 1 vol. in-16, cart. toile. 1 fr. 50
Le même ouvrage, sans vocab. 1 fr. 50
— *Fourth English reader.* Classe de Sixième. 1 vol. in-16, cart. toile. 1 fr. 50
Le même ouvrage, sans vocab. 1 fr. 50
— *Exercices oraux de langue anglaise.* 1 vol. in-16, cartonné. 1 fr. 50
— *Cours pratique de prononciation anglaise.* 1 vol. in-8, cartonné. 2 fr.
— *Chansons anglaises* (English songs). 1 vol. avec musique et gravures, in-16, cart. 1 fr. 50

Bellows (J.). *Dictionnaire de poche anglais-français et français-anglais,* édition revue par M. Beljame, 1 vol. in-32, relié. 13 fr. 50

Bossert et Beljame. *Les mots anglais groupés d'après le sens.* 1 vol. in-16, cartonnage toile. 1 fr. 50
V. Soult.

Byron. *Childe Harold.* Texte anglais, annoté par M. Emile Chasles, inspecteur général de l'instruction publique. 1 vol. petit in-16, cartonné. 2 fr.
Le même ouvrage, traduction de M. Bellet, avec le texte. In-16, broché. 3 fr.
Le même ouvrage, traduction *juxtalinéaire*, par M. Bellet. 1 vol. in-16, 6 fr.
Chacun des trois premiers chants. 1 fr. 50
Le quatrième chant. 2 fr. 50

Choix de contes anglais publié et annoté par M. Beaujeu, professeur au lycée Condorcet. 1 vol. petit in-16, cart. 1 fr. 50
Le même ouvrage, traduction française. 1 vol. petit in-16, br. 1 fr. 50

Cook (le capitaine). *Voyages.* Texte anglais. Extraits annotés par M. Angellier. 1 vol. petit in-16, cartonné. 2 fr.

Corner (Miss). *Histoire d'Angleterre.* Texte anglais; édition complète. In-16, cartonnage toile. 3 fr. 50
— *Abrégé de l'Histoire d'Angleterre.* Texte anglais. In-18, cartonnage toile. 2 fr.
— *Histoire de la Grèce.* Texte anglais; édit. complète. In-16, cart. toile. 3 fr. 50
— *Abrégé de l'Histoire de la Grèce.* Texte anglais. In-18, cartonnage toile. 2 fr.

Corsin, professeur d'anglais au lycée de Nantes. *Grammaire anglaise en anglais* (English grammar). 1 vol. in-16, cartonné. 1 fr. 50

Dickens. *David Copperfield.* Texte anglais. In-16, cartonnage toile. 2 fr. 50
Le même ouvrage, trad. franç. 2 vol. in-16, br. 2 fr.

Dickens (suite). *Nicolas Nickleby.* Texte anglais. In-16, cartonnage toile. 2 fr. 50
Le même ouvrage, trad. franç. 2 vol. in-16, br. 2 fr.
— *Un conte de Noël* (A Christmas carol's). Texte anglais, publié et annoté par M. Fiévet, professeur au lycée Henri IV. 1 vol. petit in-16, cart. 1 fr. 50
— *Contes de Noël*, trad. franç., in-16. 1 fr.

Edgeworth (Miss). *Contes choisis,* annotés par M. Motheré, professeur au lycée Charlemagne. 1 vol. petit in-16, cart. 2 fr.
— *Forester.* Texte anglais, annoté par M. A. Beljame. Petit in-16, cart. 1 fr. 50
Le même ouvrage, traduction française de M. Beljame. Petit in-16, br. 1 fr. 50
— *Old Poz,* texte annoté par M. A. Beljame. 1 vol. petit in-16, cart. 40 c.

Eichhoff. *Morceaux choisis* en prose et en vers des classiques anglais. 3 vol. in-16, cartonnés :
1er vol. : Cours de Troisième. 1 fr. 50
2e vol. : Cours de Seconde. 2 fr. 50
3e vol. : Cours de Rhétorique. 3 fr.

Éliot (G.). *Silas Marner.* Texte anglais, annoté par M. Malfroy, professeur au lycée Lakanal. Petit in-16, cart. 2 fr. 50
Le même ouvrage, trad. française. 1 vol. in-16, broché. 1 fr.
— *Adam Bede,* texte anglais, 1 vol. in-16, cartonné. 3 fr.
Le même ouvrage, trad. franç. 2 vol. in-16, br. 2 fr.

Filon (Augustin). *Histoire de la littérature anglaise.* 1 vol. in-16, br. 6 fr.

Fleming. *Abrégé de grammaire anglaise.* 1 vol. in-16, cartonné. 1 fr. 50
— *Exercices.* In-16, cart. 1 fr. 25
— *Cours complet de grammaire anglaise.* 1 vol. in-8 ; cartonné. 3 fr.
— *Exercices* par M. Aug. Beljame. In-8. 3 fr.

Foe (Daniel de). *Vie et aventures de Robinson Crusoé.* Texte anglais, annoté par M. A. Beljame. Petit in-16, cart. 1 fr. 50

Franklin (B.) : *Autobiographie.* Texte anglais, annoté par M. Fiévet. 1 vol. petit in-16, cartonné. 1 fr. 50
Le même ouvrage, traduction française p. M. Laboulaye. 1 v. pet. in-16, br. 1 fr. 50

Goldsmith. *Le vicaire de Wakefield.* Texte anglais, annoté par M. A. Beljame. 1 vol. petit in-16, cartonné. 1 fr. 50
Le même ouvrage, traduction française seule. 1 vol. in-16, broché. 1 fr.
— *Le voyageur; le village abandonné.* Texte anglais, annoté par M. Motheré. 1 vol. petit in-16, cartonné. 75 c.
Le même ouvrage, traduction française de M. Legrand, avec le texte. 1 vol. in-16, broché. 75 c.

Le même ouvrage, traduction *juxtali-néaire*, par M. Legrand. In-16. 1 fr. 50
Goldsmith (suite). *Essais choisis.* Texte anglais, annoté par M. Mac Enery. Petit in-16, cart. . . 1 fr. 50
Goussoau et Koch. *La classe en anglais.* Nouveaux dialogues. 1 vol. petit in-16, cartonné. . . 1 fr. 25
Gray. *Choix de poésies.* Texte anglais, annoté par M. Legouis, maître de conférences à la Faculté des lettres de Lyon. 1 vol. petit in-16, cartonné. 1 fr. 50
Henry (V.). *Précis de grammaire comparée de l'anglais et de l'allemand rapportés à leur commune origine et rapprochés des langues classiques.* 1 vol. in-8, broché. 7 fr. 50
Irving (Washington). *Le livre d'esquisses* (The sketch book). Extraits publiés par M. Fiévet, professeur au lycée Henri IV. 1 vol. petit in-16, cartonné. 2 fr.
— *La vie et les voyages de Christophe Colomb.* Texte anglais, édition abrégée par M. E. Chasles, inspecteur général. 1 vol. petit in-16, cartonné. 2 fr.
Journal anglais (Le). *The English journal, a periodical for French youth.* Journal anglais pour les jeunes Français. Ce journal paraît le second et le quatrième samedi de chaque mois, à l'exception d'août et de sept. — Abonn: 6 fr. par an.
Korts (G.): *Commercial terms.* Vocabulaire anglais-français et français-anglais. 1 vol. in-16, cartonnage toile. 2 fr.
Le Roy. *Recueil de versions anglaises.* Textes et traductions. 2 vol. in-16, br. 2 fr.
Longfellow. *Évangéline et poèmes choisis.* Texte anglais, publié par M. Malfroy. 1 vol. in-16, cart. toile. 3 fr.
Macaulay. *Morceaux choisis des Essais.* Texte anglais, annoté par M. A. Beljame. 1 vol. petit in-16, cart. 2 fr. 50
— *Morceaux choisis de l'histoire d'Angleterre.* Texte anglais, annoté par M. Battier. 1 vol. petit in-16, cart. 2 fr. 50
Mac Enery, professeur au lycée Condorcet. *L'anglais mis à la portée de tout le monde.* 1 vol. in-16, cartonné. 2 fr.
Meadmore, professeur agrégé au lycée Condorcet : *Les idiotismes et les proverbes de la conversation anglaise,* groupés d'après le plan des mots anglais de MM. Bossert et Beljame. 1 vol. in-16, cartonnage toile. 1 fr. 50
— *Exercices sur les idiotismes et les proverbes de la conversation anglaise.* 1 vol. in-16, cart. toile. 1 fr. 50
— *Jeux anglais pour les écoles* (English games for the schoolroom). 1 vol. in-16, cart. 1 fr.

Milton. *Paradis perdu,* livres I et II. Texte anglais, annoté par M. A. Beljame. 1 vol. petit in-16, cartonné. 90 c.
Le même ouvrage, traduction *juxtali-néaire,* par M. Legrand. In-16. 2 fr. 50
Morel, professeur au lycée Louis-le-Grand. *Cours de thèmes anglais,* à l'usage des classes supérieures et des candidats au baccalauréat. 1 vol. in-16, cart. 2 fr. 50
Nugent. *Dictionnaire de poche français-anglais et anglais-français.* 1 vol. in-32, cart. toile. 3 fr. 50
Pope. *Essai sur la critique.* Texte anglais annoté par M. Motheré. Petit in-16. 75 c.
Le même ouvrage, traduction française, par M. Motheré, avec le texte. In-16. 1 fr.
Le même ouvrage, traduction *juxtali-néaire.* In-16. 1 fr. 50
Ragon. *Correspondance commerciale française et anglaise.* 1 vol. in-16, cartonnage toile. 3 fr. 50
Shakespeare. *Coriolan.* Texte anglais, annoté par M. Fleming. 1 vol. in-16, cartonné. 2 fr.
Le même ouvrage, trad. française, avec le texte, par M. Fleming. 1 vol. in-16, broché. 4 fr.
Le même ouvrage, traduction *juxtali-néaire.* 1 vol. in-16, broché. 6 fr.
— *Jules César.* Texte anglais, annoté par M. Fleming. Petit in-16, cart. 1 fr. 25
Le même ouvrage, traduction par M. Montégut, avec le texte. In-16. 1 fr. 50
Le même ouvrage, traduction *juxtali-néaire,* par M. Legrand. In-16. 2 fr. 50
— *Henri VIII.* Texte anglais, annoté par M. Morel. Petit in-16, cartonné. 1 fr. 25
Le même ouvrage, traduction française par M. Montégut. In-16, br. 1 fr. 50
Le même ouvrage, traduction *juxtali-néaire,* par M. Morel. In-16, br. 3 fr.
— *Macbeth,* Texte anglais, annoté par M. Morel. 1 vol. petit in-16, cart. 1 fr. 80
Le même ouvrage, trad. franç. de M. Montégut, avec le texte. 1 v. in-16, br. 1 fr. 50
Le même ouvrage, trad. *juxtalinéaire,* par M. Angellier. 1 v. in-16, br. 2 fr. 50
— *Othello.* Texte angl., annoté par M. Morel. 1 vol. petit in-16, cart. 1 fr. 80
Le même ouvrage, traduction française par M. Montégut, avec le texte. 1 vol. in-16, broché. 1 fr. 50
Le même ouvrage, traduction *juxtali-néaire,* par M. Legrand. 1 vol. in-16. 3 fr.
— *Richard III.* Texte anglais. In-18. 1 fr.
Le même ouvrage, traduction française par M. Bellet. In-16, broché. 2 fr.
Le même ouvrage, traduction *juxtali-néaire,* par M. Bellet. In-16, br. 4 fr.

Soult (M¹ᵉ). *Exercices sur les mots anglais groupés d'après le sens* de MM. Bossert et Beljame. 1 volume in-16, cartonnage toile.   1 fr. 50

Stuart Mill. *La Liberté.* Texte anglais. 1 vol. in-16, cartonné.   1 fr. 60

Tennyson. *Enoch Arden.* Texte anglais, annoté par M. Al. Beljame. 1 v. petit in-16, cart.   1 fr.
Le même ouvrage, traduction française par le même. 1 vol. in-18, br.   50 c.

Walter Scott. *Extraits des contes d'un grand-père.* Texte anglais, annoté par M. Talandier. Petit in-16, cart.   1 fr. 50
— *Morceaux choisis* annotés par M. Battier. 1 vol. petit in-16, cartonné.   3 fr.
— *Les puritains d'Écosse* (Old mortality). Texte anglais, in-16, cartonné.   2 fr.
— *L'antiquaire.* Texte anglais. In-16, c. 2 fr.
— *Rob Roy.* Texte anglais. In-16, c.   2 fr.
— *Ivanhoé.* Texte anglais. In-16, c.   2 fr.

3º LANGUE ITALIENNE

Dante. *L'Enfer*, 1ᵉʳ chant. Texte italien, annoté par M. Melzi. Petit in-16.   75 c.
Le même ouvrage, traduction *juxtalinéaire.* 1 vol. in-16, broché.   1 fr.

Étienne, ancien recteur d'Académie : *Histoire de la littérature italienne*, depuis ses origines jusqu'à nos jours ; 2ᵉ édition. 1 vol. in-16, broché.   4 fr.
[Ouvrage couronné par l'Académie française.

Guichard, professeur d'italien au lycée de Grenoble. *Les mots italiens groupés d'après le sens.* 1 vol. in-16, cart. 1 fr. 50
— *Exercices sur les mots italiens.* 1 vol. cart. toile.   1 fr. 50

Guichard (suite). *Petite grammaire italienne.* 1 vol. in-16, cart. toile.   1 fr. 50

Machiavel. *Discours sur la première décade de Tite-Live.* Texte italien, réduit à l'usage des classes, et précédé d'une introduction en français, par M. de Tréverret, professeur à la Faculté des lettres de Bordeaux. 1 vol. in-16, br.   2 fr. 50
Morceaux choisis en prose et en vers des classiques italiens, publiés par M. Louis Ferri. 1 vol. petit in-16, cartonné.   2 fr.

Paoli. *Abrégé de grammaire italienne.* 1 vol. in-16, cartonné.   1 fr. 25
Rapelli. *Exercices sur l'abrégé de la grammaire italienne.* In-16, c. 1 fr. 25

4º LANGUE ESPAGNOLE

Bustamante (Corona). *Diccionario frances-español.* 1 vol. in-8, relié.   17 fr.

Calderon de la Barca. *Le magicien prodigieux.* Texte espagnol, publié par M. Magnabal. 1 v. petit in-16, cart.   1 fr.

Cervantès. *Le captif*, texte espagnol extrait de *Don Quichotte*, publié avec des notes par M. J. Merson. In-16, cart. 1 fr.
Le même ouvrage, traduction française, avec le texte en regard, par M. J. Merson. In-16 broché.   2 fr.

Hernandez. *Abrégé de grammaire espagnole.* 1 vol. in-16, cartonné.   1 fr. 25
— *Exercices.* In-16, cartonné.   1 fr. 25
— *Cours complet de grammaire espagnole.* 1 vol. in-8, cartonné.   3 fr. 50

Lanquine et Baro, professeurs aux Écoles municipales supérieures de la Ville de Paris. *Les mots espagnols groupés d'après le sens.* 1 vol. in-16, cart. toile. 1 fr. 50
— *Exercices sur les mots italiens groupés d'après le sens.* 1 vol. in-16, cart. 1 fr. 50
Mendoza (Hurtado de). *Morceaux choisis de la guerre de Grenade.* Texte espagnol, publié et annoté par M. Magnabal. 1 vol. petit in-16, cartonné.   90 c.
Morceaux choisis en prose et en vers des classiques espagnols, publiés par MM. Hernandez et Le Roy. 1 vol. petit in-16, cartonné.   2 fr.
Solis (Antonio de). *Morceaux choisis de la conquête du Mexique.* Texte espagnol, publié par M. Magnabal. 1 vol. petit in-16, cartonné.   1 fr. 80

49117. — Imprimerie LAHURE, rue de Fleurus, 9, à Paris. — 10-1902 — 20 000

46092. — Imprimerie LAHURE, rue de Fleurus, 9, à Paris. — 7-1901-11 000.

www.ingramcontent.com/pod-product-compliance
Lightning Source LLC
Chambersburg PA
CBHW051823020726
47502CB00005B/1593